Pour retrouver Mary

———————

Une bouleversante ressemblance

BEVERLY LONG

Pour retrouver Mary

BLACK *ROSE*

éditions HARLEQUIN

Collection : BLACK ROSE

Titre original : FOR THE BABY'S SAKE

Traduction française de PIERRE VANDEPLANQUE

HARLEQUIN®
est une marque déposée par le Groupe Harlequin

BLACK ROSE®
est une marque déposée par Harlequin S.A.

ÉDITIONS HARLEQUIN
83-85, boulevard Vincent Auriol, 75646 PARIS CEDEX 13.
Service Lectrices — Tél. : 01 45 82 47 47
www.harlequin.fr
ISBN 978-2-2803-0803-8 — ISSN 1950-2753

1

Liz Mayfield avait fait sauter ses chaussures bien avant l'heure du déjeuner. Assise sur ses pieds nus, elle ignorait le filet de sueur qui dégoulinait le long de sa colonne vertébrale. Il devait faire plus de trente degrés à l'ombre, et au moins trente-cinq dans son bureau en demi-sous-sol.

C'était une journée faite pour la piscine et les boissons glacées dans des verres givrés, pas pour éplucher son courrier et s'occuper d'adolescentes à problèmes.

Mais elle avait troqué la première option pour la seconde des années plus tôt, lorsqu'elle avait délaissé son salaire annuel à six chiffres et ses cinq semaines de congé pour ce travail à la CSJM — Cellule de Soutien aux Jeunes Mères.

Cela faisait maintenant trois ans, et certains se grattaient toujours la tête quant à son choix.

Elle saisit la première enveloppe de la pile posée à l'angle du bureau. Son nom y était griffonné à l'encre bleue. L'expéditeur avait commis une erreur et inversé le *i* et le *e*. Elle glissa le pouce sous le rabat, sortit la lettre — une page de cahier pliée en deux — et la lut.

Sa tête se mit aussitôt à bourdonner.

« Si tu n'arrête pas de fourrer ton nez dans les afaires des autres, tu le regrettera, sale garce. »

Son estomac se serra. Tenant toujours le papier d'une main, elle plaqua l'autre sur sa bouche. Elle déglutit deux fois avec peine, puis lorsqu'elle crut avoir retrouvé son sang-froid, elle déplia les jambes et glissa les pieds dans ses sandales. Pour quelque obscure raison, cela lui donna le sentiment d'être plus forte.

Posant les deux mains sur le rebord du vieux bureau métallique, elle repoussa son siège à roulettes. Celui-ci recula en grinçant sur cinquante centimètres, pour s'arrêter net lorsqu'une roulette se bloqua dans une grosse fissure du carrelage.

Qui pouvait bien lui avoir envoyé une telle lettre ? Et qu'entendait-on par « tu le regretteras » ? Et, bon sang, quand son cœur allait-il cesser de cogner aussi fort ?

Elle se leva et marcha autour du bureau en formant des cercles les plus larges possibles. Au troisième, elle recouvra assez de self-control pour examiner l'enveloppe. Le cachet de la poste datait de trois jours. D'un ongle verni de rose, elle la retourna. Pas d'adresse d'expéditeur.

Cela faisait plusieurs jours que son courrier prenait la poussière. Elle avait eu un emploi du temps très chargé, et les choses seraient sans doute restées telles quelles si son rendez-vous de 13 heures n'avait été annulé. Ce qui la rassérénait un peu. S'il ne s'était encore rien produit qui « le lui fasse regretter », elle en concluait qu'il devait s'agir de l'œuvre d'un mauvais plaisant.

Ce qui ne l'empêcha pas de se jeter derrière le bureau lorsqu'un bruit se fit entendre par la petite fenêtre au ras du trottoir. A quatre pattes, elle risqua un œil, et se sentit stupide en constatant que ce n'était que Mary Thorton qui arrivait pour son rendez-vous de 14 heures. Elle reconnaissait ses minces jambes blanches, et cet horrible crâne tatoué au-dessus du genou droit.

Liz se releva et s'essuya les mains sur son short en jean. La porte s'ouvrit et Mary, sa queue-de-cheval, ses taches de rousseur et ses bras qui semblaient bizarrement maigres à côté de son ventre proéminent, firent leur entrée dans le local. Prélevant une brochure de la CSJM d'un présentoir placé près de la porte, elle s'en servit comme éventail.

— Quand je serai plus âgée, déclara-t-elle, jamais je ne travaillerai dans une cave.

— J'espère que tu n'y seras pas obligée, répliqua Liz,

heureuse de constater que sa voix avait conservé son timbre normal.

Se rasseyant dans son siège, elle se poussa vers le bureau, puis du même ongle rose retourna le feuillet afin de dissimuler le message écrit dessus.

Mary avait déjà pris place dans un des deux fauteuils en vinyle destinés aux visiteurs. Des boucles de cheveux blond vénitien s'accrochaient à son cou, et un copieux mascara rehaussait le bleu pâle de ses yeux. Elle s'affaissa sur son siège, les bras sur son ventre.

— Comment te sens-tu ? demanda Liz.

La jeune fille semblait épuisée.

— Grosse. Et je transpire comme une truie.

Evitant de toucher et même de poser les yeux sur le feuillet retourné, Liz se saisit du dossier ouvert devant elle, extrait de son tiroir plus tôt dans la matinée, et survola ses notes sur la dernière visite de Mary.

— Comment ça se passe, au drugstore ?

— J'ai arrêté.

Elle avait pris ce job moins de trois semaines auparavant. Le énième depuis qu'elle était devenue cliente de Liz, quatre mois plus tôt. Dans la majeure partie des cas, elle n'avait tenu que quelques jours, et pour les autres au mieux une semaine. Les chefs étaient stupides, les horaires trop lourds ou au contraire trop légers, les lieux de travail trop éloignés et ainsi de suite. La liste des raisons de quitter un emploi était inépuisable.

— Pourquoi, Mary ?

Celle-ci haussa ses frêles épaules.

— J'ai accordé à des amies une ristourne sur le maquillage, et ce con de directeur m'en a fait tout un plat.

— Tu m'étonnes. Que comptes-tu faire, maintenant ?

— J'ai songé à me suicider.

C'étaient là les seules paroles susceptibles d'ôter les mots de la bouche de Liz.

— Ah. De quelle manière ? s'enquit-elle d'un ton beaucoup plus calme qu'elle ne l'était au fond d'elle.

— Je ne sais pas... Pas un truc sanglant, en tout cas. Des

cachets, peut-être. Ou je pourrais marcher jusqu'au bout de la jetée de la Navy. Il paraît que la noyade c'est assez doux.

Donc pas de plan précis. Bien. Etait-ce juste un discours choc, destiné à gagner une attention dont, à l'évidence, elle éprouvait un énorme besoin ?

— Parfois ça paraît la seule solution, poursuivit Mary, les yeux baissés sur son ventre. Vous voyez ce que je veux dire ?

Oh oui, Liz voyait. Mieux que la plupart. Se renversant dans son siège, elle contempla la rue par la petite fenêtre. Trois ans plus tôt, elle avait connu une journée semblable à celle-ci. Peut-être pas aussi chaude, mais où l'air était pareillement calme, immobile. Sans un souffle de vent pour chasser l'odeur de la mort. Rien ne l'avait alors préparée à entrer dans cette maison et à découvrir la tendre Jenny baignant dans son sang, une lame de rasoir à quelques centimètres de sa main inerte.

Oui, elle voyait. A son grand désespoir.

— Je suis sûre que personne ne s'en apercevrait, dit Mary, la lèvre inférieure tremblante.

Liz se leva, contourna le bureau et s'assit dans le second fauteuil. Les balafres dans le vinyle griffèrent ses cuisses nues. Saisissant la main droite de la jeune fille, elle la serra dans la sienne.

De l'autre, Mary tripota l'ourlet de son short de grossesse.

— Certains jours je veux tellement ce bébé, reprit-elle, mais d'autres je ne le supporte pas. C'est comme si une bestiole était entrée dans mon ventre et grossissait, grossissait, jusqu'au moment où elle exploserait en projetant des morceaux un peu partout.

Liz caressa du pouce le dos de sa main.

— Mary, tout va bien. Tu es très proche de la date. C'est normal que tu aies peur.

— Je n'ai pas peur.

Bien sûr que non.

— La dernière fois, tu hésitais entre garder le bébé et le donner en adoption. Qu'en est-il aujourd'hui ?

— Ce n'est pas un bébé, c'est une bestiole, ironisa Mary

en roulant des yeux. Y a-t-il des bestioles-parents sur la liste des candidats ?

— Je peux en parler à notre avocat, proposa Liz, soucieuse de ne pas s'écarter du sujet. Me Fraypish a un talent sûr pour dénicher les meilleurs parents adoptifs.

Mary considéra Liz d'un regard où ne se lisait ni joie ni tristesse, ni intérêt ni ennui. Il était vide, simplement.

Liz se leva et s'étira, résolue à ne pas lui montrer sa contrariété. L'adolescente tournait depuis des mois autour de l'idée d'adoption, tantôt la retenant, tantôt la rejetant. Mais il fallait qu'elle prenne une décision. Et vite.

Devait-elle lui mettre la pression ou pas ? Mary continuait à la fixer d'un regard neutre. Ni l'une ni l'autre ne prononça un mot.

De l'autre côté de la fenêtre, une voiture s'arrêta dans un brusque crissement de freins. Liz leva les yeux juste au moment où la première balle frappait le mur du fond.

Le bruit éclata, assourdissant, tandis que les suivantes criblaient la vitre et faisaient voler des fragments de plâtre. Attrapant Mary par le bras, Liz l'attira au sol puis la couvrit de son corps, faisant de son mieux pour ne pas peser sur son ventre dilaté.

Les coups de feu s'arrêtèrent aussi soudainement qu'ils avaient commencé. Elle entendit la voiture repartir en trombe, et bientôt le silence retomba.

Elle s'écarta de la jeune fille.

— Mary, tu n'as rien ?

— Je ne crois pas, répondit-elle en examinant son ventre.

Liz la vit reprendre son air d'indifférence coutumier, mais ç'avait été trop rapide, trop effrayant, trop proche. Ses yeux s'embuèrent, puis des larmes glissèrent sur la peau douce de ses joues, piquetées de taches de son. Elle plaqua les deux mains sur sa taille.

— Je ne pensais pas ce que je disais, tout à l'heure. Je ne veux pas mourir. Je ne veux pas que mon bébé meure.

Liz avait déjà vu Mary en colère, sur la défensive, voire

carrément hostile. Mais c'était la première fois qu'elle la voyait pleurer.

— Je sais, mon chaton. Je sais.

Elle avança les bras pour la serrer contre elle, mais s'interrompit en entendant la porte sur rue s'ouvrir et des pas marteler les marches de bois.

Son pouls grimpa en flèche. Bondissant sur ses pieds, elle se plaça devant sa protégée juste avant que la porte du bureau ne s'ouvre à la volée. Elle vit l'arme et, durant une seconde de panique, crut que l'homme qui la tenait était venu finir ce qu'il avait commencé. Elle avait été stupide de ne pas prendre la menace au sérieux.

Des couinements s'échappèrent de sa gorge.

— N'ayez crainte, madame, dit l'homme. Je suis l'inspecteur Sawyer Montgomery, de la police de Chicago. Etes-vous blessées l'une ou l'autre ?

Il lui fallut deux secondes pour réaliser que cet homme n'allait pas lui faire de mal. Après quoi ce fut comme si ses os s'étaient transformés en gelée, et c'est à peine si elle put encore tenir debout. Il dut s'en être rendu compte, car en un éclair il rangea son arme dans son holster d'épaule et la saisit par la taille pour l'empêcher de tomber.

— Respirez. Lentement, doucement.

Elle ferma les yeux et se concentra, inspirant l'air par le nez et l'expirant par la bouche. La seule pensée qui lui vint était qu'il n'avait pas l'accent de Chicago. Le sien était du Sud, comme le thé glacé qu'elle aimait déguster durant les longues soirées d'été, une éternité auparavant. Suave, tonique, très agréable.

Après quatre ou cinq inspirations, elle rouvrit les yeux. Il l'observait. Voyant qu'elle était revenue parmi les vivants, il lui lâcha la taille. Elle recula d'un pas.

— L'une de vous est-elle blessée ? répéta-t-il.

— Non, tout va bien, répondit-elle en l'étudiant.

Il portait un pantalon de ville gris, une chemise blanche froissée et une cravate rouge au nœud desserré. Une radio de la police était accrochée à sa ceinture, et même si le volume était baissé, elle entendait en sourdine les échanges entre policiers de la ville.

Plongeant la main dans sa poche de poitrine, il en sortit son étui, l'ouvrit et lui laissa le temps de lire son badge.

— Merci, inspecteur Montgomery.

Il hocha la tête et pivota pour le présenter également à Mary. Refermant l'objet, il le rangea dans sa poche. Puis il tendit la main à l'adolescente pour l'aider à se relever.

Mary hésita, puis la prit. Une fois debout, elle s'écarta vivement de lui. L'inspecteur Montgomery ne s'en formalisa pas, et décrocha sa radio.

— Appel à patrouilles. Ici le 5-1-6-2. Je suis au 229, Logan Street. Pas de blessés à signaler, mais il me faut des renforts pour sécuriser le périmètre.

Liz étudia le policier. Ses yeux étaient d'un marron très sombre, presque noir, et ses épais cheveux châtains avaient subi une coupe récente. Il avait le teint bronzé, et ses lèvres avaient le dessin sensuel des statues antiques.

C'était le plus beau flic qu'elle eût vu depuis longtemps.

Le seul qu'elle eût vu depuis longtemps, à vrai dire. Logan Street était une rue modeste, mais comparée à celles situées à un jet de pierre plus au sud elle était paisible et en tant que telle n'attirait guère l'attention de la police.

Pourtant, l'inspecteur Montgomery était arrivé moins d'une minute après les tirs. Ce qui la laissait perplexe. Elle s'avança d'un pas, se plaçant entre le policier et Mary.

— Comment se fait-il que vous soyez intervenu aussi vite ?

— J'étais garé dehors, répondit-il après une brève hésitation.

— Quelle coïncidence ! Je ne suis pas trop fan des coïncidences, d'ordinaire.

Il haussa les épaules et sortit un carnet de sa poche.

— Je peux avoir votre nom, s'il vous plaît ?

Si son allure et son attitude étaient celles d'un flic, sa voix était déstabilisante en diable, lui faisant presque oublier qu'il se montrait volontairement évasif. Il ne s'était pas garé là par hasard, mais ne semblait pas vouloir en parler. Elle allait devoir jouer la partie à sa façon.

— Liz Mayfield, dit-elle. Je suis l'une des trois conseillères de la Cellule de Soutien aux Jeunes Mères, où nous nous trouvons. Voici Mary Thorton.

La présentation était inutile, songea Sawyer. Cette gamine l'avait maintenu éveillé plus d'une nuit. Il connaissait son nom, son numéro de sécurité sociale, son adresse. Bon Dieu, il connaissait même sa marque de céréales préférée ! Difficile de rater les trois boîtes vides de Fruit Loops dans sa poubelle.

— Mademoiselle Thorton, la salua-t-il, avant de se tourner vers la conseillère. Y a-t-il d'autres personnes ici ?

Liz Mayfield secoua la tête.

— Carmen était là tout à l'heure, mais elle est allée conduire son frère chez l'orthodontiste. La troisième conseillère, Cynthia, ne travaille que le matin. Nous avons également une hôtesse d'accueil à temps partiel, mais elle n'est pas là aujourd'hui. Oh ! et Jamison est en train de nous préparer une collecte de fonds. Il est à l'extérieur.

— Qui est Jamison ?

— Le directeur.

— D'accord. Si vous vous…

Il s'interrompit en entendant son coéquipier donner leur numéro d'identification. Il monta le son de sa radio.

— … Je répète, appel à tous les véhicules. La voiture est une Lexus grise, numéro de plaque AJD 749. Je l'ai perdue quelque part au niveau de Halstead et de la 35e. Ouvrez bien les yeux, les mecs.

Sawyer n'était pas surpris. Robert et lui s'étaient garés près du carrefour. Il avait bondi de la voiture tandis que Robert se lançait aux trousses du fuyard, mais ce dernier avait au moins deux cents mètres d'avance. Dans une ville très peuplée, pleine de venelles et de rues secondaires, c'était beaucoup. Tous les flics dans le secteur seraient à l'affût, mais il doutait qu'ils obtiennent un quelconque résultat. Les hommes de Mirandez devaient déjà avoir largué la voiture. Il baissa de nouveau le volume de sa radio.

— Si vous vous asseyiez, toutes les deux ? suggéra-t-il, luttant pour garder le contrôle de ses émotions.

Ils n'avaient pas eu le tireur mais peut-être, peut-être seulement, Mary Thorton était-elle disposée à parler.

Liz Mayfield s'assit. Mary demeura debout, jusqu'à ce que son aînée tapote le siège près du sien.

— J'aimerais vous poser quelques questions, déclara-t-il, se plantant face à elles. Si toutefois vous êtes prêtes.

Liz Mayfield se tourna vers Mary.

— Ça ira ?

— Ouais, répondit l'adolescente avec un haussement d'épaules.

— Allez-y, dit Liz, hochant la tête.

Mary renifla.

Les joues de la jolie conseillère se piquèrent de rose.

— Désolée, marmonna-t-elle. Nous sommes prêtes. Vous pouvez commencer.

Dieu du ciel. A elle seule elle était une chanson des Beach Boys. Une Californienne pure souche, à la peau de satin et à la volumineuse chevelure blonde qui lui retombait jusqu'au milieu du dos. Elle était vêtue d'un chemisier blanc sans manches et d'un short en jean, et les ongles de ses mains et de ses pieds étaient d'un éclatant rose fuchsia.

Que diable faisait-elle dans un demi-sous-sol des quartiers sud de Chicago ?

Lui savait ce qu'il faisait ici. Il était en retard de deux minutes et deux cents mètres sur Dantel Mirandez. Comme il n'avait cessé de l'être depuis dix-huit mois.

Et ce petit salaud lui avait encore filé entre les doigts.

Croisant les chevilles, Sawyer s'appuya contre l'angle du bureau et concentra son attention sur Mary. Avachie dans son fauteuil de vinyle, elle fixait le sol.

— Mademoiselle Thorton. Auriez-vous une idée de qui pourrait être l'auteur de ces coups de feu ?

Du coin de l'œil, il vit Liz se raidir sur son siège.

— Inspecteur, je…

Il l'interrompit d'une main levée.

— Si ça ne vous fait rien, j'aimerais donner à Mlle Thorton une chance de me répondre d'abord.

— Je n'en sais rien, poulet, grommela celle-ci avec agacement.

— Vous en êtes sûre ?

La jeune fille haussa le menton.

— Ouais. Quel genre de flic êtes-vous ? Vous n'avez jamais entendu parler des flingueurs en bagnole ? Ils tirent depuis leur voiture et repartent aussitôt. C'est leur truc.

Apparemment, elle avait décidé de s'en tenir à la même vieille histoire. Il marcha vers la fenêtre et regarda dehors. Deux voitures blanches à bande bleue étaient arrivées. Il savait que, fidèles à leur méthode, les agents se fraieraient un chemin parmi les badauds, tentant de savoir si quelqu'un avait vu quelque chose. Il n'espérait pas de miracle. Dans ce voisinage, même si c'était le cas, les chances que le témoin parle étaient quasi nulles.

Un bruit dans son dos le fit se retourner. Les mains sur les accoudoirs, Mary se levait de son fauteuil.

— Je m'en vais, dit-elle. J'ai des trucs à faire.

Il n'allait pas la laisser filer aussi facilement.

— Asseyez-vous, ordonna-t-il. Nous n'en avons pas terminé.

— Vous n'avez pas à me dire ce que j'ai à faire !

Ces mots rebondirent sur les murs, acérés, brutaux, renvoyant Sawyer dix-sept ans en arrière.

Tu n'as pas à me dire ce que j'ai à faire ! Encore très jeune lui-même, il avait essayé toutes les tactiques susceptibles de donner des résultats : il avait supplié, exigé, soudoyé… Mais cette adolescente en colère ne l'avait pas écouté, elle non plus. Elle avait continué à s'injecter de l'héroïne dans les veines, et son fils, la chair de sa chair, en avait payé le prix ultime.

Il se mordit l'intérieur de la joue.

— Asseyez-vous, répéta-t-il.

Liz Mayfield se leva.

— Inspecteur, puis-je vous parler en privé ?

Il lui adressa un bref regard.

— Dans un instant, répondit-il, reportant son attention sur Mary. Je répète ma question. Que savez-vous de ces coups de feu ?

— Ce que je sais, railla-t-elle, c'est que vous avez un drôle d'accent.

Il entendit Liz Mayfield ravaler son souffle.

Il se frotta le menton, se demandant jusqu'où il pouvait leur expliquer.

— Vraiment ? C'est possible. Là d'où je viens, tout le monde a cet accent-là. Là d'où je viens, deux « flinguages en bagnole » en à peine une semaine méritent un rapport.

Mary baissa le menton. Liz Mayfield, qui était restée debout, le dévisagea, la tête penchée.

— Deux ?

Sawyer n'attendit pas la réponse de Mary.

— Il y a trois jours, alors que Mlle Thorton faisait ses achats dans une épicerie, la vitrine a été mitraillée.

— Mary ?

Fut-ce de la surprise ou de la peine qu'il perçut dans la voix de la conseillère ?

L'adolescente demeura muette. Le silence se prolongea un bon moment avant que Liz ne réitère sa tentative.

— Que se passe-t-il au juste, dis-moi ?

— Rien ! Il ne se passe rien. En dehors du fait que j'en ai ma claque d'être ici.

Sawyer, qui s'était mis à faire les cent pas, s'arrêta devant la jeune fille.

— Un jour ou l'autre, quelqu'un se fera tuer, observa-t-il d'un ton dur. Comment réagirez-vous si Mlle Mayfield se prend une balle dans la tête ?

— J'ai des droits ! protesta-t-elle.

— Calmez-vous, dit-il. Utilisez plutôt cette belle énergie pour me parler de Mirandez.

— Qui ? demanda la conseillère.

Sawyer ne répondit pas, toute son attention fixée sur Mary. Il vit sa main se crisper sur l'accoudoir du fauteuil.

— Eh bien ? Allez-vous prétendre que vous ne connaissez pas la personne dont je parle ?

— Connards de flics, gronda Mary en secouant la tête.

Il avait entendu pire. Deux fois déjà aujourd'hui.

— Allons, Mary, insista-t-il. Avant que quelqu'un ne meure.

Mary se pencha vers la conseillère.

— J'ignore de quoi il parle. Franchement, je l'ignore. Vous devez me croire.

Une larme roula sur la joue pâle de la fille, puis tomba sur son ventre rebondi. Sawyer détourna les yeux. Il ne voulait pas penser au bébé.

— Si je peux rentrer chez moi maintenant, reprit Mary d'une petite voix, les yeux levés vers Liz, je reviendrai demain. Nous parlerons de l'adoption.

Liz Mayfield la considéra un long moment, avant de se tourner vers lui.

— Mary affirme ne rien savoir de ces coups de feu. Je ne vois pas ce qu'elle pourrait vous dire d'autre.

Sawyer s'appuya de nouveau au bureau.

— C'est tout ? C'est tout ce que vous avez à me dire l'une et l'autre ?

Liz Mayfield haussa les épaules.

— J'aimerais toujours que vous me consacriez une minute. Mais si vous n'avez pas d'autres questions à poser à Mary, peut-elle rentrer chez elle ? La journée a été pénible.

D'une main lasse, elle dégagea ses cheveux de son visage.

Peut-être devait-il lui brosser un tableau détaillé de ce qu'était une journée pénible.

— S'il vous plaît.

Devant sa mine pâle et fatiguée, il se rappela qu'elle avait déjà failli s'effondrer une fois.

— O.K., d'accord, agréa-t-il. Elle peut s'en aller.

Liz tendit la main à Mary pour l'aider à se lever de son siège. Puis elle lui enlaça les épaules et sortit avec elle.

Sawyer inspectait la rue par la fenêtre lorsqu'elle fit son retour dans la pièce.

— Je suis simplement curieux, déclara-t-il sans se retourner. Vous l'avez vue quand j'ai prononcé ce nom ? Elle sait quelque chose. Vous le savez, et moi aussi. Comment avez-vous pu la laisser partir ainsi ?

— Qui est Mirandez ?

Il se retourna enfin. Il voulait la voir bien en face.

— Mirandez est une ordure. Une ordure de la pire espèce. C'est à cause de types comme lui que des gosses d'école primaire peuvent acheter des joints pendant la récréation. Et leurs grands frères et grandes sœurs devenir héroïnomanes à l'âge de douze ans. Et leurs parents claquer l'argent du ménage en…

— Je crois que j'ai compris, inspecteur.

— Bien. Mais ce n'est pas tout. Mirandez n'est pas seulement le dealer de votre quartier. Il est à la tête d'un gros trafic. Peut-être dix pour cent de tout le commerce de stupéfiants à Chicago. Des millions de dollars passent par son réseau, et il emploie des centaines de personnes. Pas mal pour une petite frappe de vingt-six ans.

— Comment savez-vous que Mary est liée à lui ?

— C'est mon travail de le savoir. Elle est sa petite amie depuis au moins six mois.

— C'est absurde. Pourquoi voudrait-il s'en prendre à elle ?

— Il ne veut pas s'en prendre à elle. Il s'agit plus pour lui d'attirer son attention, de veiller à ce qu'elle se souvienne qu'il est le chef. De s'assurer qu'elle a bien compris qu'il peut l'atteindre n'importe où et n'importe quand.

— Je ne comprends pas.

— Il y a trois semaines, lors d'une de ses transactions, il a tué un homme. Il y a peu de chances que ce soit son premier. Mais cette fois-là le bruit a circulé que votre chère petite Mary était avec lui. Elle a tout vu.

— Oh ! mon Dieu. Jamais je n'aurais imaginé…

Elle semblait de nouveau sur le point de défaillir. Il poussa un fauteuil vers elle. Elle ne le regarda même pas. Il l'observa, et se détendit lorsque son visage reprit un peu de couleur.

— J'en suis sûr. L'info nous est parvenue il y a une semaine. Puis il y a eu le mitraillage de la vitrine de cette épicerie. Mary a été interrogée sur place, mais a gardé bouche cousue au sujet de Mirandez. Depuis lors, je la file. C'est une coïncidence que mon coéquipier et moi ayons été garés à proximité. Nous avons vu cette voiture surgir du coin de la rue et ralentir. Avant que nous ne puissions réagir, le tireur avait vidé son chargeur. Nous avons rappliqué aussitôt, et j'ai sauté en marche tandis que mon coéquipier prenait le véhicule en chasse. Comme vous avez pu l'entendre, ajouta-t-il en désignant sa radio, l'oiseau s'est envolé.

— Mais vous avez noté son numéro d'immatriculation, n'est-ce pas ?

— Il ne nous sera pas d'un grand secours. Il y a de fortes chances pour que ce soit un véhicule volé.

— Etes-vous absolument sûr que c'est Mirandez qui a tiré ? Vous l'avez vu ?

— Ce dont je suis sûr, c'est que ce n'est pas lui qui a pressé la détente. Il fait rarement le sale boulot. C'était certainement l'un de ses hommes de main.

Elle déglutit avec difficulté.

— O.K. Vous avez peut-être raison, inspecteur. Je suis disposée à parler à Mary, à tenter de la convaincre de coopérer avec la police. Il faut que vous compreniez que ma priorité absolue, c'est elle. Elle n'a personne d'autre que moi.

— Elle a Mirandez.

— Elle ne m'a jamais parlé de lui.

— Je présume qu'il est le père de l'enfant. C'est sans doute l'unique raison pour laquelle elle est encore en vie. Sinon je pense qu'il se serait débarrassé d'elle. Pour ce genre de type, nul n'est irremplaçable.

Liz secoua la tête.

— Il n'est pas le père de l'enfant.

— Comment le savez-vous ?

Elle hésita un instant.

— Parce que le père, je l'ai rencontré. C'est un étudiant en commerce à l'université privée catholique de Loyola.

— Ça n'a aucun sens. Pourquoi ne fait-il rien ? Quel genre d'homme faut-il être pour laisser sa petite amie et son futur enfant entre les griffes d'individus comme Mirandez ? Il est au courant, pour le bébé ?

— Oui. Mais il n'en a cure.

— C'est lui qui l'a dit ?

— Marie envisage une adoption. Quand le père est connu, son consentement est requis autant que celui de la mère.

Sawyer fit jouer ses phalanges, regrettant de ne pas disposer de trois minutes en tête à tête avec cet étudiant.

— On dirait qu'on n'enseigne plus le sens des responsabilités dans les universités.

— Ça ne se télécharge pas, répliqua-t-elle du tac au tac.

Il éclata de rire, sa colère retombant un peu.

— Où Mirandez vient-il se placer dans le tableau ? Vous avez vu la tête de Mary quand j'ai prononcé son nom. Elle le connaît, c'est évident. Mais la question qui se pose est : que sait-elle d'autre ?

— Comment savoir ? Ce n'est pas une fille commode.

— Quel âge a-t-elle ?

— Elle a eu dix-huit ans le mois dernier. Légalement elle est majeure, mais elle est encore très jeune, si vous voyez ce que je veux dire.

— Oui, eh bien elle sera très jeune, très stupide et très morte si elle ne s'éloigne pas de Mirandez. Ce n'est qu'une question de temps.

Il voulait que cette Liz Mayfield prenne la mesure de la gravité de la situation.

— Sinon, reprit-il, si je peux prouver qu'elle était sur cette scène de crime, alors elle sera considérée comme complice et son bébé naîtra en prison.

— Eh bien, soupira-t-elle. Ça a le mérite d'être clair.

Elle tourna les yeux vers son bureau et prit une profonde inspiration.

— Ça n'a peut-être rien à voir avec Mary.

Il baissa le menton et l'étudia.

— Pourquoi ?

Avançant la main, elle retourna ce qui ressemblait à une page de cahier, puis désigna l'enveloppe à côté.

— J'en ai pris connaissance il y a environ une demi-heure.

Il baissa les yeux sur le feuillet et le lut. Lorsqu'il releva la tête, elle se tenait toujours devant lui, affichant un calme que lui-même était loin de ressentir.

— Une idée de qui vous l'a envoyée ?

Elle secoua la tête.

— Cela n'a peut-être rien à voir avec Mary. Peut-être, je dis bien peut-être, l'avez-vous asticotée pour rien.

Le léger sarcasme dans son ton le fit sourire.

— Je ne l'ai pas asticotée. C'est ma façon à moi de mener une conversation civile. C'est la première fois que vous recevez un tel courrier ?

— Oui.

— Quelqu'un qui aurait une grosse dent contre vous ?

— Je travaille avec des adolescentes enceintes, et lorsque c'est possible, avec les pères également. La plupart d'entre eux n'aiment pas ce que je peux être amenée à leur dire. Mais c'est mon boulot de leur faire assumer des choses qu'ils préféreraient parfois ignorer.

Il demeurait possible que les coups de feu ne soient pas l'œuvre de Mirandez. Mais les similitudes avec ceux qui avaient touché cette épicerie étaient trop patentes.

— J'imagine que vous avez touché la lettre ?

Elle fit oui de la tête.

— Quelqu'un d'autre a accès à votre courrier ?

— Notre hôtesse d'accueil. C'est elle qui le trie.

— Bien. J'aurai besoin de vos empreintes digitales à toutes les deux, pour pouvoir ensuite les écarter.

Liz poussa un soupir.

— D'accord. J'ai le numéro de téléphone de son domicile. Oh ! à propos, il y a une faute à mon nom de famille, sur l'enveloppe. Ça ne veut pas forcément dire que celui qui l'a écrit ne me connaît pas. Et comme l'orthographe du texte laisse à désirer, je dirais que nous ne sommes pas en présence d'un génie.

— Mais le message est sans ambiguïté.

Elle lui sourit, et il remarqua — mais ce n'était pas la première fois — que Liz Mayfield était une femme très séduisante.

— Tout à fait, convint-elle. Il est on ne peut plus clair.

— Si vous vous asseyiez ? Je vais faire venir un technicien qui prendra vos empreintes. Ça ne prendra que quelques
minutes. En attendant, j'ai d'autres questions à vous poser.

Elle leva les yeux au plafond.

— J'en suis sûre, persifla-t-elle, avant de se plier de bonne
grâce à sa demande.

2

— Hé, Montgomery, tu me dois dix sacs. Je t'avais dit que les Cubs s'inclineraient devant St. Louis. Quand apprendras-tu, hein ?

Sawyer sortit deux billets de cinq dollars de sa poche. Il ne s'était pas attendu à ce que leur équipe gagne. Il en était pourtant fervent supporter depuis son arrivée à Chicago deux ans plus tôt, et le premier match auquel il avait assisté, à Wrigley Field. Il n'était pas assez sentimental pour croire que c'était à cause du lierre qui couvrait les murs et qui lui rappelait le Sud. Il aimait à penser que c'était parce que les Cubs, quels que soient leurs résultats, étaient toujours les perdants a priori. Un peu comme les flics.

Il plia les billets et les lança à son coéquipier.

— Voilà. Maintenant, ferme-la. Pourquoi le lieutenant veut-il nous voir ?

— Je n'en sais rien. J'ai reçu le même message que toi sur mon pager.

Robert Hanson sortit un gros annuaire du tiroir de son bureau.

— Quel dommage. Veronica a passé la nuit chez moi, et elle n'est jamais meilleure que le matin. Très enthousiaste.

— Veronica c'est laquelle ?

— Blonde. Yeux bleus. Bien roulée.

Ce qui correspondait à toutes les femmes avec qui Robert sortait. Le bruit de la porte qui s'ouvrait lui fit lever les yeux. Le lieutenant Fisher fit son entrée.

— Messieurs, lança leur chef en déposant un volumineux dossier vert sur la table de bois, nous avons un problème.

Robert redressa le dos dans son fauteuil. Sawyer dévisagea son supérieur. L'homme avait franchi le cap de la cinquantaine, et ça se voyait.

— Que se passe-t-il ?

— Un nouveau mort. Apparemment, le type s'est fait salement tabasser avant d'être achevé d'une balle dans la tête.

— Mirandez ? suggéra-t-il.

— Probablement. Nos hommes ont identifié la victime. C'est Bobby Morage.

Sawyer se tourna vers Robert.

— Morage était très proche de Mirandez jusqu'à ces derniers jours.

Robert acquiesça.

— On raconte que Morage se sucrait en douce en détournant une partie de la came.

Fisher renversa la tête en arrière et ferma les yeux.

— Il n'y a plus d'honneur chez les voyous.

— Des témoins ? s'enquit Sawyer.

Son chef rouvrit les yeux.

— Aucun. Nous avons une femme de chambre hystérique à l'hôtel Rotayne. C'est elle qui l'a trouvé en allant à la benne à ordures. Ecoutez, il faut coincer ce salaud. Ça nous fait trois macchabées en deux mois. Huit en un an.

Sawyer savait compter. Il voulait Mirandez plus qu'il n'avait voulu aucun autre malfrat en quinze ans dans la police.

Le lieutenant se planta devant lui, les bras croisés.

— Vous êtes sûr de pouvoir faire parler Mary Thorton ?

— Non. Comme je vous l'ai dit hier, soit elle est mouillée jusqu'au cou, soit c'est une pauvre gosse qui joue les grandes mais qui ne sait rien. Je ne sais trop que penser.

— Et la conseillère ? Comment s'appelle-t-elle ?

— Liz. Elizabeth, je suppose. Nom de famille Mayfield.

— Elle peut nous aider ?

— Je l'ignore, répondit-il en secouant la tête. Mais à mon

avis, si quelqu'un peut communiquer avec Mary, c'est elle. Elle a dit qu'elle essaierait.

— Il le faut, c'est important. Mettez-lui la pression.

Sawyer comprenait l'anxiété du lieutenant Fisher. La liste des gens qui mouraient ne faisait que s'allonger.

— Elle a ses propres problèmes, fit-il remarquer, éprouvant le besoin de défendre cette femme.

Fisher se passa la main sur le visage.

— Je sais. Vous avez trouvé des empreintes sur cette lettre qu'elle a reçue ?

— En dehors des siennes et de celles de l'hôtesse d'accueil, il y en avait deux, mais partielles. Nous cherchons le facteur afin de l'écarter également. Qu'elle l'ait reçue peu de temps avant que Mirandez ne s'attaque de nouveau à Mary Thorton est peut-être une coïncidence.

— Je ne crois pas aux coïncidences, rétorqua sèchement le lieutenant.

Sawyer n'y croyait pas trop non plus.

— Je vais la voir maintenant.

— Je t'accompagne, proposa Robert, apparemment résigné à ce que Veronica soit une chance de perdue.

Blonde, les yeux bleus, bien roulée. Liz Mayfield avait les yeux verts, mais en dehors de cela elle était exactement le genre de son coéquipier.

— Non, répondit-il sans le regarder.

— Hé, t'inquiète pas, vieux. Je veux juste te voir déployer ton charme désuet de sudiste.

— Je n'ai besoin de personne.

Se tournant vers Fisher, il reçut le hochement de tête approbateur qu'il attendait.

— Très bien, soupira Robert. Vas-y, retourne traîner tes pauvres fesses là-bas. Moi je reste ici. Dans l'air climatisé.

Leur chef secoua la tête.

— Non, Hanson. Vous allez à l'hôtel interroger de nouveau cette femme de chambre. Elle ne parle pas bien l'anglais.

— Suis-je donc le seul ici à parler espagnol ? maugréa-t-il.

— Comme vous, oui. J'ai des agents nés au Mexique qui ne le parlent pas aussi bien.

Robert se fendit d'un large sourire.

— Etre trop brillant, quelle galère !

Sur cette remarque, il disparut dans le couloir juste avant que l'annuaire ne heurte la porte.

Une demi-heure plus tard, Sawyer garait sa voiture devant le bâtiment de brique à un étage. Une fois descendu, il évita deux enfants qui contournaient avec soin le dessin bariolé qu'ils avaient réalisé à la craie sur le trottoir.

Sawyer salua de la tête les deux vieux assis sur les marches de l'entrée. En quittant la CSJM, la veille, il avait pris le temps de discuter avec eux, espérant qu'ils avaient vu le tireur. Quelques minutes avant l'arrivée de ceux qu'il croyait toujours être des sbires de Mirandez, il les avait aperçus bavardant au même endroit.

Ils avaient bien vu la scène, mais Sawyer n'en fut pas plus avancé pour autant : le visage du tireur était dissimulé par une cagoule.

Sawyer grimpa deux par deux les marches du perron. Il avait juste besoin d'entrer à la CSJM, de parler à Liz Mayfield et de filer dare-dare. Avant qu'il ne commette quelque geste stupide comme de la toucher. Presque toute la nuit il avait pensé à sa peau. Douce, lisse. Et à ses jambes, longues, si longues…

Il baissa les yeux sur la fenêtre au ras du trottoir. Elle était obturée par du contreplaqué, isolant l'intérieur du soleil et des visiteurs indésirables. Sans perdre de temps à se demander s'il serait bien accueilli, il s'engagea dans le couloir vide, descendit les marches et frappa à la porte. Pas de réponse. Il recommença et essaya le bouton. Il était bloqué.

— Elle est partie tôt.

Il se retourna d'un bond. Il était si concentré sur sa tâche qu'il n'avait pas entendu la fille s'approcher.

— Excusez-moi ! dit-elle en riant. Je ne voulais pas vous faire peur.

A dire vrai, sa vue était à même d'effrayer n'importe qui. Le cheveu roux flamboyant, l'eyeliner bleu fluo, les lèvres noires, elle portait un chemisier et une jupe minimalistes qui montraient plus de chair que de tissu. Elle ne devait guère avoir plus de dix-huit ans, et si elle avait été sa fille, il l'aurait enfermée dans sa chambre jusqu'à ce qu'elle trouve des vêtements décents et fasse disparaître ce maquillage de film d'horreur.

Son fils aurait eu à peu près son âge.

— Comment vous appelez-vous ?

— Nicole.

Elle leva la main et agita les doigts.

— Vous ne me reconnaissez pas ?

Bien sûr. C'était l'hôtesse à temps partiel dont il avait fait prendre les empreintes digitales par un technicien, lui-même étant occupé à rédiger des rapports. Un pour l'attaque par arme à feu, un autre pour la lettre de menace.

— Désolé. Merci pour votre collaboration, à propos.

— Je ferais n'importe quoi pour Liz. Mais comme je vous l'ai dit, elle n'est pas là, elle est partie tôt. Peut-être pour se préparer pour notre soirée dansante.

Sawyer fronça les sourcils.

— Votre soirée dansante ?

— La Cellule de Soutien aux Jeunes Mères organise une soirée de collecte de fonds. Jamison dit que nous serons obligés de mettre la clé sous la porte si les dons sont insuffisants.

La veille au soir, Sawyer avait finalement pu s'entretenir au téléphone avec Jamison Curtiss, le directeur. L'homme s'était dit profondément indigné par le mitraillage du bureau et la lettre de menaces reçue par Liz, et s'était inquiété de la mauvaise publicité que cela leur ferait, pour finir par se plaindre du quartier, le tout en moins de deux minutes.

Tout en se rasant, ce matin, Sawyer s'était plusieurs fois répété que c'était à cause de cette conversation qu'il avait rêvé de Liz Mayfield. Sinon, pourquoi aurait-il emporté du travail à la maison ? Jusque dans son lit ?

Rêver d'une femme, c'était bon pour Robert.

— Le dîner, c'est deux cents dollars par tête, poursuivit la fille. Vous vous rendez compte ? Je pourrais leur faire un festin de roi pour deux fois moins que ça.

— Où ?

— Ben, chez moi.

Il secoua la tête.

— Je voulais dire, la soirée se passe où ?

— A l'hôtel Rotayne. La classe, hein ?

— La classe, en effet.

Tant qu'ils gardent les cadavres dans l'allée de derrière.

— A quelle heure commencent les festivités ?

— 7 heures. Ma grand-mère voulait que j'y aille. D'après elle, je pourrais y rencontrer un jeune homme de bonne famille, ajouta-t-elle avec une grimace.

— Ça ne vous intéresse pas ?

Elle secoua la tête.

— Le dernier que j'ai rencontré m'a mise en cloque. Mais ça, je crois que Mamie l'a oublié. Je ne sais pas ce que j'aurais fait si Liz ne m'avait pas aidée à trouver une famille pour ma gosse. Aujourd'hui elle vit en banlieue. Genre avec un papa, une maman et deux chats.

Les yeux de Nicole s'étaient gonflés de larmes. Sawyer se sentit instantanément mal à l'aise.

— Euh…

— Mais bon, renifla-t-elle, avant de jeter d'une secousse ses cheveux derrière son épaule. C'est mieux pour elle. Et puis notre avocat la suit.

— Comment s'appelle-t-il ?

— Howard Fraypish. Il accompagne Liz à la soirée. Il parle vite, boit beaucoup et porte d'affreuses cravates. On ne peut pas le rater.

Sawyer sortit son carnet de la poche de sa veste et y inscrivit le nom. Après la prise d'empreintes, la veille, il avait demandé à Liz si elle avait un petit ami. C'était une question légitime, s'était-il dit à ce moment-là. Sans tiquer, elle avait répondu que depuis plus d'un an il n'y avait personne dans sa vie.

Se rendre accompagnée à un bal semblait indiquer le contraire.

— Je crois qu'elle a un peu pitié de lui, confia Nicole.

Donc, l'avocat et elle n'étaient pas intimes. Mais peut-être y avait-il quelqu'un d'autre. Il avait le droit de poser la question. Peut-être le lien n'était-il pas à chercher du côté de Mary ou Mirandez. Peut-être la cible du tireur était-elle la jolie conseillère. Ce ne serait pas la première fois qu'un amoureux éconduit franchissait la ligne rouge.

— Voit-elle quelqu'un d'autre ?

— Pas que je sache.

Il se réjouissait de ce que Liz ne lui ait pas menti. Cela étant, il était surpris. Une femme dotée du physique de Liz Mayfield ne devait pas avoir de difficultés à trouver un petit ami. Elle possédait un visage et un corps qui rendaient un homme idiot.

Mais il avait commis cette erreur une fois dans sa vie. Il ne la répéterait pas.

Il tâcha de s'en souvenir, deux heures plus tard, en la regardant évoluer avec grâce dans la salle. Elle portait une robe longue bleu nuit qui tombait en flottant jusqu'à ses chevilles et se gonflait dès qu'elle tournait.

Elle avait relevé ses cheveux, ne laissant libres que quelques mèches sauvages. Sawyer ne put s'empêcher d'imaginer leur texture soyeuse. La robe avait un col montant et des manches trois-quarts, qui se terminaient juste au-dessous des coudes. Elle révélait peu de peau, ce qui n'empêchait pas celle qui la portait d'être infiniment sexy.

« Chic » était cependant l'adjectif qui la définissait le mieux.

Résolu à en finir au plus vite, Sawyer s'avança sur la piste de danse, ignorant les murmures offusqués et les regards choqués. En jean délavé et blouson de cuir élimé, il ne se sentait pas tout à fait à sa place. Il avait tombé son costume plus tôt dans la soirée, avant de décider qu'il fallait à tout prix qu'il voie Liz Mayfield. Elle avait eu ses vingt-quatre heures. Qu'y pouvait-il si elle aimait danser ?

Il croisa son regard par-dessus l'épaule de son cavalier. Ses lèvres pleines s'entrouvrirent et elle pâlit. Il haussa les épaules, puis tapota le dos de l'homme entre eux.

La silhouette efflanquée, âgé d'une quarantaine d'années, le crâne dégarni, celui-ci tourna la tête, fronça les sourcils à son adresse et continua à danser.

Sawyer réitéra son geste.

— J'ai besoin de vous emprunter Mlle Mayfield quelques instants, annonça-t-il.

Ils s'arrêtèrent. Voyant que l'homme ne semblait pas vouloir lâcher sa cavalière, Sawyer tendit la main à la jeune femme. Celle-ci la considéra quelques instants, puis se libéra de l'avocat.

Soudain elle fut dans ses bras, et ils dansaient.

Il voulait lui parler, mais son stupide cerveau refusait de coopérer. Il ne parvenait plus à réfléchir, ni à prononcer un mot ni à raisonner normalement. Son parfum délicat lui rappelait le jasmin qui poussait jadis sous la fenêtre de la cuisine de sa mère.

Il voulait l'attirer contre lui... et la goûter. De s'en rendre compte fut comme un coup de poing à l'estomac. Il voulait sa langue dans sa bouche, ses seins sous ses mains, ses cuisses autour de son bassin. Il la voulait nue sous lui.

Il s'écarta en sursaut, vacillant un peu, et laissa retomber ses mains. Tous deux se tinrent figés comme des statues au milieu de la piste de danse.

Pourquoi ne disait-elle rien ? Elle ne clignait même pas des yeux. Seigneur. Son beau regard vert était rivé dans le sien. Sawyer s'efforça de contrôler sa respiration, sentant une folle tentation lui oppresser ses poumons.

— Vous avez reçu d'autres lettres ? demanda-t-il à voix basse pour que les autres ne l'entendent pas.

Elle secoua la tête.

— Notre courrier n'arrive jamais avant 13 ou 14 heures. J'étais partie avant.

— Pas de nouvelles, bonnes nouvelles, donc ?

— Pour ce soir, répondit-elle, laconique.

Il comprenait sa distance. Lui-même en avait affiné l'art à une période de sa vie. Se sentant ridicule ainsi planté au milieu de la piste, il revint vers elle, et elle reprit position dans ses bras comme s'il s'agissait de la chose la plus naturelle au monde.

Ce qui n'avait aucun sens vu que cela devait faire des années qu'il n'avait pas dansé avec une femme. Mais la tenir contre lui était si bon…

Il fallait vraiment qu'il se rappelle pourquoi il était ici.

— Qu'avait à vous dire votre jeune amie ?

Elle tressaillit, et il prit conscience qu'il avait parlé de façon plus sèche qu'il n'était nécessaire.

— Excusez-moi.

— Il n'y a pas de mal, dit-elle. C'est juste que je… Je n'ai pas vu Mary de la journée.

— Pourquoi ? Elle n'est pas venue au centre ?

Liz eut une brève hésitation avant de répondre.

— Non, ce n'est pas cela. J'ai dû annuler la plupart de mes rendez-vous. Je ne me sentais pas bien.

La vérité, c'est qu'elle avait été prise de malaise après avoir entendu le message vocal de Mary.

« — Je ne viens pas aujourd'hui. Je vous verrai demain à l'heure habituelle. »

Liz avait essayé de l'appeler une douzaine de fois avant d'abandonner. Craignant que l'inspecteur Montgomery ne la déniche avant qu'elle n'ait pu lui mettre la main dessus, elle avait quitté le bureau, redoutant que, frustré, il ne décide de prendre les choses en main et traque la pauvre fille.

Elle ne s'était pas du tout attendue à ce qu'il débarque ainsi à la soirée de levée de fonds. Mais elle aurait dû le deviner. De toute évidence, l'inspecteur Montgomery n'était pas homme à baisser facilement les bras. De fait, il semblait aussi tenace qu'un chien convoitant un os.

Elle tenta de ranger cela parmi ses défauts, mais n'y parvint pas. Si ça la mettait un peu mal à l'aise en cette soirée de gala, elle lui était reconnaissante d'avoir respecté sa demande d'un délai de vingt-quatre heures. Il prenait son travail au sérieux, ce qu'elle pouvait comprendre.

— Ça va mieux maintenant ?

Elle acquiesça, rechignant à émettre d'autres demi-vérités. Son regard croisa celui de Carmen, de l'autre côté de la salle. Debout derrière la table des punchs, celle-ci versait des verres aux danseurs assoiffés. Une certaine anxiété se lisait sur son joli visage, la même qui y était apparue après que Liz lui avait parlé de la lettre.

Liz la rassura d'un discret signe de la tête. Si Carmen était un petit bout de femme d'allure inoffensive, elle pouvait en un clin d'œil se transformer en dragon. Si elle pensait que Liz avait besoin d'aide, elle rappliquerait sur-le-champ.

— Qui est-ce ? demanda l'inspecteur Montgomery.

— Carmen Jimenez. Elle est également conseillère. Je crois avoir cité son nom hier.

— En effet. Lui avez-vous parlé de la lettre ?

— Oui.

— Elle n'a rien reçu de tel ?

Liz fit non de la tête.

— Je crains d'avoir de mauvaises nouvelles, reprit-il. Nous avons découvert un nouveau corps ce matin. Juste derrière cet hôtel. Un homme tué par balle. Il y a quelques semaines encore, il était cuisinier chez Mirandez.

— Mirandez a un cuisinier ?

Il approcha sa bouche de son oreille, et elle sentit un petit frisson la parcourir.

— Pas du genre que vous imaginez. Un cuisinier est celui qui fabrique le crack à partir de la cocaïne.

— Oh ! mon Dieu.

— Des gens continuent à mourir. C'est mon travail d'y remédier. Si Mary sait quelque chose, il est de son devoir de m'aider.

Elle s'était trompée. Il n'était pas comme un chien après un os. Il voulait de la viande fraîche. Elle s'écarta de lui, interrompant leur danse. Elle ne pouvait pas réfléchir avec ses bras autour d'elle. Et moins encore avec sa bouche aussi près.

— Si vous aviez assez d'éléments pour l'arrêter, il fallait le faire hier, protesta-t-elle. En fait, tout ce que vous avez c'est une intuition.

Il avait plus que cela. Le tuyau provenait d'un des leurs. Il avait fallu à Rafael Fluentes deux ans pour s'infiltrer dans le gang de Mirandez, et il n'avait pas l'intention de le sacrifier aujourd'hui.

« Mettez-lui la pression. »

Il entendait les mots du lieutenant Fisher aussi clairement que s'il était derrière lui.

— Elle était présente quand ça s'est passé. Et vous devez la convaincre de nous dire ce qu'elle a vu. Il faut qu'elle nous parle. Après quoi nous la protégerons.

— Vous la protégerez ?

Le ton incrédule de Liz le piqua au vif.

— Oui. C'est ce que nous faisons, à la police.

— Elle est enceinte de huit mois.

— J'en suis conscient. Nous ferons le nécessaire pour que son bébé et elle bénéficient de tous les soins nécessaires.

— Et ensuite ? demanda-t-elle avec un air de défi.

Sawyer leva les deux mains.

— Je n'en sais rien. Le bébé grandira, je suppose, et dans vingt ans Mary sera grand-mère.

Il se massa l'arête du nez. Des élancements lui vrillaient le crâne, et le bruit de cette maudite batterie n'arrangeait rien.

— Ecoutez, marmonna-t-il. Ne pourrait-on pas aller dehors ?

Elle hésita. Il poussa un soupir lorsqu'elle acquiesça et se mit en route, se faufilant entre les danseurs. Elle ne s'arrêta que lorsqu'ils eurent atteint la porte de l'hôtel. Il la précéda à l'extérieur, puis l'emmena à quelques mètres pour que le portier ne puisse les entendre.

— Je lui parlerai, dit-elle sans attendre qu'il l'interroge. Elle est censée venir à mon bureau à 8 heures demain matin. C'est son rendez-vous habituel.

— Et vous la convaincrez de nous parler ?

— Je lui…

— Liz, Liz ! Mais que faites-vous dehors ?

Sawyer se tourna vers l'entrée de l'hôtel. L'avocat se tenait près du portier, agitant le bras avec véhémence. Il se dirigea à grands pas vers eux.

— Il ne sait pas pour la lettre, souffla Liz tout bas. Ne lui dites pas.

Une fois à côté d'elle, Fraypish lui enlaça les épaules. Sawyer éprouva aussitôt l'envie absurde de lui briser le bras. A deux ou trois endroits. Peut-être ensuite lui éclaterait-il la rotule.

— Je ne suis fait du mauvais sang en ne vous voyant plus !

Elle se libéra adroitement de sa prise.

— L'inspecteur Montgomery est l'enquêteur assigné à l'attentat contre mon bureau, expliqua-t-elle, avant de se tourner vers lui pour les présentations. Inspecteur Montgomery, Howard Fraypish.

Les deux hommes se serrèrent froidement la main.

— Je suis leur avocat, expliqua Fraypish.

Sa cravate rose bonbon était assortie à sa ceinture de smoking.

— Enchanté, dit Sawyer. Il vaut mieux que je m'en aille. Merci pour ces informations, mademoiselle Mayfield.

— J'espère de tout cœur que vous arrêterez les auteurs de cette attaque, déclara l'avocat avec emphase. Où était notre belle police lorsque cela s'est produit ? A la pâtisserie du coin ?

S'il essayait d'être drôle, c'était raté.

— Je n'aime pas les pâtisseries, rétorqua Sawyer.

— Vous êtes sûr que vous êtes flic ?

Liz Mayfield lui adressa un regard courroucé. D'un geste ridicule, Fraypish leva les deux mains en signe de reddition.

— C'était pour blaguer. Un peu d'humour ne peut pas faire de mal, n'est-ce pas ?

Sawyer songea qu'un rapide crochet gauche suivi d'un direct du droit serait également assez comique.

— J'aurais dû vous passer un coup de fil, inspecteur, dit Liz. Ainsi vous n'auriez pas eu à faire le déplacement.

— Je vous en prie, oubliez ça.

Son seul regret était cette magnifique robe bleue. Elle était à frémir dedans. Il se demanda combien de temps il lui faudrait pour cesser de l'imaginer sans.

Liz se réveilla à 4 heures du matin. Son corps était fourbu, mais son esprit refusait de se reposer. Elle avait quitté l'hôtel peu après minuit. Moins de dix minutes plus tard, elle était couchée.

Elle avait rêvé de Mary. La douce Mary et son bébé. La tendre Mary et un Dantel Mirandez sans visage. Jenny était là, elle aussi. Avec son sourire espiègle, et ses cheveux blonds qui flottaient au vent tandis qu'elle jetait des pièces dans la fontaine du Parc Grant. Exactement comme elle était le dernier jour où Liz l'avait vue vivante. Puis, venant d'on ne sait où, les lettres de menaces avaient commencé à pleuvoir en telle quantité sur elle que, lorsqu'elle avait trébuché, elles s'étaient accumulées jusqu'à la recouvrir totalement, et elle n'avait plus été capable de respirer.

Se réveiller avait été un intense soulagement.

Elle se doucha, enfila un pantalon capri blanc et un chemisier bleu, et grimpa dans le bus de 5 heures. Une demi-heure plus tard, celui-ci la déposait à deux pas de la CSJM. L'air matinal était lourd et moite. Ce serait encore une chaude journée.

Liz tapa le code de sécurité, entra, laissa la porte se refermer derrière elle et rebrancha l'alarme. Délaissant son bureau, elle se dirigea vers la petite cuisine située au fond du rez-de-chaussée. Là, elle prépara un pot de café, dont elle se servit une tasse alors même qu'il n'avait pas fini de couler. Elle en sirota une lampée, se brûla la langue mais avala sa gorgée. Elle avait grand besoin de caféine.

Tout en attendant que son bagel soit grillé, elle repensa à l'inspecteur Montgomery.

Lorsqu'il était reparti, à la suite des remarques déplacées d'Howard, elle avait eu envie de lui courir après, de lui présenter ses excuses, de lui faire comprendre qu'elle ferait le maximum pour l'aider, tant que cela ne mettait pas Mary en danger.

Mais elle ne l'avait pas fait. Et quand Howard l'avait reconduite à l'intérieur de l'hôtel, elle s'était laissé faire. Jamison avait été très clair : les convives avaient payé deux cents dollars leur repas. S'ils voulaient danser, vous dansiez. S'ils voulaient un verre, vous le leur apportiez. S'ils voulaient bavarder, vous leur faisiez la conversation.

Liz avait dansé, apporté des verres, bavardé, et souri tout au long de la soirée. Même quand on lui avait écrasé les orteils pour la vingtième fois. Aucun politicien n'aurait fait mieux. Elle avait fonctionné en pilotage automatique. Ça ne l'avait pas aidée lorsque Carmen était venue la voir en s'éventant le visage, pour lui demander :

— Qui était-ce ?

— L'inspecteur Montgomery, avait-elle répondu.

— Je suppose qu'il est inutile d'énoncer une évidence, mais ce mec est top-canon.

Liz avait presque éclaté de rire. Et encore, Carmen n'avait pas entendu sa voix. Ni senti ses pectoraux lorsqu'il l'avait tenue serrée contre lui. Pas trop, juste ce qu'il fallait. Ni humé son parfum propre et frais...

L'inspecteur Montgomery n'était pas seulement top-canon. Il était de braise.

Son bagel sauta au moment même où elle entendit la porte d'entrée s'ouvrir. L'alarme ne se déclenchant pas, elle se détendit. Qui d'autre était assez barjot pour venir travailler à 5 h 30 du matin ?

Lorsqu'elle entendit la porte du bureau de Jamison s'ouvrir à son tour, elle faillit en laisser tomber son bagel. Il n'avait pas dû rentrer chez lui avant 2 heures.

Elle tartina sa pâtisserie de fromage frais, puis lança un second pot de café. Jamison était peut-être la seule personne au monde qui aimait plus qu'elle le café. Sa tasse et son bagel en équilibre dans une main, elle venait d'accrocher son sac à l'épaule lorsqu'elle entendit la porte d'entrée se refermer de nouveau.

Entrouvrant celle de la cuisine, elle jeta un coup d'œil dans le couloir. Vide. Et les portes des bureaux étaient fermées.

— Il y a quelqu'un ?

Pas de réponse. Elle quitta la cuisine, frappa à la porte de Jamison et tenta d'en tourner la poignée. Sans succès.

Elle descendit les marches menant à l'étage inférieur. La porte de son bureau était close, comme les autres.

— Hého ? lança-t-elle d'un ton musical.

Le seul bruit qu'elle entendit fut sa propre respiration.

Décontenancée, elle remonta en courant l'escalier, jurant lorsque du café brûlant se renversa sur sa main. Elle vérifia la porte sur rue. Fermée. Alarme enclenchée.

Elle soupira. Ça ne pouvait être que Jamison. Quelle sorte d'urgence l'avait donc poussé à ce passage éclair à la CSJM ? Rien de grave, espérait-elle. Elle redescendit vers son bureau et l'ouvrit. Il y faisait sombre, à cause du contreplaqué qui bouchait la fenêtre.

Cela étant, elle devait admettre que la présence de ce panneau la rassurait. Peut-être devrait-elle demander à Jamison de l'y laisser quelque temps. Au moins jusqu'à ce qu'elle ait recouvré le plein contrôle de ses nerfs.

Sa raison lui disait de ne pas attacher trop d'importance à cette lettre de menaces. Il n'était pas à exclure que le petit ami d'une cliente se soit amusé à lui faire peur. En revanche, l'idée que la cible du tireur ait pu être Mary ne lui plaisait pas, mais alors pas du tout.

Elle avait la ferme intention d'amener cette dernière à lui parler, à lui dire si elle était à quelque niveau que ce soit liée à ce Mirandez. En attendant, elle avait du pain sur la planche. S'asseyant à son bureau, elle ouvrit le premier dossier de la pile. Mary n'était pas sa seule cliente en fin de grossesse. Deux jours plus tôt, Melissa Stroud s'était trouvée dans ce même bureau. Ensemble, elles avaient relu les informations sur Mike et Mindy Partridge, et Melissa avait accepté que le couple adopte son futur bébé. Liz devait fournir à Howard toutes les données nécessaires pour qu'il puisse effectuer les démarches légales.

A 8 h 20, elle entendit la porte d'entrée s'ouvrir de nouveau. Des pas lourds résonnèrent sur les marches, et quelques secondes plus tard, son directeur pointait la tête par sa porte ouverte.

— Bonjour, Liz. Jolie fenêtre.

Elle leva les yeux au ciel.

— N'est-ce pas ? Bonjour, Jamison. Comment ça va ?

— Je suis crevé. La soirée s'est terminée tard. Le personnel de l'hôtel a dû nous mettre à la porte. Ensuite Renée, moi, et un autre couple sommes allés prendre un petit déjeuner. Je ne pouvais pas dire non à des donateurs potentiels. Soit dit en passant, j'ai une migraine carabinée. Sans doute à cause de ce dernier vodka-tonic.

— Jamison, je vous croyais plus raisonnable, le tança-t-elle en souriant. Vous n'étiez donc pas encore couché quand vous êtes passé ici ce matin.

— Ce matin ? Que me chantez-vous là ?

— Vous êtes arrivé vers 6 heures. Je venais de faire du café, mais vous êtes reparti avant que je n'aie pu vous mettre la main dessus.

— Liz, combien de verres de vin avez-vous bus, hier soir ? Elle balaya la question d'un revers de la main.

— Deux. C'est ma limite.

— Eh bien, vous devriez réduire à un. Renée a réglé le réveil pour 7 heures, et j'ai à peine eu le temps de prendre une douche avant de venir ici.

Liz secoua la tête, essayant de tirer une signification de ce que Jamison venait de dire.

— J'ai entendu la porte de l'entrée s'ouvrir. L'alarme ne s'est pas déclenchée. Je suis sûre d'avoir ensuite entendu celle de votre bureau. Mais lorsque je suis sortie de la cuisine, je n'ai vu personne.

— Ça devait être une portière de voiture.

— Non. Ce n'était pas ça.

— Alors c'était Cynthia ou Carmen ou une employée de l'autre équipe. Encore que je ne vois pas qui se serait levé aussi tôt après notre soirée. Mais que faisiez-vous ici ?

— Mary Thorton doit venir à 8 heures, et je voulais avancer un peu dans mes dossiers.

Inutile de lui dire qu'en réalité elle avait fui ses rêves, quand déjà il la croyait sujette à des hallucinations…

— Lui avez-vous parlé depuis ces coups de feu ? Pauvre petite. Ça a dû la traumatiser.

— Je le crois aussi. L'inspecteur Montgomery pense qu'elle en sait plus qu'elle ne veut le dire.

— Est-ce pour cela qu'il est venu à notre soirée d'hier ?

Liz haussa les sourcils. Il était rare que Jamison remarque quelque chose qui ne le concernât pas directement. Mais encore une fois, l'inspecteur Montgomery n'était pas un homme qui passait inaperçu.

— Oui.

— Au moins n'était-il pas en uniforme. Ça n'aurait pas été bon pour les dons. Comment avez-vous trouvé cette fête ? ajouta-t-il en s'asseyant dans l'un des fauteuils de vinyle.

— Apparemment, les gens se sont amusés, répondit-elle pour lui faire plaisir.

Son regard s'éclaira aussitôt. Jamison était peut-être un rien égocentrique et vaniteux, mais Liz savait qu'il ferait n'importe quoi pour la CSJM. Elle aussi, du reste… Même passer une soirée avec Howard Fraypish.

Lorsqu'ils étaient étudiants, les deux hommes partageaient la même chambre. Après la fac, Jamison était entré dans les services sociaux et avait épousé Renée. De son côté, Howard s'était lancé dans des études de droit, qu'il avait achevées en tête de sa promo. Il avait embrassé la profession d'avocat et demandait des honoraires très élevés. Il possédait une grande demeure avec vue sur le lac Michigan, et avait ouvert son propre cabinet cinq ans plus tôt.

Leur amitié n'avait jamais connu d'ombre, et lorsque Jamison avait été recruté pour diriger la CSJM, c'est naturellement qu'il avait fait appel au cabinet d'Howard pour gérer les questions d'adoption.

— Un petit coup de fouet ? suggéra-t-il en désignant du menton la tasse vide de Liz.

— Volontiers.

Ils remontèrent vers la cuisine. Liz avait rempli sa tasse et tendait le pot de café à Jamison lorsque le portable de celui-ci sonna. Liz commença à s'éloigner, mais s'arrêta net en entendant le pot se fracasser sur le sol.

Elle pivota aussitôt sur ses talons. Jamison se tenait immobile, le téléphone à l'oreille, entouré d'éclats de verre et de projections de café. Elle revint vers lui.

— Jamison ?

— Il y a une bombe dans mon bureau, annonça-t-il d'une voix blanche. Elle est réglée pour exploser dans quinze minutes.

3

L'inspecteur Sawyer Montgomery arriva une poignée de minutes après que l'équipe d'artificiers eut désamorcé, démonté, déconnecté — Liz n'était pas sûre des termes exacts — la bombe posée sur le plateau du bureau de Jamison. Il leur avait fallu dix minutes pour y parvenir. Dix interminables minutes.

Les policiers de ronde dans le quartier étaient accourus immédiatement après qu'elle eut appelé le 911 sur le portable de Jamison, après s'être éloignée de l'immeuble. Ces derniers avaient bloqué les rues et évacué les gens de leur logement. Les voisins de la CSJM, pour beaucoup encore en pyjama, s'étaient répandus dans la rue. Mères avec enfants dans les bras, vieilles personnes peinant à se déplacer : tout le monde fut repoussé derrière la bande jaune réglementaire installée à la hâte.

Liz s'était demandé si l'inspecteur Montgomery viendrait. Pour être honnête, elle avait envisagé de l'appeler. Dans la frénésie qui avait précédé l'arrivée des secours, elle avait souhaité la présence d'une personne compétente, et l'inspecteur Montgomery semblait en être l'exemple type. Elle doutait qu'il rencontrât jamais un problème qu'il ne puisse résoudre.

Mais à présent qu'il était là Liz avait envie de disparaître dans un trou de souris. Elle ne savait trop si elle voulait se réfugier entre ses bras, ou fuir loin de lui pour se protéger de son magnétisme, de ses questions, de ses regards entendus.

Elle l'observa tandis qu'il descendait de voiture et scrutait la foule. Il dit quelque chose à l'homme qui l'accompagnait. Liz sut à quel moment précis il la repéra, malgré la centaine de mètres qui les séparaient. Un frisson lui remonta le long du bras comme s'il l'avait touchée.

— Que s'est-il passé ? demanda-t-il lorsqu'il l'eut rejointe.

Liz déglutit, luttant de toutes ses forces pour ne pas pleurer. C'eût été du dernier ridicule ! Il n'y avait eu ni mort ni blessé. Et puis cette envie stupide ne l'avait saisie que lorsqu'il s'était dirigé vers elle.

— Une menace à la bombe, expliqua-t-elle. En fait, davantage qu'une menace, j'imagine. Les artificiers l'ont désamorcée il y a quelques minutes.

— Où se trouvait-elle ?

— Sur le bureau du directeur. Dans un sac en papier kraft.

Les larmes qu'elle redoutait lui brûlèrent les yeux.

L'inspecteur Montgomery lui saisit doucement le bras.

— Hé ! Est-ce que ça va ?

Il avait l'air si inquiet que les digues faillirent céder.

— Oui, ça va, je vous assure. Tout le monde a été super.

L'inspecteur Montgomery fronça les sourcils, mais ne la lâcha pas. Une délicieuse chaleur lui parcourut le bras.

— Venez par ici, dit-il en l'emmenant vers le bord du trottoir.

— D'accord.

Tout ce qu'il voulait. Tant qu'elle n'avait pas à réfléchir. Parce qu'alors elle penserait à la bombe. Au visage décomposé de Jamison. A la panique brute qui l'avait saisie tandis qu'ils s'éloignaient en courant de l'immeuble.

Il ôta sa main, et Liz sentit aussitôt un froid là où il l'avait touchée. Froid qui se propagea jusqu'à son ventre, ce qu'elle trouva pour le moins étrange. Il retira sa veste, la plia et la posa à même le trottoir.

— Si vous vous asseyiez ? proposa-t-il.

— Je peux m'asseoir sur le ciment, protesta-t-elle.

— Pas si vous voulez garder propre ce... ce...

Il parut soudain très mal à l'aise.

— Euh, je connais le nom, mais impossible de remettre le doigt dessus.

Il était de braise quand il était sérieux, et absolument

craquant quand il était embarrassé. La combinaison des deux était redoutable.

— Pantalon capri.

— Ça me serait revenu, déclara-t-il avec un sourire à faire fondre la banquise.

Oh ! Seigneur. Elle s'assit. Elle en avait besoin, avant de tomber en pâmoison.

— J'en suis sûre, inspecteur Montgomery.

— Sawyer. Vous pouvez m'appeler Sawyer.

Liz hocha la tête. Il se montrait simplement poli. Après tout, en l'espace de moins de quarante-huit heures, leurs chemins ne s'étaient-ils pas croisés trois fois ? Ils n'étaient plus tout à fait des étrangers. Et elle était assise sur sa veste.

— Et moi Liz, marmonna-t-elle.

— Liz, répéta-t-il.

Elle aimait la façon dont le « z » glissait sur sa langue. En fait, elle aimait la façon dont toutes les consonnes et voyelles glissaient sur sa langue. C'était du chocolat fondu, qui sortait avec des bulles d'un gâteau tout juste sorti du four. Sucré. A en avoir l'eau à la bouche…

— J'ai quelques questions à vous poser, dit-il.

— Bien sûr.

Ils se tenaient tout près l'un de l'autre, assis sur le ciment gris, leurs cuisses se touchant presque. Liz avait envie de poser sa tête sur la puissante épaule de l'inspecteur. Il en serait sans doute très décontenancé, présuma-t-elle.

Elle choisit de clore les paupières. Cela faisait des siècles, lui semblait-il, qu'elle s'était arrachée à son lit pour prendre le bus de 5 heures.

— Sawyer ?

Liz rouvrit les yeux. L'homme avec qui il était arrivé les toisait de toute sa hauteur. Il était plus grand de quelques centimètres, sans doute plus lourd de quelques kilos, et avait les yeux les plus bleus qu'elle eût jamais vus.

— Qu'as-tu trouvé ? s'enquit Sawyer.

— C'était une bombe, rien à dire. Assez grosse pour faire

pas mal de dégâts. La désamorcer a été rapide. Comme si celui qui l'a posée voulait nous faciliter le travail.

Sawyer demeura silencieux.

— Et vous êtes… ? s'informa Liz.

Un large sourire éclaira le visage de l'homme, révélant des dents parfaites.

— Inspecteur Robert Hanson. Mon coéquipier manque d'éducation, sinon il nous aurait présentés.

— Moi, c'est Liz Mayfield.

— J'avais deviné. C'est un plaisir de vous rencontrer. Je…

— Quoi d'autre ? l'interrompit Sawyer.

L'inspecteur Hanson haussa les épaules.

— Nous aurons les rapports du labo cet après-midi. Mais il ne faut pas en attendre grand-chose. D'après les techniciens, ça ressemble à du travail de professionnel.

— De professionnel ? s'étonna Sawyer, avant de secouer la tête. De nos jours, même un lycéen sait comment fabriquer une bombe.

— C'est vrai.

Hanson planta son regard dans le sien.

— Tu as pris sa déclaration ?

— Pas encore.

Sawyer sortit un carnet et un stylo de sa poche. Son coéquipier les considéra l'un et l'autre, les sourcils froncés.

— Qui est entré le premier dans l'immeuble, ce matin ?

— Moi, répondit Liz. Il était environ 5 h 30.

Sawyer leva les yeux de son carnet.

— Vous avez mal dormi ?

Liz se contenta de hausser les épaules.

— La porte était-elle verrouillée à votre arrivée, mademoiselle Mayfield ? demanda l'inspecteur Hanson.

— Oui. Je suis entrée, j'ai reverrouillé derrière moi et j'ai remis l'alarme.

— Vous en êtes sûre ?

— En général, je suis là la première. J'ai l'habitude.

— Avez-vous noté quoi que ce soit d'inhabituel une fois à l'intérieur ?

— Non. Je suis allée dans la cuisine me faire un pot de café.

— Et ensuite ?

— J'ai entendu la porte d'entrée s'ouvrir, puis j'ai cru entendre celle de Jamison. Il s'avère que c'était le cas.

— Vous n'avez vu personne ?

— Non. En quittant la cuisine, j'ai regardé partout.

— Regardé partout ? répéta Sawyer sur un ton de reproche. Vous auriez dû appeler la police.

Liz se rembrunit.

— Je ne peux pas appeler la police chaque fois que j'entends une porte s'ouvrir ou se fermer.

— On vous a envoyé une lettre de menaces, puis il y a eu ces coups de feu tirés par votre fenêtre, lui rappela-t-il sur le même ton. Vous auriez peut-être dû y songer avant de décider d'explorer les lieux.

Hanson se tourna vers son coéquipier.

— Allons, c'est bon, continuons. Tu prends des notes ?

Sawyer ne répondit pas.

— Après que j'ai *regardé partout*, reprit Liz en insistant sur ces derniers mots, je suis descendue à mon bureau me mettre au travail. Lorsque Jamison est arrivé, je me suis interrompue pour prendre un café avec lui dans la cuisine.

— Quelle heure était-il ?

— Un peu avant 8 heures. Son portable s'est mis à sonner, et… et nous avons appelé le 911. C'est à peu près tout.

— Vous êtes restée très calme, observa Hanson en lui souriant. Ça demande un certain cran.

Elle lui rendit son sourire.

— Merci.

— Viens, dit Sawyer en saisissant son coéquipier par le bras. Je veux parler au directeur.

Liz se releva si vite que sa tête lui tourna. Ramassant la veste de Sawyer, elle la secoua et la lui tendit.

— N'oubliez pas ça.

Il s'en saisit, et leurs doigts se touchèrent. Le duvet des bras de Liz se hérissa aussitôt. Seigneur, que lui arrivait-il ? Jamais aucun homme n'avait provoqué chez elle une telle réaction.

Encore moins un homme qui semblait penser qu'elle avait une cervelle de moineau.

Sawyer ramena son bras vers lui comme s'il s'était piqué.

— Je, euh… Eh bien, je vous verrai plus tard.

Fantastique. Voilà qu'elle le faisait bredouiller.

Il s'était déjà éloigné de plusieurs pas lorsque Hanson parvint à le rattraper.

— Hé là, pas si vite. Qu'est-ce qui ne va pas chez toi ?

Sawyer secoua la tête.

— Laisse tomber.

— Tu te comportes comme un débile et tu veux que je laisse tomber ?

— Peut-être as-tu oublié que nous sommes ici pour enquêter sur un acte criminel. Nous avons un certain nombre de personnes à interroger. J'ai estimé qu'il n'était pas nécessaire de passer plus de temps avec Liz.

— Liz, hein ?

— Oui, Liz, admit Sawyer en faisant de son mieux pour paraître détaché. Elle m'a dit que je pouvais l'appeler Liz.

— Depuis quand tu balances toutes les procédures aux orties pour un témoin ?

— Ce n'est pas ce que je faisais. Elle était bouleversée. J'ai voulu lui apporter un peu de réconfort. Le mot compassion, ça te dit quelque chose ?

Il se remit en route. Robert lui emboîta le pas.

— Ce n'est pas de la compassion que j'ai vue. Que se passe-t-il, mon pote ?

Sawyer l'ignorait. Il n'avait pas la moindre idée de la raison pour laquelle son esprit partait en vrille chaque fois qu'il se trouvait à moins d'un mètre de Liz Mayfield.

— Cette femme est témoin direct d'un acte criminel. Nous l'avons interrogée. Je me suis dit qu'il fallait continuer.

— C'est tout ?

— Que veux-tu qu'il y ait d'autre ?

Robert le regarda droit dans les yeux et hocha la tête.

— Ton timing est nul. Deux minutes de plus, et j'avais le numéro de téléphone de la petite Lizzie.

— Lizzie, répéta Sawyer.

— Elle est tout à fait mon genre.

Sawyer réprima un puissant désir d'écraser son poing sur le nez de son coéquipier et meilleur ami depuis deux ans.

— Elle n'est *pas du tout* ton genre.

Robert pencha la tête de côté.

— Vraiment ?

— Ouais, vraiment.

— Que je sois pendu ! s'esclaffa Robert, le visage métamorphosé par un franc sourire. Tu en pinces pour elle.

— Ne dis donc pas de bêtises, grommela Sawyer en s'éloignant de nouveau de son collègue.

Robert courut derrière lui.

— Tu as des vues sur un témoin. M. Professionnel, M. Je-n'oublie-jamais-mon-éducation-sudiste. Ça doit te tuer !

— Liz Mayfield va m'aider à coincer Mirandez. C'est le seul objectif que j'ai.

Robert lui asséna une claque dans le dos.

— C'est ça. Continue de te le répéter, Sawyer. Allons parler au directeur.

Lorsqu'ils eurent rejoint le patron de Liz, ce dernier leva l'index et leur fit signe de patienter pendant qu'il terminait son coup de fil. D'après ce que Sawyer pouvait en saisir, Jamison prenait des arrangements pour orienter ses clientes vers d'autres structures. Après plusieurs minutes, il mit fin à la communication et rangea son portable dans sa poche.

— Inspecteur Montgomery, dit-il avec un sourire attristé. J'avoue que j'espérais ne plus avoir à vous parler.

Sawyer se sentit désolé pour lui. On eût dit qu'il venait de perdre son meilleur ami.

— Voici mon coéquipier, l'inspecteur Robert Hanson.

— Heureux de vous rencontrer, inspecteur. Je suis Jamison Curtiss, directeur de la Cellule de Soutien aux Jeunes Mères.

Sawyer regarda Robert lui serrer la main, sachant que son ami avait la capacité de dresser en quelques secondes la liste de tout ce qu'il y avait à savoir sur un individu.

— Si j'ai bien compris, reprit-il en cherchant son carnet

dans sa poche, vous avez reçu ce matin un appel téléphonique vous informant de la présence d'une bombe dans votre bureau.

— C'est exact. Je venais d'arriver. Il était 7 h 50, je crois.

— Qu'avez-vous fait ensuite ?

— Liz et moi avons quitté l'immeuble.

— Que s'est-il passé après cela ?

— J'ai reçu un second appel.

Sawyer cessa de prendre des notes.

— Quoi ?

— Il est arrivé juste après qu'ils ont trouvé la bombe. C'était le même interlocuteur que la première fois. Il m'a félicité d'avoir suivi ses indications. Puis il m'a dit qu'à moins que je ne ferme la CSJM il y aurait une autre bombe. Je ne saurais ni quand ni où, mais il y en aurait une.

— Liz Mayfield n'a rien dit de ce second appel.

Sawyer n'arrivait pas à croire qu'elle ait gardé une telle information pour elle.

— Elle l'ignore. Je ne suis pas pressé de lui en parler.

— Quelqu'un d'autre l'a entendu ?

Non que Sawyer doutât de sa sincérité. L'homme paraissait réellement secoué.

— Non. Il a duré une dizaine de secondes, puis le gars a raccroché.

— Qu'allez-vous faire ? demanda Sawyer tout en s'autorisant un bref regard en direction de Liz.

Il ne la vit pas, et son cœur rata un battement. Puis il la repéra : elle lui tournait le dos. Il lui fallut trois bonnes secondes pour s'apercevoir qu'il fixait son postérieur, et cinq autres pour en arracher son regard.

Robert émit un petit rire moqueur. Discret, mais suffisamment audible pour que Sawyer l'entende. Jamison Curtiss parut désorienté. D'un hochement du menton, Sawyer lui fit signe de poursuivre.

— En l'espace de quarante-huit heures, répondit-il, l'une de mes employées a reçu une lettre de menaces anonyme, on a tiré sur mes locaux et posé une bombe dans mon bureau. Celui ou celle qui cherchait à obtenir mon attention a réussi.

Alors, à moins que vous puissiez me dire qui est derrière tout cela, je ne pense pas avoir beaucoup le choix.

— Nous l'ignorons, déclara Robert, mais nous le trouverons. Qui a la clé de la CSJM ?

— Les conseillères, ainsi que l'hôtesse d'accueil. Chacune a un emploi du temps différent.

— Et chacune connaît le code pour désactiver l'alarme ?

— Bien sûr.

— La même clé ouvre tous les bureaux ? demanda Robert.

— Oui.

— La porte d'entrée également ?

— Egalement, oui.

Sawyer et Robert échangèrent un regard. Une clé, et un code. Un jeu d'enfant pour quelqu'un comme Mirandez.

— Vous nous avez déjà fourni une liste des employées avec leurs adresses respectives, observa Robert. Il me faudrait aussi leur dossier personnel.

Jamison grimaça.

— Est-ce vraiment nécessaire ?

— Oui.

Sawyer prononça ce « oui » de sorte que Jamison comprenne qu'un refus était exclu.

— Bon. Je vous les ferai parvenir cet après-midi.

— Quelqu'un d'autre a la clé ? Une entreprise de nettoyage par exemple ?

— Nous savons tous nous servir d'un aspirateur. Nous n'avons pas les moyens de faire appel à une entreprise extérieure.

— Y a-t-il eu une embauche récente dans votre équipe ?

— Non. Nous sommes tous là depuis des années. Liz et Carmen nous ont rejoints à peu près à la même époque.

— Carmen ? demanda Robert.

— Heureusement pour elle, son frère était malade ce matin, et elle est arrivée tard au bureau.

Il désigna du doigt le groupe de conseillères réunies de l'autre côté de la rue.

— Carmen Jimenez est la femme brune à côté de Liz.

— Waouh, jolie ! laissa échapper Robert, avant de se rendre compte de sa bévue. Excusez-moi…

Jamison haussa les épaules.

— Presque tous les hommes ont cette réaction en la voyant. Beaucoup de nos clientes parlent espagnol. Elle est un atout de poids.

Sawyer étudia les deux femmes, plongées dans une grande conversation. Carmen était plus petite d'une demi-tête, ses cheveux noirs et sa peau mate offrant un contraste marqué avec les cheveux blonds et le teint clair de Liz.

— Liz et Carmen s'entendent bien ?

— Elles sont très amies. Nous formons une sorte de grande famille, à la CSJM.

Il s'interrompit, la mine soudain soucieuse.

— Il faut que j'aille leur parler, grommela-t-il. Elles ont le droit de savoir ce qui se passe.

Sawyer le suivit des yeux tandis qu'il traversait la rue pour rejoindre Liz, Carmen, et une autre femme qui paraissait de dix ans plus âgée. Cynthia, supposa-t-il. La conseillère qui ne travaillait que le matin. Il n'entendait pas ce que leur disait Jamison, mais leur expression était à la fois choquée et apeurée. Quant à Liz et Carmen, songea-t-il non sans ironie, elles semblaient carrément furieuses.

Au bout de dix minutes, le groupe se sépara, et Jamison revint vers eux.

— Voilà, elles savent. Je les ai informées que j'avais commencé à orienter nos clientes vers d'autres structures. Nous avons une responsabilité envers ces jeunes filles.

Responsabilité. Un mot qui avait un sens pour Sawyer. Lui-même avait pris celle de faire tomber Mirandez.

— Je vais parler à Liz, annonça-t-il à Robert.

Celui-ci jeta un nouveau coup d'œil de l'autre côté.

— Je t'accompagne.

En arrivant auprès de Liz, Sawyer s'aperçut que Mary Thorton était assise sur un banc juste derrière elle. L'adolescente leva les yeux en voyant les deux hommes approcher. Elle ne sourit pas, n'eut pas un froncement de sourcils, n'afficha aucune émotion.

Sawyer ne put s'empêcher de l'étudier. Elle portait un chemisier vert sous un pull orange trop petit. Avec son ventre proéminent, elle faisait penser à un potiron. Puis il nota des mouvements ténus qui agitaient sa jupe.

Sawyer se rappela la première fois où il avait senti son bébé bouger. Son univers en avait été ébranlé. Il avait d'abord posé la main sur le ventre de sa petite amie, puis sa joue. Une heure s'était écoulée avant que le bébé ne bouge de nouveau, mais l'attente en avait valu le coup.

Il tendit la main à Carmen Jimenez.

— Mademoiselle Jimenez. Je suis l'inspecteur Montgomery.

— Bonjour, répondit-elle.

— Et voici mon coéquipier, l'inspecteur Hanson.

Robert lui tendit la main à son tour.

— C'est un plaisir, mademoiselle Jimenez.

Il lui adressa ce sourire irrésistible que Sawyer avait maintes fois vu à l'œuvre.

Contrairement à la plupart des autres femmes, Carmen n'eut pas un battement de cils. Elle le salua poliment et lui serra si brièvement la main que Sawyer se demanda si elle l'avait seulement touchée.

Il reporta son attention sur Mary, gardant cette fois les yeux sur son visage. Il ne voulait pas commettre l'erreur de regarder de nouveau son ventre.

— Mary, demanda-t-il d'une voix posée, où étiez-vous à 6 heures ce matin ?

— Je dormais.

— Seule ?

Elle se fendit d'un large sourire.

— Je n'aime pas dormir seule.

— Donc je suppose que la personne avec qui vous dormiez pourra confirmer que vous étiez au lit à 6 heures ce matin ?

— Je n'en sais rien. Peut-être.

— Allons, Mary. Il ou elle s'en sera aperçu si vous vous êtes glissée hors du lit.

— Faites-moi confiance sur ce point, poulet. Ce ne sera jamais « elle ».

— J'en suis convaincu. Comment s'appelle-t-il ?

— Je ne peux pas vous le dire.

Les yeux de la fille s'étaient élargis, et Sawyer aurait juré voir sa lèvre inférieure trembler. Liz devait également l'avoir remarqué, car elle s'assit à côté de Mary sur le banc et lui enlaça les épaules.

Sawyer adoucit volontairement sa voix. Il lui coûtait de le reconnaître, mais il avait besoin de l'adolescente.

— Mary, nous pouvons vous aider, mais pour cela il faut que nous sachions ce qui se passe. Il faut nous le dire.

— Je ne sais rien. C'est à lui qu'il faut demander.

— Lui qui ? Mirandez ?

Elle secoua la tête et fronça les sourcils.

— Non.

— Qui, Mary ? Je vous en prie, c'est important.

Elle hésita un instant, puis sembla se décider.

— Bon, très bien. Il s'appelle Doudou.

— Doudou ?

— Oui. Mon ours en peluche. Je dors avec lui depuis que j'ai six ans.

Sawyer entendit rigoler dans son dos. Il se retourna. Robert se mit à tousser dans sa main, tandis que, les yeux arrondis par la surprise, Carmen pressait les doigts sur ses lèvres. Il se tourna vers Liz. Celle-ci fixait ses pieds.

Nom d'un chien ! Il sentait dans sa bouche le goût métallique de l'hameçon. La gamine avait appâté sa ligne, l'avait lancée à l'eau, puis avait tourné son moulinet et ramené sa prise. Il ne lui restait plus qu'à se débattre sur le trottoir.

— Très drôle, dit-il. J'espère que vous rirez toujours lorsque vous serez derrière les barreaux à attendre votre procès.

Liz se leva d'un bond et, d'un mouvement de la tête, désigna le trottoir opposé.

— Puis-je vous dire deux mots, inspecteur ?

Sawyer acquiesça et commença à traverser la rue. Sans prévenir, il s'arrêta brusquement. Liz manqua de se heurter à lui. Elle était si près qu'il sentait les effluves de son parfum. La journée était déjà chaude et moite, mais ce dernier était aussi frais, aussi pur qu'une promenade dans un jardin un soir de printemps.

— Ne la menacez pas, prévint Liz. Si vous avez des charges contre elle, arrêtez-la, sinon laissez-la tranquille. Ce que vous faites ne peut que leur nuire, à elle et son bébé.

Sawyer prit une profonde inspiration, s'emplissant les poumons de son parfum. Et, chose incroyable, ça le calma.

— C'est une petite idiote.

— Je reconnais que Mary n'est pas commode.

Il éclata de rire malgré lui.

— Apprendre la propreté à un jeune chiot n'est pas commode !

Liz lui sourit, et il crut que la terre avait légèrement basculé sur son axe.

— Je lui parlerai, dit-elle.

— Comment ? Ne doit-elle pas être dirigée ailleurs ?

Liz regarda par-dessus son épaule, comme pour s'assurer qu'il n'y avait personne pour l'entendre.

— Je vais continuer à la voir. Elle a besoin de moi.

— Votre directeur ferme boutique.

— Je sais. Carmen et moi en avons déjà discuté. Nous recevrons les clientes chez moi, à mon appartement.

Son calme s'envola.

— Vous êtes folle ?

Elle haussa le menton d'un air têtu.

— Vous avez reçu une lettre de menaces, dit-il en pointant le doigt sur elle. Qui peut être liée ou pas au mitraillage de votre bureau, liée ou pas à la pose de cette bombe, liée ou pas à Mirandez, à Mary, ou à l'homme sur la lune. Que croyez-vous, bon Dieu ?

— Il faut que je prenne le risque, répondit-elle d'une voix si basse que Sawyer dut se pencher en avant pour l'entendre.

— Pourquoi ?

Voulait-elle se faire tuer ?

— Il le faut, c'est tout.

Etait-ce du désespoir ou de la détermination qu'il percevait dans son ton ? Rien de ce qu'il pourrait dire, comprit-il, ne la ferait changer d'avis.

— Quand ? Quand allez-vous commencer cela ?

— Demain. Mary vient me voir chez moi demain.

Génial. Cela lui donnait vingt-quatre heures pour trouver un moyen de les sauver toutes les deux.

4

L'appartement de Liz paraissait encore plus petit après la transformation de la cuisine en bureau et l'occupation par Carmen de la chambre d'amis. Les filles entraient et sortaient, et même si l'environnement était différent, les conversations étaient à peu près les mêmes que si elles s'étaient tenues dans un demi-sous-sol des quartiers sud.

L'après-midi touchait à sa fin lorsque Carmen se fraya un chemin jusque dans la cuisine.

— J'ai cru que l'inspecteur Montgomery allait nous faire une crise cardiaque hier, dit-elle en avalant une gorgée de sa bouteille d'eau. On aurait dit qu'il voulait t'étrangler.

Liz éclata de rire et saisit sa tasse de café. Elle en sirota un peu, et jeta le reste dans l'évier. Pouah ! Il n'y avait rien de pire que le café froid.

— Il pense que nous avons perdu la tête.

— Peut-être a-t-il raison, murmura Carmen, avant de froncer les sourcils. A quelle heure était le rendez-vous de Mary ?

Liz consulta l'horloge.

— Il y a trois heures.

— Tu l'as appelée ?

— Quatre fois.

Carmen garda le silence un moment, avant de soupirer :

— Il s'est passé quelque chose.

— Je sais, agréa Liz. Quant à savoir ce que c'est…

Elle se passa la main dans les cheveux.

— Tu as terminé ta journée ?

— Oui, répondit Carmen. Je pourrais rester avec toi.

— Certainement pas. Ton frère est encore malade. Rentre chez toi. En route, achète-lui une soupe de poulet aux nouilles.

— Tu es sûre ?

Liz hocha la tête.

— Très bien. Je t'appelle demain.

Liz regarda son amie partir. Elle attendit quinze minutes avant de tenter de joindre de nouveau Mary sur son portable. Celui-ci sonna, sonna, sans même que la boîte vocale ne s'enclenche. Elle réitéra trois fois sa tentative dans la soirée, avant de rendre les armes et de se mettre au lit.

Au réveil, le lendemain, après avoir essayé de nouveau, toujours sans résultat, elle admit enfin qu'elle avait besoin d'aide. Carmen avait vu juste. Il y avait un problème.

Elle composa le numéro de Sawyer Montgomery. Il décrocha à la seconde sonnerie.

— C'est Liz. Mary avait un rendez-vous hier, mais elle n'a pas donné signe de vie, et je suis inquiète.

Elle crut l'entendre soupirer.

— La police ne peut-elle rien faire ? Ce n'est qu'une gosse.

— Je diffuserai l'information auprès de mes contacts, répondit-il. Si l'un d'eux la voit, il m'appellera.

— Ne devrais-je pas la signaler disparue ?

— Ma foi, pourquoi pas ?

Ça ne pouvait pas faire de mal, se dit Sawyer. Mais il doutait que la démarche fût d'un grand secours. Chaque jour de nombreuses adolescentes étaient portées disparues. La plupart réapparaissaient quelques jours plus tard saines et sauves, convaincues d'avoir appris à leurs parents une chose ou deux. En général les vraies fugueuses appelaient chez elles après deux semaines, lorsqu'elles étaient à court d'argent. Les plus intelligentes, en tout cas. Les autres basculaient dans une vie de prostitution qui finissait par les tuer. Et même pour celles qui continuaient à arpenter les trottoirs chaque nuit, la mort valait mieux que la vie.

Tard la veille, Fluentes l'avait appelé. Mirandez avait quitté la ville, avait-il annoncé, mais il n'en savait pas plus.

Mary devait l'avoir accompagné, songea Sawyer. Il y avait

fort à parier qu'ils s'étaient retirés dans un hôtel de luxe quelque part, se faisant livrer leurs repas dans leur suite, profitant de tout ce que pouvait offrir l'argent du trafic de drogue.

— Ne devrait-on pas vérifier également auprès des hôpitaux ?

— Bonne idée. Bon sang, peut-être a-t-elle eu son bébé !

— J'en doute. Mary a une peur bleue d'accoucher. Elle m'aurait appelée.

A condition de le pouvoir. Peut-être Mirandez avait-il verrouillé toute communication avec l'extérieur.

— Dites-moi, êtes-vous toujours aussi proche de vos clientes ?

— Non. Mais Mary n'a vraiment personne d'autre que moi.

— Elle a Mirandez.

— Il doit avoir décidé que ce n'était pas son problème. Peut-être la vue du sang lui fait-elle peur ?

— Du sien seulement, rétorqua Sawyer. Et sa famille ? N'y a-t-il personne chez qui elle aurait pu se faire héberger ?

— Sa mère est morte il y a des années. J'ai rencontré son père. Il l'a jetée à la porte quand il a appris qu'elle était enceinte. J'ai tenté de le raisonner, mais il n'a rien voulu savoir. Comme on fait son lit on se couche, disait-il, tant pis pour elle.

Ses propres parents, se rappela Sawyer, avaient été furieux lorsque, rentrant à la maison, il leur avait avoué que sa copine était enceinte de ses œuvres. Sa mère avait fondu en larmes. Son père avait quitté la maison pendant quatre heures. Puis il était revenu, et s'était entretenu calmement avec son épouse. Ils lui avaient ensuite demandé de s'asseoir afin de discuter de ce qu'il avait l'intention de faire.

Sawyer voulait épouser Terrie. Mais son avis ne comptait pas, avait-il très vite découvert. Les parents de Terrie avaient refusé ne fût-ce que d'envisager cette idée. Il n'était qu'un pauvre gamin issu des quartiers populaires. Ils voulaient beaucoup mieux pour leur fille.

Sawyer se recueillait devant la petite tombe encore fraîche de son fils lorsque le père de Terrie lui avait confessé que ne pas autoriser sa fille à l'épouser avait été une erreur. Sawyer n'avait même pas répondu. Il savait ce que pensait l'homme :

qu'il aurait pu l'arracher aux drogues qui lui avaient ravagé le corps et l'esprit.

Sawyer n'en croyait rien. Il n'avait pas été capable d'aider Terrie. Un contrat de mariage aurait été de peu de poids face aux griffes de la dépendance. Il l'avait crue, pourtant, lorsqu'elle lui avait promis d'arrêter. Mais cette confiance avait signé son échec. Un échec qui l'avait hanté. Il n'avait pu sauver son fils, pauvre petite créature innocente. Ça lui avait déchiré l'âme et fait saigner le cœur.

— A-t-elle des amis ?

— Elle m'a parlé de deux copines, mais je ne les ai jamais vues.

— D'accord. Alors il ne nous reste qu'à attendre. Il se produira bien quelque chose à un moment ou un autre.

— Il y a un endroit où l'on pourrait chercher, dit Liz. Une librairie pour enfants que Mary adore. Elle y passe de longs moments à fouiller dans les livres, m'a-t-elle dit.

— Vous connaissez le nom ?

— Non, mais j'ai noté l'adresse. J'avais prévu de m'y rendre pour acheter un cadeau pour bébé.

Elle resta silencieuse un moment — et il en conclut qu'elle cherchait quelque chose dans son sac, puis elle lui donna une adresse.

Sawyer siffla tout bas.

— Vous êtes sûre que c'est ça ?

— Oui. Mary en parlait avec enthousiasme. Elle disait que Marvis, la propriétaire, était une femme très cool. Ce n'est pas un quartier que je connais bien.

— Je l'espère, ironisa-t-il. Je doute qu'il y ait beaucoup de librairies dans ce secteur. Des grosses maisons de crack, en revanche… J'irai jeter un œil, et je vous dirai ce qu'il en est.

— Vous plaisantez, n'est-ce pas ?

Il ne répondit pas.

— Ecoutez, Sawyer. Vous avez besoin de Mary, et je suis le meilleur lien que vous ayez avec elle. Mais si vous m'écartez, si vous songez seulement à me mettre sur la touche, ce sera la dernière information que vous obtiendrez de moi.

Sawyer compta jusqu'à dix.

— Interférer dans une enquête de police est un délit puni par la loi. Retenir des indices par-devers soi également.

— Il faudra d'abord le prouver.

Sawyer se retint de rire. Il avait pris sa voix la plus « flic dur à cuire ». Celle qui faisait trembler maquereaux et dealers. Mais Liz ne semblait nullement ébranlée.

— Et vos clientes ?

— J'appellerai Carmen. Ni elle ni moi n'avions un gros emploi du temps aujourd'hui. Elle devrait pouvoir s'en charger. Elle les recevra au coffee-shop près de la CSJM.

— Bien. Soyez prête dans vingt minutes.

Il raccrocha, puis glissa les doigts sur l'épaisse enveloppe qui lui avait été livrée tard la veille au soir. Les dossiers personnels de la CSJM. Parmi lesquels celui de Liz Mayfield.

Il le sortit et l'ouvrit. Copie d'avis d'imposition. Célibataire, sans déductions. Formulaire de dépôt direct. Liste des contacts d'urgence. Harold et Patricia Mayfield, ses parents. Le code était celui d'une banlieue chic.

Il écarta ces documents. Le suivant était son curriculum vitæ. Deux pages détaillées.

Il les survola. Le sigle PhD lui sauta aux yeux. Liz avait un doctorat en psychologie de l'université de Yale. Quelques années plus tôt, elle travaillait encore chez Mathers & Froit. Ce nom ne lui disait rien. Il poursuivit sa lecture. Elle y était employée en tant qu'associée, avec un chiffre annuel personnel d'un demi-million de dollars. Voilà qui était clair. Elle avait très, très bien gagné sa vie.

Mais elle avait tout abandonné pour la CSJM. Pourquoi ? Avec un soupir, Sawyer referma le dossier, se leva et ramassa ses clés sur le bureau. Il regrettait presque de l'avoir examiné. Même enfant, les énigmes l'intriguaient.

Il ouvrait la portière de sa voiture lorsque Robert arriva dans le parking au volant de la sienne. Il attendit que son ami en fût descendu.

— J'ai une piste pour Mary Thorton, annonça-t-il dès qu'il l'eut rejoint.

— Tu veux que je t'accompagne ?

— Non. Ce n'est sans doute rien. Les dossiers personnels sont sur mon bureau. Tu peux les éplucher. Le lien avec la CSJM n'est peut-être pas Mary. Il s'agit peut-être d'autre chose.

Lorsqu'ils se garèrent devant l'adresse de la librairie, Sawyer se fendit d'un petit rire.

Liz baissa les yeux sur le papier, puis vérifia le numéro du vieux bâtiment de brique. Il n'y avait pas d'erreur. La librairie de Marie était le « Palais du Plaisir ». Les vitrines étaient rendues aveugles par du papier d'emballage.

— Qu'en pensez-vous ?

— Je pense que ce n'est pas « Barnes & Noble », répondit-il, sarcastique.

— Terminons-en avec ça, dit-elle en ouvrant sa portière.

Sawyer la rattrapa rapidement.

— Restez derrière moi, ordonna-t-il. Il est trop tôt pour les prostituées et les dealers, mais Dieu sait qui peut rôder dans le coin à cette heure-ci.

Liz ralentit le pas et le laissa prendre la tête. Il poussa la porte du pied.

— Et Dieu sait ce qu'ont touché les dernières mains qui ont tourné cette poignée, observa-t-il entre ses dents.

Il y avait des magazines partout. Des femmes, le corps luisant d'huile, dans toutes les positions imaginables. Des hommes avec des femmes, des femmes avec des femmes, des femmes avec des animaux. Après les magazines, les chaînes, cordes et harnais prenaient la relève.

Sawyer laissa soudain échapper un sifflement.

— Je n'y crois pas, marmonna-t-il.

Entourée de DVD, de menottes, d'accessoires de toutes les formes et de toutes les tailles, se trouvait une table couverte de piles de livres pour enfants. Pas neufs, mais en bon état.

Il saisit le premier à sa portée. C'était le classique *Chat chapeauté*, du Dr Seuss.

— Je déteste les œufs verts et le jambon, déclara-t-il d'un ton comique.

— Vous trouvez ça drôle, hein ? le tança Liz.

— Hilarant. Ça vaut le prix de l'entrée.

— L'entrée est libre, objecta-t-elle.

— Il y a toujours un prix, croyez-moi. Simplement nous ne le connaissons pas encore.

— Bonjour ! lança une voix chantante depuis l'angle du fond.

— Mais nous allons vite l'apprendre, chuchota-t-il.

Une femme permanentée aux lèvres rouge vif, presque aussi grande que Sawyer, dotée de sympathiques rondeurs et vêtue d'un ensemble de flanelle violet, s'avança vers eux d'un pas flottant.

— Bienvenue au Palais du Plaisir. Je suis Marvis. Puis-je vous aider ? Qu'est-ce qui vous intéresserait ? Un bon DVD, peut-être ? Nous avons aussi d'excellents...

— En fait, l'interrompit Sawyer en pointant le menton vers la table, nous cherchons un livre pour une amie.

— Un livre d'enfant ?

— Oui.

— Eh bien, vous êtes venus au bon endroit. Tout est à la moitié du prix indiqué. Ces livres appartenaient à mes petits-enfants. Ils sont en bon état. Les livres, bien sûr...

Marvis rit à sa propre plaisanterie, faisant tressauter son double menton.

— Non que mes petits-enfants ne soient pas en bonne santé. Ils en remontreraient à une vieille toupie comme moi !

Voir Marvis tourner à toute vitesse sur elle-même ne manquerait pas de piquant, songea Liz. Croisant le regard de Sawyer, elle sut qu'il pensait exactement la même chose.

— Il y a plus de deux cents volumes ici. Chacun de mes huit petits-enfants a su lire avant l'âge de cinq ans.

— Notre amie vient souvent ici. Un mètre soixante environ, la peau claire, des taches de rousseur, les cheveux blond-roux, et enceinte.

Sawyer fit semblant de farfouiller parmi les livres, tout en gardant un œil sur la porte.

La femme tapota un index à l'ongle verni de rose sur ses lèvres.

— Laissez-moi réfléchir…

Sawyer s'avança vers le comptoir, prit un DVD sur un présentoir, regarda le prix et sortit de sa poche un billet de cinquante dollars.

— Oui, je me souviens, maintenant. Mary, n'est-ce pas ?

Son menton se tripla sous son sourire.

— C'est bien elle.

— Une fille extra. Elle adore la lecture. Elle emporte toujours l'un des classiques, ajouta-t-elle, avant de désigner l'extrémité de la table. La dernière fois, elle a pris *Les Quatre Filles du Dr March*. Si elle avait une fille, disait-elle, elle voulait qu'elle soit aussi jolie que Winona Ryder.

— Quand est-elle venue pour la dernière fois ? demanda Sawyer.

— Cela doit faire au moins une semaine. Hier encore, je disais à Herbert, c'est mon tendre chéri, que je pariais qu'elle avait eu son bébé. C'est un garçon ou une fille ? Elle portait si bas que d'après moi il était clair que ce serait un garçon.

— Il n'est pas encore né, révéla Sawyer.

Prélevant un ouvrage sur la table, il lui tendit une seconde coupure, de vingt dollars.

— Si vous la revoyez, pouvez-vous lui dire d'appeler Liz ?

— C'est promis. Passez une bonne journée tous les deux. Vous êtes sûrs que rien ne vous intéresse dans le magasin ? Nous avons une nouvelle gamme de préservatifs, avec des personnages de dessins animés.

— Non, merci.

Sawyer arracha littéralement Liz de la boutique. Une fois à la voiture, il déverrouilla la portière côté passager, jeta son achat sur le siège arrière, contourna le véhicule pour s'installer au volant, puis démarra sans dire un mot.

— Je me demande s'ils les vendent par assortiments, dit Liz.

Sawyer faillit percuter un lampadaire.

Non qu'il s'inquiétât d'être responsable d'une grossesse non désirée. Un rapide passage sur le billard, dix ans plus tôt, avait réglé la question. Mais il existait d'autres bonnes raisons de se protéger. Avec une femme comme Liz Mayfield dans son lit, il aurait sans doute beaucoup de mal à se les rappeler. Il la voudrait, tout entière, sans rien entre leurs deux corps. Il la voudrait…

— Est-ce que ça va ? demanda-t-elle. Vous êtes tout pâle.

Sawyer reporta son attention sur la route. Dans une minute, elle allait commencer à l'analyser. Si elle découvrait quelle était la teneur de ses pensées, elle sauterait à coup sûr de la voiture en marche.

— Oui, tout va bien.

— Où allons-nous à présent ?

— Je vous emmène chez vous.

— Nous ne pouvons pas laisser tomber comme ça.

— Je ne laisse pas tomber. Mais tant qu'aucun élément nouveau ne se présente, nous attendons. Mary aura peut-être le bon sens de vous appeler.

— Vous avez décidé qu'il n'y a rien de bon à attendre d'elle, c'est ça ?

— Elle est à la colle avec un trafiquant de drogue. Difficile de la voir comme une jeune fille modèle.

— Pourquoi n'essayez-vous pas de la voir comme une jeune fille seule, déboussolée et effrayée ?

Il risqua un regard latéral.

— Je n'y arrive pas.

— Vous n'avez qu'à essayer plus fort.

Il l'avait déjà fait. Chaque maudite journée il avait essayé. Essayé d'arrêter une vermine de plus qui prenait comme cibles des êtres jeunes et vulnérables. Elle n'imaginait pas toute l'énergie qu'il y consacrait. Comme elle n'imaginait pas qu'il la désirait plus qu'il n'avait désiré aucune autre femme dans sa vie. Et pour être honnête, cela lui fichait une trouille de tous les diables.

Oui, il devait essayer plus fort. Il devait garder ses distances, se rappeler que son but était d'agrafer Mirandez. Pas de fricoter avec Liz ni de la laisser prendre possession de ses pensées.

Liz fit sa vaisselle, nettoya sa salle de bains, regarda de vieilles photos et parvint même à avaler un sandwich au beurre de cacahuète. Bref, elle mena une apparence de vie normale. Mais sa seule préoccupation fut d'attendre le coup de fil de Mary.

Lorsque son téléphone sonna enfin, à 19 heures, elle bondit de son canapé et courut dans la cuisine, se cognant l'orteil dans sa hâte.

Elle s'efforça de ne pas montrer sa déception en entendant la voix de Jamison.

— Liz, j'ai parlé à Carmen cet après-midi, annonça-t-il. Il paraît que Mary nous a fait faux bond, hier ?

Jamison comprendrait son inquiétude. Elle savait qu'elle pouvait se confier à lui, mais en fut incapable. Elle ne pouvait se résoudre à accepter l'idée que Mary était peut-être dans le pétrin. Qu'elle était peut-être en train d'appeler à l'aide, mais qu'il n'y avait personne pour l'entendre. Si elle le formulait avec des mots, ça pouvait devenir vrai.

— Vous connaissez les filles de cet âge. Je suis sûre qu'elle ne tardera pas à donner signe de vie.

— J'espère que vous avez raison. J'ignore dans quelle mesure ça peut vous aider, mais j'ai trouvé un truc sur elle qui pourrait intéresser l'inspecteur Montgomery.

— Qu'est-ce que c'est ?

— En rouvrant des dossiers, je suis tombé sur une note indiquant que l'une de mes filles avait entendu parler de la CSJM par Mary Thorton. Elles s'étaient rencontrées dans une boîte de nuit.

— Quelle boîte de nuit ?

— Le Jumpin' Jack Flash. A ce que j'ai compris, ils organisent un concours de danse tous les mardis. Les filles ne paient pas le couvert, et toutes les boissons sont à deux dollars. C'est dans les quartiers sud, sur Deyston Street.

Liz savait où la boîte se trouvait. Sawyer et elle étaient

passés devant en se rendant à la librairie. Et aujourd'hui, c'était mardi.

— Il voudra peut-être aller voir sur place. D'après les infos de ma cliente, c'est l'endroit branché des jeunes. Ça vaut peut-être le coup d'y déposer des brochures de la CSJM.

Son business à lui. Sa vie à elle.

— Merci pour le tuyau, Jamison.

— Vous avertirez l'inspecteur Montgomery ?

— Bien sûr.

Elle raccrocha et composa le numéro de Sawyer. Après quatre sonneries, sa boîte vocale s'enclencha.

— Bonjour Sawyer, dit-elle après le bip. J'ai peut-être un tuyau, pour Mary. Il s'agit d'une boîte de nuit sur Deyston Street. Appelez-moi, O.K. ?

Elle attendit une heure, puis réessaya. De nouveau, elle tomba sur la boîte vocale. Elle tapa le zéro. Une femme répondit. L'inspecteur Montgomery n'était pas là. Etait-ce une urgence ? Voulait-elle le contacter sur son pager ?

Elle faillit dire oui, mais songea qu'il était peut-être en pleine opération. Il faisait un travail dangereux. Il n'avait pas besoin d'être dérangé.

Qu'à cela ne tienne. Elle irait elle-même, jetterait un coup d'œil dans l'établissement et poserait quelques questions. Elle n'y resterait pas longtemps. Ensuite elle ferait son rapport à Sawyer. De toute façon, il valait sans doute mieux qu'il n'y aille pas. Son personnage de flic rugueux risquait d'effrayer les filles qui connaissaient Mary.

Durant les trois dernières années, Liz en avait beaucoup appris sur les adolescentes. Si elles avaient peur, elles se refermaient comme des huîtres. Elle ne voulait pas qu'elles se liguent et rendent impossible tout contact avec Mary.

Ouvrant sa garde-robe, Liz passa en revue ses vêtements. Des tenues habillées et des jeans. Ancienne vie, nouvelle vie. Entre les deux, pas grand-chose. Mais ce soir il lui fallait adopter un look jeune et relativement sexy. Vingt minutes lui furent nécessaires pour trouver son bonheur. Une petite jupe noire, espérant qu'elle n'ait pas à éternuer — la fermeture Eclair ne tiendrait pas —, un soutien-gorge noir également, et un chemisier blanc diaphane qui allait avec l'un de ses maillots de bain de plage. Une fois le tout enfilé, elle glissa les pieds dans des sandales à hauts talons, laissant ses jambes nues.

Après avoir fait bouffer et laqué ses cheveux, elle appliqua trois fois sa dose de maquillage habituelle, puis s'enveloppa d'un nuage de parfum. Pour la touche finale, elle imprima deux tatouages temporaires, l'un sur sa poitrine juste au-dessus du soutien-gorge, l'autre à l'intérieur de sa cuisse, placé de sorte à apparaître dès qu'elle croiserait les jambes. Elle s'en était souvenue à la dernière minute. Ils provenaient d'une boîte de céréales. Le premier était un serpent, le second un drapeau américain. Pas ce qu'elle aurait choisi, mais c'était mieux que rien. Toutes les jeunes filles qu'elle avait rencontrées avaient soit des tatouages, soit des piercings, soit les deux.

C'est avec une certaine satisfaction qu'elle examina le résultat dans le miroir. Si elle n'avait pas l'air d'une adolescente, elle pouvait passer pour une fille de vingt-cinq, vingt-six ans. En tout cas, personne ne devinerait qu'elle en avait trente-deux. Si avancée dans l'âge adulte — de son point de vue du moins — qu'elle ne pouvait se rappeler ce que c'était d'être jeune.

Choisissant un petit sac noir, elle y fourra son portable ainsi que deux cents dollars. Tout a un prix, avait dit Sawyer plus tôt dans la journée. Il fallait qu'elle soit prête à payer pour ses informations.

Elle héla un taxi, ignorant l'expression du chauffeur lorsqu'elle lui donna l'adresse. Une demi-heure plus tard, il se rangeait le long du trottoir. Liz demeura un moment immobile, se demandant pour la première fois si elle ne commettait pas une grosse erreur.

De la musique sortait du petit immeuble ancien. Une quinzaine de jeunes traînaient autour de l'entrée, appuyés aux murs défraîchis. Chacun avait une cigarette et une cannette de bière. Il y avait essentiellement des garçons, et les rares filles étaient toutes prises. L'une était à califourchon sur son copain, lui-même assis sur une chaise de bois, la main sous son chemisier. Une autre, collée de la tête aux pieds à son petit ami dont les mains étaient plaquées sur ses fesses, bloquait presque le passage.

— Alors, vous descendez ? demanda le chauffeur, un sourcil levé. Je ne tiens pas à m'attarder dans ce quartier.

Liz déglutit. Ce matin, l'endroit paraissait gris. Bâtiments gris, trottoirs gris. Même le ciel avait paru un peu gris, comme s'il reflétait la rue au-dessous. Mais à présent cette même rue était noire, violette et rouge. Violente et électrique, aux couleurs du péché et du sexe. Les pétards explosaient, la musique vrombissait, l'air crépitait presque.

— Oui, je descends.

Elle lui lança un billet de vingt dollars et sortit du véhicule.

5

— Ho, chérie, les blondes ça me fait kiffer.

La voix venait d'assez loin sur sa gauche. Liz ne le vit que lorsqu'il s'écarta du coin de l'immeuble. Du genre lourdaud, il paraissait plus âgé que les autres jeunes, peut-être dans les vingt-deux, vingt-trois ans. Du doigt, il l'invita à s'approcher.

— Viens ici, ma poulette. Voyons si c'est vrai qu'on s'éclate plus avec vous.

Deux garçons se bousculèrent en riant, mais personne ne dit rien. Liz ignora tout ce beau monde et entra dans la boîte.

Si la musique était forte à l'extérieur, elle était éprouvante à l'intérieur et lui oppressa immédiatement le cœur. Cahin-caha, elle parvint à se faufiler parmi la foule et arriva au bar. Non loin d'elle se tenait un groupe de filles qui semblaient avoir l'âge de Mary. Seigneur, où était la police ? Ces gosses ne pouvaient avoir l'âge légal pour boire. Liz souhaitait qu'ils soient tous ramassés, mais pas avant qu'elle n'ait obtenu les renseignements qu'elle voulait.

— Je t'ai parlé dehors, trésor.

Liz sentit une bouffée de chaleur lui remonter le cou. Elle se retourna. C'était le gros plouc du trottoir. Elle sut immédiatement que l'ignorer ne marcherait pas.

— Je t'ai entendu, répondit-elle en plaquant un sourire aguicheur sur ses lèvres. Mais il faut que je retrouve ma copine avant de m'amuser.

Il regarda ostensiblement ses seins. Liz résista à une furieuse envie de le gifler, de lui dire d'aller se laver et de se trouver un job.

— Je vais t'aider, chérie. Tu cherches qui ? Je connais tout le monde ici.

Elle réfléchit trois secondes.

— Annie Smith. Elle aime venir danser ici.

— Connais pas.

La saisissant par le bras, il l'attira contre lui. Il sentait le tabac et le rhum bon marché.

— Viens, allons danser.

Il était plus grand de douze centimètres, plus lourd de trente kilos, et avait des poignets deux fois comme les siens. Liz sentit la peur l'envahir jusqu'aux orteils. Peu importait qu'il eût dix ans de moins. L'âge et l'expérience ne lui donnaient aucun avantage. La force brute gagnait toujours.

De sa main libre, elle le caressa sous le menton.

— Ce sera avec plaisir.

Lorsqu'elle sentit son autre main se poser sur son postérieur, elle se força à maintenir son sourire en place.

— Attends-moi ici deux minutes, dit-elle. Je serai avec ces filles, là-bas. Tu me verras.

Elle ouvrit son sac et sortit un billet de vingt dollars.

— Prends-nous un verre à tous les deux, d'accord ?

Puis elle se libéra et rejoignit le groupe de filles remarqué à son arrivée. Plusieurs d'entre elles se retournèrent, la dévisagèrent, puis se remirent à bavarder comme si elle n'était pas là.

Seigneur, elle avait l'impression d'être au lycée !

Elle ne pouvait pas attendre que la glace se rompe entre elles. Elle n'avait que peu de temps avant que Gros Plouc en ait assez d'attendre au bar. Elle contourna le groupe, pour s'arrêter à côté d'une fille qui, à vue de nez, devait être enceinte de cinq mois.

— Qu'est-ce que vous voulez ? demanda celle-ci en tirant une bouffée de sa cigarette.

Liz avait envie de la lui arracher. Ne savait-elle pas ce qu'elle faisait aux poumons de son bébé ?

— Je cherche Mary Thorton.

La fille regarda à droite et à gauche derrière elle, puis commença à s'écarter.

— Attendez, s'il vous plaît, supplia-t-elle sans hausser la voix. Je m'appelle Liz, et je crois qu'elle a des ennuis. Je veux l'aider.

— Liz comment ?

— Liz Mayfield. Je travaille à la Cellule de Soutien aux Jeunes Mères, sur Logan Street.

Liz vit dans ses yeux qu'elle connaissait.

— Vous allez avoir des ennuis si vous demandez Mary, lança l'adolescente à voix basse. Elle n'est pas à Chicago, de toute façon. Elle est partie pêcher la truite avec Dantel dans les Wisconsin Dells.

— Vous en êtes sûre ? demanda Liz, voyant du coin de l'œil son séducteur se diriger vers elle, un verre dans chaque main.

— C'est elle-même qui me l'a dit. Elle ne voulait pas y aller, mais je crois que son mec n'est pas du genre à aimer « non » comme réponse.

Liz avait envie de la serrer sur son cœur. Au lieu de cela, elle recula d'un pas et lança à pleine voix :

— Hé, si tu ne connais pas Annie Smith, tu n'as pas besoin de m'aboyer au nez ! Je posais juste une question !

Elle pivota vers la porte, mais Gros Plouc l'intercepta avant qu'elle ait fait trois pas. Et zut.

— Oh ! merci, dit-elle en saisissant le verre dans lequel elle n'avait aucune intention de tremper les lèvres.

Elle avait beau avoir trente-deux ans et ne plus fréquenter les bars depuis belle lurette, elle connaissait la « drogue du viol ».

Le type la considéra de haut en bas. Lui ôtant son verre, il le posa avec le sien, déjà vide, sur la table la plus proche, lui prit la main et l'entraîna dans la mer de corps.

— Dansons, chérie. Tu boiras plus tard.

Les relents de sueur et de mauvais alcool la submergèrent. Lorsque son « cavalier » l'attira contre lui et qu'elle sentit la bosse de son érection, son cerveau s'arrêta presque de fonctionner. Il avait les mains sur ses fesses, et la bouche près de son oreille.

Elle crut qu'elle allait vomir.

Tout à coup, la foule s'ouvrit et des filles se mirent à

hurler. A quelques mètres, deux types se battaient. L'un avait empoigné une chaise, l'autre brandissait un couteau. Liz les observa tandis qu'un troisième entrait en lice, tenant une bouteille par le goulot.

Gros Plouc la relâcha.

— Je dois faire pipi, annonça-t-elle, avant de se ruer vers les toilettes.

Celles-ci, découvrit-elle, n'avaient pas de fenêtre. Entrant dans l'une des deux cabines, elle sortit son portable et tapa le numéro de Sawyer. Ça sonna une fois, deux fois...

— Hé, n'y reste pas trois heures ! l'interpella une fille en tapant à la porte. Y'en a d'autres qui ont envie de pisser.

— Une minute, répondit Liz.

Le message de la boîte vocale se déroula, suivi du bip. Liz tira la chasse d'eau pour pouvoir parler.

— Sawyer, j'ai besoin d'aide. Je suis au 1882, Deyston Street.

Elle raccrocha, et venait de composer le 911 quand la porte de la cabine s'ouvrit brutalement.

— Tout le monde dehors ! lui cria une femme flic. Levez les mains et avancez vers la porte.

Liz l'eut volontiers étreinte de soulagement. Le pistolet pointé sur elle lui fit comprendre que le geste serait moyennement apprécié.

Elle rejoignit l'intérieur de la boîte. Un peu de la grisaille de la journée s'y était insinué. Les lampes étaient rallumées et la musique s'était tue. Une dizaine d'agents étaient déjà là, et d'autres continuaient à entrer. En quelques minutes ils se déployèrent par paires, divisant les clients en petits groupes. Sacs et poches durent être vidés. Une femme agent palpa Liz de haut en bas, cherchant une arme éventuelle, mais elle s'en fichait.

Elle ne se formalisa même pas de devoir s'asseoir à même le sol, les mains sur la tête. Tout valait mieux que de danser avec ce type, son sexe pressé contre elle, ses mains sur ses fesses. Dieu merci, il n'avait pas tenté de l'embrasser. Même à présent, cette idée lui donnait des haut-le-cœur.

Elle demeura coite. A sa droite, une fille pleurait. A sa

gauche, un garçon beuglait des insanités à l'adresse des flics postés tout autour de la salle. Liz fouilla celle-ci des yeux, à la recherche de la gamine enceinte qui lui avait donné le tuyau, mais ne la vit pas. Elle avait dû réussir à s'esquiver.

Elle essaya de se rappeler tous les films policiers qu'elle avait vus. A quel moment prenait-on les empreintes ? Les photos d'identité judiciaire ? Pourrait-elle passer un coup de téléphone ? Avant ou après ces procédures ?

Mais pour appeler qui ? Sawyer n'était pas à son bureau, et elle ne pouvait demander à Carmen de se rendre au poste de police à 11 heures du soir un mardi. La seule personne à qui elle pouvait s'adresser était Jamison. Ça le mettrait dans tous ses états, mais il viendrait.

Une minute plus tard, en voyant Sawyer franchir les portes, son ami Robert sur les talons, elle comprit que Jamison n'était pas le seul susceptible de se mettre dans tous ses états.

C'est comme frappé par la foudre qu'il s'arrêta devant elle. Il ne dit pas un mot. Il en était incapable.

— Sapristi ! dit Robert.

— Salut, répondit Liz.

— Au nom du ciel, que faites-vous ici ? gronda Sawyer.

Il avait cru mourir d'angoisse. Lorsqu'il avait reçu ses messages, il avait roulé comme un malade vers l'établissement, appelant Robert depuis sa voiture. Ils étaient arrivés presque en même temps. En apercevant la bonne douzaine de véhicules de police à l'extérieur, des pensées plus folles les unes que les autres l'avaient assailli.

Maintenant qu'il savait qu'elle n'avait rien, il avait envie de tordre son joli petit cou.

— Vous êtes venue ici *dans cette tenue* ?

— Je devais me fondre dans le décor, répliqua-t-elle en haussant le menton. Je ne pouvais pas venir en jean.

— Etiez-vous obligée de vous habiller comme ça ?

Il regretta instantanément le ton qu'il avait employé. Mais il avait eu très peur. Il n'avait même pas été là pour la protéger. Et si elle avait été agressée ? Violée ? Tuée ?

— J'ai pensé qu'un tailleur pantalon ne ferait pas l'affaire.

— Vous n'avez pas pensé, point final !

Elle leva un peu plus le nez, si tant est que ce fût possible.

— Je vous ai appelé. J'ai essayé de vous joindre.

— Vous avez laissé un message idiot. Il fallait passer par mon pager, c'est pour cela que j'ai laissé le numéro.

— Je ne voulais pas vous déranger.

— Me déranger ? Vous n'avez fait que ça, depuis que je vous ai rencontrée.

Cette femme le rendait fou.

— Ecoute, Sawyer, intervint Robert. Il n'y a pas eu de bobo. Elle va bien, tout le monde va bien. Ne prends donc pas les choses de façon aussi dramatique.

Sawyer se passa la main sur le visage. Il y avait de la douleur dans les beaux yeux verts de Liz. Une douleur qu'il lui avait infligée.

Il prit une profonde inspiration. Lorsqu'il reprit la parole, ce fut en baissant la voix afin qu'elle seule l'entende. Les autres imagineraient ce qu'ils voudraient.

— Je vous demande pardon, Liz. Si vous saviez comme je m'en veux. J'étais mort d'inquiétude et… Et j'ai réagi comme un imbécile.

Sa voix s'érailla sur ces derniers mots.

— J'aimerais rentrer chez moi, dit-elle. Vous voulez bien m'emmener ?

Ce fut comme si tout le poids du monde s'envolait de ses épaules.

— J'en serais très heureux.

Se tournant vers Robert, il désigna du menton l'officier chargé de la descente.

— Peux-tu…

— Pas de souci. Je leur donnerai ma version expurgée de la raison pour laquelle elle leur file sous le nez. Vas-y.

Approuvant de la tête, Sawyer enlaça Liz par les épaules et lui fit quitter le Jumpin' Jack Flash. Il regretta de ne pas avoir un imper ou autre chose qui aurait permis de dissimuler toute cette chair qu'elle exhibait. Bon sang, quelle mouche l'avait donc piquée ?

Une fois dans la voiture, il verrouilla ses mains sur le volant, craignant de céder à une monumentale envie de la secouer. Bien entendu, dès qu'il l'aurait touchée il serait cuit. Ce serait la fin des haricots. Il finirait par l'embrasser, par la toucher, et peut-être plus si elle n'avait pas l'intelligence de le repousser.

Ce serait une erreur. Elle méritait mieux que ce qu'il avait à offrir, à savoir pas grand-chose. Liz Mayfield était jeune, jolie, et ferait un jour le bonheur d'un époux. Ils auraient de beaux bébés, et si Dieu le permettait les verraient grandir, disputer leur premier match de base-ball, conduire leur première voiture, aller à l'université, vivre leur propre vie.

Tout cela, il avait jadis cru l'avoir. Mais il l'avait perdu. Le petit corps de son fils était devenu froid dans ses bras. Les infirmières et médecins, qui étaient habitués à prononcer les mots « bébé » et « décès » dans la même phrase, l'y avaient laissé. Ils avaient circulé autour de son rocking-chair, veillant à ne pas hausser la voix, évitant de croiser son regard.

Aujourd'hui plus mûr, il savait ce qu'il avait. Son travail, sa carrière. Il procédait à d'importantes arrestations, nettoyait la ville de sa lie. Chaque jour marquait un progrès. C'était plus que d'autres n'en avaient en toute une vie. Il fallait que cela lui suffise.

Après avoir entendu les deux messages de Liz, il avait failli perdre la tête. Au premier déjà, qui lui faisait part de son intention de se rendre dans Deyston Street, il s'était inquiété. Mais en écoutant le second, où la panique déformait sa voix, il avait compris qu'elle était terrorisée, peut-être blessée, et son cœur s'était arrêté de battre.

La voir saine et sauve avait été un énorme soulagement. Puis il avait grillé un fusible. L'angoisse qui le tenaillait avait rompu ses digues. Il le regrettait. Mais il fallait qu'elle prenne conscience de la gravité de son erreur. Pour son propre bien. Elle ignorait combien la rue, et ceux qui la revendiquaient comme leur territoire, pouvait être violente, cruelle, humiliante.

Il la ramènerait à son appartement, et ils parleraient. Il ne crierait pas, ne l'accuserait pas. Ce serait une conversation civile, entre adultes. Il lui ferait comprendre qu'elle devait laisser à la police le soin de rechercher Mary. Qu'elle devait cesser de recevoir chez elle les clientes de la CSJM. Puis il s'en irait.

Il trouva un emplacement libre près de l'entrée de son immeuble.

— J'aimerais entrer un moment, dit-il.

Il se réjouit de ce que sa voix soit si calme, si normale. Donc, il pouvait le faire.

— Je ne suis pas sûre que ce soit une bonne idée.

— Il faut que nous parlions, et je me sentirai mieux si nous le faisons dans votre appartement.

Ben voyons. Ç'aurait dû être lui, le psy.

Il attendit qu'elle ait hoché la tête avant de descendre du véhicule. Oui, tout se passerait bien. Ils auraient une gentille conversation, ensuite il s'en irait, la sachant en sécurité.

Contournant la voiture, il lui ouvrit sa portière. Oh ! Seigneur. De son angle de vue, ses jambes paraissaient interminables. Elle les avait croisées, et son fin pied droit aux ongles rouges pendait avec grâce au-dessus de l'autre. La peau était hâlée, son aspect doux et soyeux. Des genoux ronds, des cuisses fermes, et... un serpent ! Non ! C'était impossible ! Se baissant près de la portière ouverte, il toucha le tatouage du bout du doigt.

— Qu'est-ce que c'est que ça ? Etes-vous devenue folle ?

— Sawyer, ce n'est que...

— Ce n'est pas qu'un tatouage, s'emporta-t-il. Vous avez des jambes sublimes, incroyablement sexy.

Il retira sa main et se massa la tempe, comme s'il avait une soudaine et terrible migraine.

— Comment avez-vous pu ne serait-ce qu'avoir l'idée de porter un tatouage ? Un serpent, par-dessus le marché ! Vous étiez ivre ou quoi ?

— Arrêtez de crier, mes voisins vont appeler la police. Je n'ai pas envie de rediscuter de cela ce soir.

Elle déboutonna les trois premiers boutons de son chemisier.

— Ça s'enlève facilement. Comme celui-ci, regardez.

Il n'avait pas l'intention de regarder. Ce n'était absolument pas nécessaire. Mais il ne put s'en empêcher. Et lorsqu'elle glissa deux doigts minces dans sa bouche, les mouilla de sa langue et en frotta son sein, mélangeant les étoiles et les bandes du drapeau américain, ses genoux manquèrent de se dérober sous lui.

6

— Arrêtez de faire ça, l'enjoignit-il.

Elle leva vers lui ses yeux verts, dans lesquels se lisait la plus grande confusion.

— Mais je voulais juste vous montrer...

— C'est fait, la coupa-t-il. Je n'ai pas besoin d'en voir plus. Allons-y.

Il se détourna, regardant ailleurs tandis qu'elle manœuvrait pour extraire ses longues jambes de l'habitacle.

— Ils proviennent d'une boîte de céréales, expliqua-t-elle.

Jamais plus il ne pourrait manger de Cheerios.

— Très bien. Ne parlons plus de ces tatouages, O.K. ?

Il lui désigna ses clés. Elle les lui tendit. Il déverrouilla la porte de l'appartement, fit signe à Liz de l'attendre, entra seul, effectua un rapide tour d'horizon, puis l'invita enfin à le rejoindre et referma derrière elle.

— Vous et moi allons bavarder un peu. Mais avant cela, allez prendre une douche. Je vais faire du café.

— Je ne bois pas de café le soir. Je préfère les infusions. Vous en trouverez dans le placard.

Des infusions. Il avait besoin d'une bonne dose de caféine bien corsée, et elle voulait de la tisane !

— Parfait. Comme il vous plaira. Enlevez juste toute cette peinture de votre visage, ainsi que ces tatouages.

Il prépara cette stupide infusion et s'efforça de ne pas l'imaginer sous la douche, l'eau chaude glissant sur son corps mince et ferme. Cette femme avait vraiment des formes exceptionnelles. Il avait déjà pu les apprécier, mais maintenant qu'il en avait vu un petit peu plus, il craignait d'être entré dans une phase de vénération.

Il avait déjà fini une tasse de verveine lorsqu'elle revint dans la cuisine. Ses longs cheveux, qui paraissaient plus sombres quand ils étaient mouillés, étaient maintenus sur la nuque en une tresse lâche. Elle avait enfilé un T-shirt, un short de jogging et des chaussettes blanches. Son visage était net, exempt de tout maquillage. On lui aurait donné seize ans. Tant mieux. C'était au-dessous de l'âge légal, il ne serait donc pas tenté de glisser les mains sous son T-shirt.

— Tenez, voici votre infusion.

— Merci.

Se juchant sur un tabouret du comptoir de la cuisine, elle sirota sa verveine par petites lampées. Pendant plusieurs minutes, aucun des deux ne parla.

Ce fut elle qui rompit le silence.

— J'ai fait quelque chose de stupide ce soir, avoua-t-elle, à sa grande surprise.

C'était justement ce qu'il avait l'intention de lui dire.

— Il aurait pu se passer n'importe quoi, et j'aurais été la seule fautive.

Exact. La vérité résumée en quelques mots. Alors pourquoi n'avait-il pas plus de plaisir à l'entendre le dire ? Reconnaître qu'elle avait joué sur un terrain qui n'était pas le sien ?

— Je... Je tenais coûte que coûte à rencontrer les amies de Mary, bégaya-t-elle. Je n'ai pas pris la peine de songer à tous ceux qui pouvaient également se trouver là.

Il ne supportait pas, mais pas du tout, de la voir ainsi affligée.

— Oubliez ça. C'est terminé.

Elle se mit à pleurer. Elle sirotait peut-être sa verveine par petites lampées, mais quand elle pleurait c'était sans demi-mesure. Son nez devint tout rouge, de grosses larmes roulèrent sur ses joues, ses épaules furent secouées de spasmes et des bruits étranglés sortirent de sa gorge. Il avait beau savoir que ce n'était pas intelligent, qu'il le regretterait sans doute après, mais il contourna le comptoir et la prit dans ses bras.

— Allons, allons, susurra-t-il, cherchant à la réconforter.

Vous avez eu une soirée éprouvante. Demain matin tout ira mieux.

— Je déteste être une fille. Je déteste être plus petite, plus fragile, plus faible… Et je déteste avoir peur.

Ses abdominaux se contractèrent.

— Quelqu'un vous a menacée ?

Il s'écarta légèrement pour mieux voir ses yeux.

— Non. Ce n'est rien. Je suis fatiguée.

Elle mentait.

— Quelqu'un a posé les mains sur vous ce soir ?

Une sensation de brûlure naquit au creux de son ventre, pour exploser dans ses bras et ses jambes jusqu'à le faire trembler. Il allait tuer ce salopard.

Elle haussa les épaules et tenta de l'écarter. Il la bloqua.

— Je vous l'ai déjà dit : ne me mentez pas. Ne me mentez jamais.

Elle renifla une dernière fois et leva le menton.

— Quand je suis descendue du taxi, il y avait une bande d'adolescents devant la boîte. L'un d'eux a dit quelque chose. Il semblait un peu plus âgé que les autres, peut-être une vingtaine d'années. Je l'ai ignoré. Mais lorsque je suis entrée, il ne m'a plus lâchée.

— Qu'a-t-il fait ?

Il ne voulait pas le savoir, ne voulait pas l'entendre.

— Il voulait danser.

— D'accord.

— J'ai essayé de m'en libérer. Il était trop fort. Je n'aurais pas pu m'en dépêtrer sans créer une scène. J'ai obtenu le renseignement que je cherchais. Tout ce que je voulais, c'était repartir sans qu'un tas de gens se demandent qui j'étais et ce que je faisais là. Je pense qu'il avait pris quelque chose. Il paraissait à deux doigts de perdre tout contrôle.

Elle avait eu le renseignement concernant Mary. Il s'en fichait.

— Que vous a-t-il fait ?

— Il m'a attirée contre lui et j'ai senti… Je l'ai senti.

Elle rougit, mais se reprit aussitôt.

— Il se pressait contre moi, et j'ai pris peur. J'étais dans un endroit bizarre, je ne connaissais personne et il faisait au moins trente kilos de plus que moi.

Elle cligna des paupières. Des larmes étaient encore accrochées à ses cils.

— Puis il y a eu cette bagarre. Je crois que c'est pour cela que la police a débarqué. J'ai alors prétexté d'un besoin pressant et filé aux toilettes. Quand j'ai vu les flics, j'ai eu envie de les embrasser.

Resserrant les bras sur elle, il la tint contre son cœur et approcha la bouche de son oreille.

— Je suis navré que cela vous soit arrivé. Navré que ce type vous ait touchée. Navré qu'il vous ait effrayée. Mais il faut l'oublier. Vous ne le reverrez jamais.

Elle se laissa aller contre lui, et ses courbes épousèrent soudain ses mains. Sa chaleur se diffusa en lui. Elle posa un baiser sur le côté de son cou.

Mon Dieu, faites que ce soit suffisant ! pria-t-il. Mais il savait que ce ne le serait pas. Il voulait sa bouche, ses mains, ses cuisses ouvertes. Il voulait lui faire l'amour vingt-quatre heures d'affilée. Peut-être alors serait-ce suffisant.

— Je vous suis très reconnaissante, dit-elle.

Il se sentit comme un vieux barbon libidineux. Dotée de la grâce d'une fille de seize ans, elle venait de lui donner un tendre et délicat baiser, ainsi que de touchants remerciements. Tandis que lui ne songeait qu'à la renverser sur un lit, lui relever les jambes et la posséder jusqu'à ce que l'un ou l'autre perde connaissance.

Elle referma les bras dans son dos et l'étreignit. Son corps épousa le sien sur toute sa longueur, le soumettant à une insupportable tentation. Elle sentait si bon. Son parfum était doux et frais. Il baissa la tête sur ses cheveux humides, humant la fragrance fruitée de son shampooing. Il lui caressa le dos, et ses doigts descendirent vers l'ourlet de son T-shirt. Dieu le pardonne, il avait besoin de la toucher.

Il les insinua sous le coton, éprouvant sa peau nue et tiède. Sa texture soyeuse était un pur délice. Remontant sa main le long de sa colonne vertébrale, il découvrit qu'elle ne portait pas de soutien-gorge. Son cœur rata un battement. Etait-elle folle ? Avait-elle la moindre idée de ce que cela lui faisait d'être à quelques centimètres de pouvoir envelopper l'un de ses seins ?

Elle leva le visage, et quand ses lèvres ne furent plus qu'à un souffle des siennes, il s'en empara. Il l'embrassa longuement, voluptueusement. Lorsqu'il glissa sa langue dans sa bouche et que la sienne vint à sa rencontre, son érection fut immédiate.

Sans rompre leur baiser, il avança la main vers le sein convoité et le couvrit. Il était lourd, tendre et chaud. Il taquina le téton de ses doigts, et lâcha un grognement lorsqu'elle cambra les reins pour mieux se coller à lui. Il changea de pied, et son sexe comprimé se pressa contre son ventre.

Elle jeta aussitôt la tête en arrière, les yeux écarquillés.

Ce fut comme si son corps s'était soudain congelé.

Quel idiot ! Quel idiot égoïste et sans cœur ! Un autre homme lui avait fait la même chose ce soir, et elle en avait été effrayée. Elle n'avait pas besoin de revivre ça.

Avec une cruelle résolution, il s'écarta d'elle.

— Je suis désolé, dit-il. Je n'arrive pas à croire que j'aie pu faire ça. Je…

Elle éclata de rire. Un rire quelque peu nerveux, mais qui lui procura un soupçon d'espoir.

— Je suis très attiré par vous, reprit-il. Mais vous n'avez pas de souci à vous faire. Ce serait antiprofessionnel pour moi de nouer une relation avec vous.

Elle le considéra d'un œil fixe.

— Je suis flic, reprit-il, le leur rappelant à tous les deux. Je suis en train d'enquêter sur un meurtre. Je n'ai le droit de rien faire qui puisse compromettre cette enquête.

Il sentit qu'elle commençait à comprendre.

— Ce n'est pas grave…

Il préférait être à mille kilomètres de là plutôt que de lui expliquer pourquoi il ne pouvait envisager de coucher avec elle.

— Je… je ferais mieux de m'en aller, conclut-il en récupérant ses clés sur le comptoir.

La tresse de Liz avait glissé devant son épaule, et elle joua avec les pointes humides.

— Vous ne voulez même pas savoir ce que j'ai appris sur Mary ? demanda-t-elle d'une voix blanche.

Si. Non. Bon sang, il avait tellement dévié de sa route qu'il en avait oublié le cas de Mary ! Il se réfugia derrière le comptoir, obstacle bienvenu entre elle et lui.

— Je vous écoute.

Elle avala une gorgée de verveine, avant de répondre :

— Mary et Dantel Mirandez sont partis pêcher dans le Wisconsin.

Il se mit à rire, heureux de constater qu'il en était encore capable.

— N'importe quoi !

Liz piqua un fard.

— J'ai parlé à l'une de ses amies, ce soir. Au début, elle ne voulait rien me dire. Mais ensuite je crois qu'elle a décidé que j'étais peut-être en mesure d'aider Mary.

— Elle a dit qu'elle avait besoin d'aide ?

— Non. Mais la fille était très nerveuse, comme si elle ne voulait pas être surprise en train de parler de Mirandez ou de Mary.

— Pas folle la guêpe. Ecoutez, Liz, je ne vois pas Mirandez taquinant le goujon. A moins qu'il n'ait découpé quelqu'un en petits dés et s'en serve comme appâts.

— Vous avez dit que Mirandez était intelligent. S'il voulait disparaître, n'est-il pas plausible qu'il soit allé quelque part où personne ne songerait à le chercher ?

— Si. Mais à la pêche ? Et de toute façon, même si je le croyais, il doit y avoir un millier de lacs dans le Wisconsin. Autant chercher une aiguille dans une botte de foin.

— Ils sont allés dans les Wisconsin Dells.

Les Wisconsin Dells. Les « Dells », comme les appelaient les estivants. L'un de ses collègues inspecteurs venait d'y emmener sa famille. Il appelait l'endroit le « Petit Disneyland ». Il y avait plein de parcs aquatiques, de parcours de golf et de restaurants. C'était là que Tommy Bartlett présentait son célèbre show de ski nautique, et des bateaux en forme de canards proposaient des minicroisières sur la rivière Wisconsin.

Avec la meilleure volonté du monde, il ne parvenait pas à imaginer Mirandez dans un tel environnement.

— C'est trop invraisemblable, dit-il, la gorge serrée devant son air déçu. Même s'il y est, nous ne saurions absolument pas par où commencer les recherches.

— Si. Il est dans une cabane. Il suffit de vérifier celles qui se trouvent dans ce secteur.

— C'est le Wisconsin. Des cabanes, il y en a partout, sans parler des campings et du reste. Même si nous savons qu'il est dans la zone des Dells, c'est un très vaste périmètre à fouiller.

Elle ne sembla pas convaincue.

— Il faut que j'essaie.

Quelque chose se crispa dans son estomac.

— Vous n'essaierez rien du tout. Ça ne vous a pas servi de leçon, hier soir ?

Elle déglutit, et il ressentit une pointe de culpabilité pour lui avoir lancé cela à la figure. Mais si c'était ce qu'il fallait pour qu'elle reste en sûreté chez elle, eh bien tant pis.

— Ce n'était pas drôle, en effet. J'ai subi les assauts d'un gros vicieux défoncé et dû m'asseoir une demi-heure sur un sol crasseux. Mais dans le schéma général des choses, ce n'est rien. Je dois retrouver Mary.

— La police finira par coincer Mirandez. Et Mary ne sera pas loin. Nous avons d'importants effectifs dans les rues. Ce n'est qu'une question de temps.

— Sauf s'il est à la pêche.

Il frappa du poing le comptoir.

— Les chefs de gang ne vont pas à la pêche !

— Qu'en savez-vous ? rétorqua-t-elle, avant de se mettre à marcher de long en large. Je ne comprends pas ce qui se passe. J'y réfléchis depuis des jours, et rien ne semble avoir de sens. Enfin si, une chose peut-être. Le jour de notre rencontre, après ces tirs contre mon bureau, vous me disiez que d'après vous Mirandez voulait juste attirer l'attention de Mary. Qu'il ne lui voulait pas de mal.

— Exact. C'est sa petite amie. Peut-être qu'il aime coucher chaque nuit dans le même lit.

— Non, c'est plus que cela. Je crois qu'il pense que le bébé qu'elle attend est le sien.

— Je croyais que le père était un étudiant de Loyola.

— C'est vrai. Mais d'après moi Mary a raconté autre chose à Mirandez.

— Pourquoi ?

— Parce qu'elle est jeune, seule, et qu'elle veut désespérément un homme prêt à l'accepter avec son bébé.

— Dans ce cas, cet étudiant n'aura peut-être été qu'une opportunité à ses yeux.

— Possible. En tout cas, il n'a pas nié avoir couché avec Mary.

— Qui sait combien d'hommes ont couché avec elle ?

Il détestait se montrer trop brutal, mais il fallait que Liz cesse de voir Mary comme une sainte-nitouche. A sa grande surprise, elle ne parut pas choquée.

— Vous avez raison. Nous ne le savons pas. Mirandez non plus, peut-être. Vous disiez que Mary n'était sa petite amie que depuis six mois. Or, elle est enceinte de huit.

Sawyer s'assit sur l'un des tabourets et réfléchit, tapotant ses lèvres de deux doigts.

— Donc, elle était enceinte de deux mois lorsqu'elle a commencé à sortir avec Mirandez. Mais il ne le savait pas.

— Qui sait ? Peut-être elle-même l'ignorait-elle. Mais elle n'a pas dû tarder à s'en rendre compte. A ce moment-là, Mirandez s'occupait d'elle, lui donnait de l'argent, lui procurait un sentiment d'importance.

— Et elle ne voulait pas perdre tout ce bénéfice, observa Sawyer avec une moue dégoûtée.

— Ou alors elle avait peur de le quitter. Surtout après avoir assisté à ce meurtre. Peut-être est-ce la raison pour laquelle Mirandez a voulu l'effrayer : lui faire savoir qu'il ne la laisserait pas s'en aller loin de lui.

— Il serait amoureux d'elle ? C'est possible, après tout.

Liz haussa un sourcil.

— Et s'il voulait le bébé ?

— Mirandez ? s'étonna Sawyer en secouant la tête. Non, c'est un tueur. Pourquoi un jeune caïd comme lui, un trafiquant de drogue notoire voudrait-il d'un bébé ? Et pourquoi justement celui-là ? Des bébés, il en a peut-être déjà une tripotée à Chicago.

— Je n'en sais rien. Mais si j'ai raison et qu'il le veut, alors la vie de Mary ne vaudra plus le prix d'un chewing-gum une fois qu'elle aura accouché.

Sawyer demeura un long moment silencieux.

— Ou peut-être que Mirandez et elle ont décidé de se payer du bon temps quelque part, et qu'elle ne veut pas être retrouvée. Elle n'est peut-être pas du tout en danger.

— Je ne peux pas miser là-dessus. Mirandez la détient peut-être contre son gré. Elle est la seule personne qui puisse l'envoyer en prison. Lorsque le bébé sera né, elle deviendra un fardeau inutile et dangereux.

— Elle devrait être en sécurité encore une quinzaine de jours. L'accouchement est pour septembre, m'avez-vous dit ?

— Les bébés naissent souvent avant terme.

— Nous allons alerter tous les hôpitaux de l'Etat. Du Wisconsin également. Bon Dieu, de tout le pays ! Si une fille correspondant à la description de Mary se présente, nous l'aurons.

— Mais si Mirandez refuse de la laisser aller dans un hôpital ?

— Il est dealer, pas obstétricien.

Même Mirandez ne serait pas assez stupide pour vouloir l'aider à accoucher.

— La vue du sang ne doit pas le déranger beaucoup.

Oui. Mais mettre au monde un enfant ? A l'académie de police, Sawyer avait vu les films réglementaires. Mais, au cours de ses années dans les forces de l'ordre, jamais il n'avait dû procéder à un accouchement. Même avant cela, à la naissance de son fils, Terrie ne l'avait appelé que lorsque c'était terminé. Il s'était précipité à l'hôpital pour voir son fils à peine âgé de quatre heures. Durant les treize jours suivants, il n'avait pratiquement pas quitté l'établissement, ne mangeant et dormant que lorsqu'il était au bord de l'évanouissement. Il y était resté jusqu'à ce qu'ils lui ôtent des mains le corps de son fils, le laissant seul à jamais.

— Je lui ai donné une chance de venir nous voir, dit-il. Si elle avait peur de Mirandez, pourquoi n'a-t-elle rien dit ?

— Je n'en sais rien. Peut-être craignait-elle qu'il la tue elle aussi. Peut-être s'est-elle dit qu'une fois qu'il aurait compris qu'elle n'avait pas l'intention de le dénoncer, il lui ficherait la paix.

— Je ne pense pas qu'il soit du genre à oublier. A l'école de la rue, on n'apprend pas à tendre la joue gauche.

— Je doute qu'elle soit sortie avec beaucoup de garçons du genre de Mirandez.

— Ça vaut pour toutes les filles. Elles meurent avant.

Liz haussa les épaules.

— C'est pourquoi je vais partir à sa recherche.

Pas question. Le mal flottait autour de Mirandez. Il ne prendrait pas le risque qu'il frappe Liz Mayfield.

— C'est impossible. Cette affaire concerne la police.

— Mais vous m'avez dit qu'ils cherchaient à Chicago. Ils ne trouveront ni Mirandez ni Mary.

— Nous savons que Mirandez est sorti de l'écran radar, mais nous n'avons aucune raison de croire qu'il se trouve dans le Wisconsin. Je vous ai dit que nous avions des agents infiltrés. Il n'a jamais été question d'un voyage de pêche. Il en aurait parlé à des membres du gang, et les nôtres le sauraient.

— Je crois que cette fille, au Jumpin' Jack Flash, m'a dit la vérité.

— Comment s'appelle-t-elle ?

Liz rougit.

— Je ne lui ai pas demandé. Je ne voulais pas l'effrayer. Elle a des cheveux bruns coupés à longueur d'épaules, la peau mate, et dans les dix-huit, dix-neuf ans. J'ai estimé qu'elle était enceinte de cinq à six mois.

— Bien voyons, soupira-t-il d'un ton blasé.

Elle haussa un sourcil.

— Mettez-vous en doute ce qu'elle a dit parce qu'elle est jeune et enceinte ?

Les filles jeunes et enceintes mentaient. Terrie lui avait menti. Mary avait menti. Pourquoi serait-ce différent pour celle-là ?

— Non. Mais je ne le prends pas non plus comme parole d'Evangile.

Liz secoua la tête, l'air dégoûté.

— Je pars dans le Wisconsin. Mary a besoin de moi.

— Vous ne savez même pas par où commencer.

— J'achèterai une carte. J'ai des photos récentes de Mary. Je les montrerai. Il y aura bien quelqu'un qui la reconnaîtra, qui saura où je peux la trouver.

Si c'était aussi facile, ils n'auraient pas une montagne de dossiers de personnes disparues.

— C'est trop dangereux. Je ne peux pas vous laisser faire cela.

Elle ouvrit la bouche pour protester, mais il leva la main.

— Je demanderai au lieutenant Fisher d'envoyer quelques hommes là-haut. Nous élargirons les recherches. Nous avertirons à la fois les autorités locales et celles de l'Etat.

C'était le mieux qu'il puisse faire — sans doute plus que ne le méritait cette piste pour le moins douteuse.

— Merci. Mais j'y vais quand même. Il le faut.

Elle ne voulait pas le laisser jouer les chevaliers protecteurs.

— Mary ne mérite pas un tel dévouement. Elle vous a menti. Elle vous a même affirmé qu'elle ne connaissait pas Mirandez. Vous savez qu'elle vit avec lui depuis six mois. Ça vous est égal qu'elle vous ait menti les yeux dans les yeux ?

— Mary est en situation de grande fragilité. Je ne suis pas certaine qu'elle soit capable de prendre les bonnes décisions.

— *Vous* ne prenez pas les bonnes décisions !

Elle se contenta de hausser les épaules, et il sut qu'il ne servait à rien d'insister.

— Il vaut mieux que vous me laissiez, dit-elle. Je veux partir le plus tôt possible demain.

— J'espère qu'elle en vaut la peine, lança-t-il, avant de refermer la porte derrière lui.

7

Sawyer appela le lieutenant Fisher depuis sa voiture, sachant qu'il avait le devoir de fournir à son supérieur toute information susceptible de mener à la capture de Mirandez. Le lieutenant écouta, posa deux ou trois questions, puis convint que la piste était plutôt légère. Il décida néanmoins d'envoyer quelques hommes dans le Wisconsin. Ils ne pouvaient se permettre de négliger aucun tuyau, même le plus farfelu.

— Il y a autre chose, lieutenant, reprit Sawyer.

Maintenant qu'il avait eu le temps de songer à ce voyage de Liz dans le Wisconsin, il s'était aperçu que l'entreprise avait un bon côté : si l'auteur de la lettre de menaces était sérieux, cela la protégeait en la mettant hors de sa portée.

— Oui ?

— Liz Mayfield a l'intention de mener ses propres recherches. Pourriez-vous, euh, le faire savoir à la ronde ? Je ne veux pas qu'elle se retrouve prise entre deux feux.

Un long silence suivit. Lorsque le lieutenant Fischer lui donna enfin sa réponse, celle-ci le laissa interloqué.

— Nous devrions l'utiliser.

La police de Chicago n'utilisait pas de civils. Ces derniers n'avaient pas la formation nécessaire. Ils pouvaient faire capoter n'importe quelle action et risquer la vie de professionnels.

— Je ne comprends pas, monsieur.

— Selon vous, Mary Thorton est partie de son plein gré avec Mirandez, n'est-ce pas ?

— Il y a de fortes probabilités, répondit Sawyer. Elle vit

avec lui depuis plusieurs mois. Elle ne l'a pas dénoncé quand elle en avait l'occasion.

— Si c'est vrai, elle prendra la poudre d'escampette si elle pense que les flics sont après elle. Ou elle le dira à Mirandez et tous deux disparaîtront dans la nature. Ou il y aura une bataille sanglante entre lui et nous. Mais si c'est Liz Mayfield qui l'approche, peut-être pourra-t-elle lui parler. Vous me disiez qu'il semblait y avoir un lien solide entre elles. Que si quelqu'un pouvait entrer en contact avec Mary, c'était elle.

Sawyer regretta aussitôt de le lui avoir confié.

— Monsieur, vous *ne pouvez pas* l'utiliser. Mirandez est un monstre. Il n'aura aucun scrupule à la tuer.

— C'est pourquoi je vous envoie avec elle. Ce sera votre tâche d'assurer sa sécurité. S'il lui arrive quoi que ce soit, le maire, son patron et Dieu sait qui encore voudront ma tête. Ne la quittez pas d'une semelle.

C'était absolument hors de question.

— Non.

— Pourquoi ?

Il ne pouvait pas parler au lieutenant de ce qui s'était passé dans la cuisine de Liz, que son désir insensé pour elle avait failli lui faire franchir la ligne rouge.

— Ça ne lui plaira pas de m'avoir constamment collé à ses basques.

— Tant pis pour elle. Certaines choses ne peuvent être négociées.

Seigneur, qu'avait-il fait pour mériter cela ?

— Informerez-vous Robert de l'endroit où je suis ?

— Bien entendu. Au fait, je lui ai parlé tout à l'heure. Il m'a dit que vous aviez *extrait* Mlle Mayfield du Jumpin' Jack Flash, tous les deux ?

Bien vu de la part de Robert. Mieux valait que Fisher l'apprenne directement par les personnes concernées plutôt que par la bande.

— Nous avons jugé que c'était le mieux à faire.

— Sans doute, sans doute…

Sawyer comprenait. Leur supérieur n'allait pas s'embarrasser de broutilles quand ils étaient peut-être sur le point d'alpaguer Mirandez.

Liz se figea en entendant frapper à sa porte. Dans le miroir, elle apercevait le reflet de son réveil digital. 04 :08. Personne ne lui rendait visite à une heure aussi matinale.

Mary. Elle recracha sa pâte dentifrice, se rinça la bouche et attrapa une serviette, avec laquelle elle s'essuya tout en se hâtant vers l'entrée de son appartement.

— Un instant ! cria-t-elle.

Elle voulait ouvrir la porte à la volée, mais se donna quelques secondes pour jeter un œil par le judas. Elle regarda, recula la tête, cligna deux fois les yeux et regarda de nouveau.

Sawyer. Elle tourna le verrou, ôta la chaîne de sécurité et entrouvrit le battant.

— Que se passe-t-il ?

— Puis-je entrer ?

Elle ouvrit grand la porte.

— C'est Mary, n'est-ce pas ? Oh mon Dieu, il lui est arrivé quelque chose ?

— Calmez-vous, Liz. Je n'en sais pas plus que lorsque je vous ai quittée tout à l'heure.

— Oh…

Une onde de soulagement se propagea dans tout son corps. « Pas de nouvelles » ne signifiait pas forcément « bonnes nouvelles », mais ce n'en était pas non plus de mauvaises. Au soulagement succéda une certaine irritation.

— Que diable faites-vous là ?

Ne semblait-il pas un peu mal à l'aise ? Mais peut-être était-ce son imagination. Le très compétent inspecteur Montgomery était toujours sûr de lui.

— Vous m'avez dit que vous partiez tôt, expliqua-t-il avec un pâle sourire. Je sais que vous vous levez parfois aux aurores, et je ne voulais pas vous rater.

— Il est 4 heures.

Il haussa ses larges épaules.

— Mais je ne vous ai pas réveillée.

Non, en effet. Elle avait déjà pris sa douche, séché ses cheveux et rempli un sac de voyage. Dix minutes de plus, et il ne l'aurait pas trouvée chez elle.

— Pourquoi êtes-vous là ? répéta-t-elle.

— Je viens avec vous. Chercher Mary.

Elle recula de deux pas et secoua la tête. Son esprit fatigué devait lui jouer des tours.

— Auriez-vous du café, par hasard ?

— Non.

Elle n'avait pas l'intention de lui offrir un café. D'abord, cet homme l'avait embrassée avec passion puis s'était arrêté net. Cette interruption, elle ne l'avait pas digérée. Ensuite il avait aggravé son cas en écartant d'un revers de main la possibilité qu'elle tienne une piste solide concernant Mary. Et maintenant il prenait la liberté de débarquer chez elle à 4 heures du matin pour bavarder autour d'un café !

Il fronça le nez et fit mine de humer l'air.

— C'est curieux, je sens une odeur de café.

Elle était grillée. Sans jeu de mots.

— Ma machine est programmée. Elle a dû s'enclencher toute seule.

— Super. J'en prendrais volontiers une tasse.

Eh bien, qu'il se la verse lui-même. Pour sa part, elle avait l'intention de finir de se préparer et ensuite bye-bye, chacun partirait de son côté.

— Très bien. Les tasses sont sur le comptoir. J'ai des choses à faire.

Il hocha la tête, puis désigna du doigt le coin de sa bouche.

— Vous avez du dentifrice, là.

Le culot qu'il avait…

— Je le garde pour plus tard, répliqua-t-elle d'un ton suave.

Sawyer éclata de rire.

— Vous avez de l'humour, le matin !

Il rirait moins quand elle le planterait sur le trottoir.

Dix minutes plus tard, Liz pénétra dans sa cuisine. Debout

devant le comptoir, Sawyer sirotait son café dans sa tasse préférée, tout en grignotant un toast.

— Je vous en ai préparé, annonça-t-il. Je ne savais pas si vous aimiez la confiture.

Elle arbora un sourire d'institutrice indulgente. Maintenant qu'elle avait eu un petit moment à elle, elle se sentait plus calme.

— Sawyer, vous êtes incroyable. Vous ne pouvez pas venir chez moi, comme ça, à 4 heures du matin prendre le petit déjeuner.

— J'ai fait mes bagages pour une semaine. Je vous suggère d'en faire autant.

Une semaine ? Il voulait qu'elle passe une semaine avec lui ?

Liz saisit le toast qu'il lui tendait. Il fallait qu'elle se nourrisse. Son taux de sucre devait être trop bas. Il ne pouvait pas avoir dit une semaine. Tout irait mieux une fois qu'elle aurait mangé.

— J'ai effectué une recherche internet cette nuit, poursuivit-il comme s'il y était invité. J'ai localisé les endroits les plus plausibles.

Les endroits les plus plausibles ?

— Sawyer, stop. Vous me donnez la migraine. Pour commencer, où avez-vous trouvé le temps de faire une recherche internet ? Vous êtes parti d'ici il n'y a que quelques heures. Vous n'avez donc pas dormi ? Du reste, pourquoi faites-vous cela ? Hier soir, vous n'accordiez aucun crédit à mon information, je me trompe ?

— Une piste vague vaut mieux que pas de piste du tout.

— Quoi qu'il en soit, vous ne pouvez pas m'accompagner.

Elle ne pouvait pas passer une semaine avec lui. Nom d'un chien, elle ne pouvait passer une heure avec lui sans éprouver un besoin irrépressible de le toucher ! M. Surtout-ne-pas-compromettre-l'enquête était loin de se douter que s'il lui avait donné deux minutes de plus, la veille au soir, elle se serait jetée sur lui. Il n'imaginait pas à quel point il avait été en danger, tant son désir avait été brutal, torride, presque douloureux.

Durant sa très courte nuit, elle avait revécu cent fois la scène. Au matin, elle avait presque convenu qu'il avait bien fait. Presque. Il n'y avait aucune nécessité de laisser la petite étincelle qui crépitait entre eux se transformer en brasier. Avec de l'air, des draps frais et un rien d'encouragement, la combustion eût été spontanée.

Ils se seraient brûlés tous les deux, se seraient plus gravement blessés qu'ils ne pouvaient l'imaginer.

Ce qui eût été non seulement ridicule, mais totalement déplacé. Tous les deux voulaient retrouver Mary. Il voulait se servir d'elle. Elle voulait la sauver. Même but, objectifs différents. Il avait ses valeurs, sa mission. Elle, les siennes. Nul besoin de stratégie commune. Et moins encore de véhicule commun.

— Je veux y aller seule, déclara-t-elle.

— Non.

— Vous ne pouvez pas m'en empêcher.

— Si. Je suis l'inspecteur chargé de cette affaire. Si vous refusez de coopérer, je vous ferai arrêter pour entrave à une enquête de police.

Il paraissait soudain très sérieux, bien plus que la veille.

— Vous ne le ferez pas.

— Je ferai ce que j'ai à faire, répliqua-t-il, immobile, sans même un clignement de cils.

— Vous, vous…, bredouilla-t-elle, incapable de mettre des mots sur sa colère. Espèce de flic.

C'était le mieux qu'elle puisse trouver à 4 heures du matin.

Il haussa les épaules.

— Je veux Mirandez. Mary est ma cheville. Elle témoigne contre Mirandez, et on n'en parle plus. Je n'ai jamais caché mes intentions. Vous pensez qu'ils sont dans le Wisconsin ? En l'état actuel des choses, cette supposition en vaut bien une autre. Vous êtes prête ?

Elle n'irait nulle part avec lui.

— Mes sacs sont bouclés. Je pars. Mais seule. Suivez-moi si ça vous chante, mais nous ne voyagerons pas ensemble.

— Comme nous allons au même endroit, c'est un gaspillage de carburant.

Se fichait-il d'elle ?

— En fait, vous avez peur que je prévienne Mary. Vous n'avez pas confiance en moi.

Il parut quelque peu offensé.

— Si, j'ai confiance en vous. Autant que vous en moi.

Elle n'avait *aucune* confiance en lui. Il lui volerait son cœur et ne le lui rendrait jamais. Comme dans le *Magicien d'Oz*, elle serait l'homme en fer-blanc cherchant le magicien.

— Je veux que Mirandez paie pour ses crimes, dit-elle. Si vous avez raison et que Mary peut témoigner contre lui, je ferai tout mon possible pour l'en convaincre.

— Vous refusez toujours l'idée qu'elle puisse être de mèche avec lui.

— Elle ne l'est pas.

— D'accord. Je serai le premier à le reconnaître si j'ai tort. Mais si j'ai raison, je les arrête tous les deux. Peut-être sera-t-il alors dans l'intérêt de Mary que vous soyez avec moi quand je les trouverai.

Mary, elle le savait, ne parlerait pas à Sawyer. Il représentait tout ce qu'elle méprisait. Elle se fermerait, ou pire, exploserait et lui ferait voir rouge. Liz ne pensait pas qu'il l'arrêterait sur un coup de colère. Le flic en lui respectait les règles, et l'homme savait se contrôler. Mary, non. Il fallait qu'elle soit là lorsqu'ils tomberaient l'un sur l'autre.

— Très bien, soupira-t-elle. Nous irons ensemble. Mais n'essayez pas de me ralentir.

— N'ayez crainte. Nous y serons en trois heures. Ensuite nous commencerons à ratisser les rives.

— Ratisser les rives ?

— Oui. Dans ce secteur, la plupart des campements et parcs de loisirs se trouvent près de la rivière. Nous choisirons un point de départ, puis explorerons les deux côtés de la rivière, au nord et au sud. La fille du Jumpin' Jack Flash a dit qu'il était parti pêcher. Il doit donc loger dans ce périmètre. Ça peut être une tente, une cabane ou un quelconque établissement hôtelier. Nous vérifierons tout. Tant qu'à chercher, autant le faire bien.

Cela faisait beaucoup de « nous », songea Liz.

— Parfait.

Elle avait dit « parfait » ? Seigneur, que lui arrivait-il ?

— Nous pouvons prendre votre voiture, suggéra-t-il. Sinon je me ferai un plaisir de conduire.

— Non, non, nous prendrons ma voiture.

— Dans ce cas suivez-moi jusqu'au poste de police. J'y laisserai la mienne.

Quelqu'un pouvait-il lui dire ce qui s'était passé ? Elle était attirée par Sawyer comme un aimant. Lui-même percevait cette attraction, mais il possédait une sorte de code à la noix — éthique, moral, puritain, elle ne savait trop — qui l'empêchait d'y céder.

Autrement dit, quoi qu'elle fasse pour la neutraliser, elle se tortillerait sur son siège pendant des jours, tandis que lui demeurerait décidé à ne pas y prêter l'oreille. A l'occulter, purement et simplement.

Ça la rendait furieuse. Contre elle, et contre lui.

— Je vais chercher mes sacs, lança-t-elle. Pendant ce temps trouvez une Thermos, il doit y en avoir un dans les placards. J'aurai besoin de café.

Peu après 7 heures, Sawyer fit halte dans un relais routier. Ils avaient réussi à éviter l'heure de pointe, quittant l'agglomération de Chicago avant que le plus gros des banlieusards ne prenne la route. Après avoir mis le cap plein nord sur l'Interstate 95, ils roulaient à présent vers l'ouest, et n'étaient plus qu'à vingt minutes de Madison.

Liz n'avait pas ouvert la bouche depuis qu'il était monté dans sa Toyota après avoir laissé son véhicule au poste de police. Pas même lorsqu'il lui avait demandé s'il pouvait conduire. Elle l'avait simplement regardé, et avait laissé tomber les clés dans sa main. Il avait reculé son siège, ajusté l'inclinaison du dossier. Elle s'était installée côté passager, où elle avait bu du café, joué avec les stations de radio, et d'une manière générale l'avait ignoré.

Sawyer s'en fichait. Un peu de froideur entre Liz et lui

n'allait pas empêcher la terre de tourner. A dire vrai, il s'en réjouissait presque. Cela étouffait son désir d'elle, de la prendre dans ses bras, de l'allonger sous lui.

Il ne pensait pas qu'il se satisferait de moins. Il savait qu'il n'avait pas le droit de demander plus. Il garda donc les mains sur le volant et la laissa ruminer sa contrariété. C'était plus sûr, et au bout du compte cela leur facilitait la vie à tous les deux.

— J'ai faim, dit-il.

— Bien.

C'est à peine si elle lui accorda un regard.

— Nous avons également besoin de faire le plein.

— Bien, répéta-t-elle.

Plongeant la main dans son sac, posé entre ses pieds, elle en sortit un billet de vingt dollars.

— L'essence c'est pour moi, objecta-t-il. C'est une affaire qui concerne la police.

— Votre chef sait que vous allez dans le Wisconsin ?

— Bien sûr. D'après lui c'est probablement du temps de perdu, mais comme Mirandez nous fait tourner en bourrique depuis plus d'un an, il estime qu'aucune piste ne doit être laissée de côté.

— Quand nous retrouverons Mary, j'aimerais que vous me laissiez lui parler la première. Elle sera effrayée.

Elle était à mille lieues de se douter qu'elle était un instrument entre les mains du lieutenant Fisher, et que c'était exactement ce qu'avait espéré ce dernier. Fisher voulait que Liz « retourne » Mary, l'amène à témoigner contre Mirandez. Seigneur, il détestait se servir ainsi d'elle.

— Je ferai de mon mieux, répondit-il d'une voix crispée.

Ignorant le regard qu'elle lui lança, il retira la clé du contacteur.

— Allons-y.

Sawyer ouvrit le chemin, mais ni l'un ni l'autre ne leva les yeux en pénétrant dans la cafétéria. Jusqu'à ce que Liz passe à côté du box du milieu, où deux hommes prenaient un petit déjeuner. Sawyer entendit siffler doucement, puis :

— Ça ne me déplairait pas d'avoir ces jambes-là autour de ma taille.

Il s'arrêta net, serra le poing, et pivota sur ses talons.

8

— Sawyer, je vous en prie. Venez.

C'est ce qu'il lut dans ses yeux qui l'arrêta. Elle ne voulait pas de scène. Il gratifia les deux hommes d'un regard noir, et ils eurent le bon sens de reporter leur attention sur leurs œufs brouillés.

Sawyer refit demi-tour, s'avança vers le dernier box de la rangée et prit place sur la banquette qui faisait face à la porte.

— Les imbéciles, marmonna-t-il.

— Tout à fait d'accord.

— Vous devriez porter un pantalon… Non, se reprit-il aussitôt en secouant la tête. Ce n'est pas juste.

— Ni pratique, observa-t-elle en levant un doigt. La température devrait frôler les quarante, aujourd'hui.

Sur ce, elle se saisit de la carte plastifiée du menu.

— Je suppose que les femmes en ont ras le bol des hommes qui ont ce comportement de goujat.

Elle poussa un bruyant soupir.

— Oui. Surtout lorsqu'ils ont des cheveux sales, de la nourriture collée sur la bouche et le ventre qui déborde du pantalon.

Il n'eut pas à se forcer pour se rappeler la façon dont lui-même avait lorgné sur ses jambes la veille au soir. D'accord, ses cheveux et sa bouche étaient propres, et son ventre était impeccable. Mais ça ne le rendait pas meilleur que ces deux idiots.

— C'est encore loin ? s'enquit-elle.

— Nous sommes à vingt minutes de Madison. Ensuite il

nous restera environ une heure de route vers le nord pour les Wisconsin Dells. Notre première étape est Clover Corners.

Elle secoua la tête, l'air de ne pas connaître.

— Pourquoi là ?

— Comme je vous l'ai dit, il faut chercher partout. Mais certains endroits semblent plus logiques que d'autres, donc on commence par eux.

— Je ne suis pas sûre de vous suivre.

— Je connais Mirandez. C'est un type excessivement discret, raison pour laquelle il est resté en vie aussi longtemps.

— Ne m'avez-vous pas dit qu'il avait vingt-six ans ?

— On trouve très peu de chefs de gang quadragénaires.

— Je comprends. A quelle sorte de pêche un voyou discret peut-il s'adonner ?

— Il cherchera d'abord un endroit où il peut dormir, manger et acheter ses appâts sans devoir aller loin. D'autant qu'il sera sans doute obligé d'emmener Mary dans tous ses déplacements. Les gens remarquent les femmes enceintes.

Liz approuva d'un hochement de tête.

— La semaine dernière, quand je suis allée faire des courses avec elle, quatre personnes se sont arrêtées pour lui toucher le ventre. De parfaits inconnus.

Il ne voulait pas parler de la grossesse de Mary.

— Comme si son ventre était devenu un bien public, poursuivit-elle. Je lui ai suggéré de s'accrocher une pancarte autour du cou.

La curiosité fut la plus forte.

— Une pancarte qui dirait quoi ?

— « Attention Femme Méchante ». Ils ne pourraient donc pas l'attaquer en justice en cas de morsure.

Hmm. A deux ou trois reprises, Liz avait semblé vouloir lui arracher un peu de la chair des fesses.

— Mais le plus drôle, c'est que je…

— Deux cafés ?

La serveuse venait de s'arrêter à leur table.

— Je prendrai seulement de l'eau, répondit Liz.

— Et moi un café, dit Sawyer.

Dans son hostilité obstinée, Liz ne lui en avait pas offert durant tout le trajet.

— Le plus drôle ? la reprit-il, tandis que la serveuse s'éloignait.

Elle se pencha en avant.

— Parfois c'est plus fort que moi, il faut que je touche leur ventre. Avant, je m'imaginais qu'un ventre de femme enceinte était mou, comme celui d'un bébé. Mais en réalité c'est aussi dur qu'un ballon de basket. C'est si émouvant…

Ç'avait été émouvant. Emouvant et magique. Terrie était mince. Pendant les quatre premiers mois, rien ne se voyait. Et puis un beau jour son petit ventre plat s'était arrondi. Le bébé était soudain devenu une réalité. Il n'avait eu aucune difficulté à imaginer à quoi ressemblerait son fils ou sa fille, comment il ou elle gambaderait dans le jardin de la maison de ses parents, comment il ou elle lui tiendrait la main le premier jour d'école.

Même si lui-même n'était encore qu'un adolescent, l'idée de devenir papa ne l'avait pas effrayé.

Il était bien trop stupide pour être effrayé.

Il n'avait même pas envisagé que son enfant naîtrait faible, souffreteux, trop petit pour embrasser le monde.

Les bébés étaient de petites choses fragiles, avait-il appris à sa grande douleur.

La serveuse revint avec leurs boissons.

— Alors, vous avez fait votre choix ?

— Oui. Un bagel et du fromage frais, annonça Liz.

Sawyer fronça les sourcils.

— C'est tout ?

Elle acquiesça.

Bon. Eh bien, il ne pouvait pas la forcer à manger.

— Du jambon, des œufs brouillés, des pommes de terre sautées, plus des biscuits secs et de la sauce, commanda-t-il.

La serveuse nota leurs choix, puis repartit.

— On dirait que conduire vous a donné faim, observa Liz.

Faim oui, mais d'autre chose. Mais il ne s'aventurerait pas sur ce terrain-là. La veille, il avait réussi à se retenir. Pour passer ensuite le reste de la nuit à se donner mentalement des coups de bâton. De savoir qu'il avait bien agi ne l'avait pas aidé. Il avait été trop tendu, trop proche du point de rupture. Il avait eu trop envie d'elle.

Il ne pouvait pas coucher avec Liz. Pas en sachant qu'il lui faudrait peut-être arrêter Mary. Il savait qu'une fois qu'ils auraient fait l'amour, une fois qu'il lui aurait ouvert son âme, il lui serait très difficile de rester objectif concernant la jeune fille. Et il ne pouvait se permettre le moindre relâchement dans sa traque de Mirandez.

— Vous êtes sûre de ne prendre que cela ? Nous ne nous arrêterons plus avant le déjeuner, vous savez.

— Ça ira. Si j'ai faim, je croquerai un ou deux doigts.

— Les miens ou les vôtres ?

A peine eut-il prononcé ces mots qu'il les regretta. Il n'avait pas besoin de penser à sa bouche, ni à aucune autre partie de son corps.

— Rappelez-vous, dit-il, luttant pour empêcher sa voix de se casser. Le *per diem* est de cinquante dollars par personne et par jour. Ils s'attendent à ce que nous nous nourrissions.

— Les derniers grands dépensiers, hein ?

— Grands dépensiers ? La ville ? Non. C'est à peine s'ils nous paient les fournitures de bureau.

Elle posa les coudes sur la table et nicha le menton entre ses mains.

— Vous avez toujours voulu être flic, Sawyer ? C'était votre rêve ?

Son rêve avait été d'élever son enfant.

— Non.

— Comment en êtes-vous venu à porter un badge ?

Cela lui avait semblé la seule chose à faire.

— Après le lycée, je ne suis pas allé directement à l'université. J'ai travaillé quelque temps.

Il s'était tué à la tâche dès qu'il avait appris que Terrie était enceinte, décidé à subvenir à ses besoins et à ceux du bébé. Ce n'est que plus tard, lorsqu'il avait appris la terrible vérité, à savoir que Terrie n'avait cessé de se droguer durant sa grossesse, qu'il s'était dit qu'il travaillait trop. Il s'était tellement focalisé sur le bien-être de son futur enfant qu'il avait négligé de se protéger.

— Ensuite… Ensuite il s'est passé des choses, et j'ai compris que je n'irais nulle part sans une bonne formation. Je me suis inscrit à la fac, j'ai décroché une licence. Cela fait quinze ans que je suis flic. Je ne sais pas faire grand-chose d'autre.

— Mais vous n'êtes pas à Chicago depuis quinze ans.

— Comment le savez-vous ?

Elle jeta un regard circulaire dans la salle, puis se pencha vers lui.

— Comme le disait Mary, murmura-t-elle, vous avez un drôle d'accent.

— Pas du tout. C'est vous, dans le Nord, qui en avez un.

— Je serais vous, je parlerais moins fort. Un corps peut rester longtemps dans les bois avant que quelqu'un ne bute dessus.

— J'en prends note.

— Pourquoi Chicago ?

— Pourquoi pas ?

Il prit une gorgée de café. C'était sans doute la seule réponse sensée, mais il eut soudain envie de lui en dire plus.

— Mon père est mort il y a deux ans, et ma mère l'année dernière. Mes deux parents disparus, je n'avais plus aucune raison de rester à Bâton Rouge.

— Ah. Bâton Rouge. J'avais misé sur La Nouvelle-Orléans.

— J'y ai vécu un petit moment.

Elle se renversa contre son dossier.

— Savouré des *hurricanes* chez Pat O'Brien ? Mangé des beignets au Café du Monde ? Pris des brunchs au Court of Two Sisters ?

Il travaillait alors sous le manteau, arrangeant des achats de drogue avec la pègre.

— Vous connaissez, on dirait.

— J'y ai effectué mon internat quand je préparais le doctorat. J'adorais cette ville. La cuisine, surtout. Après mon départ j'ai souvent rêvé de soupe au gombo.

— Je prépare les langoustines comme personne.

— Ne vous moquez pas, soupira-t-elle. Vous ne savez pas vraiment cuisiner, n'est-ce pas ?

Sa mère estimait que tout le monde devait savoir cuisiner. Dans le Sud, famille rime avec fourneau. Hé, quand tout cela serait terminé, pourquoi n'inviterait-il pas Liz à dîner ? Peut-être mangeraient-ils au lit. Il la gaverait de crevettes à la créole et verserait la sauce au lait de coco sur son corps nu.

Seigneur…

Il tendit la main vers son eau, mais heurta ses couverts et les fit tomber au sol.

Se penchant par-dessus son dossier, Liz en subtilisa un jeu sur la table voisine. Dans l'opération, son chemisier remonta dans son dos, dévoilant un morceau de peau lisse et hâlée.

Sawyer jeta un bref regard aux deux types. Non. Le seul voyeur, c'était lui.

— Vous n'avez pas d'autre famille là-bas ? demanda-t-elle.

Il secoua la tête, un peu confus.

— Pardon ?

Elle glissa les couverts vers lui.

— Il vous reste de la famille à Bâton Rouge ?

Il avait emmené la dépouille de son fils avec lui. Ce qui n'avait pas été une mince affaire, mais il n'y avait pas eu d'alternative.

— Non.

Elle se rapprochait trop… Il devait changer de sujet.

— Et vous ? demanda-t-il. Vous avez toujours voulu être conseillère à la CSJM ?

— Oh non. J'ai travaillé plusieurs années dans un cabinet privé. A la poursuite du rêve américain : la grande maison chic, la voiture haut de gamme, les voyages en Europe, les tenues à cinq cents dollars…

Cela, il le savait. Ce qu'il voulait savoir, c'est pourquoi elle avait tourné le dos à ce style de vie.

— Ça ne semble pas si mal.

— Ce ne l'était pas. Mais ce n'était pas assez.

Il attendit la suite. Elle ne vint pas. Soucieux de ne pas laisser mourir la conversation, il relança la balle.

— Vous avez décidé, juste comme ça, que vous en aviez assez de vivre dans le luxe ?

Le sourire qu'elle lui offrit était teinté de tristesse.

— Tout à fait. J'en avais ma dose du caviar et du champagne.

Il songea à l'asticoter un peu. Au cours de sa carrière, il avait fait parler des trafiquants de drogue aguerris, des prostituées de haut vol et des bookmakers véreux. Avec plus ou moins de facilité, mais ses échecs étaient rares.

Cependant il ne voulait pas user de subterfuges pour obtenir des informations de Liz. Peut-être les choses étaient-elles aussi simples qu'elle les présentait. Elle était lasse de la grande vie. Si c'était le cas, nul doute que celle-ci la rattraperait un jour. Tôt ou tard, elle en aurait assez de son travail rébarbatif à la CSJM, des heures à devoir se coltiner des adolescentes agressives et rebelles.

Si elle ne voulait pas parler, pas de souci. Il se fichait de savoir ce qui l'avait amenée là… Faux. Il ne s'en fichait pas. Il voulait savoir. Il voulait tout savoir d'elle.

Il se demanda si la serveuse n'avait pas choisi exprès ce moment pour poser leurs assiettes devant eux. Saisissant sa fourchette, il la plongea dans ses œufs, heureux de cette diversion.

Ils ne se remirent à parler que lorsqu'ils eurent tous deux fini leur petit déjeuner.

— J'ai une photo de Mirandez dans la voiture, dit-il. C'est un bon cliché. Son visage est bien net. Vous pourrez la présenter en même temps que celle de Mary au personnel d'accueil des différents lieux où nous irons.

— Et s'ils ne les ont pas vus ?

— On continuera, mais vous laisserez une carte. Avec mon numéro de portable au dos.

Il arracha un coin de la nappe en papier et l'y inscrivit.

— Oh ! à propos, ajouta-t-il d'un ton qui se voulait nonchalant, en effectuant mes recherches sur le Net, je nous ai déniché un endroit où dormir.

Liz se réjouit d'avoir terminé son petit déjeuner, sinon elle se serait étranglée avec son bagel. Il parlait comme un jeune marié. Comme s'ils étaient en vacances, et qu'il s'était occupé de la réservation. « Hé, chérie. Nous allons à l'hôtel Miramar. »

Le hic, c'est qu'ils n'étaient pas mariés et qu'ils n'étaient pas en vacances.

— Où ? parvint-elle à demander.

— A Lake Weston. C'est sur la rive ouest des Dells. Ça se situe à peu près au centre de la zone qui nous concerne. Il ne restait presque plus de places. Sans doute parce que nous sommes en pleine saison. Il y a surtout des familles avec enfants. Les derniers moments de détente avant la rentrée.

« S'il te plaît, Liz, laisse-moi venir avant la fin des vacances. »

Jenny lui avait téléphoné au cabinet. Cet été-là avait été infernal. L'un des associés était absent depuis des mois, frappé par une attaque cardiaque, et Liz avait craint que le reste de l'équipe ne suive le même chemin s'il conservait un tel rythme de travail. Tout le monde s'échinait six jours par semaine, douze heures par jour. Pourtant, quand Jenny l'avait appelée, elle avait accepté qu'elle vienne. A seize ans, Jenny adorait Chicago. Sa diversité, son énergie, sa passion pour la musique et l'art. Liz s'était débrouillée pour trouver du temps pour faire les magasins, aller au restaurant, et même assister à un concert à Grant Park.

Quatre jours après son arrivée, Liz embrassait sa sœur sur le quai de la gare. Trois mois plus tard, Jenny était morte.

— A quoi pensez-vous ? demanda Sawyer. Vous semblez être à des milliers de kilomètres d'ici.

Liz se demanda si elle devait lui dire ou pas. Même après trois ans, il lui était difficile de parler de Jenny et du grand vide laissé par sa disparition.

— Ma petite sœur me rendait visite, en été. Elle disait que c'était mieux qu'un week-end à « Six Flags ».

— Ah bon ? fit Sawyer en riant. On s'amuse plus avec vous que dans un parc de loisirs ? Quel âge avait-elle ?

— Seize ans.

Elle aurait toujours seize ans dans son cœur.

— Waouh. Beaucoup plus jeune que vous. Un second mariage pour l'un de vos parents ?

— Non. Un bébé bonus. J'avais treize ans quand elle est née.

— Elle est à l'université ?

— Non, répondit-elle, les mains crispées sur le rebord de la table en Formica. Elle… Jenny est morte.

Elle vit son torse se soulever et s'affaisser tandis qu'il soupirait.

— Je suis navré. Qu'est-il arrivé ?

— Elle s'est suicidée. Dans la salle de bains de la maison de mes parents. Elle s'est vidée de son sang dans la baignoire.

Il demeura un moment silencieux, avant de demander :

— A-t-elle laissé une lettre ?

— Non. Je ne sais pas si ça rend les choses plus horribles ou non.

— Vous savez pourquoi elle a fait ça ?

— Elle était enceinte de huit semaines. D'après sa meilleure amie, le père du bébé l'avait quittée deux jours plus tôt.

Sawyer secoua la tête.

— Je ne sais que dire.

Il était choqué, et elle ne lui avait pas encore révélé le pire. La partie qui avait failli l'anéantir, avant qu'elle ne découvre la Cellule de Soutien aux Jeunes Mères.

— Je crois que je comprends pourquoi il est si important pour vous d'aider Mary.

Il n'en avait pas idée.

— Disons simplement que je ne veux pas qu'une autre fille glisse dans une fissure de la vie.

C'était ce qu'elle avait dit à Jamison, et l'image reflétait parfaitement sa pensée.

— Je vois…

Il plia avec soin sa serviette en papier.

— Vous savez, reprit-il d'un ton hésitant, Mary se cache peut-être dans une de ces fissures avec Mirandez. Elle a eu l'opportunité de nous le livrer. Mais elle ne l'a pas fait.

— J'ignore pourquoi. Peut-être a-t-elle peur de lui ?

— Si elle a deux sous d'intelligence, elle devrait. Si elle

lui a menti concernant la paternité du bébé, peut-être cherche-t-elle à se faire épouser. Peut-être est-il pour elle la garantie d'une vie à l'abri des soucis matériels.

C'était possible. Elle le voyait peut-être comme un meilleur choix que de devoir travailler toute sa vie.

— Quand nous les trouverons, je le lui demanderai.

Sawyer se glissa hors du box.

— J'espère de tout cœur que vous en aurez la possibilité.

9

Partout ce fut la même chose. Liz montra la photo de Mary, puis celle de Mirandez, puis servit son histoire. Ayant travaillé plus d'un an en Europe, elle avait raté le mariage de sa sœur. Elle venait de revenir au pays à l'insu de celle-ci, et voulait faire la surprise aux deux époux.

Après examen des photos, tout le monde avait hoché négativement la tête, pris la carte et accepté de l'appeler si le couple se présentait. C'était Sawyer qui avait imaginé ce scénario, espérant que la sympathie naturelle pour les bonnes surprises empêcherait les employés de dire à Mary et Mirandez que quelqu'un les cherchait. Et dans le cas contraire le jeune caïd s'inquiéterait peut-être moins en sachant que seule Liz avait suivi Mary.

A midi, ils avaient déjà coché dix adresses de leur liste.

— Comment se porte votre bagel ? s'enquit Sawyer.

— On peut s'arrêter si vous avez faim, rétorqua-t-elle.

— Vous ne prenez jamais de déjeuner ?

— Bien sûr que si.

— Hm-hm. Qu'avez-vous mangé hier ?

Liz se mordit la lèvre inférieure.

— Des chips et un soda.

— Et avant-hier ?

— Oh ! pour l'amour du ciel… Des chips et un soda.

Il se pencha vers elle et fit mine de l'inspecter.

— *A première vue*, je dirais que vous n'avez pas le scorbut.

Elle lâcha un gros soupir.

— Je prends chaque jour des multivitamines… Oh !

zut ! s'écria-t-elle en se frappant le front. Je crois que je les ai oubliées.

Sawyer secoua la tête. Dix minutes plus tard, il engageait la voiture dans une station-service. La moitié de la bâtisse était une épicerie.

— Je vais nous acheter de quoi manger, dit-il en ouvrant sa portière. Quelle sorte de chips préférez-vous ?

Elle lui sourit.

— Vous n'allez pas essayer de me changer ?

— Je ne suis pas si bête. Vous voulez m'accompagner ?

— Non, il faut que j'appelle Jamison. J'ai laissé un message sur son répondeur, tôt ce matin. C'était avant que je sache que nous allions voyager ensemble.

— Que va-t-il en penser ?

— Il sera ravi. Il pensera que c'est plus sûr pour moi.

— Vous l'aimez bien, n'est-ce pas ?

— C'est un directeur génial. Il nous accorde une totale confiance. Il sait que nous travaillons dur, et en contrepartie nous sommes assurées de son soutien en toute circonstance. En fait, il nous traite davantage comme des amies que comme des employées.

— Fraypish et lui sont proches, n'est-ce pas ?

— Ils se connaissent depuis plus de vingt ans. Jamison a un très grand respect pour les compétences légales de Howard…

Liz sortit son portable et commença à taper le numéro.

— Et ses honoraires sont raisonnables.

Sawyer claqua sa portière. Il ne se souciait pas vraiment de ce que pensait Jamison de Fraypish. Ce qui l'intéressait, c'était de savoir ce que Liz pensait de l'avocat.

Pourquoi ? s'interrogea-t-il en poussant la porte de la boutique. Pourquoi était-ce important ? Liz et lui avaient échangé deux baisers. D'accord, deux baisers enflammés qui lui avaient ramolli les genoux, mais bon, qui ne signifiaient rien en soi. Avec un peu de chance, ils retrouveraient Mary saine et sauve et celle-ci lâcherait Mirandez. Et dans quelques mois, si d'aventure il croisait Liz dans un magasin, ils se salueraient poliment et chacun irait de son côté.

Il prit un paquet de chips géant dans le rayon. Etait-ce son problème si elle devenait grosse avec une vilaine peau ?

Se dirigeant vers le comptoir, il choisit au passage deux sandwichs jambon-fromage, puis coinça une paire de boîtes de soda au creux de son bras.

La jeune caissière interrompit le limage de ses ongles.

— Ce sera tout ? demanda-t-elle.

— Auriez-vous des multivitamines, par hasard ?

Elle secoua la tête.

— Des fruits, peut-être ?

Elle désigna le fond de la boutique.

— Des bananes. Cinquante cents pièce.

— J'en prendrai six.

Liz était en train de raccrocher lorsqu'il revint à la voiture. Il déposa le sac sur ses cuisses. Elle jeta un coup d'œil à son contenu, puis en sortit le paquet de chips.

— C'est un grand modèle, remarqua-t-elle, l'œil brillant.

Elle pêcha ensuite l'une des boîtes de soda.

— Merci beaucoup, dit-elle en lui tendant le sac.

Il ne fit pas un geste pour le prendre.

— Il y a autre chose pour vous.

Liz regarda de nouveau dans le sac. Un sourire, si sincère qu'il gagna ses beaux yeux verts, éclaira son visage.

— Des bananes !

On aurait cru qu'il s'agissait d'un parfum de luxe ou d'un objet précieux. Il tira l'opercule de son soda et en avala une grande gorgée.

— Je devrais pouvoir nous trouver une table de pique-nique, ajouta-t-il.

Elle secoua la tête et ouvrit le paquet de chips.

— Non, on repart.

Ils s'arrêtèrent à onze autres endroits avant que Sawyer ne s'engage enfin sur le parking du camp de Lake Weston. Il était plus de 19 heures, ils n'avaient pas dîné et Liz semblait exténuée. Elle avait dûment joué son rôle à chaque étape, et à chaque retour à la voiture avait paru un peu plus découragée.

— Ecoutez, voilà notre gîte, dit Sawyer. Je crois qu'il est

temps de nous reposer. Ni vous ni moi n'avons beaucoup dormi la nuit dernière. Allons-y. Je vais nous trouver un endroit où dîner, ensuite dodo.

— Non.

C'était le premier mot qu'elle prononçait en deux heures.

— Pardon ?

— Non. Il faut continuer. Prenons juste un sandwich. Nous pouvons encore vérifier trois ou quatre adresses.

— Liz, soyez raisonnable. Dans une heure il fera nuit. Nous repartirons frais et dispos demain matin.

Elle se saisit de la carte et la déploya sur ses cuisses.

— Ecoutez, il y a deux endroits à une quinzaine de kilomètres d'ici. Nous perdons du temps.

Il allait devoir la ligoter. Mais il ne pensait pas en avoir encore l'énergie.

— Il faut nous enregistrer au bureau, déclara-t-il en secouant la tête. Il ferme à 20 heures. Nous avons besoin de la clé de notre cabane.

— Une cabane ?

— A deux chambres, précisa-t-il. C'était tout ce qu'ils avaient. J'espère que ça ne vous ennuie pas de partager une salle de bains.

— Non, bien sûr que non. C'est parfait. Je veux dire, ça répond à ce dont nous avons besoin. Assez d'espace, vous voyez…

Elle était rouge comme une pivoine. Qu'est-ce que ça signifiait ? Avait-elle espéré qu'il leur prendrait une chambre unique ? Dans tes rêves, pauvre idiot ! se tança-t-il aussitôt.

— Il faut que vous alliez signer, lui indiqua-t-il. C'est sous votre nom. Si Mirandez devait vous pister jusqu'ici, il ne doit pas trouver trace de moi. Le seul problème, c'est que ce sera débité sur votre carte de crédit. Nous vous rembourserons.

— Très bien, agréa-t-elle en ouvrant sa portière. Je vais nous enregistrer. Ensuite nous filerons vers ces deux endroits que je vous ai cités. Leur bureau ferme peut-être aussi à 20 heures. Il faut nous presser.

Cette femme était increvable.

— D'accord. Nous irons là-bas. Mais ensuite, terminé. Et je nous trouve un restaurant. Préparez-vous, car il n'y aura peut-être pas de chips au menu.

Il était presque 21 heures quand Sawyer commanda des steaks pour tous les deux. Il avait trouvé une gargote le long de la route nationale. Le parking était plein, ce qu'il avait interprété comme une publicité élogieuse.

L'éclairage était tamisé, la musique un rien trop forte, mais les sièges étaient confortables et la bière fraîche délicieuse.

Il crut que Liz allait s'endormir sur place. Les paupières lourdes, la mine pâle, elle semblait totalement vidée de ses forces. Dût-il en rencontrer, il était prêt à terrasser des dragons pour elle.

S'ils retrouvaient Mary — ou plutôt quand, rectifia-t-il, tâchant de faire preuve d'optimisme —, il lui botterait les fesses pour avoir donné autant de souci à Liz. Pour les avoir fait rouler des heures durant sous un soleil de plomb dans une voiture dont la climatisation ne fonctionnait même pas.

Ah si seulement il l'avait su, avant de laisser son propre véhicule au poste de police pour effectuer ce *road-movie* dans un grille-pain sur roues ! Juste après le petit déjeuner, alors que la température dépassait déjà les trente degrés, il avait tourné le bouton et c'est de l'air chaud qui lui avait été soufflé à la figure. Il s'était tourné vers Liz, et elle avait haussé les épaules, une expression de bonheur intense sur le visage.

Avec le recul, il voyait cela comme un présage de ce que devait être sa journée : une pénible épreuve.

Or, malgré l'inconfort et l'absence de résultat, jamais Liz ne s'était plainte. Il conduisait, elle consultait la carte, lui donnant des indications claires et précises. A chaque arrêt, elle descendait et disparaissait dans le bureau d'accueil pour présenter ses photos. Pas une parole de découragement, pas un soupir. Bon sang, les dragons, elle les aurait terrassés elle-même. Elle était assez forte pour cela.

— Demain, nous remonterons vers le nord, dit-il.

Se saisissant d'un petit pain, il le beurra et le lui tendit. Elle secoua la tête. Il haussa les sourcils.

Elle prit le pain d'un geste las.

— Je suis trop épuisée pour me battre.

Il l'observa tandis qu'elle en croquait un minuscule morceau.

— Merci. Vous ne mangez pas assez.

— J'ai mangé une banane.

— Je sais. Peut-être suffira-t-elle à vous empêcher de vous écrouler.

— Vous n'aurez qu'à me redresser et me conduire au prochain endroit.

Il se mit à rire, jusqu'à ce qu'il se rende compte qu'elle ne plaisantait qu'à moitié.

— Vous ne baisserez jamais les bras, hein ?

— Non. Je ne le peux pas. Je ne le veux pas.

— Que se passera-t-il si nous ne trouvons pas Mary ?

— Nous la trouverons. En persévérant, nous la trouverons.

Seigneur, il espérait ne pas la décevoir !

— Il n'est peut-être pas nécessaire de démarrer si tôt demain matin. Vous pourriez en profiter pour rattraper quelques heures de sommeil.

— Je ne suis pas fatiguée.

Non, bien sûr que non.

— Oui, eh bien moi je le suis.

Elle battit deux fois des paupières et secoua la tête.

— Non, vous ne l'êtes pas. En fait, en disant cela, vous voulez implicitement me faire comprendre que ce n'est pas un problème si je le suis.

Pourquoi fallait-il qu'elle soit psychologue ? Ne pouvait-elle pas être comptable ou ingénieur ?

— Et j'ai réussi ?

— Non. Je me sens parfaitement bien. Ne vous inquiétez pas pour moi.

— D'accord. Mais pourriez-vous au moins boire votre eau ? Ce trajet en voiture aurait déshydraté n'importe qui.

— Où avez-vous eu votre diplôme de médecine ?

Il ne s'offusqua pas. Elle lui sourit. Le premier sourire depuis au moins deux heures.

— A l'université de la Rue. On y dispense un programme accéléré. L'internat se fait dans les foyers pour SDF, et l'exercice aux urgences de l'hôpital Melliertz. Ce n'est pas pour rien qu'ils ont des écrans métalliques.

— Vous avez vu beaucoup de violence, n'est-ce pas ?

Elle renversa la tête contre son dossier. La lumière vacillante de la bougie sur la table dansait sur la ligne gracile de son cou. Liz Mayfield était une très belle femme.

— Autant que vous en avez entendu parler, je suppose. J'ignore ce qui est le pire. La voir, ou en entendre parler.

Un voile de tristesse assombrit son visage.

— La voir, je pense, répondit-elle. Lorsqu'on en entend parler, on n'imagine pas à quel point elle peut être horrible. Notre esprit nous empêche d'aller jusque-là.

Il éprouva un soudain malaise. Il n'y avait qu'un moyen de savoir ce qu'il voulait savoir.

— C'est vous qui avez découvert votre sœur ?

— Oui.

— Comment est-ce arrivé ?

Il se prépara mentalement. Au fil des ans, il avait eu à intervenir sur un certain nombre de cas similaires. C'était un travail moche, à glacer le sang.

— J'avais tenté plusieurs fois de la joindre, mais sans succès. Au bout de deux heures, j'ai pris ma voiture et j'ai roulé jusque chez mes parents. Ils étaient partis pour le week-end. Elle était morte depuis un bon moment quand je l'ai trouvée.

Il savait exactement à quoi ressemblait la scène, l'odeur intenable qui y régnait. Il espérait de toutes ses forces que rien de tel ne les attendait concernant Mary. Que Mirandez n'avait pas emmené la jeune fille jusqu'aux Dells pour la tuer, et jeter ensuite son corps dans la nature.

— Je suis navré, marmonna-t-il, conscient que ces mots avaient quelque chose d'inapproprié.

— Moi aussi, dit-elle d'une voix légèrement tremblante.

Mais je vous remercie. Il m'est toujours difficile d'en parler. Ça paraît bizarre, mais vous m'y avez aidée.

Ce n'était pas un dragon, mais pas loin. Un sentiment mêlé de satisfaction et de paix l'envahit.

Le serveur arriva, les bras chargés d'assiettes copieusement garnies. Il déposa les steaks fumants devant eux, puis l'accompagnement de pommes au four et de haricots verts frais.

— Bon appétit, dit Sawyer, saisissant sa fourchette.

Elle lui sourit, et ramassa ses propres couverts.

Vingt minutes plus tard, les assiettes avaient été débarrassées. Sawyer dégustait une tasse de café tout en observant Liz. Elle avait réservé un meilleur sort au dîner qu'au petit déjeuner et au déjeuner. Elle avait réussi à avaler la moitié de son steak, ainsi qu'une partie des pommes de terre et des haricots verts.

— Partons, proposa-t-il en voyant sa tête basculer en arrière.

Elle tombait littéralement de sommeil. Deux minutes plus tard, il avait réglé la note et emmenait Liz hors du restaurant, la soutenant par le coude. Le geste lui paraissait si normal qu'il se refusa à réfléchir à toutes les raisons pour lesquelles il ne l'était pas.

Un trajet de dix minutes les ramena à la cabane.

— Je vais d'abord y jeter un œil, annonça-t-il.

Ouvrant la console entre leurs sièges, il sortit le pistolet qu'il y avait placé plus tôt. Puis il descendit du véhicule et s'avança vers la porte de la cabane, le canon de l'arme orienté vers le haut. Il vérifia d'abord si elle était verrouillée, puis inséra sa clé dans la serrure, la tourna, poussa le battant et d'un mouvement fluide se glissa à l'intérieur. Quelques secondes plus tard, il ressortait et faisait signe à Liz de le rejoindre.

— Rien à signaler, dit-il.

Il attendit qu'elle soit entrée, puis referma derrière eux, reverrouilla la serrure, fit la moue devant la fragile chaîne de sécurité mais l'accrocha néanmoins.

— A quoi vous attendiez-vous ? demanda-t-elle.

— Je ne sais pas. Un bon flic s'attend toujours à quelque chose.

Sawyer Montgomery était un très bon flic, songea Liz, raide

devant la porte. La cabane n'était pas grande, mais semblait confortable. Le coin salon disposait de deux fauteuils, d'une table avec lampe et d'un foyer en pierre — hors-service selon l'avis fixé au-dessus. Le plancher était un peu éraflé, mais propre. Un lit double était poussé contre le mur de droite, tandis que celui de gauche présentait deux portes. Liz s'avança vers la première et l'ouvrit.

Très bien. Petite mais immaculée, la salle de bains avait des murs bleu pâle, un carrelage blanc, et la cabine de douche était surmontée d'une petite fenêtre garnie d'un store.

Elle ouvrit la seconde porte et alluma la lumière. Minuscule, la pièce était meublée en tout et pour tout d'un lit simple avec courtepointe, d'une table de chevet et d'une coiffeuse. L'unique lampe était celle du chevet, et diffusait une lumière douce.

— Deux chambres si l'on veut, observa Sawyer derrière son épaule.

— C'est parfait pour moi, dit Liz. Quel lit voulez-vous ?

Il la contourna et pénétra dans la pièce. Soulevant les stores de plastique qui garnissaient les fenêtres, il inspecta ces dernières. Elles avaient un double vitrage et étaient verrouillées de l'intérieur.

— L'autre, répondit-il.

Celui de la pièce principale, dont la porte offrait une sécurité douteuse. Oui, Sawyer Montgomery était un bon flic. Quand bien même elle se trouvait à plus de cent cinquante kilomètres de chez elle, physiquement épuisée et dans une cabane avec un homme qu'elle ne connaissait que depuis deux jours, elle se sentait en sécurité.

— Si vous entendez quoi que ce soit, dit-il en ressortant, et je dis bien quoi que ce soit, vous me réveillez. J'ai le sommeil léger.

De savoir qu'il allait dormir à quelques pas d'elle déclencha de drôles de sensations dans son ventre.

— Je suis sûre que tout ira bien.

— N'hésitez pas, insista-t-il. Pourquoi ne prendriez-vous pas la salle de bains la première ? J'ai des coups de fil à passer et je dois consulter mes messages.

Tandis qu'il approchait l'un des fauteuils de la lampe, Liz récupéra son sac près de la porte et l'emporta dans la salle de bains.

Sawyer attendit d'entendre l'eau couler avant de composer le numéro de portable de Robert. Après quatre sonneries, il se demanda si son ami n'était pas en galante compagnie. Mais à son grand soulagement son coéquipier décrocha à la septième.

— Sawyer le pêcheur, tiens donc ! fit Robert.

Dans certains cas, il valait mieux ne pas prononcer le nom de l'interlocuteur.

— Fisher t'a mis au courant ?

— Ouaip. Où es-tu ?

— A mi-chemin entre Madison et l'Enfer.

Robert émit un petit ricanement.

— J'y suis déjà allé. Des tas de nids-de-poule et des restaurants graisseux. Notre piranha a mordu à l'hameçon ?

— Non. Et je ne m'attends pas à ce qu'il le fasse. Je crois que nous sommes partis à une chasse au dahu.

— Et Liz ?

Merveilleuse, forte, belle…

— Elle va bien. Un peu fatiguée. Nous avons eu une longue journée.

— Tu as l'intention de la laisser dormir un peu cette nuit ?

Si Sawyer perçut le sarcasme, il ne releva pas. Associer Liz et lit dans la même phrase n'était pas drôle.

— Ce ne sont pas tes oignons.

— Tu es tombé sous son charme, hein ?

Cette fois, la voix de Robert était tout à fait sérieuse.

— Elle est… intéressante.

— Une araignée à six pattes est intéressante.

— Aussi. Ecoute, je dois te laisser.

— Très bien. Mais avant que tu ne raccroches, j'ai une info qui va t'intéresser. D'après Fluentes, Mirandez aurait une sœur quelque part dans le Wisconsin.

— Quoi ? Non, c'est impossible, marmonna Sawyer en plongeant la main dans ses cheveux. Je n'ai vu mentionnée nulle part l'existence de frères ou de sœurs.

— Eh bien, le bruit court qu'il en aurait une, plus âgée. Très peu de gens l'ont vue, mais l'an dernier elle était à Chicago pour l'enterrement du papa.

Une sœur ? Etait-il possible que Mirandez ait cherché refuge auprès de sa famille ?

— Fluentes a un nom ? Elle est mariée ?

— Je t'ai dit tout ce que je savais.

— D'accord. Merci.

Sawyer raccrocha au moment où Liz ressortait de la salle de bains, en short et T-shirt propres. Sur un bref signe de la main, elle disparut dans la petite chambre, refermant avec soin la porte derrière elle.

Une fois à l'intérieur, Liz éteignit la lumière et s'approcha du lit. Après avoir rabattu jusqu'au pied la courtepointe et la fine couverture, elle se glissa sous le drap frais et pria pour trouver le sommeil.

Elle se caressa le coude. Sous la douche, elle se l'était récuré presque au sang, dans l'espoir stupide d'éliminer la sensation persistante du contact de la main de Sawyer. Elle sentait encore sa chaleur, sa force, sa bienveillance.

Cela faisait longtemps qu'un homme n'avait pas pris soin d'elle. Lors de sa dernière relation sérieuse, c'était elle qui s'était occupée de l'homme. Peut-être pas physiquement, mais sur tous les autres plans.

Elle avait vingt-cinq ans et était vierge lorsqu'elle avait rencontré Ted. Theodore Rainey. Ils étaient sortis deux ans ensemble avant qu'il ne la demande en mariage. Elle avait accepté à la fois la bague de fiançailles et l'invitation à coucher dans son lit. Un an plus tard, après trois dates de mariage annulées à cause des contraintes professionnelles de Ted, elle avait fini par se dire que leur projet ne serait jamais concrétisé.

Elle aurait dû chercher au-delà de ses pâles excuses la raison pour laquelle il fuyait ce mariage, elle le savait. Sans doute était-ce pour cela que les psychologues ne se soignaient pas eux-mêmes : ils n'avaient aucune objectivité. L'une de ses patientes lui eût-elle décrit une relation similaire, elle lui aurait vivement conseillé de rompre.

Finalement, ils s'étaient séparés presque à l'amiable. A ce moment-là, le sexe entre eux était devenu rare, fait à la va-vite, peu satisfaisant. Ne plus avoir à simuler avait été un réel soulagement.

Tirant un peu le drap sur elle, Liz se recroquevilla dans le lit. Et tandis qu'elle glissait peu à peu dans le sommeil, elle songea à l'heureuse personne qui partageait le lit de Sawyer, sachant du plus profond de son cœur que celle-là n'avait nul besoin de simuler.

10

C'est le bruit de la douche qui réveilla Liz le lendemain matin. Sans être de l'épaisseur du papier à cigarette, les parois de la cabane étaient minces. Elle entendit un choc, suivi d'un juron étouffé. Apparemment, Sawyer était à l'étroit dans la petite cabine.

Se glissant hors du lit, elle s'approcha d'une fenêtre et jeta un coup d'œil entre les lames du store. Une belle journée s'annonçait. Le soleil brillait, et seuls quelques petits cumulus ponctuaient le bleu du ciel. Peut-être ferait-il un peu moins chaud que la veille. Ç'avait été la fournaise. Oh ! elle savait que la climatisation de sa Toyota ne fonctionnait pas, mais cela lui avait permis de faire la nique à Sawyer. Il s'était montré si intransigeant dans sa volonté de l'accompagner que cela valait bien une petite vengeance, fût-elle puérile.

Mais plus tard, alors qu'elle jouissait de haltes bénies dans des bureaux climatisés, le laissant dans le véhicule surchauffé sans qu'il n'émette la moindre plainte, elle avait commencé à culpabiliser. Et lorsqu'il lui avait acheté des bananes, elle s'était sentie bête et mesquine.

Elle voulait commencer cette journée sur un bon pied. La veille au soir, à l'entrée du camp, elle avait remarqué le panneau qui vantait les mérites du petit déjeuner « continental ». Avec un peu de chance, elle pourrait s'envoyer une ou deux tasses de café, des doughnuts au chocolat et revenir à la cabane avant que Sawyer ne sorte de sa douche.

Elle glissa les pieds dans des sandales et attrapa son sac à main sur la coiffeuse. Lorsqu'elle ouvrit la porte de la cabane, elle inspira à fond, savourant l'air encore frais du matin. Il devait être un peu plus de 7 heures.

Une fois à la cafétéria, elle dut attendre quelques minutes qu'un couple et ses trois enfants aient fini de choisir leurs bagels, jus de fruits, café et autres victuailles.

Il n'y avait pas de doughnuts au chocolat, mais d'appétissants petits pains aux noix de pécan. Elle en posa deux sur son assiette, puis leur adjoignit un bagel et du fromage frais pour faire bonne mesure. Sawyer avait un gros appétit. Elle emplit deux tasses de café, qu'elle porta d'une seule main, technique acquise lors d'un été où elle avait travaillé comme serveuse. Lorsqu'elle fut devant la porte, le père des enfants se leva de la table où sa petite famille s'était installée pour venir lui ouvrir.

Liz traversa le parking, les narines chatouillées par l'odeur du café chaud. Incapable de résister, elle s'arrêta et sirota un peu de breuvage dans l'une des tasses, se brûlant un peu la langue dans l'opération. Il était délicieux. Rien ne valait la première gorgée de café du matin.

Arrivée à la cabane, elle posa prudemment les tasses et le plateau par terre, puis ouvrit la porte avec sa clé. Elle se pencha pour récupérer les petits déjeuners, poussa du pied le battant, entra et se retourna pour le refermer. Lorsqu'elle pivota de nouveau sur elle-même, elle faillit laisser tomber son précieux chargement.

Vêtu de son seul jean, braguette ouverte sur un slip blanc, Sawyer pointait un pistolet sur sa poitrine.

— On peut savoir ce qui vous a pris ? demanda-t-il d'un ton sec.

Ce qui lui avait pris ?

— Vous allez me descendre ?

— Ne refaites plus jamais ça, ordonna-t-il, ignorant sa question.

— Refaire quoi ? rétorqua-t-elle sur le même ton.

Bon sang, il ne manquait pas d'air ! Il lui flanquait une trouille bleue, et se comportait comme si on *lui* avait fait un mauvais coup. Elle posa tasses et assiette sur la table avant qu'ils ne lui tombent des mains.

Sans la quitter des yeux, il marcha vers elle et déposa son arme à côté de l'assiette.

— Pour commencer, dit-il, son accent sudiste s'accentuant, ne sortez jamais sans me dire où vous allez, O.K. ?

Il la houspillait comme si elle était partie trois jours.

— Sawyer, vous êtes ridicule. J'ai juste traversé le parking.

— Ecoutez-moi, reprit-il en lui saisissant les bras. Vous n'ouvrez aucune porte, ne répondez à aucun coup de téléphone, ne…

Elle tenta de se libérer, mais sa poigne était trop puissante.

— Je ne suis pas votre prisonnière. Je ne suis pas sous votre responsabilité.

Elle vit un muscle tressauter dans sa mâchoire.

— Si, vous l'êtes. Ne vous y trompez pas. Vous faites ce que je vous dis quand je vous le dis. Il s'agit d'une enquête de police, et c'est moi qui en ai la charge.

— J'ai pensé qu'un café vous ferait plaisir. Si j'avais su qu'en faisant cela je risquais de me faire tuer, je me serais abstenue !

Il était si près qu'elle sentait son odeur. L'odeur propre, pimentée, d'un homme en colère. Elle n'avait qu'à avancer la main pour toucher son torse nu. Son regard dériva vers ses abdominaux et la fine toison brune qui descendait vers l'ouverture de son jean…

Oh ! Seigneur.

Elle releva vivement les yeux. Il respirait par petits coups, les lèvres entrouvertes, et ses iris s'étaient assombris.

Puis il abolit la distance entre eux. Ses hanches entrèrent en contact avec les siennes, son torse avec ses seins, et ce qu'elle venait de découvrir se confirma.

Il était en érection.

— C'est une folie, dit-elle. Nous ne pouvons pas…

— Chut, murmura-t-il, avant de baisser la tête et de l'embrasser.

Vu l'éclat qui brillait dans ses yeux, elle s'attendait à un baiser dur, brutal, mais il ne le fut pas. Ses lèvres étaient douces et chaudes, et son haleine fleurait la menthe. Elle ouvrit la bouche, il la serra davantage, inclinant la tête de sorte qu'elle ne sut plus où il s'arrêtait et où elle commençait. Ils oscillaient, soudés l'un à l'autre, et le plaisir qui l'envahissait était si intense qu'elle craignit de tomber en pièces détachées.

Elle explora des mains son large dos, puis les descendit et glissa bientôt l'extrémité des doigts sous sa ceinture, griffant légèrement la chair ferme du haut de ses fesses. Il lâcha un grognement, et elle ressentit le pouvoir magique d'être une femme. Il gonflait en elle, lui chauffait le sang.

Sawyer remonta les mains sous le large T-shirt. Lorsqu'il se rendit compte qu'il ne rencontrait rien d'autre que de la peau nue, tout son corps se mit à trembler. Elle plongea les siennes plus loin sous son jean, les insinua sous le coton du slip et empoigna son postérieur. Il écarta sa bouche de la sienne.

— Vous me rendez fou.

Ces mots la rendirent plus intrépide, la firent se sentir plus puissante encore. Cette fois, c'est elle qui s'empara de ses lèvres. Elle cambra son corps contre le sien, brûlant du besoin de le toucher partout.

— Je veux que vous me…

La sonnerie d'un téléphone l'interrompit. Sawyer s'écarta pour tendre la main vers son portable, posé sur la table.

— C'est le mien, parvint-elle à articuler. Dans mon sac.

Elle en sortit l'appareil et, se souvenant de ses ordres, l'interrogea du regard. Après deux nouvelles sonneries, il lui donna son feu vert d'un hochement de la tête. Elle tapa la touche de communication.

— Allô ?

— Liz, vous deviez m'appeler hier.

Howard Fraypish. Il lui était sorti de la tête.

— Oh ! je vous demande pardon. J'ai eu des choses importantes à faire.

Elle couvrit le micro de la main.

— C'est Howard, chuchota-t-elle. J'en ai pour une minute.

Sawyer haussa un sourcil.

— Nous travaillons sur un placement, expliqua-t-elle.

— Bien sûr. Je comprends.

Elle le suivit des yeux tandis qu'il traversait la pièce, sortait un T-shirt rouge de son sac et l'enfilait d'un mouvement souple.

— … et je veux m'assurer que Melissa n'a pas changé d'avis, poursuivait l'avocat. Je ne veux pas que les Partridge soient déçus.

Elle avait totalement raté le début en fixant le torse nu de Sawyer.

— Non, Howard. Je lui ai parlé il n'y a pas deux jours. Elle est vraiment décidée à le faire. Je ne crois pas qu'elle se dédiera. Elle est censée accoucher à la fin de la semaine prochaine. Et deux semaines après, elle part à l'université.

— Appelez-moi dès que le bébé sera né, d'accord ?

— C'est promis. Mais n'ayez aucune crainte. Elle sait que vous vous occupez de l'aspect légal. Comme je vous l'ai déjà dit, elle vous appellera directement si elle ne peut pas me joindre.

— Ah, c'est vrai.

Il paraissait distrait.

— Quelque chose ne va pas, Howard ?

— Hein ? Mais non. J'ai du boulot par-dessus la tête, c'est tout. Bon, il faut que je file. A bientôt, Liz.

Elle raccrocha. Debout près de la table, Sawyer dégustait son café.

— Vous voulez le bagel ? demanda-t-il.

Donc, il voulait faire comme si durant les dix dernières minutes il ne s'était rien passé. Ils ne s'étaient pas disputés, ne s'étaient pas dévoré mutuellement la bouche. Eh bien non, elle ne l'acceptait pas. Même si cela signifiait reconnaître qu'elle avait été à un cheveu de le supplier de lui faire l'amour.

— Que se passe-t-il, Sawyer ?

Il la considéra un long moment en silence.

— Quand je suis sorti de la douche et que je ne vous ai pas vue, dit-il enfin, je me suis fait un sang d'encre. Il y a moins d'une semaine, vous avez reçu un message de menace. Peut-être était-ce une mauvaise blague, peut-être pas. Quoi qu'il en soit, nous sommes lancés dans cette traque insensée. Vous n'imaginez pas combien Mirandez est dangereux. Si, comme vous le croyez, il est ici avec Mary, Dieu seul sait ce qu'il fera s'il apprend que vous êtes à sa recherche. Mirandez n'a pas de conscience. Il tue les gens comme nous écrasons les fourmis.

D'accord, d'accord.

— Je vous demande pardon. Je suis désolée. J'aurais dû vous prévenir que j'allais chercher des cafés.

— C'est bon, on oublie tout, soupira-t-il avec un haussement d'épaules.

Oublier qu'il l'avait embrassée ? Etait-ce aussi facile pour lui ?

— Nous nous sommes un peu laissé emporter par nos pulsions, lui rappela-t-elle.

Il acquiesça.

— C'est vrai. Je suis extrêmement attiré par vous, Liz. Mais agir en conséquence serait une grave erreur de ma part. Que cela vous plaise ou non, j'ai la responsabilité de cette opération. Et vous en faites partie.

— Je suis majeure et vaccinée, Sawyer. Je suis pleinement responsable de mes actes.

— Et moi des miens.

Ce qui ne semblait pas particulièrement le réjouir.

— Sawyer, je ne comprends pas pourquoi nous ne pouvons pas…

— Parce que je dois rester concentré. Ma tâche est d'arrêter Mirandez, avec des éléments à charge assez solides pour convaincre un jury de l'envoyer derrière les barreaux.

— J'essaie de vous aider.

— Et je vous en suis reconnaissant. Mais que se passera-t-il s'il s'avère que Mary fait partie de ces éléments à charge ? Que se passera-t-il si je dois l'arrêter, elle aussi ? Je ne peux pas laisser vos sentiments pour elle m'empêcher de faire mon travail.

— Je ne vous le demanderais pas.

En doutait-il encore ?

— Vous n'en auriez pas besoin, répliqua-t-il d'une voix très douce.

S'il était possible, il sembla à Liz que la température avait encore grimpé depuis la veille. A 10 heures, et après seulement deux heures de route, ils avaient tous deux l'air de géraniums privés d'eau. Ils s'étaient déjà rendus à quatre petits campings. L'un n'avait même pas de bureau, de sorte qu'ils durent l'explorer en voiture, et dans les trois autres ils reçurent à peu près la même réponse.

— Non, ces visages ne me disent rien. Beaucoup de gens passent par ici, vous savez. Je ne peux me souvenir de tous. Vous pouvez revenir vérifier, bien entendu. Nous sommes là du lever du jour au coucher du soleil.

Le charme désuet du Wisconsin... Liz se demanda pourquoi elle avait une telle envie d'étrangler le prochain gusse qu'elle rencontrerait. Entre la canicule, son inquiétude pour Mary et la tension sexuelle qui irradiait de Sawyer, elle songea qu'un petit meurtre constituait une excellente alternative.

Il ne l'avait plus touchée. Ne lui avait pas adressé plus de dix mots. Mais chaque fois qu'elle descendait de la Toyota pour disparaître dans l'un des bureaux ou qu'elle en revenait, elle savait qu'il l'observait. Et même si ça semblait fou, elle voyait la concupiscence dans ses yeux. Mais dès qu'elle reprenait sa place dans la voiture, il redevenait inspecteur de police. Un inspecteur silencieux. Elle décida qu'elle avait là un cas patent de désir refoulé et de fantasmes lubriques.

Elle avait envie de lui. Envie de l'embrasser. Il possédait de ces lèvres qu'une femme pouvait embrasser quarante-huit heures d'affilée sans jamais avoir à chercher son air.

Elle le voulait nu.

Elle, qui n'avait couché qu'avec un seul homme dans sa vie, ne songeait qu'à une chose : s'envoyer en l'air avec un type qu'elle connaissait depuis à peine une semaine.

Cela lui donnait le sentiment de trahir Mary. Mary devait rester la priorité, et elle savait ce qui se passait lorsque les priorités se mélangeaient. Si l'histoire se répétait, elle ne le supporterait pas. Mary méritait mieux. Cette faculté qu'avait Sawyer de rester focalisé sur son but, Liz la respectait. Elle avait oublié le sien un moment, et se sentait vile. Il avait été oblitéré par l'incroyable chaleur du corps de Sawyer collé au sien.

Mais Dieu merci Sawyer avait fait marche arrière à temps. Il avait fait ce qu'il fallait. Aussi était-il temps qu'elle cesse d'être fâchée contre lui.

— C'est encore loin ?

Sawyer risqua un bref regard de son côté. Le plus sûr moyen de bien achever sa journée, s'était-il dit, était de ne pas avoir à la regarder. Regarder ses beaux yeux verts, avec ces cils sombres qui avaient papillonné sur ses joues lorsqu'il l'avait embrassée. Ou ses lèvres roses, dont l'inférieure, pulpeuse à se damner, avait tremblé quand il avait passé la main sur ses seins.

Elle avait relevé ses longs cheveux, les attachant sur la tête de cette manière que seules les femmes connaissent, et compte tenu de la chaleur avait enfilé l'une de ces robes légères sans manches, si populaires en été.

Non que celle-ci l'aidât beaucoup. Il gardait un souvenir ému de chacune de ses courbes. Bon Dieu, même ses pieds étaient sexy. Elle portait des sandales blanches qui mettaient en valeur ses délicats orteils aux ongles vernis de rouge.

Il reporta les yeux sur la route. C'était plus sûr.

— J'ai pensé que nous pouvions faire encore une cinquantaine de kilomètres, puis il faudra traverser la rivière et redescendre de l'autre côté. Si nous n'y arrivons pas aujourd'hui, nous reviendrons demain.

— Et ensuite ?

— Ensuite nous rejoindrons la Route 39, à l'ouest, c'est l'un des axes principaux. Elle est très fréquentée durant la saison touristique. Il y a deux ou trois grandes auberges et un certain nombre de campements.

— Seigneur, je crois que je n'ai pas vraiment pris la mesure de l'ampleur de la tâche.

— Vous voulez que nous fassions demi-tour ? Vous pourriez être chez vous dans le milieu de l'après-midi.

— Non. Pas question. Je ne laisse pas tomber.

Il n'attendait pas d'autre réponse. Liz semblait littéralement portée par son désir d'aider Mary.

— Vous aimez beaucoup Mary, n'est-ce pas ?

— Oui. Je sais que ce n'est pas facile à comprendre. Elle n'est pas une fille facile. Elle est à un stade de sa vie où elle est très focalisée sur elle-même. Ses besoins, ses désirs, ses plaisirs sont prioritaires.

— N'est-ce pas le propre de l'adolescence ?

— En effet.

Elle sourit, et il se sentit mieux. Bon sang, elle était le soleil emballé dans un magnifique paquet-cadeau.

— Heureusement, la plupart des gens évoluent en devenant adultes. Mais pas toujours. Certains se révèlent incapables d'aimer une autre personne qu'eux-mêmes.

C'était l'ouverture qu'il attendait. Sauf qu'il n'était pas sûr d'avoir le courage de lui poser la question.

— Vous parlez d'expérience, on dirait.

— C'est juste le résultat d'années d'études.

O.K. « Soyez direct ou rentrez chez vous. » C'était ce que disait l'autocollant que Robert avait posé sur son ordinateur deux ans plus tôt.

— Que pense Howard du fait que vous voyagez avec moi ?

Elle parut interloquée.

— Howard ? Comment serait-il au courant ?

— Il ne sait pas que vous êtes avec moi ? Je croyais que c'était la raison de son appel.

— Son appel concernait une adoption sur laquelle nous travaillons.

— J'ai cru que ce n'était qu'un prétexte. Que Jamison l'avait appelé, et qu'il avait décidé que ça ne mangeait pas de pain de se rappeler à votre bon souvenir. Je suis surpris qu'il ne vous ait pas demandé de revenir. En tout cas, si vous étiez ma petite amie, je sais que vous ne passeriez pas la nuit dans une cabane avec un autre homme.

— Votre petite amie ?

Elle semblait avoir verdi. De toute évidence, cette idée ne la séduisait pas outre mesure.

— Laissez tomber, grommela-t-il.

Etre direct, hein ? Merci Robert.

— Howard n'est pas mon petit ami.

— Vous paraissiez très proches, à cette soirée.

— Nous dansions. Il est difficile d'avoir l'air de deux étrangers en pareil cas. Howard m'avait proposé d'être mon cavalier. Comme je n'en avais pas, j'ai accepté. Nous nous sommes retrouvés là-bas. Il n'est même pas venu me chercher.

— Vous n'aviez pas de cavalier ? C'est difficile à croire.

— Il existe de pires choses, répliqua-t-elle en riant.

— C'est vrai. Mais j'aurais cru que les prétendants faisaient la queue devant votre porte.

Il garda les yeux rivés sur la route, trop effrayé pour la regarder en même temps.

Elle ne dit rien pendant un moment, et il se demanda s'il l'avait offensée. Il risqua un coup d'œil latéral.

— Il y a quelques années, j'ai failli me marier.

Elle prononça ces mots d'un ton si détaché que dans un premier temps il y fit à peine attention. Puis ce fut comme si un poids de cent kilos lui était soudain tombé sur le torse, lui oppressant les poumons.

— Vous marier ? parvint-il à articuler.

— Un collègue de travail, expliqua-t-elle. Un homme plutôt bien. Mais nous ne voulions pas la même chose.

Il imaginait sans mal ce que cet homme bien voulait d'elle. Ce que tout homme, y compris lui, voudrait d'elle.

— Que vouliez-vous ?

— Fonder un foyer. Avoir des enfants.

Elle le méritait.

— Ça me semble un but raisonnable.

Pas en ce qui le concernait, mais encore une fois ils ne parlaient pas de lui.

— Avez-vous déjà été marié, Sawyer ?

— Non.

— Eu une relation sérieuse avec une fille ?

— Une fois.

— Qu'est-il arrivé ?

Il voulait lui dire. Tout lui dire de ce gâchis. Mais elle saurait alors qu'il n'était qu'un pauvre imbécile. Qu'il n'avait pas été capable de protéger son enfant. Qu'il n'avait pas été assez intelligent, ou assez courageux. Il verrait alors la pitié dans son regard, la même qu'il avait vue dans celui des infirmières, dans celui du docteur, dans celui de l'aumônier de l'hôpital. Et cela, il ne pourrait le supporter.

— Nous étions très jeunes tous les deux. Ça n'aurait sans doute pas marché.

— Vous la voyez encore ? Je veux dire, lors de réunions d'anciens élèves, par exemple ?

— Elle est morte.

— Oh. Je suis navrée.

— Oui, moi aussi.

Il était sincère. Il l'avait haïe. Haïe pour ce qu'elle avait fait à son fils. Mais malgré cela, quand il avait appris qu'elle était morte d'une overdose, à peine deux ans plus tard, il en avait été très affecté. Une autre tragédie due à la drogue. Et aux individus comme Mirandez, qui importaient le produit dans le pays et montaient un réseau de distribution, composé surtout de gosses, qui n'avait rien à envier à celui des grosses sociétés.

— Vous avez dû beaucoup l'aimer.

Il savait ce qu'elle pensait. Qu'il était encore amoureux d'elle malgré son décès. Si seulement ça pouvait être aussi simple...

— Oui, se contenta-t-il de répondre, la laissant poursuivre sur cette voie.

— Vous ne croyez pas qu'elle aurait voulu que vous alliez de l'avant dans votre vie ?

Non. Elle se fichait qu'il soit vivant ou mort. La seule chose qui comptait pour elle, c'était où elle allait trouver sa prochaine dose d'héroïne.

— C'est sans importance. Je sais ce qui est bien pour moi.

— Tout le monde croit le savoir.

— Si nous-mêmes ne le savons pas, qui le peut ?

— Souvent, nous ne nous voyons pas aussi bien que les autres nous voient.

Elle avait probablement raison. Mais elle ne voulait pas qu'elle l'étudie de trop près. Car elle découvrirait alors le vide obscur, abyssal qui menait à son âme.

— C'est la femme ou la psychologue qui parle ?

Le visage de Liz se pinça. La note d'agressivité dans sa voix avait produit l'effet voulu.

— Je ne suis pas sûre de pouvoir séparer l'une de l'autre. Je suis ce que je suis.

Pour la centième fois, il se réjouit d'avoir su se refréner dans la cabane. Liz méritait mieux. Mieux qu'un homme qui avait si peur de perdre ce qu'il aimait qu'il préférait ne pas aimer du tout. Et il n'avait pas besoin d'une foutue psychologue pour le lui expliquer.

— Parfait. Bon, j'ai chaud et j'ai faim. Continuons à rouler.

11

Le lendemain matin, Liz se réveilla avec le chant des oiseaux. Ils étaient juste devant sa fenêtre, accueillant la journée nouvelle de leurs joyeux trilles. Se retournant dans le lit, elle tendit le bras et écarta du doigt les lames du store. L'éclat du soleil lui fit plisser les yeux.

Nom d'un chien. Elle avait trop dormi. Ils auraient dû se mettre en route deux heures plus tôt. Pourquoi Sawyer ne l'avait-il pas réveillée ? Se pouvait-il qu'il ait trop dormi, lui aussi ? Balançant les jambes hors du lit, elle sortit un short de sa valise, s'y glissa, fourra les pieds dans ses sandales et sortit de la chambre.

Le lit de Sawyer était vide. Et comme la porte de la salle de bains était ouverte, cela signifiait qu'il n'était pas dans la cabane. Elle y fit un saut, et se sentit infiniment mieux après s'être brossé les dents et aspergé le visage d'eau fraîche. Puis elle sortit. La voiture était là. Où Sawyer était-il passé ?

Peut-être s'était-il rendu à la cafétéria pour prendre son café. Ah, si elle avait une arme ! Elle se ferait une joie de lui procurer le choc de sa vie. Il ouvrirait la porte, et peut-être tirerait-elle une balle à deux centimètres de son pied afin de lui faire goûter à sa propre médecine. Ensuite elle l'embrasserait de nouveau à l'étouffer.

L'idée était séduisante mais, ne disposant que d'une lime à ongle, elle écarta cette option. Cela étant, un café noir serait le bienvenu. Elle traversa donc le parking, entra dans la cafétéria et se servit une grande tasse. Elle délaissa les pâtisseries.

Encore trois jours de petits pains à la noix de pécan, et elle n'entrerait plus dans la Toyota.

A son retour, elle aperçut Sawyer, à moitié dissimulé par la cabane. Il faisait des pompes. Elle ignorait à combien il en était, mais elle le vit en faire trente-deux. Puis il bascula sur le dos et entreprit une séance d'abdominaux.

La gorge de Liz devint toute sèche. Monsieur portait un short de sport en coton, mais rien d'autre. La sueur brillait sur sa peau, et le soleil jouait avec les volumes de son large torse. A chaque redressement, ses abdominaux saillaient. Une centaine de mouvements plus tard, il s'effondra sur le dos, les jambes étalées.

Elle se sentit tel un voyeur.

Avec une souplesse féline Sawyer se rétablit soudain sur ses pieds, et elle se rendit compte qu'elle avait soupiré.

— Liz ?

— Bonjour, dit-elle. Je suis désolée, je ne voulais pas vous déranger.

Ni l'arrêter.

— Il n'y a pas de mal. Il faut que je me dérouille un peu.

— Il est vrai que nous avons passé beaucoup de temps dans la voiture depuis deux jours.

— Ouaip.

Parfait. S'il pouvait se comporter comme si elle ne l'avait pas épié, elle aussi.

— Navrée d'avoir dormi aussi tard.

— Vous deviez en avoir besoin.

— En effet. Vous voulez prendre votre douche le premier ?

— Non, allez-y. Je vais courir un peu autour du parking. Je ne perdrai pas la cabane de vue.

Elle se demanda si, en se hissant sur la pointe des pieds, elle pourrait le voir par la fenêtre de la salle de bains. Sawyer ne relâchait pas sa vigilance pour la protéger. Et elle… Elle l'aurait mangé tout cru.

— Eh bien, à tout à l'heure dans ce cas.

Il hocha la tête.

Ce n'est que lorsqu'ils furent tous deux douchés et habillés qu'elle se sentit à peu près en paix. Et non comme une femme qui avait dû se faire violence pour ne pas se jeter sur un homme à demi nu et couvert de sueur sur le parking d'un campement touristique.

Ils se rendirent en ville, où ils s'offrirent un petit déjeuner dans l'un des établissements locaux. De retour à la voiture, Liz étala la carte sur ses cuisses, la consulta brièvement, puis la replia.

— Un problème ?

— Non. Je présume que vous savez où vous allez.

— Oui. Vers le sud. Ensuite nous remonterons par l'autre rive.

Le programme ressemblait comme deux gouttes d'eau à celui de la veille et de l'avant-veille. Une journée d'arrêts, de re-départs et de déceptions. Liz éprouva une grosse envie de se cogner la tête contre sa vitre.

— Vous êtes d'attaque ? demanda Sawyer, comme s'il avait deviné ses pensées. Nous pouvons toujours rentrer à Chicago.

Abandonner n'était pas une option, et un retard pouvait avoir de graves conséquences. C'étaient là deux règles qu'elle s'était gravées au burin dans la tête.

— Non, allons-y. Plus vite nous serons partis, plus vite nous les trouverons.

Sawyer eut la délicatesse de ne pas répondre. Il se contenta de tourner la clé de contact.

Au milieu de l'après-midi, Liz se sentit dégoûtante. Elle avait beau porter le short et le T-shirt les plus légers de sa garde-robe, ils lui collaient désagréablement à la peau. Il devait faire trente-cinq degrés à l'ombre. Ils s'étaient déjà arrêtés à sept campements, deux parcs de loisirs, et quatre petits motels en bordure de rivière.

— Notre prochaine halte est Twin Oaks Lodge, annonça-t-elle en étudiant la carte, qu'elle évitait de poser sur ses cuisses de peur qu'elle ne s'y colle.

— Twin Oaks Lodge, répéta Sawyer. J'ai tenté d'y louer une cabane, mais ils étaient complets. Elles étaient toutes réservées depuis début avril.

— En tout cas c'est une région superbe.

— Elle n'a pas que des avantages, tempéra Sawyer. Les hivers sont longs et froids, par ici.

— A Chicago aussi les hivers sont longs et froids.

Quelques minutes plus tard, il tournait le volant pour pénétrer dans le vaste parking du Twin Oaks Lodge. Comme les autres fois, il se rangea sur le côté, hors de vue des fenêtres du bureau.

Au moment où Liz ouvrait sa portière, le portable de Sawyer annonça l'arrivée d'un SMS. Il le lut.

— C'est le travail ? demanda-t-elle. C'est Mary ?

— C'est le travail. Et j'ignore si c'est Mary.

— Si c'est elle…

— Je vous dirai ce que je pourrai. Pour des raisons de sécurité, je suis astreint à la confidentialité. Le simple fait que vous puissiez suivre ma part de la conversation peut avoir des conséquences néfastes. Je veux éviter cela à cette personne.

— Cette personne ? Je ne peux même pas savoir si c'est un homme ou une femme ?

— Non. Ça vaut mieux pour tout le monde.

Elle hocha la tête, comprenant apparemment qu'il ne céderait pas. Il avait sans doute bien des choses à se faire pardonner, mais celle-ci n'en faisait pas partie.

— Très bien. Je vais entrer dans ce bureau, poser mes questions et feindre de m'intéresser aux brochures. Si je…

Elle s'interrompit, l'air concentré.

— … nous achète des boissons fraîches, me promettez-vous de ne pas me descendre quand je reviendrai ?

Il lui fallut trois secondes pour comprendre qu'elle plaisantait, que par ce biais elle essayait d'arrondir les angles entre eux. Il haussa les épaules.

— Ça dépend. Si elles sont light ou pas.

— Ce sont toujours les petits détails qui causent les grandes catastrophes, n'est-ce pas ?

Sur ce, elle ouvrit sa portière, descendit et traversa le parking. Il la suivit des yeux jusqu'au bureau.

Puis il composa le numéro de Rafael Fluentes. Celui-ci avait su infiltrer le gang de Mirandez mieux que n'importe quelle autre taupe de la police. Quand il appelait, c'était rarement pour de bonnes nouvelles.

— C'est moi, dit Sawyer.

— J'ai appris que tu traînais là-haut. Ça mord ?

— Je n'ai encore rien pris.

— Ça craint partout, dit Fluentes. Il y a du lourd qui se prépare.

Bon sang. Une nuit n'était pas considérée comme normale lorsque le sang ne coulait pas entre les gangs. Les batailles de territoire étaient féroces et fréquentes, mais Fluentes n'aurait pas appelé pour ça. Cette fois, il devait s'agir d'une confrontation importante.

— Quand ?

— Bientôt.

Sawyer regretta d'être à plus de trois cents kilomètres. Certes, Robert le tiendrait informé, mais ce n'était pas la même chose que d'être sur place.

— J'espère que la pêche sera meilleure chez vous.

— Ouais, moi aussi. Je me fiche que le menu fretin passe entre les mailles, mais j'aimerais accrocher quelques grosses pièces. Au fait, j'ai une info sur la frangine de Mirandez. Dantel est le fils unique de Maria et Ramon Mirandez. Toutefois, Maria avait eu un enfant dix ans avant leur mariage. Nous ne sommes même pas sûrs que Ramon ait été au courant. Bref, notre ami a une sœur beaucoup plus âgée.

Cela apportait une lumière nouvelle sur la situation. Cette sœur s'était rendue aux obsèques du père de Mirandez. Si le défunt ignorait son existence, Maria était désormais libre d'avoir ses deux enfants auprès d'elle pour la réconforter en cas de besoin.

— Comment s'appelle-t-elle ?

— Angela.

— Angela comment ?

— Je l'ignore. Le nom de jeune fille de Maria est Jones.

Sawyer fonça les sourcils.

— Jones ?

— Oui. Le grand-père de Mirandez était aussi anglo-saxon que toi et moi.

— Je parie que personne n'est au courant.

— Rappelle-le-lui, quand tu l'agraferas.

— Angela Jones, murmura Sawyer. Ou un autre nom. Elle a pu se marier entre-temps. Où habite-t-elle ?

— Je ne sais pas. En tout cas, la vieille s'est installée il y a deux ans dans l'un de ces centres de vie autonome. Une résidence hors de prix.

Sawyer ne put y résister :

— Payée avec quoi, d'après toi ?

— Si l'argent de la drogue n'existait pas, l'économie serait en chute libre, ironisa Fluentes. Quoi qu'il en soit, nous avons fait parler l'une de ses voisines, qui s'est souvenue que Maria était allée rendre visite à une fille qui vit dans le Nord.

— Dans le Nord ? répéta Sawyer, encore plus découragé qu'avant. C'est tout ? C'est tout ce que tu as ?

— D'après moi, Maria n'a jamais dû conduire de nuit. Elle aura donc effectué le trajet de jour. J'en déduis qu'Angela ne vit pas en Alaska.

— Très drôle.

— Hé, je t'ai dit que c'était peu de chose. Mais au moins nous savons qu'il y a une sœur.

— Oui, je sais. Excuse-moi. Je commence simplement à me décourager.

— La patience est l'amie du pêcheur, tâche de t'en souvenir, dit Fluentes avant de raccrocher.

Sawyer ne tirerait aucune gloire à arrêter Mirandez. Cela étant, il se réjouirait de voir sa tête empaillée accrochée au-dessus d'une cheminée. Mais pas la sienne. Pas question d'avoir quotidiennement sous les yeux le visage de cet enfant de salaud.

Trois minutes plus tard, Liz ressortait du bureau, deux grands gobelets à la main. Une fois dans la voiture, elle lui en tendit un. Il ficha la paille dans le trou du couvercle et aspira une longue gorgée de soda frais.

— Aah ! J'aime les femmes qui savent suivre les indications.

— Je suis docile. Ce qu'on me dit de faire, je le fais.

Son soudain rougissement lui apprit que le double sens de leur échange ne lui avait pas plus échappé qu'à lui. Il se gratta la joue, et découvrit qu'elle était brûlante. Quelle paire d'idiots ils faisaient !

— Des nouvelles de Mary ? demanda-t-elle.

Il secoua la tête.

— Mais Mirandez a une sœur. Une demi. Par sa mère.

— Où est-elle ?

— Mystère et boule de gomme. Ils continuent à chercher. Elle s'appelle Angela. Peut-être Angela Jones. A partir de maintenant, nous poserons également des questions sur elle là où nous irons. Si seulement la chance pouvait enfin nous sourire…

Deux arrêts plus tard, son vœu était exaucé. Liz présenta la photo, raconta son histoire et attendit la réponse habituelle. Lorsque le jeune homme derrière le comptoir la gratifia d'un sourire complice, et annonça qu'elle trouverait M. et Mme Giovanni à la cabane numéro sept, elle faillit fondre en larmes.

— Ma sœur est enceinte, lui rappela-t-elle.

Elle voulait y croire de toutes ses forces, mais en même temps ne voulait pas se laisser aller à un excès d'optimisme.

— Je sais. Ça m'a surpris quand son mari m'a dit que le bébé n'était pas attendu avant encore deux mois. Hier ils voulaient louer une barque, et ça m'a fait flipper. Je m'suis dit qu'elle allait perdre le marmot à la première vague. Mais ils sont rentrés sains et saufs. Votre beau-frère, il y connaît que dalle en pêche. C'est votre sœur qui a dû lui montrer comment on enfile un appât sur l'hameçon.

— Oui, elle est douée. Je suis si impatiente de la voir ! Ma voiture est sur le parking. Est-ce que cette petite route mène à la cabane numéro sept ?

— Absolument. S'ils n'y sont pas, cherchez-les au quai. Ils y passent le plus clair de leur temps. Elle, elle bouquine, et lui ne fait que téléphoner sur son portable. Ce n'est pas ainsi que je passerais mes vacances, mais comme il me file des gros pourboires, je ne vais pas le critiquer, hein ?

Facile, quand c'est de l'argent sale…

— Eh bien, je vais essayer de leur faire la surprise. Vous ne les prévenez pas, n'est-ce pas ?

— Même si je voulais, je ne pourrais pas. Les cabanes n'ont pas le téléphone.

— C'est parfait. Merci beaucoup. A plus tard, je pense.

— Certainement. Et n'oubliez pas de dire à votre beau-frère que c'est moi qui vous ai aidée.

Elle réussit à lui sourire. Puis elle se précipita vers la Toyota, sauta dedans, claqua sa portière et se tourna vers son chauffeur.

— Ils sont ici. Cabane sept. M. et Mme Giovanni.

Le regard de Sawyer s'éclaira, et ses mains se resserrèrent sur le volant.

— Giovanni, répéta-t-il à mi-voix.

— Les cheveux bruns, les yeux noirs. Il a dû se dire que dans le Wisconsin les gens ne feraient pas la différence entre un Latino et un Italien.

— Je suppose. Ce n'est pas comme s'il avait choisi Andersen ou McDougal.

— Alors, on fait quoi ?

Ils n'avaient pas encore vraiment parlé de ce qui se passerait lorsqu'ils tomberaient enfin sur le couple.

— J'appelle du renfort. Bon Dieu, si seulement Robert était là…

— Et moi ?

— Vous restez ici. Dès que j'aurai passé mon appel, j'irai voir les lieux de plus près. Je veux connaître la disposition de la cabane.

— D'après l'employé, ils sont souvent au bord de l'eau. Il y a un chemin qui court derrière les cabanes.

— Très bien. Merci.

— Je ne veux pas qu'il arrive quoi que ce soit à Mary. Il faut que vous me laissiez la sortir de là.

— Il est hors de question que vous approchiez Mirandez. Il vous tuera. Sans hésitation, sans le moindre état d'âme.

— Mais…

— Mais rien. Ne discutez pas, Liz. J'ai été clair depuis le début. Il s'agit d'une opération de police. Pour votre sécurité, vous resterez ici.

Il n'était pas dit qu'elle baisserait aussi facilement les bras.

— Sans moi, vous ne l'auriez jamais retrouvée. Pourquoi ne puis-je pas venir avec vous ?

— Non. Mirandez est un malade. Ecoutez, Liz, je ferai le maximum pour épargner Mary. Il faut me faire confiance.

Elle lui faisait confiance. Si le très compétent Sawyer ne pouvait pas gérer le problème, personne ne le pouvait. Mais elle ne pouvait pas s'éloigner de Mary maintenant. Pas quand elle était si près.

— Ce n'est pas une question de confiance. Mary se méfie de vous. Elle ne vous aime pas. Elle ne vous écoutera pas, et risque de réagir de façon irréfléchie.

Il demeura un instant silencieux.

— Vous ferez exactement ce que je vous dirai ?

— Oui.

— Vous ne l'appellerez pas, ne direz rien tant que je ne vous aurai pas fait signe ?

— Non.

Sawyer secoua la tête, comme s'il avait du mal à croire qu'il ait pu ainsi lui céder.

— Très bien. Mais ne me le faites pas regretter.

Saisissant son portable, il tapa un numéro de mémoire. A son interlocuteur, il décrivit en quelques mots leur position et l'endroit où Mirandez et Mary étaient censés se trouver. Il écouta la réponse, grogna son assentiment, puis raccrocha.

— Qui était-ce ?

— Miles Foltran. C'est le shérif du comté de Juneau. J'ai pris contact avec lui avant de quitter Chicago afin qu'il sache que nous étions par ici. Dans dix minutes, nous aurons des renforts.

— Et en attendant ?

— Je n'aurais jamais dû écouter Fisher, maugréa-t-il.

— Quoi ?

— Rien. Restez tranquille, j'ai besoin de réfléchir.

Liz ne s'en offusqua pas. Il avait des préoccupations beaucoup plus importantes que d'être poli avec elle.

— Bon, on descend jeter un œil, annonça-t-il.

Il redémarra, et quitta en douceur leur emplacement.

— Nous n'attendons pas les renforts ?

— Si. Mais nous allons nous tenir à distance de sécurité.

Il descendit l'étroite route sans dépasser les trente kilomètres heure. Bientôt ils aperçurent la première cabane, puis, l'une après l'autre, une douzaine de ses sœurs. Sawyer passa devant la septième, pour ne s'arrêter que lorsque le bitume fit place à la végétation. Il effectua un demi-tour, puis orienta la voiture de sorte à avoir vue sur le rivage, derrière les cabanes.

— Je n'y crois pas, dit-il en tendant la main vers le compartiment où était déposée son arme.

Liz tendit le cou.

— Qu'y a-t-il ?

— Entre ces deux cabanes, là, à une centaine de mètres. C'est Mirandez.

Un homme mince, pas très grand, vêtu d'un T-shirt XXL et d'un short qui lui descendait sous le genou, marchait de long en large sur le quai, le téléphone à l'oreille, une bière dans son autre main.

— Continue à parler, marmonna Sawyer. Continue à parler, salopard.

Mais, comme s'il avait soudain reçu le baiser de la mort, Mirandez laissa retomber son bras, s'avança vers une chaise longue placée tout près de l'eau, tendit la main et aida Mary à se lever.

— Mary, murmura Liz, encore plus effrayée maintenant qu'elle l'avait vue. Vous allez tout faire pour qu'il ne lui arrive rien, n'est-ce pas, Sawyer ? Promettez-le-moi.

— Nom de Dieu, pesta-t-il, concentré sur Mirandez. Ils s'en vont.

Liz observa le jeune couple, qui se dirigeait vers un SUV

noir garé presque sur le sable. Manifestement, le jeune chef de gang tenait à l'avoir toujours à proximité.

Le temps qu'elle rassemble ses esprits, Sawyer avait démarré et roulé jusqu'au début de la route.

— Descendez, vite ! lança-t-il en s'arrêtant net. De mon côté !

Il ouvrit sa portière, sortit du véhicule, la saisit par le bras et la fit sortir du côté gauche. Puis il planta un bref baiser sur sa bouche.

— Courez vers les arbres !

— Qu'allez-vous faire ?

— Ce que je ne vais pas faire, c'est laisser ce petit fumier prendre le large. Il ne peut pas me contourner. Il sera obligé de passer par moi. A présent, filez !

En entendant le puissant moteur du SUV vrombir, Liz sut qu'elle n'avait que quelques secondes.

— Mary, coassa-t-elle.

Sawyer lui jeta un regard latéral.

— Je ferai du mieux que je pourrai.

Bondissant telle une gazelle, elle gagna les arbres en même temps que retentissait un Klaxon. Mirandez devait être couché dessus, irrité que quelqu'un ait eu l'impudence de lui bloquer la route. Liz le vit regarder de tous côtés, et pria pour qu'il ne voie ni elle ni Sawyer, qui avait trouvé refuge derrière un grand chêne, à une vingtaine de mètres de la voiture.

Lorsqu'elle entendit un froissement de tôle, elle sut que Mirandez s'était lassé d'attendre. Du pare-chocs de son SUV, il poussait l'arrière de sa Toyota pour la dégager. Dans quinze secondes, il aurait assez d'espace pour passer.

Presque comme au ralenti, Sawyer émergea de sa cachette et tira deux fois, touchant la roue avant du véhicule. Sortant le bras par sa vitre baissée, Mirandez riposta à l'aide d'un revolver d'aspect monstrueux, mais Sawyer s'était déjà replié.

Liz s'interdit de hurler, sachant que cela ne ferait que le distraire. Les balles jaillissaient de derrière le tronc, unique protection de Sawyer contre la dangereuse arme de Mirandez. Presque sans réfléchir, elle ramassa quelques pierres et les lança de toutes ses forces vers la cabane. L'une d'elles frappa la porte, une autre le toit, et les autres tombèrent à côté.

Ce fut suffisant pour détourner l'attention de Mirandez. Sawyer ne rata pas l'occasion. Pendant que le jeune homme regardait la cabane, il s'écarta du chêne et fit feu.

La balle cueillit Mirandez à l'avant-bras, et le gros revolver tomba à l'extérieur du SUV.

Sawyer s'élança et l'éloigna d'un coup de pied, tout en gardant le canon de son pistolet braqué sur la tête de Mirandez.

— Police ! Eteignez votre moteur.

Mirandez leva les yeux, peut-être pour évaluer ses chances, et Liz retint son souffle. Mais avec une légère secousse de la tête, comme s'il ne croyait pas à ce qui lui arrivait, il coupa le moteur.

— Mary, descendez du véhicule, dit Sawyer d'une voix ferme.

Pendant deux longues secondes, Mary ne bougea pas. Puis elle s'exécuta, manquant de tomber dans sa hâte.

Liz l'accueillit à mi-chemin. Elle lui ouvrit les bras et l'étreignit autant que le permettait sa grossesse. Dieu merci, ils l'avaient retrouvée à temps. Cette fois, elle avait été là quand il le fallait.

Mirandez s'emporta, hurla des obscénités à Sawyer. Mais lorsqu'il le vit se diriger vers Mary, il perdit carrément les pédales.

— N'approchez pas de mon bébé ! beugla-t-il. Vous n'avez aucun droit. Je vais vous tuer. Je jure sur la Sainte Vierge que vous êtes un homme mort !

Son bébé. S'écartant de Mary, Liz essuya d'une main douce les larmes qui lui inondaient le visage. Qu'est-ce que cela signifiait ?

— Oh ! Liz, bredouilla l'adolescente. J'ai eu tellement peur. J'ai cru que je ne vous reverrais jamais. Je...

A ce moment-là, quatre voitures à gyrophares s'arrêtèrent

dans des crissements de pneus et six hommes en uniforme en jaillirent, l'arme au poing.

— Je suis inspecteur de police, leur lança Sawyer. L'homme dans ce SUV est Dantel Mirandez. Il est recherché pour meurtre présumé.

Le shérif, un grand costaud, stoppa son escouade d'une main levée.

— Inspecteur, je suis prêt à vous croire, mais comme je n'ai eu qu'un contact téléphonique avec vous, je vous demanderai de poser votre arme sur le sol et de me présenter une pièce d'identité.

Sawyer acquiesça.

— Pas de problème. Mais approchez-vous et surveillez-le. Au moindre mouvement, descendez-le. Son arme est par terre, à quatre mètres environ sur ma droite.

Il posa son pistolet à ses pieds, et regarda les agents ramasser le gros calibre de Mirandez. Puis il détacha son badge de sa poche — sur laquelle il avait pris soin de le fixer avant de pousser Liz hors de la Toyota — et le lança au shérif.

Celui-ci l'examina un moment, puis se fendit d'un large sourire.

— Bienvenue dans le Wisconsin, inspecteur Montgomery. On dirait que vous ne vous êtes pas ennuyé, aujourd'hui.

Sawyer songea qu'il devait arborer le même sourire niais.

— Surveillez-le bien, insista-t-il, avant de récupérer son pistolet et de le ranger dans la voiture.

Après quoi il s'avança vers Liz et Mary.

— Est-ce que ça va, toutes les deux ?

— Oui, répondit Liz. Tout va bien.

Il étudia Mary. La mine très pâle, les traits tirés, la jeune fille s'agrippait si fort à Liz qu'il se demanda si celle-ci pouvait encore respirer.

— Alors, Mary. Racontez-nous.

— C'est un monstre, répondit-elle aussitôt, la voix gonflée de larmes.

— Il vous a brutalisée ? s'inquiéta-t-il. Le bébé ?

Tout à coup, il sut que tuer Mirandez ne serait pas assez. Il voulait le torturer d'abord.

Mary secoua la tête et renifla bruyamment.

— Dantel a une sœur qui vit par ici. Elle est infirmière. Ils allaient m'ouvrir... et prendre mon enfant.

— Quoi ? s'écria Liz.

— Mais ils devaient attendre. Sa sœur disait qu'il fallait que je sois à au moins trente-six semaines de grossesse, pour que le bébé soit assez gros.

— Mais n'es-tu pas déjà à trente-huit, ma chérie ? demanda Liz en lui caressant les cheveux.

— Si. Mais il ne le sait pas. Il allait me garder ici jusqu'à ce que sa sœur décide que j'étais prête.

— Ce n'est donc pas le sien, mais il le croyait, n'est-ce pas ? intervint Sawyer.

Liz avait vu juste. Soudain, les choses commençaient à prendre leur sens.

— Dantel me traitait comme une princesse, il me payait tout ce que je voulais. Quand nous avons commencé à coucher ensemble, je ne pouvais pas lui dire que j'étais déjà enceinte de six semaines.

Des mensonges, encore des mensonges. Seigneur, quand allaient-ils cesser ?

— Il voulait le bébé ?

— Sa mère n'en a plus pour longtemps. Elle veut un petit-enfant avant de mourir, et sa sœur ne peut pas en avoir.

Sawyer eut une envie malsaine de plaisanter sur l'image de Mirandez-fiston-à-sa-maman, mais en fut incapable. Une mère mourante, ça n'avait rien de drôle.

— Comment avez-vous appris ce qu'ils projetaient ?

— Au début, je ne me doutais de rien. A notre départ pour le Wisconsin, il a dit qu'il voulait se détendre quelques jours loin de Chicago. Je ne voulais pas l'accompagner, mais... On ne dit pas non à Dantel. Il n'aime pas.

Sawyer n'en doutait pas un seul instant.

— Poursuivez.

— Je croyais que nous allions pêcher. Mais il tournait en

rond comme un lion en cage, on aurait dit qu'il n'avait pas la moindre idée de ce qu'il voulait faire. J'ai commencé à avoir peur. Il n'y avait même pas de téléphone dans la chambre.

— Et ensuite ?

— Nous sommes allés chez sa sœur. Elle s'est montrée très gentille, elle me parlait du bébé et tout ça. A un moment donné, j'ai eu un besoin pressant et je suis montée à l'étage, où se trouve la salle de bains. En redescendant je l'ai entendue dire à Dantel qu'elle attendrait encore quinze jours avant de prendre le bébé, pour ne pas risquer d'endommager les poumons.

Le mal semblait avoir pris racine et germé dans la famille Mirandez.

— Comment avez-vous réagi ?

— J'ai fait comme si je ne les avais pas entendus. J'ai dîné avec cette ignoble femme et fait comme si tout allait bien. J'avais peut-être une chance de m'en tirer. Dantel était tout le temps scotché à son portable. Un gang rival l'avait défié. Il doit bientôt y avoir une grosse bataille.

— Où ? Quand ? L'avez-vous entendu le dire ?

— Oui. Maplewood Park. Samedi soir.

— Vous êtes une fille super, dit Sawyer. Cette information nous sera très utile.

— De ne pas être à Chicago pour contrôler les choses le rendait fou. Un soir, il a piqué une grosse colère au téléphone. J'ai pensé que l'occasion était venue. Mais il m'a vue sortir. Je lui ai dit que je voulais seulement prendre l'air, mais j'ai bien vu qu'il ne me croyait pas. A partir de ce moment, il s'est mis à me surveiller à chaque instant.

Sa lèvre inférieure tremblait, et de nouvelles larmes roulèrent sur ses joues.

Cette petite avait un sacré cran.

— C'est très bien, assura Sawyer. En agissant ainsi, vous avez sauvé vous-même et le bébé. Vous pouvez en être fière.

Liz lui adressa un regard de gratitude, et il sentit son cœur, ce glacial bloc de pierre, se réchauffer un peu.

Il allait faire quelque chose de stupide comme de la remercier lorsque le shérif Foltran l'interrompit.

— Nous lui avons lu ses droits, annonça-t-il. Il a besoin de soins. Nous allons l'emmener aux urgences, ensuite il sera placé en garde à vue. Le propriétaire du campement est un ami. Je ne suis pas sûr qu'il apprécie de voir la police chez lui au moment où ses locataires vont commencer à pointer le nez dehors.

Sawyer hocha la tête.

— Vous avez raison. Embarquez-le. Je viens avec vous.

Il se tourna vers Liz et Mary.

— Je dois accomplir certaines formalités. Il a franchi une frontière fédérale, ce qui complique un peu son transfert dans notre juridiction. Ensuite, il me faudra assurer son rapatriement à Chicago.

— Ça prendra combien de temps ? s'enquit Liz.

— Une journée, ou un peu plus. Vous pouvez rentrer, toutes les deux. La voiture est un peu cabossée, mais elle tourne.

— C'est terminé ? demanda Mary.

— Pour cette partie, oui. Mais j'aurai besoin de votre témoignage.

Mary hocha la tête.

— Je veux qu'il paie, cet enfoiré de bâtard. Il allait laisser cette femme m'arracher mon bébé.

— Etes-vous prête à témoigner aussi pour ce meurtre auquel vous avez assisté ?

Mary demeura un long moment silencieuse, fixant le sol. Puis elle leva les yeux vers Liz.

— Dantel a dit qu'il me tuerait, déclara-t-elle d'une voix douce. Et vous aussi. Il vous a envoyé cette lettre pour vous effrayer. Et c'est lui qui a tiré ces coups de feu dans votre bureau, pour montrer qu'il était sérieux et qu'il pouvait nous avoir quand il voulait. La bombe, c'était lui aussi. Je ne sais pas comment, mais c'était lui. Je regrette tellement…

— Tout va bien, assura Liz. Il ira en prison.

Avec l'aide de Dieu, songea Sawyer. De Dieu, et d'un bon jury. Mais son gang resterait actif. Liz avait-elle la moindre idée du risque que prenait Mary ? Il devait lui en parler.

— Il a tabassé ce type à mort, reprit Mary. Tout en le frappant, il riait. Le mec hurlait, pleurait, il y avait du sang partout.

Finalement, peut-être rendrait-il service à tout le monde en jetant Mirandez dans la rivière Wisconsin, une grosse pierre accrochée au cou.

Mais il ne le ferait pas. Malgré le nombre de fois où il avait vu le système faillir face à une société qu'il était censé servir, il y croyait toujours. Il croyait toujours que, s'il faisait bien son boulot, son successeur l'imiterait, et ainsi de suite. C'était ce qui les différenciait des animaux, qu'ils soient à quatre pattes ou à deux, comme Mirandez.

Pour le moment, ce à quoi il aspirait le plus était de serrer Liz dans ses bras. Mais c'était exclu. Même avec Mirandez en prison, ce serait injuste envers elle d'entamer une relation. D'une part il n'envisageait pas de lui proposer le mariage, et d'autre part il ne pouvait avoir d'enfants. Il ne restait qu'un choix. Qu'ils se séparent proprement.

— Avec le micmac judiciaire, je serai très pris pendant quelques jours, annonça-t-il.

Liz acquiesça. Il se tourna vers Mary.

— J'aurai besoin de votre déclaration écrite.

— Maintenant ?

— Ce serait le mieux, répondit-il en sortant son éternel carnet de sa poche de chemise.

— Il n'y a pas de formulaire à signer ou quelque chose ?

— Non. Vous écrivez, datez et signez. J'ai déjà accepté des déclarations rédigées sur du papier toilette. Le support est sans importance. Ce qui en a, c'est le texte.

Mary le considéra quelques secondes sans rien dire.

— Vous savez, vous n'êtes pas si mauvais, pour un flic.

Ça ne valait pas le regard de Liz qui le fixait comme s'il venait de marcher sur l'eau, mais c'était quand même bon à entendre.

— Vous n'êtes pas si mauvaise vous-même. Qu'allez-vous faire, une fois revenue à Chicago ?

Le haussement d'épaules rebelle fit son retour.

— Mary, intervint Liz, je veux que tu viennes vivre chez moi. Au moins les deux prochains jours.

Une expression de pur soulagement traversa le visage de l'adolescente, ce qui rappela à Sawyer combien elle était encore jeune. Il regretta néanmoins que Liz lui ait fait cette offre. Mary attirait les ennuis, et il ne voulait pas que Liz se retrouve prise entre deux feux. Il ne serait pas là pour la protéger.

— Malgré le petit enfoncement de tôle, votre voiture vous conduira à bon port. Je vais appeler Robert et lui demander de vous attendre à votre appartement afin de nous assurer qu'il est toujours sûr.

Elle le regarda comme s'il avait perdu la tête.

— Pardon ?

— Il y a de grandes chances pour que le juge refuse à Mirandez une liberté sous caution. Le risque qu'il s'enfuie est trop important. Et nous garderons sous silence le fait que Mary sera témoin à charge. Comme il la croit enceinte de lui, elle n'a rien à craindre pour le moment, et vous non plus. Mais je ne veux pas prendre le moindre risque. Je me sentirai mieux si Robert est là à votre arrivée.

— Oh.

Eût-elle été seule, elle aurait protesté jusqu'à le rendre chèvre, il le vit dans ses yeux. Mais il y avait Mary.

— Vous vous souvenez de lui, n'est-ce pas ?

Elle hocha la tête.

— C'est juste un peu… embarrassant.

— Quoi ?

— La dernière fois que nous nous sommes vus, je n'étais pas exactement habillée pour aller au « bal des debs ».

Sawyer se rappelait exactement comment elle était habillée. Robert devait à coup sûr s'en souvenir aussi.

— Il n'en parlera même pas.

Parce qu'il ferait en sorte que son ami la boucle sur le sujet.

12

Liz n'était plus qu'à une heure de chez elle lorsque son portable sonna. Gardant une main sur le volant, elle décrocha.

— Allô ?

— Tout se passe bien ?

Elle n'avait quitté Sawyer que depuis deux heures. Manifestement, le très compétent Sawyer n'aimait pas que les choses échappent à sa supervision directe et considérait de son devoir de procéder à des vérifications régulières.

— Tout va bien, aucun souci.

— Parfait.

Le soulagement dans sa voix provoqua de curieux petits soubresauts dans son estomac.

« Descends de ton nuage, ma fille. C'est un flic. Avec un sens un peu poussé des responsabilités. »

— J'ai appelé Jamison et lui ai tout raconté, reprit-elle. Maintenant que Mirandez a été arrêté et que Jamison sait que c'est lui l'auteur de la lettre de menaces, il veut rouvrir la CSJM. Y voyez-vous un problème ?

Sawyer ne répondit pas tout de suite. Lorsqu'il le fit, ce fut sur un ton mi-figue, mi-raisin.

— A priori, non. Certes, il y a toujours des risques, mais nous ne pouvons pas lui demander de garder ses bureaux fermés *ad vitam æternam*.

— Il sera heureux d'entendre ça.

— Je suppose que vous avez l'intention de reprendre tout de suite le travail ?

— Bien sûr, pourquoi attendre ?

Il soupira.

— A propos, j'ai parlé à Robert. Il vous attendra dans la petite rue derrière votre immeuble.

— O.K.

— Si vous ne le voyez pas, restez dans votre voiture et roulez jusqu'au poste de police le plus proche. Et appelez-moi.

— Je suis sûre que tout ira bien.

— Moi aussi. Mais ça ne fait pas de mal d'avoir un plan B.

Le très compétent inspecteur Sawyer Montgomery avait sans doute un plan B en toute circonstance.

— Mary dort. Elle n'a quasiment pas ouvert l'œil depuis notre départ.

— Très bien. Au fait, j'ai relu sa déclaration. C'est du bon travail. Il y a de nombreux détails qui nous seront utiles. Quand elle se réveillera, rappelez-lui de ne révéler à personne que Mirandez n'est pas le père du bébé, c'est très important. En l'état actuel des choses, c'est sa meilleure protection.

— Que se passera-t-il dans deux semaines, lorsqu'elle accouchera et qu'il sera clair que l'enfant est né à terme ? Et si Dantel veut en revendiquer la paternité ?

Il hésita un instant, et la réponse qu'il lui donna lui serra la gorge.

— Si Mary dit la vérité, un simple contrôle sanguin réglera la question. Bien évidemment, sa vie ne vaudra même plus le prix du papier où sera imprimé le résultat. Lorsque Mirandez connaîtra sa décision de témoigner contre lui, elle sera vraiment en situation délicate.

— Que pourra-t-elle faire ?

— Quitter la ville, Liz.

— Vous êtes fou ?

— Non. Ne lui dites rien encore. Je ne veux pas qu'elle soit terrorisée.

Liz jeta un bref regard à la jeune fille. Elle ronflait, la tête renversée dans un angle bizarre contre l'appuie-tête.

— Oui, eh bien moi je suis terrorisée. Elle n'a pas encore signé les papiers d'adoption. Imaginez qu'elle change d'avis.

Elle ne pourra pas se débrouiller seule avec un nouveau-né. Elle aura besoin d'aide.

— Ça peut s'arranger.

C'est avec un vide soudain dans la poitrine qu'elle comprit que Sawyer avait tout anticipé. Dès le début des aveux de Mary, il avait su comment les choses se termineraient. Elle écrasa la pédale d'accélérateur, regrettant que ce ne soit pas sa tête.

— Vous auriez dû lui dire. Avant qu'elle ne reconnaisse qu'elle a assisté au crime. Vous auriez dû lui dire que sa vie ne serait jamais plus la même.

— Nous avons besoin d'elle. Elle est la seule qui puisse éliminer Mirandez de la circulation. Je n'ai jamais affirmé…

— Mais quitter la ville ? le coupa-t-elle. C'est énorme. Ça signifie que… que je ne la reverrai plus jamais.

Voilà. Elle l'avait dit. Elle ne voulait pas perdre Mary.

L'espace d'un instant, elle crut que Sawyer avait raccroché. Un silence total était tombé sur la ligne. Lorsqu'il reprit la parole, sa voix avait une tonalité bizarre.

— Liz, je suis désolé. J'aurais sans doute dû le lui dire, mais je ne pouvais pas. Je ne pouvais pas lui donner des raisons de ne pas faire ce qu'il fallait. Un homme est mort, ce soir-là. Mirandez l'a tué, et il doit payer pour cela. Je sais que c'est dur, mais tôt ou tard Mary vous aurait glissé entre les doigts. De cette façon, vous savez qu'elle ne risque plus rien.

Elle détestait quand il était logique.

Elle voulait s'accrocher à sa colère, la laisser prendre le pas sur la douleur de cette séparation. Mais en réalité celui vers qui elle devait tourner sa colère était Mirandez. Ce n'était pas la faute de Sawyer.

— Nous parlons du fameux programme de protection des témoins, c'est cela ? Comme dans les films.

— Oui. Sauf qu'ici c'est pour de vrai.

— Elle ne va pas aimer.

— Ne lui dites pas tout de suite. Je voulais seulement que vous le sachiez d'abord. Nous lui en parlerons ensemble à mon retour.

Elle leva le pied, et son estomac se remit à faire des cabrioles.

— Merci, Sawyer.

Ces mots avaient quelque chose d'absurde, mais elle n'était pas encore capable de verbaliser ce qu'elle ressentait. C'était trop frais, trop inattendu, trop fort.

— Ça se passera bien, Liz. Je vous le promets. Accordez-moi votre confiance sur ce coup.

— Je vous ai toujours accordé ma confiance, Sawyer.

« Même avant que j'aie commencé à vous aimer. »

Ses roues mordirent sur le bas-côté. Elle se replaça sur sa voie d'un coup de volant.

Elle avait chaud, elle avait froid, la tête lui tournait.

— La circulation s'intensifie, indiqua-t-elle. Il faut que je vous laisse.

— O.K. Je tâcherai de vous rappeler. Soyez prudente, hein ?

Prudente ? Il était un peu tard pour cela. Elle était tombée folle amoureuse de Sawyer Montgomery.

Trois quarts d'heure plus tard, elle pénétrait dans la ruelle derrière son immeuble et se garait sur son emplacement habituel. Elle venait de couper le contact lorsque quelqu'un frappa à sa vitre. L'inspecteur Hanson. Elle fit un bond sur son siège, même si elle s'attendait à le voir.

Il lui sourit, mais lorsqu'une petite voiture bleue s'engagea à son tour dans la ruelle, son sourire et sa décontraction s'envolèrent sur-le-champ.

— Poussez-vous vers l'autre portière et baissez-vous, ordonna-t-il.

Liz obéit, heureuse que Mary soit toujours endormie, affaissée sur son siège. Hanson avait ouvert sa portière et se tenait derrière, son arme à la main.

Elle retint son souffle et attendit les coups de feu. Tout ce qu'elle entendit fut le passage d'un véhicule dont le moteur avait besoin d'un sérieux réglage.

— Ça va, dit le policier en se redressant. Ce n'était que deux vieilles dames avec des cheveux violets.

Liz éclata de rire.

— Du gang de Mirandez ?

— J'en doute, répondit-il, amusé, avant de se tourner vers Mary. Elle a dormi durant tout le trajet ?

— Oui. Je crois qu'elle n'a pas eu beaucoup l'occasion de le faire ces dernières quarante-huit heures.

— Emmenons-la à l'intérieur. La rue est calme. Je suis ici depuis vingt minutes et je n'ai rien remarqué d'anormal. Je pense qu'il n'y a pas de souci à se faire.

Liz tapa doucement sur l'épaule de sa passagère.

— Mary ? Réveille-toi, mon chaton. Nous sommes arrivées.

Les paupières de l'adolescente battirent puis s'ouvrirent. Elle regarda d'abord Liz, puis le policier.

— Qui êtes-vous ?

— L'inspecteur Robert Hanson.

— Ah oui, je me souviens. Celui qui est avec l'inspecteur Montgomery. C'est vous le baby-sitter ?

Hanson ne parut guère offensé.

— Je suis sûre que vous êtes impatientes de goûter à mon pop-corn au micro-ondes.

Elle renifla. Il l'ignora.

— Allons-y, dit-il. Restez près de moi. Faites ce que je vous dirai quand je le dirai.

Voyant que Mary ne s'insurgeait pas, Liz devina que les derniers jours avaient dû être éprouvants.

Ils pénétrèrent sans anicroche dans l'appartement. Robert inspecta chaque pièce. Mary attendit dans la cuisine qu'il ait terminé. Lorsqu'il revint, elle donna une brève étreinte à Liz et se dirigea vers la chambre d'amis. Liz lui remit une couverture et ferma la porte derrière elle. Puis elle se laissa tomber sur le canapé, savourant le contact du cuir. C'était bon d'être de retour chez soi.

Robert se tenait près du comptoir de la cuisine.

— Je voudrais vous poser une question, mademoiselle Mayfield. Comment trouvez-vous Sawyer ?

— Têtu, autoritaire, intransigeant, répondit-elle en comptant sur ses doigts.

Robert se frotta les mains.

— Je le savais. Je l'ai su dès que je vous ai vus ensemble, tous les deux. Comme une allumette et du bois sec.

— Oh ! mais nous ne…

Elle s'interrompit aussitôt, peu désireuse de lui livrer les détails de leur relation.

Robert se fendit d'un petit gloussement.

— Eh bien, j'espère que ça arrivera bientôt. Parce que sinon ce ne sera pas une partie de plaisir de travailler avec lui.

Lorsque le téléphone sonna ce soir-là, Liz bondit presque du canapé. Mary dormant dans sa chambre, un grand calme était tombé dans l'appartement après le départ de Robert.

— Allô ?

— Mademoiselle Mayfield ?

Une voix féminine, qu'elle ne connaissait pas.

— Oui ?

— Geri Heffers, de l'hôpital Melliertz. Melissa Stroud m'a demandé de vous appeler. Elle a accouché.

Melissa. La naissance était prévue une semaine plus tard.

— Tout s'est bien passé ?

— Oui, parfaitement. Elle m'a expliqué que vous étiez sa conseillère, et que vous vous occupiez du placement de son bébé. Elle sortira après-demain.

Liz savait ce que ça signifiait. Melissa devait signer les papiers d'adoption avant de quitter l'hôpital. Selon la législation de l'Etat, elle avait soixante-douze heures pour se dédire. En attendant, soit le nouveau-né restait à l'hôpital, soit il était confié à un foyer d'accueil jusqu'à échéance de ce délai. C'est seulement alors qu'il pourrait être remis à sa famille d'adoption.

— O.K. je viendrai demain dans l'après-midi.

Après avoir raccroché, elle appela Howard et ne perdit pas de temps en palabres.

— Howard, c'est Liz. Melissa vient d'accoucher au Melliertz. C'est une fille. Elle est en bonne santé. Melissa veut signer les papiers demain. Pouvez-vous me retrouver là-bas à 16 heures ?

— Excellent. Les Thompson seront ravis.

— Les Thompson ? Je pensais que les parents adoptifs étaient Mike et Mindy Partridge.

— Non, ils veulent attendre encore deux mois. Mike voyage beaucoup en ce moment.

— Ai-je déjà rencontré les Thompson ?

— Non, mais ils sont parfaits. J'ai pris tous les renseignements nécessaires. On peut difficilement trouver mieux. J'en ai parlé à Jamison.

De ne pas connaître les futurs parents la contrariait beaucoup. C'était déjà arrivé, mais lorsqu'elle avait soulevé la question devant Jamison, ce dernier lui avait dit de ne pas s'inquiéter, affirmant qu'il faisait confiance à Howard les yeux fermés.

— J'aimerais voir leur dossier.

— Bien sûr, répondit Howard. Je l'apporterai demain.

Liz raccrocha, puis alla jeter un œil à la chambre d'amis. Elle ne s'était pas trompée. Mary semblait bien partie pour dormir jusqu'au lendemain. La grossesse, l'angoisse et le stress des derniers événements avaient eu raison de sa résistance.

Si seulement elle-même pouvait trouver un peu de ce sommeil ! Elle alluma la télévision. Après dix minutes de sitcoms et de rires en boîte, elle l'éteignit. Elle ramassa le magazine trouvé dans sa boîte aux lettres, tenta en vain de le lire et rendit les armes.

Elle ne cessait de penser à Sawyer. Que faisait-il ? Interrogeait-il toujours Mirandez ? Avait-il dîné ? Etait-il rentré à la cabane ? S'était-il couché ?

Son esprit se mit à dériver sur un terrain dangereux. Elle se demanda s'il dormait en slip. Au moins savait-elle que celui-ci était blanc. Elle avait eu l'occasion de le voir lorsqu'il l'avait attendue à la porte, son arme à la main, la braguette ouverte.

Elle avait été si hypnotisée par ce détail qu'elle n'avait accordé qu'une pensée distraite au pistolet. Elle n'avait pas eu peur qu'il tire. L'excellent Sawyer ne commettait pas ce genre d'erreur.

Pour Robert, ils étaient comme une allumette et du bois sec. Ce qu'il ignorait, c'est qu'en quelques mots relatifs à la responsabilité et au professionnalisme, Sawyer avait éteint toute flamme qui avait pu naître, agissant ainsi comme un homme qui a peur du feu.

Ce qui lui fit se demander par qui ou par quoi, au juste, il avait été brûlé dans le passé. Elle avait songé le demander à Robert, mais avait abandonné l'idée. Sawyer était son ami. Il ne divulguerait pas ses secrets.

Pourquoi n'avait-il pas appelé ? Il avait dit qu'il *tâcherait* de le faire, pas qu'il le ferait. Pourquoi appellerait-il, d'ailleurs ? Lorsque, lassée de discutailler avec elle-même, elle prit un bloc et un stylo et commença à dresser une liste de « pourquoi » et de « pourquoi pas », elle sut que sa santé mentale en avait pris un coup.

Rien ne serait plus comme avant — avant qu'elle ne rencontre Sawyer. Bon sang, elle n'arriverait peut-être plus jamais à manger de la soupe au gombo. Si elle voyait un balcon en fer forgé envahi par le lierre, elle éclaterait sans doute en sanglots. Elle ne pourrait plus jamais se rendre en Louisiane ou dans le Mississippi.

Elle se leva et s'avança vers l'étagère où étaient rangés ses CD préférés. Elle en sortit deux, se rendit dans la cuisine, ouvrit le placard sous l'évier et les jeta dans la poubelle.

Terminé, le jazz *New Orleans* !

Puis elle regagna son canapé et éteignit la lumière. Elle ne dormirait peut-être pas, mais au moins pourrait-elle ruminer sa frustration dans le noir.

Liz faillit rater son rendez-vous avec Howard.

Elle s'était levée une première fois vers 9 heures, avait préparé un petit déjeuner pour Mary, l'avait dirigée vers la télévision puis était retournée se coucher. Lorsqu'elle s'était réveillée pour la seconde fois, elle avait une migraine carabinée, le nez bouché et la gorge douloureuse. Aussi irrationnel que ce fût, elle en accusa Sawyer.

Elle se doucha et s'habilla aussi vite que son corps affligé le lui permit. Passant dans la cuisine, elle se versa un demi-verre de jus d'orange, dont elle se demanda si elle réussirait à l'avaler.

— Ça va, Mary ?

— Je ne savais pas que vous aviez le câble, répondit cette dernière, la télécommande à la main.

— Profites-en. Il faut que je file, j'ai rendez-vous avec Fraypish. Je serai de retour avant le dîner.

Mary lui fit au revoir de la main et changea de chaîne. Liz quitta l'appartement. A mi-chemin de l'hôpital, son estomac se mit à gargouiller. Mais à moins de trouver des œufs au bacon en tube elle ferait contre mauvaise fortune bon cœur.

Howard l'attendait devant l'entrée de l'hôpital. Lorsqu'il se pencha pour l'embrasser sur la joue, elle recula.

— Ne m'approchez pas. J'ai mal à la gorge, c'est peut-être contagieux.

Il fit un bond en arrière, et elle ne put s'empêcher de le comparer à Sawyer. Quelque chose lui disait que rien, sinon peut-être la peste, n'empêcherait Sawyer Montgomery d'embrasser sa petite amie.

Seigneur, comme elle aurait aimé être celle-là !

— Vous avez une mine affreuse, dit Howard.

— Merci. J'ai passé la nuit à travailler ce look.

Il fronça les sourcils.

— Si vous n'alliez pas courir le guilledou à la campagne, vous seriez certainement en meilleure forme.

Courir le guilledou ? Sauver un bébé à naître du couteau d'une démente ?

— Avez-vous apporté le dossier des Thompson ?

Il se couvrit la bouche de la main.

— Mon Dieu, j'ai complètement oublié ! Mais croyez-moi, ce sont vraiment des gens très bien.

— Je n'aime pas trop ça, grommela-t-elle.

— Allons, ne sommes-nous pas là tous les deux ? Vous n'avez pas l'air dans votre assiette. Je suis sûr que vous n'avez aucune envie de faire le pied de grue ici pendant que je retourne le chercher, ni de revenir plus tard, n'est-ce pas ? Venez, réglons rapidement cette question.

Malheureusement, tout ce qu'il disait était vrai.

— D'accord. Mais faxez-le-moi demain. N'oubliez pas, je compte sur vous. J'ai besoin de ces renseignements pour mes fichiers.

Après un détour par la boutique de l'hôpital pour acheter une boîte de chocolats, ils se présentèrent à l'accueil de la maternité. On leur donna le numéro de la chambre, et ils remontèrent le long couloir aseptisé. Arrivés à destination, ils trouvèrent Melissa assise dans son lit, regardant un jeu télévisé.

— Coucou, Melissa, fit doucement Liz depuis la porte. Comment te sens-tu ?

— Oh ! bonjour, Liz. Je me sens bien, enfin je pense.

Liz lui sourit. Melissa Stroud avait obtenu son bac trois mois plus tôt, avec la meilleure moyenne de sa promotion. Lors de la cérémonie d'honneur du lycée, elle portait une robe si ample que personne — parents, oncles, tantes, grands-parents présents pour l'occasion — n'aurait soupçonné qu'elle était enceinte de six mois. Ils auraient été profondément choqués que cette fille si brillante se soit mise dans une telle situation.

Quant au père du bébé, il n'était autre que le deuxième de la promotion. Deux gosses intelligents qui n'avaient pas réfléchi plus loin que le bout de leur nez.

— J'ai amené Howard Fraypish avec moi. Tu lui as parlé au téléphone.

— En effet.

Melissa ne montrait pas beaucoup d'émotion, mais Liz ne s'en inquiéta pas. En général, c'était ainsi que ces filles abordaient le processus d'adoption. En tirant le rideau sur leurs sentiments.

— Comment se porte le bébé ?

— Bien. Les infirmières disent que c'est une très jolie petite fille.

Liz crut percevoir une pointe de fierté dans sa voix.

— Tu ne l'as pas vue ?

— Non. Ce n'est pas que je n'en ai pas le droit, même si je la donne en adoption. Mais je… Je ne pouvais pas.

Tout à coup, une larme perla à l'œil de Melissa, pour rouler sur sa joue satinée d'adolescente de dix-huit ans.

Elle l'effaça du dos de la main.

— Je ne sais pas pourquoi je pleure. Je la donne de mon plein gré. C'est moi qui l'ai décidé.

Sentant ses propres larmes menacer de couler, Liz battit des paupières pour les refouler. Peu importait le bien-fondé de cette décision, elle était toujours douloureuse.

— Tu es une fille courageuse, Melissa.

Celle-ci secoua la tête.

— Je ne coucherai plus avec un garçon de toute ma vie.

Liz sourit, et lui tapota amicalement le bras.

— Un jour, tu rencontreras un garçon fantastique. A sa vue, ton cœur s'emballera et tes mains deviendront toutes moites.

Exactement comme elle avec Sawyer.

— Vous vous marierez, poursuivit-elle, et aurez de beaux enfants très intelligents. Ton cœur guérira, crois-moi.

La jeune fille renifla.

— Hm, bon, finissons-en.

Howard approcha une chaise. Puis il ouvrit son attaché-case et en sortit une liasse de documents. En quelques minutes, Melissa avait officiellement cédé son enfant.

— Tu veux que je reste ? demanda Liz.

— Non, je préfère être seule. Mais je vous remercie. Je ne pense pas que j'y serais arrivée sans vous.

Par son expérience, Liz savait que ce n'était pas fini. Melissa passerait des heures et des heures à se débattre avec un million de sentiments contradictoires, à envisager tous les « si » et les « peut-être », jusqu'à accepter enfin sa propre décision.

— Je t'appelle demain, dit-elle en la serrant tendrement dans ses bras.

Avant de rentrer chez elle, Liz prit le temps de s'arrêter dans un supermarché. Elle était impatiente de retrouver Mary, surtout après sa visite à Melissa, et se sentait toujours comme si un bus lui avait roulé dessus. Mais ses placards étaient presque vides. Avec une hôte à la maison, il lui fallait des provisions. Elle savait que Mary avait besoin de lait, de fruits et de légumes.

Le souvenir des bananes achetées par Sawyer lui revint à la mémoire, et c'est les larmes aux yeux qu'elle effectua ses achats. Seigneur, elle méritait à coup sûr l'oscar du meilleur mélo.

Une fois chez elle, elle posa ses sacs par terre, près du frigo.

— Mary ? appela-t-elle. J'ai des Oreo Double Stuf.

Pas de réponse. La télé était éteinte. Liz tendit l'oreille en direction de la salle de bains. Aucun bruit d'eau. Rien. Comme si l'appartement était vide. La réalité la frappa alors avec brutalité, la faisant presque chanceler.

Mary était partie.

13

Elle courut vers la chambre d'amis. Le lit était sommairement fait, et une page de cahier était posée sur l'oreiller.

Liz dut rassembler tout son courage pour effectuer les trois ou quatre pas qui l'en séparaient. La note était courte et pleine de tendresse.

« Liz, je veux vous remercier pour tout. Vous et ce flic m'avez sauvé ma vie. Il est plutôt sympa, finalement. J'ai parlé avec une amie, qui a proposé de m'accueillir chez elle. Je vous appelle bientôt. Bises. Mary. »

Liz eut envie d'arracher la tête de quelqu'un. C'était soit ça, soit pleurer non-stop pendant une semaine. C'était comme si elle s'était trouvée sur une bascule d'enfants, et que sa partenaire avait sauté quand elle était en haut, la faisant retomber violemment sur le postérieur. Tous ses os lui faisaient mal. C'était une abominable traîtrise, un abandon.

Mary méritait un aller et retour en enfer.

Pourquoi ne pouvait-elle rester tranquille ? Que se passait-il dans sa tête pour qu'elle s'en aille ainsi ? Pourquoi refusait-elle l'aide qu'on lui offrait ?

Liz n'avait pas les réponses. Tout ce qu'elle savait, c'était qu'elle ne trouverait aucun repos tant qu'elle n'aurait pas l'assurance que Mary et son bébé étaient en sûreté. Elle se releva du lit, prit son téléphone et tapa le numéro de celui de Sawyer, qu'elle connaissait à présent par cœur.

Il décrocha à la troisième sonnerie.

— Montgomery.

Son timbre était si agréable, si solide.

— Sawyer ? C'est Liz.

— Qu'est-il arrivé ? s'enquit-il aussitôt.

Ce fut plus fort qu'elle : elle éclata de rire. Inutile de vouloir cacher quelque chose au très compétent Sawyer.

— Mary est partie. Elle a laissé un mot.

Un long silence s'établit sur la ligne, et elle comprit qu'il n'était pas surpris. Que de son côté elle ne l'ait pas vu venir la rendit furieuse contre elle-même.

— Ça ne vous surprend pas, n'est-ce pas ? C'est pour cela que vous lui avez fait rédiger sa déclaration sans attendre. Vous saviez que plus tard ce serait sans doute impossible.

Nouveau silence. Mais plus court, cette fois.

— Non, je ne le savais pas. Je le pressentais vaguement, c'est tout.

— Pour ma part, je ne m'y attendais pas du tout.

Ça lui fendait le cœur de l'admettre. Comment pouvait-elle protéger ses filles si elle n'était pas capable d'anticiper, de se projeter au-delà de l'instant présent ?

— Liz, ne vous flagellez pas. Mary est une gosse imprévisible.

Une gosse imprévisible vivant dans un monde d'adultes, avec des dangers d'adultes.

— Je dois la retrouver. J'ai besoin de savoir qu'elle va bien.

— Surtout pas ! N'allez pas vous lancer de nouveau à ses trousses. Vous savez ce qui est arrivé la dernière fois.

Le ton n'était plus celui de la sympathie, mais celui d'une sévère mise en garde. Deux semaines plus tôt, elle s'en serait offusquée. A présent, elle percevait l'inquiétude derrière la dureté.

— Je serai prudente. Je ne ferai rien d'inconsidéré.

— Vous ne m'écoutez pas. Vous ne ferez rien du tout. C'est fini. Elle est partie. Fichez-lui la paix.

— Je ne peux pas.

Il ne comprenait pas, c'était évident. Parce qu'il ne le pouvait pas. Elle devait l'y aider.

— Sawyer, je vous ai dit que ma sœur Jenny était morte. Ce que je ne vous ai pas dit, c'est que j'aurais pu la sauver.

— Quoi ?

— Deux jours avant son suicide, Jenny avait laissé un message sur mon répondeur, où elle me demandait de l'appeler. Ce que j'ai fait, mais personne n'a décroché. Je ne me suis pas inquiétée. Ce n'était pas la première fois. Le lendemain soir, en rentrant du travail, le même message m'attendait. « S'il te plaît, appelle-moi », disait-il.

La voix de Liz s'était brisée. Elle déglutit avec peine, sachant qu'elle devait aller jusqu'au bout.

— Liz, mon cœur, tout va bien. Vous pouvez me le raconter plus tard.

— Non, je dois le faire maintenant. Je ne l'ai pas appelée. Mon amie Ellen et moi avions des tickets pour l'opéra. J'étais sortie tard du bureau. Ellen m'attendait au pied de mon immeuble quand je suis rentrée.

Le soupir qu'il poussa lui donna une immense envie de chercher refuge entre ses bras.

— Le lendemain matin, la première chose que j'ai faite a été d'appeler Jenny. Ça ne répondait pas. Je me suis souvenue que nos parents étaient partis pour le week-end. J'ai donc conduit jusqu'à la maison… La suite, vous la connaissez.

— Je suis profondément navré, dit-il. Mais ce n'était pas votre faute. Vous n'aviez aucun moyen de savoir.

— Possible. Mais ce que j'ai appris, c'est que chacun a sa façon d'appeler à l'aide. J'ignore si c'est ce que fait Mary. Peut-être que non. Mais elle s'écarte de moi, et ça me fait très peur. Je ne veux pas prendre ce risque.

De longues secondes s'écoulèrent avant qu'il ne réponde.

— Liz, promettez-moi… Promettez-moi de ne rien faire avant que je ne sois là. Je pars dans quinze minutes. Je ne m'arrêterai ni pour prendre de l'essence, ni pour manger ni rien. Je serai chez vous dans environ trois heures.

Et Sawyer Montgomery était un homme de parole.

— J'attendrai, promit-elle.

— Merci.

Il raccrocha.

Trois heures et dix-huit minutes plus tard, Sawyer garait sa voiture d'emprunt devant l'immeuble de Liz. Il devait un carton de bière fraîche au shérif Foltran. C'était le prix fixé par ce dernier.

Après sa conversation avec Liz, il lui avait passé un coup de fil, lui avait fait un bref résumé de la situation, puis avait demandé où il pourrait louer une voiture. L'air offensé, le shérif lui avait rétorqué que ce n'était pas la manière dont les choses se passaient dans le pays. Quinze minutes plus tard, il roulait au volant d'une Buick 2004, gracieusement prêtée par madame.

Il frappa à la porte de l'appartement.

— Liz, c'est Sawyer.

Lorsqu'elle lui ouvrit et se jeta dans ses bras, cela lui parut naturel. Il la tint serrée contre lui, le menton dans ses cheveux, abandonnant son âme à la chaleur de son corps.

— Merci d'être venu, dit-elle.

Quatre simples petits mots. Mais prononcés d'une façon si sincère, si merveilleuse, qu'ils agirent sur son cœur comme un baume parfumé.

Il pencha la tête pour l'embrasser.

Elle écarta vivement la sienne.

— J'avais mal à la gorge ce matin. Ça va mieux, mais on ne sait jamais. Je pourrais vous contaminer.

— Je m'en moque, répliqua-t-il en réitérant sa tentative.

Elle se glissa entre ses bras.

— Je m'en doutais, dit-elle. Je le savais.

Tendant vers lui ses lèvres, elle l'embrassa.

Il eut l'étrange sentiment d'être revenu chez lui. Il voulait la dévorer, se repaître de sa force, de sa générosité, de son essence.

Lorsqu'il insinua sa langue dans sa bouche et qu'elle gémit en retour, il sut sans l'ombre d'un doute que sa vie ne serait jamais plus pareille.

Il l'embrassa longuement, puis referma les bras sur son corps mince et la tint serrée contre lui.

— Tu m'as manqué, dit-il.

— Je sais, répondit-elle d'une voix étouffée, ses lèvres pressées sur son torse.

— Comment te sens-tu ?

Glissant l'index sous son menton, il lui releva le visage pour l'examiner. Ses longs cheveux étaient maintenus sur sa nuque par un élastique, et elle n'avait pas un atome de maquillage. Elle éclatait de pureté, de douceur et de beauté.

— Mieux, répondit-elle. Maintenant que tu es là, je me sens mieux.

Sa poitrine s'emplit de quelque chose qui menaçait de le submerger, de le rendre tout petit, de le mettre à genoux.

— Que s'est-il passé, mon cœur ?

Elle saisit la page de cahier sur la table basse et la lui montra.

— La petite peste, marmonna-t-il après lecture de la note.

Si Liz se garda de prendre sa défense, il doutait que sa volonté de la retrouver ait faibli d'un iota.

— Une idée d'où elle pourrait être ? demanda-t-il.

— Je veux retourner à la librairie. Sur la route du retour, avant de s'endormir, elle a parlé d'acheter d'autres livres pour le bébé. J'ignore si Marvis me dira quelque chose, mais il faut que je tente le coup.

— D'accord. Je vais faire un saut jusque-là. Je te ferai savoir ce que j'ai trouvé.

— Je viens avec toi.

— Ce n'est pas nécessaire. Tu n'es pas très en forme, il vaut mieux que tu restes ici.

Elle secoua la tête.

— Non. J'ai besoin de bouger, de faire quelque chose.

Il était vain de vouloir discuter, il le savait. Sa force, sa détermination, sa motivation imposaient le respect. C'était une des choses qu'il aimait chez elle.

Il l'aimait. *Il l'aimait.*

Cette évidence le frappa avec la brutalité d'une balle tirée à bout portant sur un gilet en Kevlar. Il en fut si secoué qu'il craignit que ses jambes ne se dérobent, et se laissa choir sur le canapé.

— Sawyer, que se passe-t-il ? Ça ne va pas ?

Non. Oui. Il secoua la tête, essayant d'y voir clair. Il ne voulait pas l'aimer. Il ne voulait aimer personne. Quand on n'aime pas, on ne souffre pas de la perte de l'autre.

Il avait besoin d'air.

— Sortons d'ici, dit-il en bondissant du canapé comme s'il était monté sur ressort.

Liz inclina la tête de côté, visiblement déroutée par son attitude. Bon Dieu, lui-même était déboussolé. Il peinait à comprendre ce qui lui arrivait.

— Sawyer, tu me fais peur...

Il se faisait peur à lui-même.

— Liz, sortons. Nous perdons du temps.

— Tu en es sûr ?

Oh oui, il en était sûr. Sûr de l'aimer. Quant à savoir ce qu'il allait faire de cette découverte...

Il acquiesça.

— Allons-y. Je veux quitter ce quartier avant qu'il ne soit trop tard.

Une fois dans la Toyota, il appela Robert.

— Salut, mon gars, où es-tu ?

— Je travaille, répondit Robert. Et toi ?

— Moi aussi. Ecoute, j'ai besoin d'un service. Je voudrais que tu me fasses une petite surveillance à l'angle de Shefton et Terrance.

— Quoi, tu es en ville ? Je croyais que tu ne revenais que demain.

Sawyer regarda Liz. C'était l'heure de pointe, et il avait branché son kit mains libres.

— Mes plans ont changé.

— Qu'y a-t-il à Shefton et Terrance ?

— Un sex-shop.

— Tu es à ce point désespéré ? s'esclaffa son ami.

— Ha, ha, ha. Surveille tes manières, mon pote. J'ai une dame dans la voiture.

— Bonsoir, Robert, dit Liz.

— Euh, bonsoir, Liz… Sawyer, tu as bien dit sex-shop ?

Sawyer secoua la tête d'un air affligé.

— Nous y serons dans dix minutes. Retrouve-nous à l'angle de King et Sparton. C'est à deux rues de là. Je t'expliquerai.

— Je peux avoir un petit indice ?

— Ouaip. Nous cherchons Mary Thorton. Elle s'est évanouie dans la nature. Le sex-shop est l'un de ses points de chute habituels. Je ne pense pas que ce soit un piège, mais on ne sait jamais.

Dix minutes plus tard, Robert poussait la porte du Palais du Plaisir, tandis que Liz et Sawyer attendaient dans la voiture, à une centaine de mètres de là. Au bout de quelques minutes, il en ressortit avec un sac en papier kraft. Ils le regardèrent monter dans sa voiture. Trente secondes après, le portable de Sawyer sonna.

— La boutique est vide, annonça Robert. A l'exception d'un vieux type aux cheveux gras en salopette derrière le comptoir.

— Pas de femme de soixante ans aux cheveux gris ?

— A ce que j'ai pu voir, non.

Sawyer se tourna vers Liz.

— Marvis ferait-elle seulement la journée ?

— Et le soir, elle confectionnerait des cookies pour ses petits-enfants ?

— Tout est possible, soupira-t-il. Dès qu'il s'agit de Mary, on peut s'attendre à tout, même le plus improbable.

— Allons parler à cet homme. Il sait peut-être quelque chose.

— D'accord. Hé, Robert, nous y allons à notre tour.

— Prenez de l'argent. Papy risque de vous empêcher de sortir si vous n'achetez pas au moins un article.

Liz sortit un billet de vingt dollars de son sac et le glissa dans sa poche.

— Merci, Robert. Et vous, qu'avez-vous acheté ?

Il éclata de rire.

— Ça ne vous regarde pas ! Tout ce que vous avez besoin de savoir, c'est que je me posterai à la porte de derrière.

Sawyer démarra et vint se garer devant la boutique. A leur

entrée, « Papy » ne leva même pas les yeux du petit téléviseur placé derrière le comptoir. Liz reconnut les sons familiers de la chaîne CNN.

Ils traînèrent dans le magasin pendant quelques minutes, jusqu'à ce que le vieil homme s'intéresse enfin à eux.

— Je peux vous aider ?

— Vous devez être Herbert, dit Sawyer.

Liz eut envie de se frapper le front. Lors de leur première visite, Marvis avait fait allusion à Herbert, son tendre chéri. Elle avait oublié, Sawyer non. Une fois encore, il l'épatait.

— En effet, répondit l'homme.

— Nous sommes des amis de Mary Thorton. Elle nous a dit combien Marvis et vous étiez gentils avec elle.

— C'est la meilleure des gosses.

— Tout à fait, convint Sawyer. En fait, elle nous a appelés cet après-midi, et a laissé un message sur notre répondeur, annonçant qu'elle était de retour à Chicago après deux jours d'absence.

Liz se demanda quel était son truc pour mentir aussi bien.

— Elle était dans le Wisconsin, expliqua Herbert.

— C'est ce qu'elle a dit. C'est la bonne saison pour aller là-bas, ajouta Sawyer. Elle devait être distraite, car elle nous a dit de la rappeler sans nous donner le numéro où nous pouvions la joindre.

— Laissez-moi réfléchir, dit l'homme en frottant son menton où pointait du poil blanc. Je n'ai pas son numéro. Mais Randy habite à deux pas d'ici.

Randy ? Liz brûlait d'envie de demander qui était ce Randy, mais Sawyer était sur sa lancée.

— Mais c'est parfait. Nous avons acheté une poussette pour son bébé. Autant la lui donner ce soir.

Herbert se saisit d'un bloc-notes, y griffonna une adresse et détacha la page.

— Dites, vous n'avez besoin de rien pendant que vous êtes là ?

Sortant les vingt dollars de sa poche, Liz s'avança vers le

présentoir des préservatifs, choisit la boîte la plus tape-à-l'œil, puis tendit le billet à Herbert.

— Merci de m'y avoir fait penser, dit-elle. Ça devrait suffire pour un jour ou deux.

Elle entendit Sawyer s'étrangler derrière elle.

— Gardez la monnaie. Nous dirons bonjour à Mary de votre part.

— Revenez quand vous voulez, minauda Herbert en lui remettant le papier avec l'adresse.

Le téléphone sonna trois secondes après qu'ils se furent réinstallés dans la voiture.

— Montgomery, répondit Sawyer, laissant le haut-parleur activé.

Sa voix s'était légèrement cassée, nota Liz.

— Tout est O.K ? demanda Robert.

— Oui. Nous avons une adresse. Suis-nous.

— Pas de problème. Au fait, qu'y a-t-il dans votre sachet, Liz ?

— Si on te le demande, tu diras que tu n'en sais rien ! aboya Sawyer avant de raccrocher.

— Ce n'est pas très gentil, le tança Liz.

— Quand toute cette histoire sera finie, déclara-t-il d'une voix à peine audible, quand ni le fantôme de Mary, ni celui de Mirandez, ni aucun autre ne se dressera plus entre nous, nous aurons une longue conversation, toi et moi.

La chaleur qui émanait de son corps emplissait tout l'habitacle de la petite voiture. Il avait beau le nier, lutter contre, se condamner pour, il avait envie d'elle.

— Si tu veux l'avis d'une psychologue, répliqua-t-elle, parler n'est pas toujours la réponse adéquate.

L'entendant ravaler sa salive, elle sut qu'elle avait marqué un point.

Elle souleva le sachet, l'ouvrit et jeta un coup d'œil à l'intérieur.

— Je suis contente d'en avoir acheté une grande, dit-elle, savourant sa victoire.

*
* *

Robert décida de couvrir l'arrière du bâtiment, pour le cas où Mary tenterait de filer à l'anglaise. Liz et Sawyer attendirent qu'il soit en position avant de se poster devant la porte de l'appartement correspondant à l'adresse fournie par Herbert. Lorsque Sawyer lui donna le signal, Liz frappa trois petits coups.

— Une minute, lança une voix féminine depuis l'intérieur.

Ce n'était pas celle de Mary. Liz se tourna vers Sawyer, et sut qu'il pensait la même chose. Lorsque le battant s'ouvrit, Liz comprit pourquoi la voix lui semblait familière. Le look était différent, bien sûr, sans les tonnes de maquillage, mais elle la reconnut. C'était la fille de la boîte. Celle qui avait fourni la piste originelle pour Mary.

Elle ne dit rien, se contentant de les dévisager l'un après l'autre.

Liz regarda au-dessus de son épaule. Mary était assise sur le canapé. L'adolescente se tortilla pour se lever, alourdie par son ventre.

— Liz ? Comment m'avez-vous retrouvée ?

Sawyer entra dans l'appartement et balaya la pièce du regard.

— Il y a quelqu'un d'autre ici ?

— Non, répondirent en même temps les deux filles.

— Ça vous ennuie si je jette un coup d'œil ?

Mary secoua la tête de dégoût.

— Vous êtes vraiment un flic. Allez-y, fouinez partout, dans les placards, sous les lits. Franchement, je me demande ce que Liz vous trouve.

Liz sentit une bouffée de chaleur l'envahir. Ce qui se passait entre eux se voyait tant que ça ?

Sawyer ne sembla pas y attacher plus d'importance que si elle avait additionné deux et deux et trouvé quatre.

— Où est Randy ?

L'amie de Mary leva la main.

— C'est moi. Avec un « i », pas un « y ».

— C'est votre vrai prénom ? s'étonna Sawyer.

— Ouais. Mon père voulait un garçon. Hé, avec un peu de chance, il aura un petit-fils ! ajouta-t-elle en riant, la main sur son ventre rond. Bien entendu, il ne le saura jamais. Cela fait deux ans que nous ne nous sommes pas parlé.

— Son père est encore plus con que le mien, déclara Mary.

Liz laissa passer. Ce n'était pas le moment.

— Tout va bien, Mary ?

— Très bien. Je vous ai laissé un mot.

— En effet, et je te remercie. Mais je me faisais encore du souci. Tu ne m'avais pas prévenue que tu partirais.

— Je n'avais nulle part où aller, alors j'ai appelé Randi, et elle m'a dit que je pouvais venir chez elle.

Liz jeta un regard circulaire dans le séjour. Il y avait peu de meubles, mais c'était propre. Le plus grand désordre se trouvait sur le canapé, là où Mary s'était assise. Le paquet de chips qu'elle avait sur les cuisses s'était renversé quand elle s'était levée, et un carton de lait ouvert menaçait de se déverser sur un coussin.

— Je sais ce que je fais, Liz. Me mettre à la colle avec Dantel était stupide. Je ne commettrai plus ce genre d'erreur. Mais je ne peux pas vivre avec vous. J'ai besoin de m'assumer par moi-même, de montrer que je peux me prendre en charge sans l'aide de personne.

Liz n'avait rien à répondre à cela. S'avançant vers le canapé, elle saisit le carton de lait et le posa sur la table basse, tout en essayant de mettre de l'ordre dans le chaos de ses pensées. Des chips et du lait. Aussi contradictoire que Mary elle-même. Gentille mais pleine d'épines. Jeune mais déjà adulte. Prévenante mais égoïste. Indépendante mais si dépendante...

Liz sut qu'elle devait faire machine arrière, même si cela lui étreignait le cœur. Sinon elle courait le risque de se l'aliéner tout à fait. Elle reporta les yeux sur Sawyer, de l'autre côté de la pièce. Celui-ci l'observait, immobile. Une folle envie la saisit de se ruer vers lui, de lui demander de l'aider, de lui dire ce qu'elle devait faire. Mais c'était à elle de décider. Bonnes ou mauvaises, il lui faudrait vivre ensuite avec les conséquences.

— La CSJM rouvre la semaine prochaine. Tu viendras me voir ?

Mary hocha la tête.

— Oui.

Liz déglutit, refoulant ses larmes, et désigna du doigt le paquet de chips.

— Mange quelques légumes, O.K. ?

— Ne vous en faites pas. Randi nous fait des brocolis tous les jours. Elle dit que nos bébés auront des Q.I. supérieurs grâce à l'acide folique qu'ils contiennent.

— Vos bébés seront tous les deux beaux et intelligents, assura-t-elle, avant de serrer Mary, puis Randi, dans ses bras. Faites bien attention à vous. Et appelez-moi si vous avez besoin de quoi que ce soit.

Puis elle quitta l'appartement, priant pour arriver à la voiture avant de se rendre ridicule. Sawyer ne dit rien, comprenant sans doute qu'elle avait besoin d'un moment de silence pour faire le point.

Une fois au volant, il désactiva le haut-parleur de son portable et composa un numéro.

— Mary va bien, dit-il. Merci pour ton aide, Robert.

Il écouta la réponse de son ami, puis :

— Oui, c'est vrai… Quoi ? Euh, je n'en sais rien. A demain.

Sur ce, il raccrocha.

— Qu'a-t-il dit ? demanda Liz.

Il la regarda d'un air excessivement sérieux.

— Que tu étais une femme formidable, et qu'il voulait savoir ce que je comptais faire avec toi.

— Oh.

Pour sa part, elle savait ce qu'elle voulait qu'il fasse.

— Je suis fier de toi, déclara-t-il.

Ce qu'elle avait fait, elle ne l'avait pas fait pour lui, mais ces mots lui firent chaud au cœur. Elle se pencha et l'embrassa sur la joue.

— Merci. Tu ne peux pas savoir comme c'est important pour moi.

Il démarra et quitta leur place de stationnement. Ni l'un ni l'autre n'ajouta un mot, jusqu'à ce qu'ils ne soient plus qu'à quelques rues de son immeuble.

— Tu es bien silencieuse, observa Sawyer. Es-tu sûre que ça va ?

— Oui, oui, ça va.

En réalité, ça n'allait pas du tout. Elle ressentait une terrible frustration, frustration qui n'avait rien à voir avec Mary et tout avec Sawyer Montgomery. Aurait-elle le culot de le lui dire ? Si ce n'était pas maintenant, alors quand ? Quand ce serait trop tard ? Elle devait se jeter à l'eau.

— Je veux que tu me fasses l'amour. Ce soir. Maintenant.

Sawyer serra si fort les mains sur le volant que ses jointures blanchirent. Il demeura muet.

— Ne me dis pas que ce serait une erreur, reprit-elle. Ne me dis pas que ce serait inopportun. Je ne pense qu'à ça depuis des jours…

— Stop, la coupa-t-il. Nous serons chez toi dans quinze minutes. Ne dis plus rien avant que nous soyons arrivés.

Il lui en fallut huit. Huit minutes durant lesquelles, plutôt que de regretter d'avoir agi sur l'impulsion du moment, Liz imagina toutes les façons possibles dont elle lui ferait l'amour. Lorsque la voiture s'arrêta enfin, elle avait des fourmis dans tout le corps.

Sawyer tira le frein à main, puis avec des gestes réfléchis coupa le moteur et retira la clé du contacteur. Lorsque Liz se tourna vers lui, son cœur chuta dans le vide. Elle savait ce qu'il avait fait pendant ces huit minutes. Il avait réfléchi à la manière de lui dire non. Elle le lisait sur son visage.

— Il faudrait qu'un homme soit à moitié fou pour ne pas vouloir t'emmener au…

— Epargne-moi tes belles phrases, l'interrompit-elle, refusant qu'il se défile.

Il existait plus d'un moyen de le faire plier. Se penchant par-dessus la console, elle l'embrassa sur la bouche, faisant courir sa langue sur sa lèvre inférieure.

Elle l'entendit ravaler son souffle, sentit tout son corps se raidir.

— Tu as envie de moi, déclara-t-elle.

Il ne nia pas, ce qui lui donna un regain de confiance.

— Liz, dit-il d'un air misérable. Je suis désolé. Ce serait une erreur. Je ne peux pas te donner ce que tu veux.

— Moi je crois que si, rétorqua-t-elle, l'œil fixé sur sa braguette, qui ne parvenait pas à dissimuler son érection.

Il rougit. Jamais, au grand jamais, elle n'aurait cru voir un jour Sawyer Montgomery rougir.

— Je ne peux pas faire semblant de ne pas te désirer, dit-il. Ni te cacher que chaque soir, quand je me couche, je suis torturé par une terrible envie de te faire l'amour.

Il parlait avec douceur, mais il y avait comme un souffle d'air glacé dans ses paroles. Elle sentit la réponse de son corps palpiter, brûlante, entre ses cuisses.

— Pourquoi ne pas te laisser aller, dans ce cas ?

— Tu veux un engagement, tu veux le mariage. Je ne peux pas te les offrir. Cela m'est impossible.

Ces mots semblaient arrachés dans la douleur à son âme. Elle ne voulait pas qu'il souffre. Elle voulait que tous deux célèbrent la vie.

— Parce que tu n'as pas apporté de bague ? persifla-t-elle.

— Non. Ecoute, je ne suis pas…

— Sawyer, je plaisantais.

— Je ne comprends pas, bredouilla-t-il, la maintenant à longueur de bras.

— Un engagement, le mariage, c'était ce que je voulais de Ted. Ce n'est pas ce que je veux de toi.

Il parut un peu choqué, puis son visage se crispa et il se fendit d'un ricanement sec, sans humour.

— Comme c'est gentil. Je suis assez bon pour une partie de jambes en l'air, mais…

— Sawyer. Je suis désolée. Je me suis mal exprimée.

Il ne répondit pas.

Elle voulait tant qu'il comprenne.

— En dehors de Jamison, tu es la seule personne à qui j'ai jamais parlé de Jenny. Pour Jamison, c'est quand j'ai postulé pour entrer à la CSJM. Il avait le droit de savoir pourquoi je voulais rejoindre sa petite structure. En ce qui te concerne, c'était pour te faire partager le souvenir de Jenny, joyeuse et pleine de vie, et celui de sa mort tragique. Je voulais que tu comprennes que ce sont ces deux expériences qui m'ont faite telle que je suis aujourd'hui.

— Je suis content que tu l'aies fait, dit-il.

— Je veux que tu entendes le reste. Jenny était un véritable rayon de soleil. Pendant seize tendres années, elle a illuminé ma vie. Depuis sa mort, je ne cesse de pleurer cette injustice alors que j'aurais dû fêter la lumière.

Elle posa la tête sur sa poitrine.

— En entrant et sortant ainsi de votre vie, les gens vous changent. Après leur passage, on n'est plus jamais le même. Tu m'as aidée à comprendre et à accepter que Mary sorte également de la mienne. Je n'ai aucune prise sur cela.

— La petite peste, dit-il sans méchanceté.

— Elle est très courageuse.

— C'est vrai. Une courageuse petite peste.

Relevant la tête, elle le regarda droit dans les yeux. Terminés, les faux-fuyants. Plus question de dissimuler ses sentiments.

— Toi aussi tu es entré dans ma vie et en sortiras. Depuis le début, tu t'es montré honnête sur ce point. Je ne te demande pas de toujours. Je veux juste un maintenant.

Il la considéra avec gravité.

— Je ne te mérite pas, murmura-t-il.

Dans ses yeux elle vit la faim, le désir pur, et sut qu'ils étaient l'exact reflet des siens. Cela lui donna du courage.

— Viens chez moi, le pressa-t-elle. Fais-moi l'amour.

— Comment pourrais-je résister ?

Dans la seconde qui suivit, il ouvrit sa portière et tous deux se hâtèrent de descendre du véhicule. Il marcha si vite vers l'entrée de l'immeuble qu'elle dut courir derrière lui. Arrivé à son appartement, il lui prit sa clé, ouvrit la porte, la referma derrière eux, tourna le verrou et l'embrassa. Longuement, férocement, jusqu'à ce qu'ils suffoquent tous les deux.

Il la fit pivoter pour la placer le dos au mur, et se colla à elle, buste contre buste, écrasant ses hanches des siennes. Il était si fort, si grand, si… Elle remonta les mains sous sa chemise et les déploya sur son ventre. Sa peau était brûlante, et elle sentait ses abdominaux tendus au-dessous. Elle s'aventura plus haut, et pinça gentiment ses tétons.

Il grogna et cambra les reins.

Cela lui donna un sentiment de puissance, d'être la tentation faite femme, d'avoir le plein contrôle de la situation. Mais lorsqu'il s'écarta pour saisir le bas de son T-shirt, elle vit à quelle vitesse le contrôle pouvait changer de mains.

— Je veux te voir, dit-il. Te voir tout entière.

Il lui fit passer le vêtement par la tête, puis glissa un moment les doigts sur le bord supérieur du soutien-gorge, avant de les plonger vers ses seins, dont il effleura les pointes. Sentant celles-ci réagir à son toucher, il pencha la tête et happa les deux globes, l'un après l'autre, à travers l'étoffe diaphane.

— J'en ai rêvé, murmura-t-il contre sa peau. Rêvé de te voir dans des sous-vêtements de dentelle. Tu es beaucoup plus belle que tout ce que j'avais imaginé.

Ses mots, ses intonations douces, flottèrent autour d'elle, rassurants. Mais lorsque ses lèvres revinrent pincer un téton après l'autre, elle ne fut plus capable de penser. Sa bouche se déplaça sur son corps, couvrant sa peau tiède de baisers humides. De sa langue, il taquina sa clavicule, remonta vers son cou puis s'empara de nouveau de sa bouche pour un baiser passionné.

Ses mains se joignirent dans son dos pour défaire l'attache du soutien-gorge, qu'il ôta sans rompre leur baiser. Lorsqu'elles descendirent vers ses reins et, se glissant dans son short, lui empoignèrent ses fesses, elle avança le bassin à sa rencontre.

D'un mouvement fluide et rapide, il descendit short et culotte sur ses cuisses, et elle l'aida à l'en débarrasser. C'est seulement alors qu'il délaissa sa bouche. Il recula d'un pas et la contempla. Pendant quelques instants, il ne dit pas un mot, se contentant de la regarder. Puis il leva la main, et avec délicatesse, du bout des doigts, replaça une mèche rebelle derrière son oreille, caressant sa joue au passage. Il laissa sa main descendre, passer sur ses seins, glisser plus bas, s'attardant quelques instants sur son ventre, pour s'arrêter enfin près du pubis.

— Tu es parfaite, dit-il d'une voix très douce.

Il lui donnait le sentiment d'être belle. Elle écarta les jambes, l'invitant à la toucher. Mais il releva sa main et la plaqua sur sa nuque. Plongeant les doigts dans ses cheveux, il attira sa bouche vers la sienne. Il l'embrassa avec délicatesse, la touchant à peine au début, caressant ses lèvres de sa langue, mordillant l'inférieure. Puis il inclina la tête et la plongea dans sa bouche en un baiser sauvage.

Liz sentit ses genoux se mettre à trembler. Il la souleva dans ses bras, et d'un pas assuré la porta jusque dans sa chambre. Là, il l'étendit sur le lit, et lui releva les bras au-dessus de la tête. S'avançant sur son corps, il entrouvrit ses cuisses du genou. Elle les écarta, et il se positionna entre ses jambes ouvertes.

— Oh ! mon Dieu, murmura-t-il tout en parcourant de ses doigts son corps nu.

Elle frissonna, lui arrachant un sourire satisfait. Penchant la tête, il embrassa chaque sein tour à tour.

— Je te veux, dit-elle, arquant le dos, pressant les tétons dans sa bouche.

Bientôt, elle supplierait.

Il la suça, déclenchant de délicieuses petites ondes qui lui traversèrent tout le corps. Redressant le torse, il glissa les mains sous ses cuisses, les écarta, puis descendit sa bouche sur son ventre, lentement, jusqu'à l'endroit où elle la voulait le plus. Elle oublia toute gêne, oublia son désir de lui donner du plaisir, oublia d'être une dame, et s'abandonna à la volupté. Elle prit, et prit encore de lui, la tension croissant en elle jusqu'à ce qu'elle perde tout contrôle et que les vagues de plaisir éclatent dans ses entrailles.

Sawyer s'allongea à son côté, l'attira contre lui et l'emprisonna de ses bras. Puisant dans l'énergie qui lui restait, elle jeta une jambe nue au-dessus de la sienne.

Oh Seigneur, elle avait explosé, alors que lui était encore tout habillé. Comme s'il avait senti sa détresse, il resserra sa prise sur elle.

— Détends-toi, mon cœur. Ce sera bientôt mon tour.

— Mais ce n'est pas juste, protesta-t-elle d'une voix faible.

— As-tu une idée de ce que ça fait à un homme lorsqu'une femme lui offre cela ? Se laisser emporter par le plaisir qu'il lui procure ?

Il y avait un brin d'autosatisfaction dans sa voix.

Elle le laissa en profiter un moment, puis remonta la main et la glissa sous son T-shirt pour aller titiller ses petits tétons plats. Il lâcha un soupir. Ses yeux étaient fermés. Elle descendit les doigts sur son ventre, suivant le sillon central de ses abdominaux, puis les passa sur le renflement de son sexe comprimé sous le jean. Il souleva le bassin du lit.

— Oh ! ma chérie. J'ai l'impression d'avoir de nouveau seize ans.

Cet aveu lui donna du courage. D'un mouvement rapide, elle se plaça à califourchon sur son bassin et commença à se frotter à lui. Il tenta de l'immobiliser. Non seulement elle n'arrêta pas, mais elle lui ôta prestement son T-shirt, avant de reculer sur ses cuisses et de baisser sa fermeture Eclair.

— Je suis un homme mort, gémit-il.

Elle éclata de rire. Puis, empoignant chaque côté de son jean, elle le lui descendit en même temps que son slip et jeta les deux au bas du lit.

Elle lui fit l'amour. Ses mains, sa bouche, explorèrent chaque atome de sa peau, tantôt caressant, tantôt taquinant. Lorsqu'elle referma la main sur sa virilité, tout son corps fut traversé d'une secousse.

— Je veux être à l'intérieur de toi, supplia-t-il.

— Je le veux aussi, répondit-elle.

Renversant les rôles, il la bascula sur le dos, se positionna sur elle et la pénétra avec douceur, comme s'il se retenait pour la laisser s'étirer, s'ajuster à lui.

— Oooh.

Il lui couvrit le visage de baisers.

— C'est ça, murmura-t-il. Juste encore un peu.

Elle s'efforça de se détendre, de le recevoir.

— Parfait, souffla-t-il, la voix à peine audible.

Puis il se mit à bouger. En quelques minutes, elle atteignit un nouvel orgasme. Lui laissant à peine le temps de reprendre son souffle, il l'investit de nouveau dans un va-et-vient de plus en plus rapide, jusqu'à ce qu'elle le sente se crisper et, sur une dernière et puissante pénétration, exploser en elle.

Pendant un temps indéfinissable, il n'y eut plus aucun bruit dans la chambre. Puis, avec un geignement ténu, il ôta son poids de son corps. Et l'embrassa… d'un long et tendre baiser. Avec précaution, il se dégagea ensuite d'elle, puis tomba comme une masse sur le dos, un avant-bras en travers du front.

— Ça m'a presque tué, marmonna-t-il.

Liz eut du mal à s'empêcher de sourire.

— J'ai bien aimé, dit-elle. On recommence ?

Il rouvrit les yeux et la dévisagea.

— Tu as bien aimé ? *Tu as bien aimé ?* Ce sont les tartes aux pommes qu'on aime bien. Ou les longues promenades sur la plage.

— Moi c'est les tartes aux fraises et les longues promenades en forêt. Mais je ne les aime pas autant que j'ai aimé ce qu'on vient de faire.

— Ce qu'on vient de faire a failli me donner une attaque cardiaque.

— Je sais pratiquer la réanimation, rétorqua-t-elle, sûre d'elle.

Sur ce, elle lui empoigna le sexe. Voyant celui-ci réagir, elle lui adressa un clin d'œil.

— Oh ! Seigneur, lâcha-t-il.

La renversant sur le lit, il se mit en devoir de faire grimper son rythme cardiaque *à elle* dans la zone rouge.

14

Sawyer se réveilla heureux et tout chaud. Liz dormait à son côté, son dos nu collé à lui. Il l'enlaçait d'un des bras, sa main couvrant un sein.

Il remua d'un chouïa. Elle s'étira de toute sa longueur. Abandonnant à regret son sein, il ôta son bras, puis, écartant la masse de ses longs cheveux, l'embrassa à l'arrière du cou.

— Bonjour, dit-il.

— Un dollar pour toi si tu nous fais du café.

Il éclata de rire.

— Cinq pour toi si tu nous prépares le petit déjeuner.

Elle se retourna et le regarda dans les yeux.

— Je te donne les vingt qui me restent si tu me refais l'amour, répliqua-t-elle avec un clin d'œil.

— Les vingt qui te restent. Que se passera-t-il après ?

— J'espère que tu auras pitié d'une miséreuse et sauras te montrer charitable.

Il bascula sur le dos, l'attirant au-dessus de lui.

— Jadis, j'étais connu pour être un homme très généreux. Je n'hésitais pas à puiser dans mes propres ressources.

— Alors donne, mon chéri.

Ce qu'il fit.

Plus tard, beaucoup plus tard, lorsqu'ils entrèrent d'un pas un peu flottant dans la cuisine, il était plus près de l'heure du déjeuner que de celle du petit déjeuner.

— Fais attention, dit-elle.

Cet avertissement lui épargna sans doute une jambe cassée. Il aurait à coup sûr trébuché sur les piles de boîtes de soupe, de cartons de céréales, de bols et de casseroles, d'argenterie, de flacons de produits de nettoyage et autres, qui occupaient le sol.

— J'aime faire le ménage quand je suis nerveuse, expliqua-t-elle. Hier, j'ai eu un peu de temps à tuer entre le départ de Mary et ton arrivée.

— Reste-t-il quelque chose *dans* les placards ?

Elle secoua la tête.

— Non. Avec moi, c'est tout ou rien.

— La prochaine fois que tu seras aussi nerveuse, viens chez moi. Depuis mon emménagement, mes placards n'ont jamais été nettoyés.

— Oh. C'est dégoûtant.

Elle s'occupa du café, il s'occupa du déjeuner. Et pour la première fois depuis dix-sept ans, il songea à un avenir.

— Je vais prendre une douche, annonça-t-elle.

— O.K.

Très bien. Il avait besoin d'un peu de tranquillité pour remettre de l'ordre dans ses pensées.

Il l'aimait. Il aimait son espièglerie, son sens de l'humour, son dévouement pour ses clientes, son désir d'aider les autres. Il aimait son corps.

D'un autre homme, elle avait voulu un engagement et le mariage. De lui elle n'attendait rien. Selon ses propres termes, il ne faisait qu'entrer et sortir dans sa vie.

Voulant retourner le cheddar dans le poêlon, il le secoua trop fort et le fit tomber sur le comptoir. Il le ramassa, l'essuya et le replaça dans l'ustensile.

Hmm. Peut-être, peut-être seulement, n'était-il pas contre un petit peu d'engagement.

Il ouvrit une boîte de soupe à la tomate. Lorsque celle-ci fut chaude, Liz était revenue dans la cuisine, et il avait une idée pour le reste de la journée.

— Si tu n'as rien d'autre à faire, dit-il prudemment, nous pourrions aller au quai de la Navy. Tu aimes les grandes roues ?

— J'aime les grandes roues. Mais je ne peux pas. Il faut

que j'organise mon bureau à la CSJM. J'ai apporté beaucoup de mes dossiers ici, et j'en aurai besoin à la réouverture.

D'accord, elle ne disait pas non juste pour dire non. Elle avait des contraintes de travail, et il savait combien celui-ci comptait pour elle. C'était tout à son honneur.

— Tu aimes vraiment ton boulot, n'est-ce pas ?

— Oui. Comme tu aimes le tien.

En effet, songea Sawyer en se versant une seconde tasse de café. Liz n'avait pas besoin de ce que, de toute façon, il ne pouvait lui offrir. Contrairement à la plupart des femmes qu'il avait rencontrées, elle ne semblait pas préoccupée par son horloge biologique. Elle avait bien évoqué un désir d'enfants, mais c'était il y a longtemps. Aujourd'hui, elle avait sa carrière, un job qui lui allait comme un gant et la passionnait.

Il ne lui mettrait pas de bâtons dans les roues. Il la persuaderait que non seulement il n'avait pas l'intention de l'empêcher de s'investir dans son travail, mais qu'il avait la plus grande estime pour l'énergie et le cœur qu'elle y mettait.

Il voulait aussi qu'elle sache que cette nuit n'était pas juste une passade. Qu'elle pouvait avoir à la fois une carrière et une relation avec un homme.

Jadis, elle avait voulu se marier. Il lui donnerait le temps de considérer de nouveau cette idée, et lorsqu'il estimerait que ça pouvait marcher entre eux, mettrait la question sur le tapis. Mais pour le moment il allait lui donner de l'espace.

Fort de ces résolutions, il se leva et commença à débarrasser la table.

— Nous n'avons pas utilisé de préservatifs.

Elle avait dit cela d'un ton innocent, comme si elle parlait de la météo ou du repas du soir. Il sentit le monde vaciller sous ses pieds, et toutes les belles choses qu'ils venaient de partager se muèrent en un brouet sordide. Il serra très fort la main sur l'assiette sale qu'il tenait, de peur qu'elle ne lui échappe.

Il devait lui dire maintenant. Il aurait dû le faire plus tôt. Si elle avait des doutes et s'inquiétait de tomber enceinte, il était de son devoir de lui en parler.

Non. Il n'avait pas encore eu l'occasion de lui faire comprendre qu'il l'aimait.

— Mais tu n'as pas de souci à te faire, reprit-elle. Cela dit, s'il s'avère que je me suis trompée et que je tombe enceinte, je ne te demanderai rien. Je me débrouillerai seule.

« Dis-lui, imbécile. Dis-lui. »

— Tu me tiendras au courant ?

« Pleutre. »

— Pas de problème. Je ne te cacherais pas une telle chose.

— Très bien. Je t'appelle tout à l'heure.

— Il n'appellera pas, geignit Liz, la tête calée dans sa main.

C'était déjà la fin de l'après-midi, et elle avait travaillé comme une brute à tenter de renouer le contact avec toutes ses clientes.

— Ça fait cinq heures, ajouta-t-elle en regardant l'horloge.

Jamison passa devant son bureau. Il pointa la tête à l'intérieur et regarda autour de lui.

— A qui parlez-vous ?

— A moi-même.

— Fascinant. Au fait, Sawyer a appelé.

— Quoi ?

— Vous deviez être pendue au téléphone, ça a été dérouté sur ma ligne. Je lui ai dit que vous le rappelleriez.

— Oh.

Elle avait attendu toute la journée, et maintenant qu'il avait tenu sa promesse, elle ne savait que lui dire.

— Allons, haut les cœurs ! lança Jamison. Et un conseil : jouez les filles difficiles à avoir. Ça stimulera son intérêt.

— Vraiment ?

— J'ai lu ça dans un des magazines de Renée.

Elle était prête à tout essayer. Décrochant le combiné, elle composa le numéro.

— Montgomery.

— Sawyer ? C'est Liz.

— Oh ! Liz. Merci de m'appeler. Tu n'es pas trop occupée ?

— Non, pas de problème. Jamison et moi étions en train de… discuter du cas d'une cliente.

— Tout se passe bien pour Mary ?

— Oui, merci de t'en soucier.

Il y eut un silence gêné. Se pouvait-il que ce soit la seule raison pour laquelle il avait voulu la joindre ? Un sentiment d'abandon, de déception l'envahit tout à coup.

— Je me demandais si tu aurais un peu de temps pour dîner avec moi ce soir. Je sais que tu as du pain sur la planche…

« Jouer les filles difficiles à avoir. » Le conseil de Jamison résonna dans ses oreilles. Hum. Plus facile à dire qu'à faire, surtout si elle se jetait sur lui plus tard comme une affamée.

— Avec plaisir.

— Super. Je passe te prendre à 7 heures.

Viens nu.

— Je serai prête, dit-elle, avant de raccrocher.

Lorsque Mary passa à l'improviste, dix minutes plus tard, Liz contemplait toujours l'écran vide de son ordinateur, incapable de réaliser que dans un peu plus de deux heures elle aurait une nouvelle occasion de séduire le très sérieux Sawyer Montgomery.

— Hello, mon chaton, dit-elle, tandis que l'adolescente se laissait choir dans le fauteuil face à son bureau. Comment vas-tu ?

— Je commence à marcher en canard.

— C'est ce qui a fait le succès de Donald et Daisy !

— J'ai vu le docteur ce matin. Il pense que le bébé fait déjà plus de trois kilos.

Ce qui expliquait sa mine rayonnante.

— Bien. La date de délivrance arrive à grands pas.

— Je sais. J'ai été vraiment pénible au sujet de cette adoption, pas vrai ? Vous vous inquiétiez parce que les semaines défilaient. Mais j'ai pris ma décision.

— C'est merveilleux, Mary. Je sais que ça n'a pas été drôle pour toi. Que vas-tu faire ?

— Je la donne en adoption.

— La ?

— Ils ont fait une échographie. Le docteur est sûr à quatre-vingt-dix-neuf pour cent que c'est une fille.

— Tu as bien réfléchi ?

Au fond d'elle, elle savait qu'une adoption était la meilleure solution pour Mary et le bébé. Mary le savait sans doute aussi. Mais savoir et agir en conséquence étaient deux choses bien différentes.

— Oui. Je suis trop jeune pour élever un enfant. Je veux retourner à l'école, avoir un bon niveau d'études et aller à l'université. Je ne veux pas faire un travail à deux sous toute ma vie. C'est peut-être égoïste, mais c'est comme ça.

— Ce n'est pas égoïste, Mary. Tu es jeune. Tu as des espoirs et des rêves. L'université est un moyen de les concrétiser.

— Savez-vous ce qui m'a fait comprendre que l'adoption était la bonne décision ?

— Non. Dis-moi.

— Je pensais à tout cela, et je me suis rendu compte que je voulais que ma fille puisse avoir la même chose, mais que je ne pourrais jamais le lui donner. C'est ce qui m'a convaincue.

Mary essuya une larme sur sa joue. Liz espéra avoir assez de solidité pour toutes les deux.

— Je vais appeler notre avocat. Nous allons faire les papiers immédiatement.

— Non.

— Mais, Mary, tu viens de dire que…

— Vous ne m'avez pas laissée finir. Je la donne en adoption, mais à une condition. Que ce soit vous.

Liz sentit le sol bouger sous ses pieds.

— Mary, ma chérie. Je… je suis très flattée, vraiment. Mais je ne peux pas adopter ton enfant !

— Pourquoi pas ? Vous avez déjà vos diplômes, un métier formidable. Vous êtes chez vous le soir et le week-end, vous vivez dans un endroit sûr. Vous pourrez lui donner tout ce qu'il lui faut.

Certes. Mais là n'était pas la question.

— Mary, répéta-t-elle, ne sachant trop par où commencer.

Beaucoup de gens ont les moyens d'élever un enfant, mais ça ne veut pas dire qu'ils feront de bons parents.

— Je sais. J'en ai eu un bon exemple chez moi. Mais avec vous ce serait différent. Vous seriez une mère géniale.

Une mère célibataire. Une statistique. Un problème.

Mais cela, c'était aux yeux de l'administration, et elle était autre chose qu'un chiffre. Même si ce n'était pas l'idéal, une mère seule était tout à fait capable d'avoir des enfants sains et équilibrés.

Mais elle ?

Elle n'avait jamais pensé avoir d'enfants. Du moins, après qu'il fut devenu clair que Ted n'avait pas l'intention de l'épouser. Pendant leurs fiançailles, elle s'était souvent imaginé leur future progéniture. Ils en avaient même parlé. Mais lorsqu'elle s'était lassée d'attendre, elle avait cessé d'y penser et abandonné l'idée d'être mère.

Pourquoi pas, après tout ? Mary avait raison. Elle avait un bon travail. Même si la CSJM devait fermer un jour, elle avait les références et l'expérience pour trouver rapidement un nouvel emploi. Elle avait mis une coquette somme de côté grâce au précédent, elle était solide, en bonne santé, mais...

— Mais le plus important, dit Mary, la coupant dans ses réflexions, c'est que vous l'aimerez et qu'elle vous aimera.

A présent, Liz et Mary pleuraient toutes les deux.

— Oh ! Mary. En es-tu sûre ?

— Absolument. Plus que de n'importe quoi d'autre. S'il vous plaît, dites oui.

Comment aurait-elle pu dire non ? Elle adorait Mary, et par voie de conséquence adorait le bébé qu'elle portait. Un lien naturel s'était établi entre eux, qui l'aiderait à affronter les difficultés des mois à venir.

Elle pouvait le faire. Elle voulait le faire.

Qu'en dirait Sawyer ? Etait-ce important ? Sans doute. Ils n'avaient jamais abordé le thème des enfants, ils n'en avaient pas eu besoin. Elle espérait qu'il se réjouirait pour elle, qu'il prendrait la mesure du cadeau que Mary lui faisait.

— Je suis très honorée, Mary. Je l'aimerai et l'élèverai

comme mon propre enfant. Plus tard, je lui parlerai de sa vraie mère, et je lui dirai quelle jeune fille merveilleuse elle était.

Mary l'étreignit avec émotion.

— Merci. Maintenant je sais que tout ira bien.

Liz avait dressé une liste de deux pages lorsqu'une crampe dans la main l'obligea à poser son stylo. Il y avait tant à faire en si peu de temps ! Elle devait réaménager et décorer la chambre d'amis. Il lui fallait un berceau, un siège-enfant pour la voiture. De la layette. Elle devait avertir Jamison. Il s'affolerait pour l'image de la CSJM. Aux yeux d'une personne extérieure, qu'une conseillère adopte le bébé d'une de ses clientes était contraire à l'éthique. Sur les papiers, ça risquait de paraître bizarre, mais dans son cœur Liz savait que c'était parfait. Elle savait aussi qu'une fois passé le choc initial Jamison ferait tout son possible pour l'aider.

Elle ne pouvait attendre une minute de plus. Résolue, elle grimpa la volée de marches menant à son bureau. Jamison était à sa table, étudiant les fichiers comptables, loin de se douter que sa collaboratrice s'apprêtait à mettre son petit univers sens dessus dessous. Elle était presque désolée pour lui.

— Je viens de parler à Mary Thorton. Elle a accepté de placer son bébé en adoption.

— C'est probablement une bonne décision de sa part.

— Oui. Mais il y a une clause, Jamison. Elle veut que ce soit moi qui l'adopte.

Il repoussa son siège de son bureau.

— Vous avez refusé, je suppose.

Elle secoua la tête, et manqua d'éclater de rire en le voyant blêmir. Sa joie intérieure était telle que rien ne pouvait l'altérer.

— Non, j'ai accepté.

Elle lui accorda un moment pour avaler la pilule, avant de poursuivre :

— C'est tout à fait irrégulier, je le sais, et ma décision est hautement critiquable. Mais vous me connaissez, Jamison. Vous savez que, si je n'avais pas jugé que c'était la meilleure solution pour elle comme pour moi, jamais je n'aurais dit oui. Je peux le faire. Je peux adopter ce bébé et lui offrir une vie qu'il ne pourrait avoir ailleurs.

— Mais, Liz, vous êtes célibataire. Vous savez que la règle à la CSJM est de toujours confier l'enfant à un couple.

— Oui. Mais souvenez-vous, nous avons déjà fait des exceptions dans le passé, sur requête de la cliente. Et c'est le cas aujourd'hui.

Il la fixa longuement. Puis il se leva, fit deux fois le tour de son bureau d'un pas lent, et se rassit.

— Vous êtes sûre ?

— Absolument. Oh ! je ne vais pas vous mentir, ça me fait très peur. C'est un engagement énorme. Et si je n'étais pas à la hauteur ?

— Vous avez été à la hauteur de tout ce que vous avez fait jusqu'à présent.

Liz contourna le bureau et posa une main sur son épaule.

— Vous savez ce qui m'a amenée à la CSJM.

— Est-ce la raison pour laquelle vous faites ça ? Pour vous racheter encore une fois de ne pas avoir été là ?

Liz ne s'en offusqua pas. Jamison la connaissait mieux que la plupart des gens.

— Non. Jenny est morte. Elle me manquera à jamais, mais je ne fais pas cela pour elle ou à cause d'elle. Je le fais pour moi. Je prie pour être le genre de mère que mérite ce bébé.

Jamison se prit la tête entre les mains.

— Il nous faudra une décharge en béton de la part de Mary.

— Elle la signera.

— Je ne veux pas qu'elle revienne dans cinq ans affirmant que vous lui avez arraché son accord sous la contrainte. Vous comprenez, n'est-ce pas ?

Elle connaissait les aspects légaux du problème.

— Oui. C'est pourquoi je suis ici. Je veux que vous vous chargiez dès à présent de la paperasserie. Je sais que vous ne négligerez aucun détail.

Il releva la tête et poussa un gros soupir.

— D'accord. Appelons Howard. Nous aurons besoin de ses talents de magicien.

Howard ne répondant pas, Jamison laissa un message sur sa boîte vocale.

— Merci, dit-elle en l'embrassant sur la joue. Merci pour votre soutien.

— Et votre ami flic ? Qu'en pensera-t-il ?

Liz n'avait pu attendre de lui annoncer la nouvelle. Mary venait à peine de quitter son bureau quand elle avait décroché son téléphone. Elle avait tapé les premiers chiffres de son numéro lorsque son bon sens s'était rappelé à elle. Elle ne pouvait pas l'appeler comme ça, discuter un moment du temps qu'il faisait, puis lâcher sa bombe. « Hé, Sawyer. Tu sais quoi ? J'adopte un bébé. »

Il se serait peut-être inquiété des changements qu'un enfant apporterait à leur relation. Après tout, elle ne pourrait plus tout laisser tomber pour dîner dehors. Mais un bébé, ça dormait. Peut-être pourraient-ils continuer à s'adonner à leurs activités favorites : sexe et petit déjeuner.

— Je n'en sais rien, répondit-elle. Je dois le voir ce soir.

15

Sawyer sonna à 18 h 53.

Liz jeta un coup d'œil par le judas. Il était vêtu d'un blazer bleu nuit, d'un pantalon fauve et d'une chemise blanche. Il était beau à tomber par terre.

Elle ouvrit la porte.

— Tu m'as manqué, dit-elle.

— Vraiment ?

— Oh oui !

Tendant la main, elle l'accrocha par sa cravate et le tira dans l'appartement. Lâchant la cravate, elle prit son visage entre ses mains et l'embrassa avec fougue, se tortillant, se pressant contre lui, cambrant les reins et lui malaxant le dos.

Sans rompre leur baiser, elle lui ôta sa veste, sortit sa chemise du pantalon, puis défit la boucle de sa ceinture. Après quoi elle descendit sa fermeture Eclair et, sans façons, plongea la main dans son pantalon et la referma sur son sexe.

Il se mordit la lèvre et la repoussa contre le mur.

— Nom de...

— Je te veux en moi.

Sans attendre, il lui empoigna le postérieur, relevant vivement la tête en découvrant qu'elle ne portait rien sous sa robe. Reculant d'un pas, il baissa son pantalon. Puis il la souleva, la plaqua au mur, lui écarta les jambes et en moins d'une minute, alors que montaient en elle les premiers signes de la jouissance, il la rejoignit dans l'orgasme.

Haletant, sonné par la brutalité de leur coït, Sawyer se

libéra doucement de ses cuisses, et l'aida à trouver son aplomb tandis qu'elle reposait les pieds au sol.

Il appuya alors le front au mur, craignant de s'effondrer s'il tentait le moindre mouvement.

Sept coups délicats tintèrent à l'horloge sur la cheminée.

Liz releva la tête et lui baisa le menton.

— Merci d'être venu en avance.

Sawyer gloussa, sachant qu'il n'avait pas la force de rire. Il s'écarta d'elle. Son blazer gisait près de la porte.

— Ça va ? s'enquit-il.

— Merveilleusement bien.

— Tu as l'air heureuse.

— Je le suis. J'ai eu une excellente journée. Et la tienne ?

— Ça va. J'ai eu des nouvelles de Mirandez, répondit-il en insérant les pans de sa chemise dans son pantalon. Allons nous asseoir sur le canapé.

— Raconte-moi.

— Nous l'avons transféré à Chicago aujourd'hui, et il a pris ses quartiers à la prison du comté de Cook. Il a une audition demain. Le juge refusera la libération sous caution, c'est certain.

— Bonne nouvelle.

— Oui. Il y a autre chose. Nous avons dû remettre une copie de la déposition de Mary à son avocat. Nous avons différé le moment autant qu'il était possible.

— Que dois-je dire à Mary ?

— Que nous avons pris les dispositions pour lui offrir un logement sûr, avec un hôpital à deux pas. Nous avons également prévu de l'aider pendant les premières semaines après l'accouchement.

Mary n'aurait pas besoin d'aide.

— Ce ne sera pas nécessaire.

— Tu en es sûre ? Ce n'est pas un problème, tu sais.

— Elle donne son bébé en adoption. Elle veut reprendre ses études. S'il n'y a pas de lycée à proximité, il faudra lui trouver quelque chose ailleurs.

Il parut un peu déstabilisé.

— Eh bien, il y a un lycée à vingt minutes de là. Quand a-t-elle pris sa décision ?

— Aujourd'hui même.

Ce n'était pas la façon dont elle avait prévu de lui dire. Il l'avait prise au dépourvu, mais ce n'était pas grave. Cela lui facilitait même la tâche.

— Oh ! Sawyer, il s'est passé une chose merveilleuse. Mary m'a demandé d'adopter son enfant.

S'il avait été déstabilisé juste avant, il semblait maintenant carrément assommé. Elle vit le sang refluer de son visage.

— Qu'as-tu répondu ?

— Oui. J'ai répondu oui. Je prends le bébé. Il semble que ce soit une fille.

Il se leva et se mit à arpenter la pièce d'un pas nerveux.

— Ma parole, tu es folle ! As-tu perdu la tête ?

Elle s'était attendue à de la surprise, mais en aucune façon à de la colère.

— Sawyer, quel est le problème ? Pourquoi cette réaction ?

— Comment peux-tu faire une chose pareille ? Tu as ta carrière, tu aimes ton boulot, tu me l'as dit toi-même.

— En effet. Mais c'est pour moi un cadeau inespéré, un cadeau magnifique tombé du ciel. Je veux cette gosse. Je veux l'aimer et la regarder grandir. Je veux apporter un plus dans sa vie. Et qu'elle apporte un plus dans la mienne.

— Non.

Il avait prononcé ce « non » comme s'il comportait deux syllabes. Comme s'il avait été arraché à son âme.

— Sawyer, au nom du ciel, qu'y a-t-il ?

— Il y a que je t'aime, répondit-il, d'une voix soudain si faible qu'elle l'entendit à peine. Je t'aime depuis des semaines.

Alors que cet aveu aurait dû la faire danser de joie, l'angoisse qui affleurait sous ces mots la refroidit tout net.

— Je voulais te donner le temps de te faire à cette idée. Je ne voulais pas te bousculer. Je voulais que tu t'habitues à moi.

— Sawyer, je ne savais pas. Je…

— A présent tout est changé. Je ne peux pas être avec toi.

Son cœur lui fit mal. Elle crispa les mains.

— Je ne comprends pas.

— J'avais un fils, confia-t-il. Il est mort. Dans mes bras. Son minuscule cœur n'a pas tenu le coup.

Un fils. Pourquoi ne le lui avait-il jamais dit ?

— Et sa mère ?

— Terrie était toxicomane. Je l'ignorais quand je l'ai mise enceinte. Mais, à l'époque de l'accouchement, c'était devenu malheureusement clair. Mon fils a payé pour ses fautes. Pour les miennes aussi.

— Les tiennes ?

— Je ne l'ai pas protégé. J'ai failli à ma tâche.

Ça commençait à prendre sens... Un sens horrible.

— Tu veux parler de cette fille qui est morte ? C'était sa mère ?

— Oui. La drogue l'a tuée, elle aussi. Ça a juste pris deux ans.

Oh ! comme il avait dû souffrir ! Liz voulait le serrer dans ses bras, mais elle savait qu'elle devait l'écouter jusqu'au bout.

— Nous ne nous sommes jamais mariés. Je ne l'ai revue qu'une fois après le décès de notre fils. Malgré cela je ne voulais pas qu'elle meure. Bon Dieu, c'était un autre décès inutile.

Elle comprenait mieux maintenant son acharnement à traquer Mirandez.

— Sawyer, je suis tellement navrée. Ça a dû être affreux.

— Tu ne peux pas imaginer.

Elle ne releva pas. Pour sa part, ce n'était pas un enfant qu'elle avait perdu, mais une petite sœur. Le sentiment de vide, le gris absolu qui emplissait la vie des mois durant, elle connaissait. Mais elle n'allait pas comparer son chagrin au sien, cela ne ferait que les rendre banals, ordinaires.

— C'était il y a longtemps, Sawyer. Tu dois aller de l'avant.

— C'est ce que j'ai fait. J'ai pris une décision. Celle de ne plus jamais avoir d'enfants. Il y a dix ans, je me suis fait faire une vasectomie.

Oh. Voilà ce que c'était de tomber amoureuse d'un homme que l'on ne connaît pas.

Non. C'était faux. Elle connaissait Sawyer Montgomery.

Elle savait ce qu'elle avait besoin de savoir. C'était un homme pétri de qualités, aimant, capable de sacrifier sa propre sécurité pour une adolescente enceinte. Elle ne voulait pas le perdre.

— Sawyer, il faut que tu l'extirpes de toi. Je veux dire, pas la personne mais la colère, la rage brute qui t'habite depuis ce drame.

Il lui lança un regard blasé.

— Je ne suis pas un gogo qui paie cent dollars l'heure pour se faire soigner par un psy !

— Il ne s'agit pas de ça ! Il s'agit de Sawyer et de Liz, qui ont besoin de s'ouvrir l'un à l'autre, ni plus ni moins.

— Je ne suis pas en colère. Contre qui le serais-je, d'ailleurs ? Une femme morte ?

Elle n'était pas dupe. Même enfant, le *très compétent* Sawyer avait sans doute dû vouloir tout gérer. Mais il n'avait su gérer cela. Et il ne se l'était toujours pas pardonné. Il essayait de trouver la paix intérieure. Avec tous ces criminels qu'il envoyait en prison, il tentait de l'acheter. Mais la paix ne s'achetait pas. Elle venait d'elle-même, quand la personne se libérait de sa haine et du désespoir absolu d'être laissé sur le bord du chemin.

— Tu me demandes de choisir entre ce bébé et toi, déclara-t-elle. C'est injuste. Je ne devrais pas avoir à choisir.

Il la dévisagea, et une larme glissa d'un de ses yeux sombres sans qu'il ne l'essuie.

— Non, tu ne devrais pas. Je ne peux pas laisser entrer un autre enfant dans ma vie. Je ne prendrai pas ce risque.

Liz eut l'impression que son cœur, déjà bien meurtri, se brisait soudain en deux. Une douleur indicible la traversa.

Les jambes tremblantes, elle s'avança vers la porte et l'ouvrit. Elle fixa le sol, incapable de le regarder de nouveau.

— Je suis désolée pour ton fils. Si j'avais su, j'aurais agi autrement.

— Tu veux dire que tu n'adopterais pas ce bébé ?

— Si. Mais je ne te l'aurais pas annoncé aussi brutalement. Tu aurais dû me parler. Maintenant, tout ressemble à un énorme mensonge.

Il frappa le mur de la main.

— Je ne t'ai jamais menti.

— Tu m'as laissée croire que tu étais amoureux de cette fille décédée. J'ignorais qu'il y avait eu un enfant. Tu as menti par omission. Au nom du ciel, Sawyer, je me suis inquiétée du risque de tomber enceinte, et tu n'as rien dit !

Il ne répondit pas. Elle ne s'attendait pas vraiment à ce qu'il le fasse. Tout à coup elle se sentit vieille et courbatue. Elle se força à redresser le dos et à lever la tête.

— Je ne veux plus te revoir. Tu pourras me joindre par l'intermédiaire de Jamison. Tu lui donneras les détails des arrangements pris pour Mary.

Liz n'était couchée que depuis quelques minutes lorsque le téléphone sonna.

— Allô ? fit-elle en décrochant.

— Liz, c'est Mary. Je perds les eaux.

Elle se redressa sur son séant, le cœur battant la chamade de peur et d'excitation.

— Les contractions ont commencé il y a longtemps ? A quels intervalles ?

— Vous avez une drôle de voix. Quelque chose ne va pas ?

Liz couvrit le micro du combiné et s'éclaircit la gorge. Elle n'avait quasiment fait que pleurer ces dernières heures. Ses yeux lui brûlaient, elle pouvait à peine avaler, et elle avait l'impression d'avoir reçu un grand coup sur la tête.

— J'ai un léger rhume, rien de grave. Alors ?

— Je n'ai pas de contractions. Je ne crois même pas que le travail a commencé.

— Tu es sûre ? Tu ne ressens aucune douleur ?

— J'ai souffert du dos toute la journée.

Si elle n'était pas sage-femme, Liz avait entendu parler du travail par l'arrière. Mary devait être immédiatement prise en charge.

— Ma chérie, tu penses pouvoir prendre un taxi pour te rendre à l'hôpital ?

— Oui.

— Parfait. Je te retrouve là-bas. Nous devrions arriver à peu près en même temps. Tiens bon. Et respire. Surtout n'oublie pas de respirer.

Le matin même, Liz avait confié sa Toyota à un carrossier pour la réparation de l'aile cabossée. Sortant l'annuaire de son tiroir, elle composa le numéro de la compagnie de taxis. A la troisième sonnerie, on décrocha et un véhicule lui fut promis dans un délai de dix minutes. En huit, elle fut prête. Le trajet jusqu'à l'hôpital sembla prendre une éternité. Ce qui ne l'empêcha pas d'arriver avant Mary. Lorsque son taxi se présenta, elle lui ouvrit sa portière, l'aida à descendre et lança un billet de vingt dollars au chauffeur.

— Comment te sens-tu ? s'enquit-elle, espérant que son angoisse ne transparaissait pas dans sa voix.

— Je ne veux pas avoir de bébé, dit Mary. Je ne veux pas.

Liz lui enlaça les épaules.

— Ne crains rien. Ce sera fini en un rien de temps.

Le rien de temps se transforma en douze heures. Douze heures longues et pénibles, remplies de jurons, de cris, de gémissements, de grognements et de pleurs. Mais lorsque Liz plaça le bébé entre les bras de Mary, le bonheur pur qu'exprimait son visage lui dit que c'en avait valu la peine.

— Elle est si jolie, dit-elle en caressant la tête et les joues de sa fille. N'a-t-elle pas une bouche parfaite ?

Liz acquiesça. D'un poids de trois kilos deux pour une taille de quarante-six centimètres, le bébé respirait la santé.

— Regardez-moi ces petites joues potelées, ajouta le médecin accoucheur.

— Elle est magnifique, s'émut Liz.

Mary admirait son bébé.

— Je l'aime, dit-elle, de l'émotion plein la voix. Je l'aime tellement.

Comment pouvait-on ne pas aimer un être aussi parfait, dans tous les sens du terme ? Liz déglutit, craignant de poser sa question. En laissant Mary tenir le bébé, elle savait qu'elle avait pris un risque. Mais il était clair que l'adolescente avait tenu à voir et à toucher le fruit de sa chair.

Liz s'interrogea. Une fois l'enfant sous sa responsabilité, saurait-elle reprendre son rôle de conseillère ?

— Toujours d'accord pour la laisser en adoption ?

— Non, je ne la laisse pas.

Liz hocha la tête, soudain frappée de mutisme.

— Je vous la donne. C'est différent. Je la donne à une femme dont je sais qu'elle prendra bien soin d'elle, l'aimera et lui donnera tout ce que je ne peux pas lui donner.

Liz se demanda si ses jambes allaient continuer à la porter. Elle se laissa tomber sur le bord du lit.

— Tu en es sûre, Mary ? Tout à fait sûre ?

— Oui. J'ai gâché presque toute ma vie, mais ça, je ne le gâcherai pas. C'est ma fille. Rien ni personne ne peut changer cela. Mais c'est aussi la vôtre. Elle vous appellera maman. C'est vous qui l'emmènerez à son premier jour de maternelle, vous qui lui ferez ses déguisements de Halloween, vous qui veillerez sur sa santé, qui l'inscrirez dans les meilleures écoles. Je n'ai aucune crainte à ce sujet. Si vous êtes à moitié aussi bonne avec elle que vous l'avez été avec moi, elle sera une enfant très heureuse.

Même si elle l'avait voulu, Liz n'aurait pu retenir ses larmes. Alors elle les laissa couler. En l'honneur des mères et des filles, en remerciement pour les secondes chances, et avec le souhait que Mary puisse un jour avoir un deuxième enfant à aimer. Dans un autre temps, un autre lieu.

Mary lui tendit le bébé.

— Tenez, prenez votre fille. Il faut qu'elle commence à s'habituer à vous. Comment allez-vous l'appeler ?

— Je ne sais pas. Je n'y ai pas encore réfléchi.

— Que pensez-vous de Catherine ? C'était le prénom de ma mère.

Liz déglutit avec peine.

— C'est très joli, en effet. Ça lui va à merveille.

Liz garda Catherine deux heures avant de se résoudre à la ramener à la nursery. Puis elle quitta l'hôpital, choisissant de marcher plutôt que de prendre un taxi. Après être restée si longtemps confinée dans l'établissement, elle avait besoin de prendre l'air.

Il fallait aussi qu'elle appelle Jamison. Il devait faire signer à Mary le formulaire d'agrément, et confier la nouveau-née deux jours à un foyer d'accueil temporaire. Cette partie lui déplaisait au plus haut point. Elle voulait prendre tout de suite sa fille chez elle, mais les règles étaient les règles. Pas question de compromettre à quelque niveau que ce soit le processus légal d'adoption.

Lorsqu'elle pourrait récupérer Catherine, Mary serait alors sans doute dans son nouveau logement. C'est avec un optimisme prudent qu'elle avait accepté d'être placée sous statut de témoin protégé. Elle avait peur, Liz le savait, mais gardait assez de lucidité pour comprendre que c'était pour elle l'unique chance d'avoir une nouvelle vie.

Au cours de la discussion, Mary avait, en plaisantant, suggéré d'appeler Sawyer pour le remercier. Liz n'avait même pas réussi à sourire. La douleur de leur rupture était trop fraîche, trop amère.

Elle reprendrait sa vie. Elle avait Catherine. Elle avait son travail — en supposant que Jamison la laisse venir avec la petite. Encore un point qu'elle devait aborder avec lui. Elle l'avait appelé la veille, peu après son arrivée à l'hôpital avec Mary, mais les événements s'étaient alors quelque peu précipités. Elle attrapa son portable dans son sac.

Jamison décrocha à la première sonnerie.

— Oui ?

— Jamison, c'est Liz. Ça y est. C'est une très jolie petite fille.

— La mère et l'enfant vont bien ?

— Oui. L'accouchement a été difficile, mais Mary a été formidable.

— Est-ce qu'elle a tenu le bébé ?

— Oui. Ensuite elle me l'a remis en disant qu'il fallait que je m'habitue à ma fille.

Pour une fois, Jamison parut à court de mots.

— Avez-vous des nouvelles de l'inspecteur Montgomery ? demanda-t-elle d'un ton plat.

— Oui. Il a appelé hier soir. Je lui ai annoncé que le travail avait commencé pour Mary, qu'elle était à l'hôpital. Il a dit qu'il posterait des hommes devant sa chambre. Vous les avez vus ?

Elle s'en était même réjouie. Mais ç'avait été un autre rappel douloureux de l'homme qu'elle avait aimé et perdu. Il prenait soin de tout. Il déclenchait les événements. Il menait la vie dure aux malfrats.

— Oui, je les ai vus.

— Je suis censé le rappeler après vous avoir parlé. Ils veulent emmener Mary aussi vite que possible. Un émissaire doit aller discuter avec le médecin.

Elle avait beau savoir que c'était pour le mieux, l'idée que Mary sortirait bientôt de sa vie lui brisait le cœur.

— Elle ne peut pas bouger tant qu'elle n'a pas signé le formulaire d'agrément, lui rappela-t-elle. Ou alors pour un endroit où l'on pourra facilement la contacter. Il faut que vous préveniez l'inspecteur.

— Pourquoi ne le faites-vous pas ?

Elle ne prit pas la peine de répondre.

— Que se passe-t-il, Liz ? demanda-t-il d'un ton inquiet.

Elle ne voulait pas en parler. Pas encore. A l'hôpital, durant tout le processus d'accouchement, elle était parvenue à ne pas penser à Sawyer. Elle ne pouvait pas laisser son esprit s'aventurer sur ce terrain. Elle n'était pas prête.

— Jamison, je dois vous paraître assez confuse, mais il faut me faire confiance.

— Je ne comprends pas.

— Je ne verrai plus Sawyer, voilà. Je veux une chose à laquelle pour sa part il se refuse.

— Ce n'est toujours pas clair.

— Je ne comprends pas moi-même. Comment le pour-riez-vous ?

— Liz, est-ce que ça va ?

Pour aller droit au but, on pouvait compter sur Jamison.

— Oui. Très bien. Et dans une semaine ça ira encore mieux. Et dans un an ou deux je serai peut-être au top.

— Je peux faire quelque chose ?

— Oui. Apporter ces papiers à Mary. Je veux emmener ma fille à la maison.

Sur ce, elle raccrocha. Elle marcha encore jusqu'à la supérette, où elle emplit son chariot de biberons, de lait maternisé, de couches-culottes et de lotions. L'étape suivante fut le magasin d'articles pour bébés. Elle y acheta des couvertures, des maillots et des grenouillères. Il lui fallait encore mille autres choses, mais elle pourrait toujours s'en remettre à Carmen ou Jamison.

C'était drôle. Lorsque Mary lui avait demandé d'adopter son bébé, elle avait pensé que Sawyer serait à ses côtés. Elle avait été impatiente de partager ce bonheur avec lui. Mais ce rêve était mort. Elle devait cesser d'espérer. Il était parti, mieux valait qu'elle s'y fasse.

En rentrant chez elle, elle posa ses achats sur le comptoir de la cuisine puis se dirigea vers sa chambre, se déshabillant tout en marchant. En slip et soutien-gorge, elle s'allongea sur son lit et ferma les yeux, s'attendant à s'endormir assez rapidement. Après tout, elle était debout depuis plus de trente heures. Mais le sommeil se contenta de la narguer, et elle ne fit que s'agiter dans le lit, le corps en état d'hyper-éveil. Au bout d'une heure, elle se leva.

Elle se fit une tasse de café et un sandwich au cheddar grillé. Puis elle consulta sa boîte vocale. Pas d'appels. Incapable d'attendre, elle tapa le numéro de Jamison.

— Oui ? fit-il.

— Vous êtes allé voir Mary ? Elle a signé ?

— Vous devriez être en train de dormir, Liz.

— Je sais. Alors ?

— Eh bien, c'est très étrange. Je n'arrive pas à joindre Howard. Il ne répond pas sur son portable. J'ai laissé quatre messages sur son pager, et son assistante ignore où il est.

Howard Fraypish n'était jamais injoignable. Il avait toujours sur lui un second portable pour pallier une éventuelle défaillance du premier.

— Etes-vous sûr d'avoir le bon numéro ?

— Je le connais par cœur. J'ai laissé des messages. Je ne peux rien faire tant qu'il ne m'a pas remis les formulaires.

Si Mary n'avait pas accouché avec une semaine d'avance, Liz aurait réglé la question en un tournemain. A présent elle avait absolument besoin de Howard.

— Je vais à son bureau.

— Il n'y est pas.

— Son assistante pourra peut-être sortir les documents sur son ordinateur. Elle me les imprimera. Je connais Helen depuis des années.

En sortant de l'appartement, elle vérifia sa boîte aux lettres, pour le cas improbable où Howard lui aurait envoyé les papiers par la poste. Elle contenait quelques factures, un magazine… et une enveloppe blanche avec dessus son nom écrit à la main.

Elle l'ouvrit et sortit le feuillet qu'elle contenait.

« Tenez-vous à l'écart de Mary Thorton et de son bébé, ou vous aurez leur mort sur la conscience. »

Liz claqua la porte de la boîte aux lettres. Oh non ! C'était censé être terminé. Mirandez était en prison. Elle attendit que la peur la saisisse, mais tout ce qu'elle éprouva fut une violente colère. On menaçait Catherine. Sa fille.

Elle ne laisserait pas un salaud gagner la partie.

Tenant enveloppe et feuillet par un coin, elle les glissa dans son sac. Dès qu'elle aurait vu Howard, elle irait les remettre à la police.

— Je suis désolée, Liz. Howard n'a laissé aucun document, ni pour Jamison, ni pour vous.

Elle n'était pas d'humeur, mais pas du tout.

— Ne pouvez-vous pas les sortir sur l'ordinateur ?

Helen prit un air choqué.

— Je ne connais pas son mot de passe. Et même si je le connaissais, je ne crois pas que ce serait convenable.

— Ecoutez, Helen. Ce qui n'est pas convenable, c'est que Howard ait quitté son bureau sans nous fournir les papiers nécessaires pour boucler cette adoption. Et maintenant il ne répond à aucun appel. Je veux savoir ce qui se passe. Ça ne lui ressemble pas.

L'assistante de l'avocat était visiblement nerveuse.

— Je… Ce qui se passe, je l'ignore, avoua-t-elle. Howard est devenu bizarre. Il est très tendu, il sursaute au moindre bruit. L'avez-vous vu ces derniers jours ?

Elle l'avait vu à l'hôpital, quand Melissa Stroud avait eu son bébé.

— Oui. Il semblait avoir l'esprit ailleurs, mais ça n'a rien d'inhabituel chez lui.

— La semaine dernière, je l'ai surpris deux fois endormi sur son bureau au milieu de l'après-midi. Et le matin, quand j'arrive, il a la tête de quelqu'un qui a travaillé toute la nuit.

D'accord, c'était un peu curieux, mais elle-même n'avait-elle pas des problèmes de sommeil ?

— Peut-être est-il surmené. A-t-il de nouveaux clients ?

Helen secoua la tête.

— Non. C'est même le contraire. Les affaires ne marchent pas fort. S'il n'y avait la CSJM et quelques autres partenaires, je ne serais pas sûre de garder mon emploi. La semaine dernière, j'ai voulu acheter un nouveau fax, mais il a refusé, au motif que le budget était trop serré ce mois-ci.

Liz n'avait pas le temps de se soucier de Howard, elle avait ses propres préoccupations. Elle se leva.

— S'il appelle, dites-lui qu'il doit impérativement contacter Jamison. Nous avons un besoin urgent de ces formulaires. Si je ne les ai pas avant douze heures, je conseillerai à Jamison de nous trouver un nouvel avocat.

Une fois dehors, elle tenta d'arrêter un taxi pour se rendre au commissariat. Deux passèrent sans même ralentir. Dans sa hâte de quitter son appartement, elle avait oublié son portable.

Elle tourna les talons et s'y dirigea. De chez elle, elle pourrait appeler la société de taxis.

Elle était à cinq minutes de son immeuble lorsque trois hommes jaillirent des buissons bordant le trottoir. Ils étaient vêtus de vestes sombres et de jeans, et portaient une cagoule.

Liz chercha de l'aide des yeux, mais la rue était déserte.

— Qu'est-ce que vous voulez ? demanda-t-elle, surmontant sa peur.

— La ferme ! dit un des hommes.

Posant la main sur son épaule, il la poussa brutalement en arrière.

Liz parvint à amortir sa chute en lançant ses deux mains derrière elle. Des cailloux s'enfoncèrent dans ses paumes. Elle grimaça et se rétablit sur ses pieds, refusant de se laisser dominer.

Un autre homme lui arracha son sac, tirant si fort sur la lanière qu'elle craqua. Liz ne tenta pas de l'en empêcher. Le premier revint vers elle. Elle se prépara à un nouvel assaut, mais ne vit pas venir le poing sur son menton, qui déclencha une explosion de douleur dans sa tête.

Elle sentit le goût du sang dans sa bouche.

— Ne vous approchez plus de Mary et de son bébé, ordonna le troisième homme, ou vous le regretterez. Ceci n'est qu'un petit échantillon. Le fait que Dantel soit en prison ne signifie pas qu'il n'est plus aux commandes.

Puis il la frappa durement dans les côtes.

Elle se plia en deux. Lorsqu'elle parvint à respirer de nouveau et à se redresser, ils étaient partis.

L'attaque avait duré moins d'une minute et s'était déroulée en plein jour. Elle fit l'inventaire de ses blessures. Apparemment, sa mâchoire fonctionnait normalement malgré le coup reçu. Du sang coulait de plusieurs petites coupures sur ses paumes. Lorsqu'elle se pencha pour ramasser son sac, une vive douleur la traversa. Seigneur. Elle devait avoir une ou deux côtes brisées. S'agenouillant, elle attrapa la lanière du sac, se remit debout tant bien que mal, et repartit vers son immeuble, moitié courant, moitié marchant.

Une fois chez elle, elle commença par cracher dans l'évier le sang dans sa bouche. Puis, évitant de se regarder dans le miroir, elle alla chercher son téléphone et composa le 911.

16

Deux agents se présentèrent, ainsi qu'une équipe médicale. Liz fit aux agents la meilleure description possible des trois hommes, leur répéta ce qu'ils avaient dit, puis leur remit l'enveloppe et le message.

Quelques minutes plus tard, couchée sur une civière, elle était introduite dans l'hôpital qu'elle avait quitté plusieurs heures plus tôt, puis présentée à l'infirmière de garde comme une dinde farcie le jour de Thanksgiving.

Le médecin lui fit six points de suture à l'intérieur de la joue, où les dents avaient entaillé la chair. Il retira également les cailloux enfoncés dans ses paumes, nettoya celles-ci et lui banda les mains. Puis on lui fit une radio du thorax qui révéla une côte fêlée. Le médecin se contenta de lui recommander la prudence dans ses mouvements les deux prochains jours.

Elle venait de renfiler son jean quand Sawyer fit irruption dans la salle d'examen. En la voyant, il s'arrêta si brusquement que son corps oscilla vers l'avant.

Il la contempla sans un mot. La mâchoire enflée d'abord, puis les mains bandées. Lorsqu'il parla enfin, ce fut d'une voix éraillée, comme s'il ne s'en était pas servi depuis longtemps.

— Est-ce que ça va ?

Il se rendit compte aussitôt du grotesque de sa question.

— Comment as-tu su que j'étais ici ? demanda-t-elle.

— Les agents qui t'ont interrogée ont entré le nom de Mirandez dans l'ordinateur. Et comme c'est moi qui l'ai arrêté, ils m'ont appelé.

Ça paraissait si simple. Et ça passait sous silence la terreur absolue qu'il avait éprouvée lorsqu'on lui avait parlé de ses blessures.

— Il le paiera, dit-il. Je te le jure. Il paiera pour ce qu'il t'a fait.

Elle ne répondit rien, fermant d'une main son chemisier déboutonné. Il apercevait le bleu pâle de son soutien-gorge sur sa peau nue. Elle était si belle, si fragile...

Ce qui s'était passé était sa faute. S'il ne s'était pas laissé convaincre par Fisher de l'emmener dans le Wisconsin, Mirandez n'aurait eu aucune raison de s'en prendre à elle aujourd'hui.

— Je suis tellement désolé. Désolé que ce salaud t'ait fait du mal. Je m'en veux de l'avoir laissé faire.

Elle le regarda comme s'il était subitement devenu fou.

Il essaya de nouveau.

— Je croyais qu'il chercherait à s'en prendre à Mary. Je n'ai jamais pensé que la cible, ce serait toi. J'ai été stupide, et à présent tu en paies le prix.

Elle balaya ses remords d'un revers de la main.

— Comment aurais-tu pu savoir ? On lui a dit que le bébé n'était pas le sien. Pourquoi voudrait-il m'éloigner de Mary et de sa fille ? Tu es au courant, pour la lettre ?

— Oui. Je suis passé au commissariat et j'y ai jeté un œil. Cette fois-ci, il n'a pas fait de faute à ton nom.

Un goût de bile lui remonta dans la gorge.

— Je n'y ai pas fait attention, avoua-t-elle.

— Que t'ont dit ces hommes, exactement ? Mot pour mot, si tu peux t'en souvenir.

— Ils m'ont ordonné de ne pas m'approcher de Mary et du bébé... Puis ils ont ajouté que le fait que Dantel était en prison ne signifiait pas qu'il n'était plus aux commandes.

Sawyer se massa les tempes. Il avait un atroce mal de crâne. Ça n'avait pas de sens. Rien de tout cela n'en avait. Oh ! il ne doutait pas que Mirandez pût communiquer avec son gang. Ce genre de chose était courant. Les barreaux de prison ne constituaient pas une barrière étanche. Il pouvait s'agir d'une conversation codée, ou de messages transmis par un gardien corrompu. Peut-être l'ordre avait-il été émis avant que Mirandez apprenne que l'enfant n'était pas le sien. Quoi qu'il en soit, il en aurait le cœur net.

— Ils t'ont autorisée à rentrer chez toi ?

— Oui, fit-elle en hochant la tête.

— Je te ramène.

— Non.

Le cri du cœur. Il ne s'attendait pas à autre chose.

— Liz, sois raisonnable. Tu es blessée. Tu ne peux pas y aller à pied. Laisse-moi te déposer.

Il voulait simplement s'assurer qu'elle regagne en toute sécurité son appartement. C'était le moins qu'il puisse faire.

— Non, répéta-t-elle. Je ne suis pas prête. Je veux profiter d'être ici pour voir Mary.

— Parfait. J'attendrai.

— Ce n'est pas nécessaire.

Il était évident qu'elle préférait être n'importe où plutôt qu'avec lui. Comment le lui reprocher ?

— Nous emmenons Mary demain, lui annonça-t-il. Jusque-là, nos agents resteront devant sa chambre. Un inspecteur en civil surveillera la nursery. On ne sait jamais, Mirandez pourrait envoyer quelqu'un pour, euh… le bébé.

— Elle s'appelle Catherine.

Catherine. Il ne voulait pas le savoir. Il ne voulait rien savoir de la petite. Mais Liz méritait d'être rassurée sur son sort.

— Ton directeur m'a dit qu'elle serait placée en foyer pendant deux jours. Cet inspecteur pourrait l'accompagner.

Elle se fendit d'un petit rire sec.

— Les gens qui l'accueilleront vont adorer.

— D'accord, ce n'est pas génial. Mais deux précautions valent mieux qu'une.

— Que se passera-t-il lorsque je l'emmènerai chez moi ? L'inspecteur restera-t-il jusqu'à son entrée au lycée ?

— Non, répondit-il, ignorant le sarcasme. Mais une quinzaine de jours au moins. Nous avons demandé au médecin-accoucheur de certifier qu'elle est née une semaine avant terme, et le document sera remis à l'avocat de Mirandez. Par ailleurs, avec l'accord du juge, nous ferons effectuer une comparaison d'ADN. Il nous faut juste un échantillon de sang de l'intéressé. Cela prouvera définitivement qu'il n'est pas le père. Mais les résultats ne seront pas connus avant plusieurs semaines.

— Le très compétent Sawyer.

— Quoi ?

— Rien. Une bêtise. Je suis fatiguée. Je dois voir Mary. Il faut que tu partes.

Elle boutonna son chemisier. Il détourna les yeux. Il ne voulait pas voir ses mains, ne voulait pas penser à la manière dont les siennes l'avaient déshabillée, aux tremblements qui les avaient saisies tant était grand son désir d'elle.

Dans une vie ou deux, peut-être pourrait-il l'oublier.

Il l'entendit grogner. Elle avait enfilé un bras dans la manche de son cardigan, et la seconde pendait. Elle tenait son autre bras serré sur sa taille, le teint livide.

— Qu'est-ce qui ne va pas ?

— J'ai une côte fêlée.

Il n'aurait jamais cru pouvoir haïr davantage Mirandez.

— Y a-t-il d'autres blessures que je ne peux pas voir ?

Il savait qu'elle n'avait pas été violée. Il s'en était informé auprès des agents qui l'avaient contacté. Si elle l'avait été, il aurait tué les coupables de ses propres mains.

Elle secoua la tête.

— Non. L'un dans l'autre, j'ai eu de la chance.

De la chance. Aussi absurde que cela parût, elle avait raison. En l'absence de témoins, il aurait été facile pour les hommes de Mirandez de lui trancher la gorge ou de lui tirer une balle dans la tête. Mais ils ne l'avaient pas fait. Ils l'avaient cognée, effrayée, mais les choses n'étaient pas allées plus loin.

Il fit un pas vers elle, puis un second. Avec délicatesse, il se saisit de son bras et l'introduisit dans la manche du cardigan. Puis, non sans un certain malaise, il entreprit de passer l'un après l'autre les boutons dans leur boutonnière.

Liz cessa de respirer. La tête penchée, Sawyer était concentré sur sa tâche, ses doigts fermes et pleins de douceur. Elle sentit ses jambes faiblir. Il l'aidait à s'habiller comme le ferait un adulte avec un enfant, et c'était la chose la plus érotique qu'elle eût jamais connue.

Une fois passé le dernier bouton, il se redressa. Leurs regards se croisèrent. Il se pencha vers elle, et posa un baiser prudent sur sa joue enflée. Saisissant ses mains bandées, il les porta l'une après l'autre à ses lèvres et baisa l'extrémité de ses doigts.

Puis il les plaça sur son large torse, et appuya son front au sien. Elle sentit les battements de son cœur se propager dans ses bras, et des ondes sauvages zigzaguer à travers tout son être. Son souffle était chaud, sa peau fraîche, son corps solide. Elle se sentait en sûreté, protégée. Et en même temps faible et avide de plus.

— Je t'aime, murmura-t-il à son oreille. Ça me fait tellement de peine qu'on t'ait brutalisée.

Elle inspira profondément afin de toujours se rappeler son parfum. Elle se concentra sur ses mains, posées sur les siennes. Elle voulait se souvenir du contact de sa peau, des arêtes de ses os, de la force de ses muscles. Ce ne serait pas assez, mais c'était tout ce qu'elle aurait jamais.

— Sawyer, il faut que tu partes, dit-elle doucement.

C'était un homme bien. Il avait subi une perte douloureuse. Elle ne voulait pas faire durer les adieux, leur rendant ainsi les choses encore plus difficiles.

Il acquiesça, puis s'écarta et sonda son regard. Alors qu'il relevait une main pour la tendre vers son visage, elle l'intercepta, l'écarta et replaça elle-même derrière l'oreille la mèche qui lui retombait sur la joue.

Il lui offrit un pâle sourire. Sans ajouter un mot, il quitta la salle.

Le lendemain matin, Sawyer attendit avec impatience qu'on lui amène Mirandez. La porte s'ouvrit, et le mince avocat entra le premier, chargé d'une serviette qui semblait pleine à craquer. Mirandez le suivait, menottes aux poignets.

Sawyer n'avait pas envie de venir. Il ne voulait même pas

poser les yeux sur ce dealer assassin. Mais il était revenu les mains vides de sa recherche des hommes qui avaient terrorisé Liz. Même les taupes infiltrées dans le gang n'avaient pu lui fournir la moindre information.

— C'est tout à fait irrégulier, protesta l'avocat en posant sa lourde serviette sur la table. Qu'y a-t-il de si important pour que vous deviez parler à mon client à une telle heure ? Il est à peine 7 heures.

Il se fichait comme d'une guigne de l'avoir arraché à son lit. Il était resté éveillé toute la nuit. Pour rien.

— Votre client a envoyé ses sbires tabasser et menacer Liz Mayfield.

— C'est impossible, répliqua l'homme, l'œil hautain.

Sawyer ne daigna pas lui répondre. Il étudiait Mirandez. L'espace d'une demi-seconde, ce dernier avait paru surpris, mais il s'était vite refermé, arborant son habituel rictus méprisant.

— Vous l'inculpez ?

— Je veux lui poser quelques questions.

— Vu les circonstances, je conseillerai à mon client de ne pas répondre.

Mirandez se raidit sur sa chaise.

— Fermez-la, Bill. Vous parlez trop.

L'avocat rougit jusqu'aux oreilles. Sawyer se sentit presque désolé pour lui, mais se rappela qu'il gagnait sa vie en défendant des criminels. Il méritait d'être traité comme de la vermine.

Mirandez se renversa contre son dossier.

— Vous rêvez de ce genre de choses la nuit pendant vos insomnies, inspecteur ?

Il avait à moitié raison. Depuis qu'il avait laissé Liz sortir de sa vie, il passait ses nuits à regarder le plafond, craignant de fermer les yeux, craignant d'être tenté de se rappeler la merveilleuse sensation d'être dans ses bras. Après l'avoir quittée, la veille, il s'était abruti dans le travail, épluchant ses dossiers, appelant ses contacts, espérant pouvoir oublier la détresse dans son regard lorsqu'ils s'étaient séparés.

— Vous devriez recruter de meilleurs exécutants, répliqua-t-il. Ceux-là ont cité votre nom. Et nous avons les deux lettres de menaces. Vous ne vous en tirerez pas à si bon compte.

Mirandez posa les mains sur la petite table et joignit les pouces.

— Vous me fatiguez. Me prenez-vous vraiment pour un demeuré ?

— Je vous prends pour ce que vous êtes. Une ordure.

Le jeune homme éclata de rire.

— Dans le genre, vous n'êtes pas mal non plus.

— Monsieur Mirandez…, intervint l'avocat.

Mirandez le fit taire d'un regard létal.

Monsieur Mirandez ? Combien payait-il cet abruti pour qu'il lui lèche ainsi les bottes ? Cette simple idée rendait Sawyer malade. Aucun individu sain d'esprit ne pouvait montrer du respect pour un homme tel que Mirandez.

Et tout à coup la lumière se fit dans l'esprit de Sawyer. Mirandez. Pas M. Mirandez, ou Dantel Mirandez, mais simplement Mirandez. A part Mary, personne ne l'appelait Dantel. Dans son gang, tout au moins.

— Le gosse n'est même pas le mien. Je me fiche de ce qui peut lui arriver.

Le commanditaire de l'attaque ignorait que le bébé n'était pas le sien. Les trois voyous avaient dit à Liz de se tenir à l'écart du bébé de *Dantel*. Quelqu'un d'assez rusé pour charger Mirandez s'en était pris à Liz. Pourquoi ? Qui ?

Recommencerait-il ?

Sawyer se leva et attrapa sa veste.

— Hé, attendez ! s'écria le prisonnier en regardant autour de lui. D'accord, ce n'est pas Las Vegas, mais on pourrait faire une petite partie de poker ! Je mise deux cents dollars. Je sais qu'on ne gagne pas bien sa vie dans la police.

— Mais on la gagne honnêtement, répliqua Sawyer.

Il s'empressa de quitter la pièce, de peur de céder à une furieuse envie de plaquer Mirandez contre le mur.

Une fois dans sa voiture, il tapa le numéro de Liz sur son portable. Après trois sonneries, la boîte vocale s'enclencha. Il ne voulait pas laisser de message. Il n'était même pas certain de ce qu'il voulait lui dire. Il savait seulement qu'il avait besoin de lui parler, d'entendre sa voix, de savoir que tout allait bien.

Il composa ensuite le numéro de la CSJM. Jamison décrocha à la deuxième sonnerie.

— Oui ?

— Jamison, c'est Sawyer Montgomery. Je cherche en vain à joindre Liz. Serait-elle chez vous, par hasard ?

— Non. Mais elle est censée venir à midi. Nous avons une réunion avec Howard Fraypish. Je l'ai eue au téléphone tôt ce matin. Elle m'a dit qu'elle avait des courses à faire et qu'ensuite elle passerait. Je lui dirai que vous avez appelé.

— Merci.

Il recomposa le numéro de Liz. Cette fois, il laissa un message sur la boîte vocale.

— Liz, c'est Sawyer. Je ne crois pas que ceux qui t'ont attaquée soient des hommes de Mirandez, alors sois prudente, O.K. ? Je t'en prie, appelle-moi. Je comprends que tu ne veuilles pas me parler, mais dis-moi au moins si tu vas bien. C'est tout ce que je te demande.

Il raccrocha avant de se mettre à supplier. Il ne pouvait se débarrasser de l'intuition qu'elle était en danger. En désespoir de cause, il démarra. Il se rendit chez elle, frappa à sa porte. Trois autres fois il tenta de la joindre sur son portable. Au dernier déclenchement de la boîte, il s'énerva :

— Liz, au nom du ciel, où es-tu ? Appelle-moi !

Il contacta Mary, à l'hôpital. Elle ne l'avait pas vue. Il lui demanda le numéro de Randi, mais n'eut pas plus de chance avec elle. Il appela enfin Robert et lui fit part de ce qui se passait.

Il allait arriver trop tard. Quelque chose d'horrible était arrivé à Liz, et il allait la perdre. Elle ne saurait jamais combien il l'aimait. Il n'avait pas été capable de le lui dire. Il avait choisi de lui laisser croire que ce n'était pas assez.

La vie est une question de choix.

C'est ce qu'elle lui avait dit. Liz avait choisi de vivre. Elle avait survécu à la mort de sa sœur, elle avait appris à laisser le passé derrière, à se pardonner de n'avoir pas été là. Elle avait choisi de transformer la vie d'innombrables jeunes filles, de leur faire ouvrir les yeux sur le fait que, même dans les pires situations, il leur restait toujours un choix.

Elles pouvaient mentir ou dire la vérité. Donner ou prendre. Rire ou pleurer. Aimer, ou avoir le cœur vide pour toujours.

Tout en remontant la rue familière, Sawyer essuya ses larmes. Sans réfléchir, il se rendit au seul endroit qui lui apportait la paix. Il trouva sa place habituelle et se gara. Il commençait à pleuvoir. Peu importait. Qu'il gèle ou qu'il vente, il s'en moquait. Il ouvrit la grille du petit cimetière coincé entre une église et une école, et s'engagea sur l'allée de gauche. Après quelques pas, il s'agenouilla devant la tombe de son fils et posa la main sur la petite stèle.

Lorsqu'il avait quitté Bâton Rouge, son enfant l'avait accompagné. Ç'avait été le seul choix.

La pluie s'intensifia, frappant son crâne, son visage, se mêlant aux larmes qui coulaient librement sur ses joues. Il n'entendait plus que les battements de son cœur.

Une question de choix… Il ne voulait pas gâcher sa dernière chance de faire le bon.

Se penchant jusqu'au sol, il baisa la terre froide et humide où dormait son bébé. Non pas pour lui dire adieu. Cela, jamais. Son fils aurait toujours une place particulière dans son cœur. Mais il avait besoin d'agrandir celui-ci, d'y faire de la place pour Liz et Catherine.

Il avait été lâche. A présent il savait qu'une semaine, une journée, une minute avec Liz valaient mieux que toute une vie de solitude et de peur.

Il savait qu'il ne pouvait pas les protéger de tout. Il ne pouvait pas les envelopper dans du coton et les abriter du danger qui rôdait dans les coins sombres. Elles pouvaient se blesser, être touchées par la maladie. Mais il voulait être présent tout au long de leur route, les tenir dans ses bras, les soutenir, veiller à ce qu'elles sachent qu'elles étaient aimées plus que la vie elle-même.

**

De retour à sa voiture, il mit de nouveau le cap sur l'appartement de Liz. Toujours personne. Il appela son répondeur au commissariat. Aucun message. Bon sang !

Il consulta sa montre. 10 h 10. Jamison avait dit qu'ils devaient voir Fraypish à midi. Ne sachant que faire d'autre, il rappela le directeur de la CSJM.

— Oui ? répondit ce dernier.

— Sawyer Montgomery. Vous avez des nouvelles de Liz ?

— Non. J'ai tenté par deux fois de l'appeler. Notre réunion est mal engagée ! Je n'arrive pas non plus à joindre notre avocat, vous vous rendez compte ?

Howard Fraypish. C'était peu de temps après s'être rendue à son cabinet que Liz avait été attaquée.

— Vous le connaissez bien ?

— Howard ? Nous sommes comme les doigts de la main. Pourquoi cette question ?

— Je ne sais pas. Il y a quelque chose chez lui qui me chiffonne.

— Il est un peu spécial, je le reconnais. Mais si vous croyez qu'il ferait du mal à Liz, vous faites fausse route. Quand elle a reçu la première lettre de menaces de Dantel, ça l'a proprement révolté.

Sawyer se rappela Liz lui murmurant, devant l'hôtel Rotayne : « Il ne sait pas, pour la lettre. Ne lui dites pas. »

— Comment était-il au courant de cette lettre, Jamison ?

— Je l'ignore. Peut-être y ai-je fait allusion.

Une légère sensation de brûlure se manifesta dans l'estomac de Sawyer. La seconde lettre ne provenait pas de Mirandez. Elle provenait d'une personne qui avait entendu parler de la première, mais ne l'avait pas vue. Une personne qui ignorait que le nom Mayfield avait été mal écrit, sans parler des fautes d'orthographe. Une personne d'un meilleur niveau d'instruction. Et qui savait que le prénom de Mirandez était Dantel. Mary l'appelait ainsi. Liz aussi, parfois, après ses conversations avec cette dernière. Et même Jamison, comme à l'instant. C'était sans doute sous ce nom qu'il y faisait référence devant son vieil ami.

Sawyer effectua un brusque virage à gauche.

— Jamison, quelle est l'adresse de Fraypish ?

Jamison hésita, puis la lui donna.

Sawyer raccrocha. Après quoi il appela des renforts et se mit à prier. Il ne pouvait pas perdre Liz maintenant. Pas quand il venait juste de se trouver lui-même.

Arrivé devant le domicile de l'avocat, une bâtisse à deux étages en pierre brune, il se gara, descendit de sa voiture et grimpa deux par deux les marches de l'entrée. Il s'apprêtait à frapper à la porte lorsqu'un fracas se fit entendre à l'intérieur. Collant l'oreille au battant, il sortit son pistolet de son holster. Il entendit la voix de Liz, ainsi que celle, furieuse, d'un homme.

Elle était en vie. Sawyer réfléchit quelques instants, puis essaya la poignée. Sans succès. La porte était verrouillée. Au bruit d'une voiture qui s'arrêtait derrière lui, il se retourna d'un bond. Jamison. Sapristi, il était venu aussi !

D'un doigt sur les lèvres, il l'enjoignit de ne pas faire de bruit. Le directeur de la CSJM le rejoignit, une clé jaune à la main.

— Vous avez la clé ? s'étonna-t-il.

— Oui. C'est moi qui nourris ses chats quand il n'est pas là.

Sawyer déverrouilla la porte, puis l'ouvrit de quelques centimètres. Les voix furent aussitôt plus claires.

— Espèce de pauvre crétine ! braillait Fraypish. Je ne vais pas vous laisser tout ruiner !

— Howard, vous ne pourrez jamais vous en tirer comme ça.

— Cela fait des mois que je m'en tire comme ça, rétorqua-t-il. Mon vieux camarade Jamison a toujours été un homme confiant. Et un idiot.

— Pourquoi, Howard ? Au moins dites-moi pourquoi vous avez dû vendre ces bébés.

— Je n'ai pas de chance aux cartes. Ni au craps.

— Mon Dieu, comment avez-vous pu ?

Sawyer percevait le dégoût dans la voix de Liz. A pas de loup, il s'engagea dans le couloir.

— Facile. Vous seriez étonnée du nombre de personnes prêtes à tout pour avoir un bébé. Surtout lorsqu'il est blanc et en bonne santé, comme votre petite Catherine. Elles empruntent aux amis, à la famille, hypothèquent leur maison. Rien ne les arrête. Elles lâchent des centaines de milliers de dollars sans même un battement de cils.

— Vous me donnez la nausée...

— Vous ne comprenez rien, Liz. J'ai essayé de vous convaincre de vous tenir à l'écart de ce bébé. Ça n'a pas marché, alors j'ai engagé ces brutes pour vous l'enfoncer dans le crâne. Mais vous vous êtes obstinée. Je n'ai pas le choix, je dois vous arrêter.

— Howard, s'il vous plaît, ne faites pas ça. Nous parlerons à Jamison. Nous trouverons le moyen de vous aider.

— C'est trop tard. J'ai emprunté de l'argent aux mauvaises personnes. Si vous sautez un remboursement, ils vous tabassent. Sans pitié. Il y a une échéance cette semaine. Je n'ai pas d'autre nouveau-né en réserve. Il me faut le vôtre.

— Vous ne vous en tirerez jamais. Jamison le saura.

— Non, il ne le saura pas. Ne vous voyant pas à la réunion de midi, nous nous mettrons tous les deux à votre recherche. Nous trouverons votre corps, je consolerai Jamison, et votre petite Catherine sera sur le marché à l'heure du déjeuner.

A peine eut-il prononcé ces derniers mots que Sawyer fit irruption du couloir. D'une manchette au poignet, il fit voler l'arme de Fraypish, puis il lui expédia un coup de poing en pleine mâchoire. Pour venger celui reçu par Liz. Il le frappa une seconde fois. Pour sa côte fêlée. Alors qu'il ramenait son bras en arrière pour asséner un troisième coup, deux paires de mains solides l'écartèrent de l'avocat.

— C'est bon, inspecteur. Nous l'emmenons.

Sawyer secoua la tête pour recouvrer sa clarté d'esprit. Deux agents l'encadraient. Il recula d'un pas. Liz était assise sur le lit, les bras serrés sur sa taille. Son visage était noyé de larmes.

Il la prit dans ses bras.

— Merci d'être venu à temps, murmura-t-elle. Je me sens si stupide. J'étais loin de me douter...

Il resserra son étreinte.

— Moi aussi, mon cœur. Je me suis concentré sur Mirandez, et ce faisant j'ai négligé Fraypish.

— Ce n'est pas ta faute.

Peut-être pas. Mais il n'osait imaginer ce qui se serait passé s'il était arrivé cinq minutes plus tard.

Il s'écarta pour mieux voir ses yeux.

— Je t'aime, dit-il, refusant de laisser s'écouler une seconde de plus sans qu'elle ne connaisse ses véritables sentiments. J'ai été le dernier des idiots. Je ne veux pas te perdre. Dis-moi que je ne t'ai pas perdue. Dis-moi que ce n'est pas trop tard.

— Et ton fils ?

Il effaça une larme sur sa joue.

— Je l'aimais avant qu'il soit né. Dès que je l'ai tenu entre mes mains, il est devenu la lune, les étoiles, tout ce qui était parfait dans l'univers. Lorsqu'on aime autant et qu'on perd l'objet de son amour, ça fait très mal. Ça vous déchire le cœur. Je ne voulais plus jamais souffrir à ce point.

Elle effleura sa joue de ses lèvres.

— Je n'ai jamais voulu te faire souffrir, murmura-t-elle.

— Tu avais raison. La vie est une question de choix. Lorsqu'on aime quelqu'un, il y a toujours un risque. On peut choisir de l'éluder, de ne jamais plonger dans la mer du haut de la falaise, mais dans ce cas on ne connaît jamais la joie incroyable de remonter à la surface, l'émerveillement d'avoir du soleil plein les yeux. Je ne veux pas rester seul en haut.

— Je te demande pardon ?

— Liz, je suis prêt à plonger. Mon cœur est à toi. Donne-moi la main. Ensemble, avec Catherine, construisons une famille. Je prendrai soin de toi, je te le promets. Je t'aime. S'il te plaît, dis-moi que tu veux bien essayer.

Elle l'embrassa sur les lèvres. Il s'autorisa un peu d'espoir.

— Tu es l'homme le plus gentil, le plus aimant, le plus… compétent que j'aie jamais rencontré, répondit-elle avec un sourire espiègle. Je sais que tu prendras soin de moi. Je veux avoir la chance de prendre soin de toi…

Elle lui saisit la main.

— Et je veux qu'ensemble nous prenions soin de notre fille, ajouta-t-elle.

SUZANNE McMINN

Une bouleversante
ressemblance

BLACK *ROSE*

éditions **HARLEQUIN**

Titre original : HER MAN TO REMEMBER

Traduction française de PASCALE DOMEJEAN

1

Cela faisait exactement quatre heures et trente-deux minutes que Roman Bradshaw était arrivé à Thunder Key lorsqu'il l'avait vue pour la première fois.

C'était dans un petit restaurant de bord de mer, le Shark and Fin, et il avait cru à une hallucination. Il avait alors immédiatement regagné le bungalow où il séjournait — ce même bungalow où ils avaient passé leur lune de miel deux ans auparavant — et il s'était persuadé qu'il était devenu fou.

Le deuxième jour, il avait croisé son regard. Elle était derrière le bar. Ses cheveux blonds avaient la même coupe seyante qu'auparavant, un carré court qui lui arrivait au menton et caressait doucement ses pommettes hautes. Elle avait levé les yeux vers lui et... rien. Pas la moindre étincelle d'intérêt ou de surprise.

Sur sa tempe, il avait discerné cette fine cicatrice, à peine visible mais qui lui était si familière. Elle portait toujours au poignet le même bracelet en argent. Elle ne l'avait plus quitté depuis qu'il le lui avait offert pendant leur voyage de noces. Et il savait que son prénom était gravé à l'intérieur : Leah.

Il se trouvait au fond du bar, près de la porte. Sans pouvoir se l'expliquer, il craignait que, s'il s'approchait trop près d'elle, elle ne disparaisse.

Alors, il la regardait.

Ce n'était pas elle qui le servait. Mais lorsqu'il croisa son regard par-dessus le bar, elle le soutint pendant un long moment. Puis elle se tourna vers la fille qui s'approchait du comptoir, et prononça quelques mots en le désignant.

La serveuse revint vers lui et lui demanda :

— Je peux vous aider ? Vous voulez une autre bière ?

Il secoua la tête. Il était incapable de parler. Leah le regardait toujours, l'air préoccupé, comme si elle craignait d'avoir affaire à un client mécontent.

— Non, merci. C'est parfait, avait-il fini par bredouiller.

Puis il était parti.

Il ne savait pas quoi penser. Comment pouvait-elle ne pas le reconnaître ? Il n'avait pas changé. Il était le même homme que celui qu'elle avait épousé. C'était intérieurement qu'il avait subi un bouleversement.

Etait-ce vraiment Leah ? Il craignait de découvrir la vérité, de la perdre de nouveau. Alors il avait passé des heures à parcourir la plage balayée par le vent, l'esprit hanté par des questions auxquelles il avait peur de trouver des réponses. Perdait-il la raison ? Cette femme était-elle un produit de son imagination, un fantôme qui traversait le cauchemar qu'était devenue sa vie, depuis que la voiture de Leah était tombée d'un pont, basculant dans le vide par une nuit d'orage ?

Et si cette femme était vraiment Leah, par quel miracle se trouvait-elle ici ? Pourquoi avait-elle disparu ? Comment avait-elle pu leur faire cela… à lui, à ses amis ?

Il rêva d'elle cette deuxième nuit. Ils étaient en voiture, et traversaient une forêt dans le nord de l'Etat de New York. Ils admiraient les couleurs des feuilles d'automne. C'était d'ailleurs un moment qu'ils avaient vécu ensemble, pour fêter leurs six mois de mariage… avant que les choses ne se gâtent.

Sauf que dans son rêve, lorsqu'il avait quitté la route du regard pour jeter un coup d'œil à sa femme, si belle et si éclatante, le siège du passager s'était soudain trouvé vide. Elle avait disparu comme par enchantement.

Il s'était réveillé haletant, le corps moite.

Le jour suivant, il était arrivé au Shark and Fin un peu plus tôt. Elle n'y était pas, et le bar était presque vide. C'était en début d'après-midi, et dehors le soleil écrasant du mois d'août se réverbérait de manière presque aveuglante sur le sable blanc. Des touristes, chargés de serviettes, crème solaire et parasols, envahissaient la plage. Thunder Key était une petite île peuplée d'originaux, une des moins fréquentées de l'archipel des Keys, au sud de la Floride. Elle abritait pourtant une petite ville située à quelques kilomètres de la route sur pilotis qui reliait tout le chapelet d'îles au continent. Son calme relatif était ce qui avait séduit Leah lors de leur lune de miel.

Il n'y avait qu'un seul hôtel, et c'était une des rares îles où, en été, la population locale demeurait plus nombreuse que celle des touristes. Le Shark and Fin était un établissement très pittoresque, qui s'élevait au bout d'une petite route, à l'extrémité de l'île. Il fallait traverser un pont arqué pour l'apercevoir soudain sur la plage, comme surgi de la mer. Son architecture était typique des Bahamas, avec des murs peints de poissons colorés, de lunes éclatantes et de slogans joyeux. Les gens y entraient pieds nus.

Leah avait découvert le bar le dernier jour de leur séjour, et elle était immédiatement tombée sous son charme. « Il représente à lui tout seul l'atmosphère des îles Keys », lui avait-elle dit. « Nous devrions quitter New York et ouvrir un bar comme celui-là. Nous serions heureux ici. Pas de stress, de pollution, de téléphone portable, d'ordinateur ou de fax. Rien que toi et moi. »

Et maintenant, il était là. Sans téléphone portable. Sans ordinateur. Et miraculeusement, Leah était là elle aussi.

— Je peux vous servir quelque chose ?

Roman sortit de sa rêverie et leva les yeux vers son interlocuteur.

C'était un jeune homme. Il avait des cheveux blonds un peu longs, une barbe de plusieurs jours, et un tablier autour de la taille. Roman l'avait vu faire des allées et venues dans le restaurant les derniers jours. Il s'était dit que c'était certainement le cuisinier.

Même si le Shark and Fin était réputé pour ses plats traditionnels des îles Keys — du poisson frit, de grosses frites coupées à la main, des beignets de conque et de la soupe aux coquillages — Roman se contenta d'une bière. Lorsque l'homme revint, il l'arrêta.

— Je me demandais qui était le propriétaire des lieux, commença-t-il.

— Morrie Sanders, répondit le jeune homme en le considérant avec méfiance. Il y a un problème ? Vous avez besoin de lui parler ? Il est dans l'Ouest, chez sa fille. C'est Leah qui s'occupe du restaurant quand il n'est pas là, mais elle n'est pas encore descendue.

— Elle habite ici ?

Il n'avait pas remarqué qu'il y avait un appartement à l'étage. Puis il se rendit soudain compte de ce que l'homme avait dit.

— Leah ? Elle s'appelle Leah ?

Il entendit un bruit sourd dans sa tête et comprit que c'était le sang qui cognait à ses tempes. Il n'avait pas encore réussi à l'admettre : mais c'était bien Leah, avec sa cicatrice, son bracelet, son sourire en coin…

Le front du cuisinier se plissa, et lorsqu'il reprit la parole, Roman eut l'impression que sa voix lui parvenait de très loin.

— Oui, c'est cela. Quelque chose ne va pas ? ajouta-t-il en croisant les bras.

— Non, tout va très bien.

Roman avait la tête qui tournait. *Leah.*

— Leah. Elle est… Depuis combien de temps est-elle là ? Vous savez d'où elle vient ? Vous savez…

L'homme l'interrompit.

— Hey, vous lui voulez quoi ?

Il parlait d'un ton protecteur, agressif. Son visage était devenu froid.

Roman battit en retraite.

— Simple curiosité.

Il devait réfléchir vite, mais il n'avait toujours pas les idées claires. Leah ne l'avait pas reconnu — ou du moins elle ne semblait pas l'avoir reconnu.

— J'étais… Elle est très séduisante. Je pensais…

— Vous pensez mal.

— Vous pouvez me donner son nom de famille ?

Il n'arrivait toujours pas à le croire. *Leah. Vivante. Ici.*

— Je ne donne aucune information personnelle sur Leah.

Le cuisinier lui lança un regard noir, puis tourna les talons.

Roman comprit que le personnel du Shark and Fin ne lui en dirait pas plus, et, après avoir fini rapidement sa bière, décida d'aller se renseigner en ville. Des ruelles plantées de palmiers partaient de l'artère principale de l'île, qui rejoignait la route suspendue. Il posa prudemment quelques questions dans la petite épicerie, à la banque, à la poste, à l'office de tourisme, la bibliothèque et au Cuban Café. Il apprit que Leah était connue sous le nom de Leah Wells, qu'elle travaillait chez Morrie Sanders depuis plus d'un an, et que ce dernier essayait de vendre le Shark and Fin pour pouvoir aller s'installer dans le Nouveau-Mexique auprès de ses petits-enfants. Il était évident que tout le monde à Thunder Key appréciait Leah, et que les questions personnelles la concernant n'étaient pas bienvenues.

Il prétendit être intéressé par le Shark and Fin, et se fit passer pour un homme d'affaires new-yorkais voulant investir dans un commerce local.

— Adressez-vous à Leah, lui dirent-ils. Elle vous mettra en contact avec Morrie.

Il n'était pas encore prêt à lui parler. Il avait peur de ce moment, peur de briser le sortilège et de la faire disparaître. Mais il voulait en savoir plus sur elle, alors il se mit à la suivre. Il apprit ainsi que le matin elle courait sur la plage. Ensuite, elle allait en ville et prenait un café-crème au Cuban Café. Une fois, il la vit entrer dans une boutique qui faisait partie d'un ensemble de magasins entourant une cour ombragée. Il découvrit qu'elle y vendait quelques-unes de ses créations. Elle faisait encore quelques pièces uniques : des robes sexy, des petits hauts, des shorts et des pantalons aux imprimés colorés. Il constata qu'elle créait également des bijoux maintenant : des colliers en coquillages et des bracelets en perles. Et d'après ce qu'on lui en dit, ils avaient beaucoup de succès auprès des touristes.

Elle passait le reste de son temps au Shark and Fin.

C'était sa nouvelle vie, celle qu'elle avait adoptée après avoir disparu sous un pont, dix-huit mois plus tôt. C'était Leah Wells, et elle ne le reconnaissait pas.

Roman savait peu de choses — à vrai dire, absolument rien — au sujet des amnésies. La veille, il avait appelé Mark Davison, le mari de sa sœur Gen, qui était médecin. Mark avait semblé surpris par ses questions, mais lui avait donné quelques informations générales.

Les pertes de mémoires pouvaient être d'origine physique ou psychologique, de courte durée ou beaucoup plus longues, voire permanentes. Essayer de faire remonter trop vite les souvenirs à la conscience du patient pouvait être dangereux. Mais Mark était un médecin spécialisé dans le traitement de la douleur, pas un psychiatre. Il ne pouvait pas lui dire grand-chose de plus.

Pourquoi ces questions ? lui avait demandé Mark. Mais Roman avait raccroché sans répondre. Pour le moment, il n'était pas prêt à parler de Leah à quiconque.

Ce soir-là, Roman retourna au Shark and Fin. Il y avait du monde, mais il ne voulut pas se mettre au fond de la salle cette fois. Il s'installa à la dernière place libre au bar.

Lorsque le cuisinier sortit de l'arrière-salle, il s'essuya les mains sur son tablier et dit à Leah quelques mots que Roman ne put entendre. Ce fut alors que Leah regarda dans sa direction.

Elle portait un chemisier sans manches et un pantalon large, coupé dans un imprimé gai. Cela lui ressemblait bien de porter des vêtements aux couleurs éclatantes. C'était probablement elle qui les avait faits, et ils mettaient en valeur sa silhouette mince et souple.

Elle se dirigea vers lui.

— Je peux vous aider ?

Roman sentit sa bouche s'assécher et son cœur se serrer. C'était sa voix. Une voix rauque, douce et mélodieuse. *Leah.* Il dut se forcer à parler, à risquer de briser l'enchantement ou le rêve qui l'avait ramenée dans sa vie. Il fallait qu'il sache si c'était bien elle.

— Bonjour, réussit-il à articuler.

Elle ne disparut pas. Mais son visage n'exprima rien de particulier lorsqu'elle le dévisagea.

— Je vous sers quelque chose ?

Ses yeux avaient toujours la même expression. Pas la moindre lueur de reconnaissance.

Il fallait qu'il sache.

— Vous vous souvenez…

Il arrivait à peine à parler tant sa gorge était nouée.

— Me souvenir de quoi ?

Elle semblait ne pas comprendre.

— De moi, finit-il par dire doucement.

— Hum… Je vous ai vu là l'autre soir, répondit-elle d'une voix méfiante. Je vous ai vu plusieurs fois, en fait.

Soit elle était la meilleure actrice qu'il ait jamais rencontrée, soit elle ne savait réellement pas qui il était. Il eut l'impression d'avoir reçu un coup dans l'estomac, mais qu'en même temps le monde s'ouvrait de nouveau à lui.

— Je vous sers quelque chose ? redemanda-t-elle.

— Non.

Elle commença à se retourner.

— Attendez !

Il vit ses épaules se raidir. Le brouhaha des conversations, le cliquetis des verres qui s'entrechoquaient semblèrent se dissoudre dans le lointain.

— Je voudrais… seulement parler avec vous, dit-il.

— Je n'ai pas le temps, répliqua-t-elle en regardant le bar de manière explicite.

— Peut-être après la fermeture ? Quelle heure est-il ?

— Je ne peux pas, dit-elle. Je vais me coucher dès que j'ai fini mon service.

— Alors, le matin, insista-t-il. Je viendrai courir avec vous.

Elle plissa les yeux.

— Comment savez-vous que je cours le matin ?

— Je vous ai vue.

— Ecoutez, commença-t-elle, le regard froid. Je ne sais pas ce que vous voulez, mais je ne suis pas intéressée.

— Si vous ne savez pas ce que je veux, comment pouvez-vous être certaine que vous n'êtes pas intéressée ?

— Joey m'a parlé de vous. Il m'a dit que vous posiez des questions sur moi.

— Accordez-moi quelques minutes, c'est tout. Il faut absolument que je vous parle, insista-t-il.

D'ordinaire, il ne s'obstinait jamais lorsqu'une femme disait non. Mais cette fois il ne pouvait pas partir : c'était impossible.

— Je ne suis pas intéressée, répéta-t-elle.

— Et pourquoi pas ?

Il veilla à garder un ton désinvolte. Elle coinça une mèche de cheveux derrière son oreille, et il sut à ce geste familier qu'elle était nerveuse.

— Je suis lesbienne, ça vous va ?

Roman faillit éclater de rire.

— Je ne vous crois pas, répliqua-t-il.

Les images lui venaient à l'esprit en rafale : Leah toute nue devant la cheminée, Leah pleurant alors qu'ils faisaient l'amour — quand il l'avait emmenée chez ses parents… Elle était la partenaire la plus généreuse, la plus passionnée qu'il ait jamais eue.

— Qui êtes-vous ? demanda-t-elle soudain.

L'expression de son regard le stoppa net.

Elle avait peur. De quoi ? De lui ? Une sensation de froid l'envahit. Que s'était-il donc passé la nuit où sa voiture avait basculé de ce pont ? Pourquoi Leah se trouvait-elle à cet endroit ? Il ne l'avait jamais compris. Elle était sur une route qu'elle ne prenait jamais, partie pour un déplacement dont elle n'avait parlé à personne, avec des documents pour entamer une procédure de divorce qu'il n'aurait jamais accepté de signer. C'était un des nombreux détails étranges, horribles, qui avaient entouré sa mort.

Il avait fallu deux jours pour retrouver sa voiture. A l'intérieur, ils avaient découvert son sac, avec son alliance glissée dedans, et des formulaires de divorce dans une pochette, mais pas son corps. La police avait déclaré qu'il avait dû être emporté par la rivière en crue. Les recherches avaient duré plusieurs jours, mais les plongeurs n'avaient rien trouvé.

Roman n'avait parlé à personne des formulaires de divorce. Les relations entre Leah et sa famille avaient déjà été assez difficiles de son vivant. Il n'y avait aucune raison de les rendre plus pénibles encore après son décès.

Mais elle n'était pas morte.

— Je m'appelle Roman, dit-il en la regardant.

Rien. Pas la moindre réaction.

— Roman Bradshaw.

— Enchantée d'avoir fait votre connaissance, répliqua-t-elle. Mais il faut maintenant que je retourne à mon travail, il y a beaucoup de monde ce soir.

Il la laissa partir parce qu'il n'avait pas le choix. Il ne pouvait pas encore lui dire la vérité. Elle n'était pas prête. Elle ne le reconnaissait pas, et elle ne voulait pas lui parler. Il ne pouvait pas débarquer ici et l'emporter sur son épaule, comme un homme des cavernes, en lui disant qu'elle était sa femme.

Mais il n'abandonnerait pas pour autant.

Leah serra les lacets de ses chaussures de course sur la terrasse de bois à l'arrière du Shark and Fin. Le soleil se levait sur l'Atlantique. Une lueur chatoyante, d'un bleu doré perçait à travers les nuages du matin. Il faisait encore frais à cette heure matinale, mais la température n'allait pas tarder à grimper.

La plage était calme, déserte. Elle aimait ce moment de la journée, elle aimait cet endroit, elle aimait sa vie à Thunder Key : la mer à perte de vue, le soleil, le sable, le style de vie décontracté de ses habitants... tout la ravissait.

Elle était ici chez elle, et les habitants de l'île étaient sa famille. C'était tout ce qu'elle savait. Il n'y avait pas une seconde de ces dix-huit derniers mois à Thunder Key qui ne soit clairement, précisément imprimée dans sa mémoire.

Ce qui rendait d'autant plus étonnant le fait qu'elle ne se remémore rien de sa vie auparavant.

« Vous vous souvenez de moi ? »

Le visage de l'homme lui vint brusquement à l'esprit. Comment aurait-elle pu l'oublier ? Une mâchoire carrée, des yeux d'un bleu intense, des joues lisses, d'épais cheveux bruns... Elle avait même aperçu une fossette craquante lorsqu'il éclatait de rire. Il était grand, large d'épaules. Riche, aussi, certainement. Il avait l'assurance d'un homme habitué à être obéi. Elle s'était renseignée et avait appris qu'il résidait dans un bungalow de l'hôtel White Seas, pour une durée indéterminée.

L'attirance qu'elle avait ressentie pour lui avait été instantanée. Elle avait regardé de l'autre côté du bar, et son cœur s'était emballé. Elle avait ressenti le besoin fou de se jeter dans ses bras, et...

Et quoi ? En même temps, une peur soudaine, irraisonnée, s'était emparée d'elle.

Si elle avait appris quelque chose au cours de ces dix-huit derniers mois, c'était de suivre son instinct. C'était tout ce qui lui restait.

Alors, elle s'était appliquée à rendre son visage impassible, et elle était restée aussi loin que possible de cet homme si sexy.

Elle regarda rapidement autour d'elle et fut soulagée de ne voir personne. Il savait qu'elle courait le matin. Il le lui avait dit : « Il faut que je vous parle. »

Elle ne voulait pas lui parler. Il ne *fallait pas* qu'elle lui parle.

Elle se redressa, les chaussures étroitement lacées, alors que des images se précipitaient dans son esprit. Le visage de l'homme d'hier soir, souriant, attentif, se mêla à des images étranges du même homme, à un autre moment, à un autre endroit, puis tout disparut et il n'y eut plus que des sensations et des bruits. C'étaient les signes annonciateurs d'une crise de panique.

Elle avait eu de telles attaques auparavant, qui la réveillaient la nuit ou survenaient même parfois durant la journée, mais cela ne lui était plus arrivé depuis longtemps. Ces moments étaient douloureux, terrifiants.

Puis elle avait appris à les désamorcer : elle avait arrêté d'essayer de se souvenir du passé, et ces crises avaient disparu.

Mais voilà qu'elles la reprenaient...

Le vent qui soufflait. Le froid. Le noir. Des cris — les siens.

Elle sentit un étau lui enserrer les tempes, et faillit se plier en deux. Mais elle ne voulait pas se laisser vaincre. Alors, elle se força à se redresser, à marcher... Puis à courir, courir. Respirer. Courir.

Elle avait couru avant d'arriver à Thunder Key. Elle le sentait. Elle pouvait tenir pendant des heures. C'était son échappatoire à la douleur, au passé. Elle arriva sur la frange de sable humide et éprouva immédiatement une sensation de réconfort à ce contact. Elle aimait courir juste au bord de la mer. Plus elle courait vite, plus elle chassait les images du passé, qui passaient sans se fixer. Seule la douleur, elle, demeurait.

D'une certaine manière, l'homme du bar avait fait resurgir le passé. Etait-ce pour cela qu'il était dangereux ? Lui rappelait-il quelqu'un ?

Ou l'avait-elle connu ?

Les oiseaux tournoyaient au-dessus d'elle, et leurs cris vrillaient l'air calme du matin. Elle était seule, toute seule, mais dans sa tête le vent continuait à souffler et les cris à résonner. Parfois, elle craignait de devenir folle.

Il faisait nuit noire. Des éclats de lumière, et elle tombait, toujours plus bas. De l'eau. La douleur. Mais supportable. Elle arrivait à bouger... à marcher.

Le routier qui l'avait recueillie sur le bas-côté de l'autoroute portait une chemise à carreaux verts et un jean délavé avec un trou à un genou. Il avait un visage rond, jovial, et un regard bienveillant.

Elle était mouillée, meurtrie, secouée. L'aube se levait, et elle ne savait pas depuis combien de temps elle était là.

— Je vais vers le sud, avait-il dit.

— Moi aussi. A Thunder Key.

D'où cela était-il venu ? Elle ne savait même pas où était situé cet endroit. Lorsqu'elle s'était entendue prononcer ces mots, la peur s'était emparée d'elle, mais elle n'avait pas laissé cela l'arrêter.

— Vous vous appelez comment ? avait demandé le routier.

Elle n'avait pas su quoi répondre. L'homme avait désigné du doigt le bracelet qu'elle portait.

— Leah, avait-il lu à la lueur du tableau de bord. Et votre nom de famille ?

Ils venaient de passer devant un panneau indicateur : Wells, deux kilomètres.

— Leah… Wells, avait-elle répondu en frissonnant malgré la chaleur qui régnait dans l'habitacle.

Il avait un atlas routier. Dans l'index, elle avait trouvé Thunder Key, qui faisait partie d'une chaîne d'îles au large de la Floride.

Le routier l'avait emmenée jusqu'en Caroline du Sud. Il lui avait donné de l'argent pour qu'elle puisse finir son voyage en bus. Elle avait tenté de refuser mais il avait insisté.

— Une jolie dame comme vous ne devrait pas faire de l'auto-stop, avait-il déclaré.

Elle lui avait demandé son adresse, et avait promis de le rembourser. Et elle lui avait envoyé l'argent, un mois plus tard, lorsqu'elle avait touché son premier salaire du Shark and Fin.

Elle avait rencontré Morrie sur la plage le jour où elle était arrivée à Thunder Key. Elle était assise sur un banc, plongée dans la contemplation du vaste océan aux eaux claires.

— Vous êtes perdue ? lui avait-il demandé.

— Non. Je pense que je me suis retrouvée.

Elle était là où elle voulait être. C'était tout ce qu'elle savait.

Alors, il lui avait demandé si elle avait besoin d'un travail et d'un endroit pour vivre. Il ne lui avait posé aucune autre question. Cet homme au crâne dégarni, la soixantaine dynamique, n'aimait lui-même pas parler de son passé, mais elle savait qu'il avait fait de la prison. Tout cela était derrière lui. Il avait payé, lui avait-il dit. Il avait refait sa vie à Thunder Key et possédait maintenant le Shark and Fin.

Elle se doutait qu'il avait encore quelques liens avec le milieu. Il lui avait proposé de l'aider à savoir d'où elle venait, lorsqu'elle lui avait appris qu'elle souffrait d'amnésie. Et un jour il était arrivé avec de nouveaux papiers au nom de Leah Wells.

— Au cas où tu en aies besoin, avait-il déclaré.

Elle n'aimait pas l'idée d'avoir de faux papiers, mais elle n'avait pas voulu vexer Morrie. Il avait tant fait pour elle ! Alors, elle avait pris les documents, et les avait rangés au fond d'un tiroir.

Ces derniers temps, Morrie s'était réconcilié avec sa famille après avoir été en froid avec elle pendant de nombreuses années. Elle ne le voyait plus guère, il lui manquait beaucoup, et elle se demandait parfois ce que le futur allait lui réserver.

Pendant dix-huit mois, elle avait été heureuse ici. Et maintenant, Morrie vendait le bar, un étranger l'observait, et ses attaques de panique la reprenaient.

Elle s'arrêta de courir en arrivant à proximité du parking de la salle des fêtes. De là, elle s'engagea dans l'artère principale de Thunder Key, tout en reprenant son souffle avant d'entrer dans le Cuban Café.

La petite ville était calme à cette heure matinale. Au loin, elle apercevait de temps à autre une voiture sur la route. La plupart des véhicules poursuivaient leur chemin vers les stations à la mode des autres îles, où leurs passagers trouveraient des attractions plus excitantes et une vie nocturne plus animée.

Mais Thunder Key apportait à Leah tout ce qu'elle voulait. Elle l'avait tout de suite senti.

Elle avait retrouvé son souffle et son calme lorsqu'elle entra dans le café qui venait d'ouvrir.

— Bonjour, Viv, dit-elle. Mon café latte est prêt ?

— Bien sûr, répondit Vivien Ramon de sa voix rauque de fumeuse.

Des fils argentés brillaient dans ses cheveux d'un noir de jais, mais la lueur qui pétillait dans ses yeux lui donnait l'air étonnamment jeune. Son mari était fabriquant de voiles, et elle tenait le seul café de l'île. Si Leah considérait Morrie comme son père, Viv était comme une mère pour elle.

Ses véritables parents étaient morts. Elle le sentait sans que le moindre doute soit permis.

Tout comme Morrie, Viv ne posait pas beaucoup de questions. Mais Leah savait qu'elle se faisait du souci pour elle.

Viv lui avait recommandé d'aller voir un médecin. Elle lui avait aussi proposé de l'aider à faire des recherches pour savoir qui elle était. Jusqu'à maintenant, Leah avait refusé. Elle avait peur — de quoi, elle l'ignorait. Mais elle savait que son passé était douloureux, et cela suffisait à la dissuader de chercher des réponses à ses questions. Elle n'était pas prête, et ne le serait peut-être jamais.

— Voilà, ma petite, déclara Viv en lui tendant le café fumant et sucré par-dessus le comptoir.

Puis elle regarda par-dessus l'épaule de Leah.

— Je prendrai la même chose.

Le cœur de Leah fit un bond dans sa poitrine, mais elle réussit à n'en rien laisser paraître. Puis, lentement, très lentement, elle se força à se retourner.

— Bonjour, lui dit-il avec un sourire éclatant.

Il avait dû entrer derrière elle, pourtant elle ne l'avait pas vu dehors. Comment avait-elle pu ne pas le remarquer ? Comme hier soir dans le bar, il émanait de lui une présence et un charisme intenses.

Elle aurait voulu le détester. C'était une réaction violente, viscérale, qu'elle ne pouvait s'expliquer. Elle ressentait l'envie de lui dire des choses dures, horribles.

Mais il était difficile de penser et plus encore de parler, tant sa gorge était serrée.

— J'étais certain que je vous trouverais ici. Roman. Roman Bradshaw. Du bar, ajouta-t-il bien que ce fût inutile.

Leah fut enfin capable de lui répondre.

— Oui. Bien sûr. Roman.

Son nom vint à ses lèvres avec douceur, et elle se sentit frissonner en le prononçant. Elle prit son café et évita de croiser le regard de Vivien, bien qu'elle ait remarqué l'expression de curiosité qui était passée sur le visage de son amie.

Lorsque Viv n'essayait pas de l'obliger à consulter un médecin, elle s'évertuait à lui faire rencontrer des hommes célibataires.

Mais Leah n'était pas prête pour cela, non plus. Elle avait

repoussé toutes les propositions bien intentionnées de Viv... sans le moindre regret.

Elle avait l'impression que son cœur était mort.

Mais en ce moment il battait la chamade.

— Il faut que je vous parle, déclara l'homme.

Puis il remercia Viv qui tendait une deuxième tasse par-dessus le comptoir.

Elle le vit payer leurs deux consommations avant de comprendre ce qui se passait.

— Non ! s'exclama-t-elle. Je ne veux pas que...

— Ce n'est rien, répliqua-t-il. N'y pensez plus.

Leah sortit la pièce qu'elle avait mise comme tous les matins dans la poche de son coupe-vent, et la posa sur le comptoir.

Puis elle se retourna et se rua vers la porte au moment où une femme entrait, tenant un petit chien noir en laisse.

Tremblant de tous ses membres sans savoir pourquoi, Leah ne marqua même pas un temps d'arrêt, poussée par le besoin irrépressible de sortir de cette salle soudain trop petite. Et elle trébucha sur le chien.

Le caniche poussa un jappement, Leah tomba et son café se renversa, éclaboussant la femme. Leah se confondit en excuses et feignit d'ignorer que le liquide lui avait brûlé la main.

— Vous allez bien ? demanda Roman qui était accouru vers elle.

Viv lui tendit des serviettes. Elle était déjà en train d'essuyer le sol. La femme avec le caniche épongeait sa manche maculée de café. Le chien poussa des jappements et se mit à tourner en rond, ses griffes crissant sur le sol carrelé.

— Je vais bien. Je suis désolée, dit Leah à Viv.

Elle s'adressa à la femme :

— Je paierai les frais de nettoyage. Vous n'avez qu'à envoyer la note au Shark and Fin. Je suis désolée, ajouta-t-elle encore à l'attention de tous.

Puis elle se releva et sortit sans ajouter un mot. Elle se retrouva dehors avant même de s'en rendre compte.

— Attendez !

Certainement pas.

— Vous devriez soigner votre main : la peau est toute rouge.

Roman la rattrapa en quelques longues enjambées. Elle aurait pu se mettre à courir, mais elle aurait parié qu'il aurait réussi à la suivre.

— Ça ira. Je vais bien.

Elle refusait de le regarder, mais elle avait tout de même pleinement conscience de lui.

Et il sentait même bon, bon sang ! Une odeur propre, musquée, masculine.

Attention danger ! Tous les signaux étaient au rouge. Elle devait rester loin de lui.

— Vous voulez bien ralentir ?

Elle se retourna brusquement.

— Vous voulez bien arrêter de me suivre ? s'écria-t-elle. Je n'ai pas été claire, lorsque je vous ai dit hier soir que je ne voulais pas vous parler ?

— Si vous ne voulez pas me parler, alors comment Morrie va-t-il pouvoir me vendre son bar ? demanda-t-il sur le ton de l'évidence.

Pendant une minute, elle le considéra fixement sans pouvoir prononcer une parole.

— Vous êtes intéressé par le bar ? finit-elle par demander.

Comment avait-elle pu être aussi bête ?

Elle repensa à la façon dont elle s'était conduite dans le Cuban Café, à la façon dont elle en était sortie… Elle était presque dans un état second.

— Je suis désolée. C'est seulement…

Comment pouvait-elle lui expliquer ? C'était un étranger. Viv et Morrie étaient les seules personnes auxquelles elle s'était confiée. Même à Joey, le cuisinier du Shark and Fin, elle n'avait pas tout raconté.

— C'est seulement… ? demanda-t-il.

— Vous me rappelez quelqu'un, finit-elle par dire. Je ne sais pas…

Elle était terrifiée. Et si c'était plus que ça ? Si elle l'avait connu dans le passé ? Comme il était impossible d'éviter plus longtemps de faire face à cette question, elle demanda :

— Je vous connais ?

Elle attendit sa réponse, avec le sentiment que le monde allait s'écrouler autour d'elle.

2

Roman dévisagea Leah, et lui répondit très lentement :

— Non, vous ne me connaissez pas.

Elle avala sa salive avec difficulté et ne put s'empêcher de répéter :

— Je suis désolée. J'imagine que c'était seulement… Je ne sais pas.

— Vous n'avez pas à être désolée, répliqua-t-il d'un ton brusque. Pourquoi ne pas reprendre à zéro ?

Il lui tendit la main.

Mon Dieu, comment aurait-il pu être plus dangereusement beau ? *Attention !*

— Je m'appelle Roman Bradshaw, répéta-t-il.

Il lui tendait toujours la main.

— J'habite à New York. Je voudrais investir dans un commerce des îles Keys, et le bar de Morrie m'intéresse.

Finalement, elle saisit la main tendue. Une décharge électrique lui parcourut le bras, et elle dut faire appel à toute sa volonté pour ne pas reculer vivement.

— Je m'appelle Leah. Leah Wells.

Sa voix était presque normale, Dieu merci, songea-t-elle.

— Je gère le bar pour Morrie. Je serais heureuse de vous donner toutes les informations dont vous aurez besoin.

Il n'avait toujours pas lâché sa main. Les secousses électriques ne s'étaient pas arrêtées, et le simple fait d'être aussi près de lui faisait trembler ses genoux.

— Bien, déclara-t-il. Je suis libre ce matin si vous avez du temps à me consacrer.

Il y avait quelque chose de très direct dans son regard si intense, mais elle y décela également un soupçon de vulnérabilité.

— Le bar ouvre à 10 heures, répondit-elle en tremblant intérieurement d'émotions qu'elle ne comprenait pas. Venez m'y retrouver.

Elle retira sa main et s'éloigna sans se retourner, mais elle était certaine qu'il n'avait pas bougé et qu'il la suivait du regard alors qu'elle rejoignait la plage.

La surface de l'océan ressemblait à un kaléidoscope mouvant où scintillaient des nuances de bleu et de vert. Des oiseaux marins glissaient gracieusement dans le ciel et se laissaient porter par les courants pour venir frôler la surface de l'eau. C'était un spectacle qu'elle aimait et qu'elle avait envie de retrouver chaque matin. Mais pour la première fois elle était pressée de retourner au bar.

Elle était sortie de son champ de vision depuis longtemps mais sentait encore le poids de son regard sur elle. Lorsqu'elle arriva au Shark and Fin, elle monta deux à deux les marches de l'escalier qui menait à son appartement et se précipita sous la douche. Et, alors que l'eau ruisselait sur son visage, elle se mit à pleurer sans raison.

— Mon chéri, j'espère que tu vivras un jour le même bonheur que Genevieve et Mark. Tu sais que c'est la seule chose qui m'importe : ton bonheur. Il faut que tu reviennes à la maison.

Roman écoutait avec une impatience mal contenue la voix de sa mère qui tentait de le convaincre de revenir à New York. Il était retourné à son hôtel, le White Seas, en attendant d'aller retrouver Leah au Shark and Fin. Il avait besoin d'un instant pour réfléchir et pour calmer les battements de son cœur.

Cette conversation avec sa mère tombait à un mauvais moment.

— Tu nous manques, poursuivait Barbara Bradshaw. Et je suis certaine que tu as besoin de nous.

— J'ai besoin de Thunder Key, répliqua Roman. C'est là où je veux être, là où j'ai besoin d'être en ce moment.

— En quoi te complaire dans le souvenir de cette fille peut-il te faire du bien ?

— Cette fille était ma femme, maman. Leah. Elle avait un prénom.

Elle *est* ma femme, corrigea-t-il intérieurement. Elle *a* un prénom.

Il n'avait pas dit à sa mère que Leah était vivante. Alors même que tous les membres de sa famille pensaient depuis un an et demi que sa femme était morte, leurs sentiments envers elle étaient toujours aussi peu cordiaux. Ils n'accepteraient pas volontiers son retour, et instinctivement il savait qu'ils tenteraient de le convaincre que son amnésie était feinte. N'avaient-ils pas déjà essayé à de multiples reprises de les séparer ? Ils n'avaient jamais réussi.

Il avait détruit leur mariage tout seul.

Lorsque les recherches pour retrouver Leah avaient officiellement été abandonnées, il était retourné travailler. Son métier avait toujours tenu une place capitale dans sa vie. Son grand-père avait fondé Bradshaw Securities, un cabinet de courtage en bourse. C'était une entreprise familiale : son père, ses oncles, ses cousins, sa sœur y travaillaient. Mais tout lui semblait vain maintenant : actions, obligations, contrats à termes… A quoi bon ?

Son appartement avec vue sur Central Park était vide, lui aussi. Il n'y avait plus Leah en train de lacer ses chaussures de sport, le défiant d'arriver à la suivre.

Pas de Leah en train de s'essayer à faire la cuisine, et s'éclipsant au dernier moment pour acheter des plats préparés.

Pas de Leah dansant en sous-vêtements devant le canapé jusqu'à ce qu'il éteigne enfin son ordinateur et lui prodigue de l'attention.

Du moins, c'est ainsi que les choses avaient commencé. Petit à petit, elle s'était rendu compte qu'il n'allait pas changer, et que ce qui les avait attirés — leurs différences — pouvait aussi les éloigner. Il ne savait pas comment cela s'était produit.

C'était comme si un jour il avait relevé la tête à la fin de l'une de ses semaines de quatre-vingts heures de travail, et s'était rendu compte qu'il l'avait perdue… Et ne savait plus comment la reconquérir.

Puis cela était devenu impossible parce qu'elle était morte.

Il avait passé les premiers mois suivant son décès à faire comme si rien ne s'était passé. Puis il avait passé une autre année à faire semblant de pouvoir encaisser le coup.

Les trois derniers mois, il avait arrêté de jouer la comédie et avait cessé de se rendre au travail. Sa famille n'avait pas compris. Depuis sa naissance, Roman avait été élevé pour prendre un jour la tête de l'entreprise. La première sortie avec son père dont il se souvenait, c'était lorsque — à l'âge de quatre ans — il était allé avec lui à Wall Street voir l'ouverture de la cotation. Et bien entendu, il avait fait des études de finances à Yale et Harvard.

Il avait laissé derrière lui une fortune de plusieurs millions de dollars, et il ne savait toujours pas pourquoi. Il avait fermé son appartement de Central Park, mis des draps sur les meubles, enfermé ses costumes dans des housses. Il avait annulé tous les rendez-vous de son agenda plein à craquer.

Il lui avait fallu trois mois pour organiser son départ de la vie pour laquelle il avait tout sacrifié, même sa femme.

Sa famille pensait qu'il avait perdu la tête.

— Maman, je dois raccrocher, déclara-t-il, en chassant les souvenirs du passé.

— Quand rentreras-tu à New York ?

— Je ne sais pas. En fait, je pense faire un investissement ici. Il s'agit d'un bar-restaurant, le Shark and Fin. Mais ne t'inquiète pas : je vais bien. Je fais des affaires.

Si une chose pouvait convaincre sa famille qu'il allait bien, c'était certainement le fait qu'il cherche à investir de l'argent — même s'ils regretteraient certainement que ce soit à Thunder Key. Il dit au revoir à sa mère et raccrocha avant qu'elle ne puisse ajouter un mot.

Par la porte ouverte du bungalow, il apercevait un paysage de carte postale : le sable doré, l'océan turquoise, un ciel sans nuages… Il ferma les yeux, et se laissa bercer par le froissement des longues feuilles de palmiers dans la brise légère.

Leah était sur le pas de la porte et il distinguait sa silhouette dans la lueur bleutée et scintillante de l'aube.

— *Viens, dépêche-toi !*

Il lui dit d'attendre. Il se rasait. Elle le chatouilla et il se mit à rire, mais il continua à se raser.

— *Je ne peux pas attendre. J'espère que tu me rattraperas avant qu'un autre ne le fasse !*

Et elle disparut.

Roman avait laissé tomber son rasoir, et s'était précipité hors du bungalow, vêtu seulement d'une serviette de bain autour de la taille. Leah avait cet effet sur lui : elle lui faisait faire des choses folles, complètement inconcevables pour lui qui avait reçu l'éducation stricte et conservatrice des Bradshaw. Il avait traversé la plage déserte en courant, retenant d'une main la serviette pour préserver un semblant de dignité, et l'avait rattrapée dans les vagues — ou peut-être était-ce elle qui l'avait attrapé parce qu'elle s'était retrouvée dans ses bras, et il avait senti ses jambes se nouer autour de sa taille.

Ils étaient tombés dans l'eau peu profonde. Les yeux verts de Leah étaient son seul point d'ancrage, et sans qu'il sache comment, sa serviette avait disparu, le bas du Bikini de Leah avait glissé, et là, dans la lumière timide de l'aube et au milieu des vagues crénelées d'écume, elle lui avait fait faire des choses qu'il n'aurait jamais imaginées.

Roman ouvrit les yeux avec un sursaut. Comment pouvait-il encore avoir si mal ? Comment se faisait-il qu'il puisse encore sentir Leah dans ses bras ?

Incapable de penser à autre chose, il partit pour le Shark and Fin. Il était un peu tôt, mais il n'arrivait plus à attendre. Il suivit le chemin en lattes de bois qui longeait le lagon bordé de palétuviers.

Lorsqu'il sortit du couvert des arbres, il s'engagea sur la petite route menant au Shark and Fin. Et là, derrière le bâtiment, il aperçut des dauphins qui jouaient en bondissant dans l'eau scintillante.

« C'est un bon présage », lui avait dit Leah lorsque — alors qu'ils effectuaient un survol des îles Keys — ils en avaient aperçu des douzaines qui se poursuivaient dans les vagues.

Il espérait qu'elle avait raison. Il avait bien besoin d'un peu de chance.

Le Shark and Fin venait tout juste d'ouvrir pour la journée. La porte d'entrée était poussée pour aérer la salle, et des ventilateurs fixés au plafond remuaient mollement l'air chaud. Leah était assise à une vieille table en chêne près d'une large baie vitrée, en train de dessiner, totalement absorbée par son travail.

Roman s'arrêta sur le pas de la porte, s'emplissant les yeux et le cœur de ce spectacle. Combien de fois l'avait-il surprise exactement dans la même attitude, alors qu'elle travaillait sur une de ses créations dans leur appartement new-yorkais ? Les souvenirs affluèrent, lui coupant le souffle pendant un instant.

Elle s'était douchée après sa course — ses cheveux étaient encore humides. Elle avait toujours été trop impatiente de commencer la journée pour utiliser un séchoir. Comme d'habitude, elle était à peine maquillée, juste assez pour mettre en valeur ses lèvres pleines, ses yeux expressifs et ses pommettes hautes. Elle portait un haut sans manches rose fuchsia et un corsaire blanc. Elle balançait un pied chaussé d'une sandale tout en réfléchissant, et il nota que les ongles de ses orteils étaient peints en rose.

Elle ne l'avait pas remarqué, perdue dans son travail.

Mais lui avait pleinement conscience d'elle. Son cœur s'était mis à battre la chamade dès qu'il avait posé les yeux sur elle, et le passé l'avait submergé de nouveau.

« Vous me rappelez quelqu'un. » Il avait eu toutes les peines du monde à ne pas lui dire la vérité lorsqu'elle avait prononcé ces mots. « Je vous connais ? » Qu'était-il censé faire ? Son cœur lui criait de la prendre dans ses bras et de lui dire qu'ils étaient mari et femme, qu'elle était sa Leah, bon sang !

« Non. Vous ne me connaissez pas. » Il n'avait pas menti. Elle ne le connaissait pas. Pas encore.

Mais cela arriverait, en son temps. Il ne fallait pas brusquer les choses, c'était ce qu'il se répétait sans cesse. Doucement, doucement, doucement.

Cela lui était presque insupportable. Mais il avait peur, si peur de la perdre de nouveau ! Et si elle se souvenait de lui, et le repoussait définitivement hors de sa vie ? C'était elle qui avait fait établir des formulaires de divorce, pas lui. Etait-ce une ultime tentative pour le forcer à changer, à s'occuper d'elle, à lui faire plus de place dans sa vie ?

— Bonjour, déclara-t-il calmement en entrant dans le bar, lorsqu'il fut capable de parler.

Elle sursauta et leva les yeux vers lui. Lorsque leurs regards se croisèrent, il eut l'impression qu'une vague balayait tout sur son passage, et qu'il perdait pied de nouveau.

— Oh ! bonjour, répondit-elle en se levant pour l'accueillir.

Elle posa son carnet et son crayon pour lui tendre la main de manière très professionnelle. Mais il remarqua qu'elle avait remis ses cheveux derrière l'oreille en un geste qui trahissait sa nervosité.

Elle lui adressa son sourire en coin qui faillit lui faire perdre sa maîtrise de lui-même.

Puis elle le surprit en rougissant lorsque leurs mains se touchèrent. Elle était un peu timide, cette nouvelle Leah. Malgré tout ce qu'il retrouvait en elle, elle n'était plus tout à fait la même. Et il voulait apprendre à la connaître. Il voulait tout savoir de sa nouvelle vie.

— Merci d'avoir accepté de me rencontrer ce matin, dit-il doucement, lâchant sa main alors que toutes les fibres de son corps voulaient la retenir, la prendre dans ses bras, la serrer, et ne jamais la laisser partir.

Mais la brusquer était probablement la pire chose qu'il puisse faire s'il ne voulait pas la faire fuir.

Il allait devoir contenir son impatience comme il avait contenu son chagrin et son sentiment de culpabilité depuis qu'il l'avait perdue.

— J'ai contacté Morrie, déclara-t-elle. Il propose que je vous fasse visiter le bar, et si vous êtes toujours intéressé, je l'appellerai et je vous laisserai discuter ensemble des détails.

— Bien, répondit Roman d'un ton enjoué.

Il avait déjà décidé d'acheter le bar. Il n'avait pas besoin de connaître les détails. Bon sang, il aurait volontiers acheté l'île tout entière s'il l'avait fallu !

La visite ne dura pas longtemps. Le bar lui-même était grand ouvert sur l'extérieur, spacieux, baigné par la lumière du matin. Il y avait une salle à l'arrière avec un billard, et une petite cuisine où le cuisinier préparait une soupe aux coquillages et du poisson frit.

— Je peux voir l'appartement à l'étage ? demanda-t-il.

Il savait qu'elle risquait d'être réticente car c'était là qu'elle habitait. Mais s'il devait acheter le bar, il était normal qu'il fasse cette demande.

Il voulait voir où elle vivait.

Elle hésita un instant, puis répondit :

— Bien sûr.

Il crut voir ses joues rosir de nouveau, puis elle le précéda pour monter le petit escalier de bois.

— Voilà, dit-elle en ouvrant la porte et en s'effaçant pour lui laisser le passage.

Il entra dans la pièce. Contre un mur, il y avait un plan de travail avec un évier et des plaques en guise de cuisine. Le long du mur opposé se trouvait un canapé-lit qu'elle n'avait pas replié, et la vue des draps froissés et des oreillers lui serra l'estomac. De manière caractéristique, Leah avait laissé traîner quelques affaires. Il remarqua qu'elle s'était dirigée vers la large fenêtre. Elle se tenait là, debout, encadrée par des rideaux légers qui laissaient libre la vue sur l'océan. Seul un mobile étrange, un entrelacs de branches, de liens en daim, de perles et de plumes, était suspendu devant la vitre.

Le reste de la pièce comprenait un coin repas avec deux chaises, un petit canapé couleur prune aux formes rondes, et une table basse. Dessus étaient posés quelques plantes, des livres, des magazines, ainsi qu'une boîte avec des coquillages et du fil pour ses créations.

— Vous êtes une artiste ? demanda-t-il d'un air qu'il voulait détaché.

Elle se tourna vers lui.

— Je fais quelques petites choses, des vêtements et des bijoux.

Deux ans plus tôt, ses créations étaient vendues dans des boutiques de luxe de Manhattan. A l'époque, elle était tout aussi modeste en ce qui concernait son travail que maintenant.

Leah ne s'était jamais prise au sérieux. Elle aurait pu vendre plus et gagner beaucoup d'argent, mais elle n'avait jamais fonctionné ainsi. Elle n'était pas paresseuse, bien au contraire. Mais elle ne voulait pas que cette activité prenne plus de place qu'elle n'en méritait.

C'était encore une de leurs nombreuses différences.

— Vous semblez être quelqu'un de très créatif, dit-il.

Lui était au contraire efficace et sérieux. « Nous n'aurions jamais dû nous rencontrer », avait-elle lancé lors d'une de leurs disputes. « Nous sommes trop différents. »

— Vous n'avez pas vu ce que je fais.

— J'aimerais beaucoup en avoir l'occasion, répliqua-t-il rapidement. Vous exposez sur l'île ?

Bien entendu, il avait déjà vu les vêtements et les bijoux qu'elle élaborait. Le jour où il l'avait suivie jusqu'à la boutique, un groupe de reggae jouait sur la petite place. Un peu plus loin, quelques magasins situés en bordure de mer vendaient des articles de plongée et proposaient du matériel à la location. Les touristes pouvaient également acheter un seau de poissons pour un dollar, afin de nourrir les pélicans et les énormes tarpons qui croisaient par bancs entiers dans le port.

C'était ce qu'il avait fait, et il avait observé Leah de loin, alors qu'elle entrait dans la boutique.

— Il y a un petit centre commercial sur Rum Beach, déclara-t-elle. On l'appelle le Village des contrebandiers. J'expose dans une petite galerie, l'Artisans Cove.

— Nous pourrions y aller ensemble, suggéra-t-il. Je n'ai pas encore eu l'occasion de visiter l'île et, si je dois investir à Thunder Key, j'aimerais connaître un peu mieux cet endroit. Ce serait strictement professionnel, ajouta-t-il avant qu'elle ne puisse faire la moindre objection.

De nouveau, il la vit rougir.

— Je suis désolée d'avoir réagi ainsi, dit-elle. Je me suis ridiculisée. Mais je ne suis pas prête à sortir avec quelqu'un, c'est tout.

— Et pourquoi donc ? demanda-t-il prudemment.

Elle resta un instant immobile, puis répondit d'une voix calme :

— Je ne sais pas. D'ailleurs, je ne vois même pas pourquoi je vous dis ça.

Roman sentit son cœur se serrer devant le trouble qu'il lut dans son regard doux.

— Je vous comprends, dit-il avec douceur. J'étais marié, mais…

Il commença, puis s'interrompit, attendant une réaction, quelque chose, n'importe quoi…

— Mais ? demanda-t-elle, les yeux écarquillés.

Il laissa passer une seconde, puis deux.

— Je l'ai perdue… dans un accident.

Elle cligna les yeux.

— Je suis désolée, murmura-t-elle, les yeux brillants de compassion.

Il vit les larmes perler. Elle était prête à pleurer… pour lui.

Leah avait toujours ressenti très fortement la douleur des autres. Peu de temps après leur mariage, Nikki Bates, une de ses amies qui travaillait dans la même agence, s'était blessée au dos dans un accident de voiture. Depuis, Nikki souffrait le martyre. Elle n'avait pas de famille, et ce fut Leah qui resta à ses côtés à l'hôpital, et qui lui rendit quotidiennement visite pour l'aider lorsqu'elle put enfin retourner chez elle. Personne ne fut plus affecté qu'elle lorsque Nikki mourut d'une overdose d'analgésiques, quelques semaines seulement avant la disparition de Leah.

Le suicide d'une personne si proche d'elle l'avait déchirée, et ce fut précisément pour cette raison que, lorsque la police avait suggéré que l'accident de Leah était peut-être un suicide, Roman avait immédiatement écarté cette hypothèse. C'était tout simplement impossible. Leah avait été trop blessée par la mort de Nikki pour infliger à d'autres le même chagrin.

Roman préféra changer de sujet de conversation. Il ne se sentait pas encore prêt à parler du passé, ni à prendre le risque qu'elle se souvienne de lui avant qu'il n'ait eu une chance de la convaincre qu'il était devenu un homme différent.

— C'est quoi ? demanda-t-il en tendant la main vers le mobile qui pendait devant la fenêtre.

Il n'y avait pas grand-chose dans l'appartement, et il était curieux d'en savoir plus sur ce qu'elle choisissait de fabriquer. Il devait apprendre à connaître cette nouvelle Leah.

— Un attrapeur de rêve.

Il n'avait jamais rien vu de tel.

— Ça vient d'une vieille légende indienne, expliqua-t-elle. Elle caressa les perles enfilées sur des lacets en daim qui s'entrecroisaient.

— La toile attrape les bons rêves, et le trou au milieu laisse passer les mauvais, dit-elle en caressant l'objet.

— Vous faites des cauchemars ? demanda Roman en s'approchant d'elle.

Il brûlait de l'envie de la serrer dans ses bras, et dut crisper les poings pour ne pas céder à la tentation.

Elle hocha la tête.

— Oui ? Parfois.

Il ne put se retenir de demander :

— Quel genre de cauchemars ?

— Je ne sais pas vraiment, répondit-elle doucement en détournant le regard. Je ne m'en souviens jamais très bien.

Etait-il dans ces mauvais rêves ?

Alors ce fut elle qui changea de sujet. Elle poussa un soupir, et le regarda droit dans les yeux.

— Nous pourrions descendre dans le bureau de Morrie pour lui téléphoner. Puis je…

Elle haussa doucement les épaules et ajouta :

— Nous pourrions peut-être aller à la galerie. Joey sera ici, avec deux ou trois serveuses. Ils pourront se passer de moi un moment. Si vous en avez toujours envie, je peux vous faire visiter l'île.

— C'est parfait, répondit Roman.

Il se força à sourire. Il se sentait coupable, malgré toutes ses bonnes intentions. Mais il était prêt à continuer à mentir aussi longtemps qu'il le faudrait.

Il avait besoin de temps. Il devait la séduire de nouveau, et cette fois-ci, il devait bien faire les choses.

Il avait déjà perdu Leah une fois, et pour rien au monde il ne voulait revivre cela.

3

Leah se demandait encore quelle idée lui était passée par la tête lorsqu'elle avait proposé à Roman Bradshaw de lui faire visiter l'île. Elle devait vraiment être dans un état second !

Morrie lui avait recommandé d'essayer d'en savoir plus sur cet acheteur éventuel. Il voulait obtenir la garantie que son établissement ne serait pas détruit, et que le personnel ne serait pas licencié. Mais Leah n'avait pas à proposer à Roman de lui servir de guide. C'était stupide ! Et cela ne lui ressemblait pas de réagir avec impulsivité.

Mais elle savait très bien ce qui l'avait poussée à agir ainsi.

C'était sa fossette, celle qui se creusait lorsqu'il souriait, et lui faisait imprudemment oublier la réaction de méfiance instinctive qu'elle avait ressentie en le voyant pour la première fois.

Et maintenant, elle était obligée de passer toute la matinée en sa compagnie ! Dieu merci, ils n'étaient pas seuls.

Le Village des contrebandiers grouillait de monde. On y trouvait une librairie, un magasin de chaussures, un autre de sport, des échoppes vendant des T-shirts et des gadgets pour touristes, et un petit restaurant proposant la cuisine tradition-nelle des îles Keys. L'Artisans Cove offrait un large choix de produits liés à la forme et au bien-être — huiles essentielles, livres de yoga, bougies parfumées — ainsi que des bijoux et des vêtements. Quelques artistes y exposaient leurs créations et se relayaient pour garder la boutique. Leah y passait une matinée par semaine.

— Ainsi, voici ce que vous faites, déclara Roman en désignant un choix de bracelets en perles.

Il avait mis un jean aujourd'hui, avec un T-shirt blanc qui moulait ses épaules et ses pectoraux. C'était un très bel homme, et elle n'était pas la seule à l'avoir remarqué.

Marian, l'artiste qui travaillait à la caisse, avait glissé un regard curieux dans leur direction lorsqu'ils étaient entrés, mais elle était fort heureusement en train de renseigner un client. Leah se sentait mal à l'aise d'être vue ici en compagnie de Roman. Elle avait toujours affirmé qu'elle ne voulait pas de relation amoureuse, et elle ne voulait pas que quiconque se fasse des idées.

— Oui, ce sont les miens, répondit-elle.

Puis elle se rendit compte qu'il avait désigné ces bijoux avant qu'elle ne lui ait dit quoi que ce soit.

— Comment avez-vous deviné ?

— Comme ça, répondit-il nonchalamment. Ils m'ont rappelé ceux que j'ai vus dans votre appartement.

— Je fais aussi cela, déclara Leah en lui montrant un support chargé de colliers en cristal et de bijoux ethniques en pierres semi-précieuses. Et aussi les vêtements qui sont dans cette vitrine, ajouta-t-elle en désignant un recoin près de la porte. J'utilise des tissus imprimés à la main qui viennent d'un atelier de Key West.

— C'est très beau, dit Roman. Je suis vraiment impressionné.

Il avait des doigts longs, qui semblaient forts, et elle se surprit à les regarder fixement, à vouloir les toucher.

— Ce n'est pas grand-chose, répliqua-t-elle. Je fais ça seulement pour m'amuser.

Elle se força à quitter ses mains du regard, troublée de constater à quel point tout en lui la fascinait, l'attirait, et l'inquiétait à la fois.

Il se tourna vers elle, avec une expression soudain intense sur le visage.

— Vous faites toujours ça.

— Quoi donc ?

Elle eut l'impression que tout tournait autour d'elle. A sa

question : « Je vous connais ? », il avait répondu non. Avait-il menti ? Comment pouvait-elle le savoir ?

— Vous vous dépréciez tout le temps.

— Vous ne me connaissez pas. Comment pouvez-vous dire ça ?

A son regard troublé, Leah eut l'impression qu'il était un peu mal à l'aise.

— Vous avez raison, dit-il en détournant les yeux.

La sonnerie de la porte retentit. Le client avait quitté le magasin, et Marian se précipita vers eux. Elle regardait Roman avec un intérêt manifeste.

Leah sentit sa poitrine se déchirer bizarrement.

— Bonjour, Leah ! lança Marian sans cesser de regarder Roman.

— Bonjour Marian. Je te présente Roman Bradshaw. De New York. Il envisage d'acheter le Shark and Fin. Je lui fais visiter l'île. Marian est une des artistes qui exposent ici, expliqua-t-elle à Roman. Elle fait de la poterie.

— Bienvenue à Thunder Key, Roman Bradshaw, répondit Marian en tendant la main et en souriant d'un air enjôleur.

Roman lui serra rapidement la main. Marian était grande, blonde, pleine d'assurance… Tout ce qu'elle n'était pas. Bon sang, était-elle jalouse ? songea Leah. Elle n'avait jamais ressenti cela auparavant, et elle n'aimait pas ce sentiment. Marian était adorable, et elle s'était toujours comportée avec amitié. C'était elle qui avait proposé à Leah d'exposer dans cette galerie. Elle était célibataire et ne faisait pas mystère qu'elle recherchait une relation, alors que Leah avait clairement fait comprendre à tous qu'elle voulait rester seule.

Mais elle détestait la façon dont Marian regardait Roman. Cela la faisait se sentir possessive, enfantine et ridicule.

— Merci, répondit Roman à Marian.

Marian sourit.

Leah lui montra quelques-unes des créations de Marian, et Roman complimenta la jeune femme.

Au bout de quelques minutes, il s'adressa à Leah :

— J'ai vu qu'ils vendaient des seaux de poissons sur le

port. Nous pourrions aller là-bas… J'aimerais parler avec vous d'une ou deux choses que Morrie a évoquées lorsque nous nous sommes téléphoné.

Des sentiments mêlés l'assaillirent : elle était stupidement flattée qu'il ne manifeste pas le moindre intérêt pour Marian. Mais en même temps le fait que son regard profond, intense, reste fixé sur elle la faisait se sentir terriblement mal.

— D'accord.

Que pouvait-elle répondre d'autre ? Du moment qu'ils parlaient affaires, tout irait bien.

Malheureusement, lorsqu'il ouvrit la porte du magasin, et posa doucement sa main sur son coude alors qu'ils sortaient, elle ne le sentit pas disposé à n'avoir qu'une conversation professionnelle. Pour échapper à ce contact, elle accéléra le pas.

— Au revoir ! lança Marian.

La sonnerie retentit lorsque la porte du magasin se referma derrière eux.

— Elle vous apprécie, remarqua Leah, en se forçant à ralentir. C'est quelqu'un de très agréable, vous savez. Si vous voulez connaître les endroits animés de Thunder Key, Marian est vraiment celle qui peut vous les montrer. Elle aime s'amuser et…

Se rendant compte qu'il s'était arrêté, elle se retourna.

— Vous essayez de me caser ? demanda-t-il d'un ton ironique.

Il avait l'air amusé.

Le groupe de reggae se préparait à jouer. La petite place se remplissait de touristes, dans l'air encore frais du matin. Mais la caresse de la chaleur se faisait déjà sentir sur la peau. Bientôt, le mercure allait grimper, comme chaque jour à Thunder Key.

— Non, je…

Elle ne savait pas quoi dire. Dès qu'elle parlait à cet homme, elle avait l'impression d'être une imbécile.

— Vous êtes ici en vacances. J'imagine que vous avez envie de vous distraire, et Marian…

— Ecoutez, Marian ne m'intéresse pas. Et je n'essaie pas

de sortir avec vous non plus. Mais si j'achète le bar, nous allons devoir travailler ensemble. Vous n'arrêtez pas de me montrer à quel point vous n'avez pas envie d'être avec moi. Je vais finir par faire un complexe !

Il lui tendit la main.

— Alors, amis ? demanda-t-il.

Elle croisa son regard de nouveau sérieux.

— Amis.

Elle lui serra la main. Et de nouveau, elle ressentit ce nœud à la poitrine. Mais elle n'avait pas le choix. Morrie était enchanté que quelqu'un s'intéresse à son bar, même s'il restait prudent pour le moment. Il se trouvait bien au Nouveau-Mexique, et s'il vendait le Shark and Fin, il pourrait s'y installer de façon permanente.

« Mais si j'achète le bar, nous allons devoir travailler ensemble. »

Comment se faisait-il qu'elle n'y ait même pas pensé jusqu'alors ? D'une certaine manière, elle s'était dit que…

— Vous n'allez pas retourner à New York ? Je pensais que vous vouliez seulement investir de l'argent.

Ils quittèrent le Village des contrebandiers et s'engagèrent sur le chemin en lattes de bois qui menait au port. Des notes de reggae parvenaient jusqu'à eux.

— J'ai l'intention de m'installer ici, dit-il.

— Oh…

— Vous avez l'air déçu. Je vais vraiment faire un complexe !

Il sourit et elle fut frappée par la blancheur de ses dents et la lueur taquine qui vint éclairer ses yeux noirs. Il y avait tant de contradictions en lui ! Il se comportait de manière très professionnelle, réservée, et pourtant, lorsqu'il la regardait, elle décelait en lui une certaine vulnérabilité. Puis il y avait ces moments de légèreté, sans parler de ces fossettes irrésistibles. De toute façon, elle n'avait pas à le comprendre, et elle ne devait surtout pas essayer, se raisonna-t-elle.

— Non. Je suis surprise, c'est tout.

Choquée, plutôt.

— Vous ne m'imaginez pas vivre aux Keys ?

— Non. Je veux dire, vous venez d'une grande ville. Vous êtes…

— Quoi ? Vous ne me connaissez pas. Comment pouvez-vous dire ça ?

Il répéta ses propres paroles avec un autre éclair facétieux dans son regard énigmatique.

Elle s'immobilisa et se mordit la lèvre. Il était si sexy, si inquiétant, si viril… Et il se trouvait si près d'elle, ne la quittant pas des yeux.

— Vous avez raison, dit-elle abruptement. Je ne sais pas à quoi je pensais.

— Mais vous n'avez pas totalement tort, remarqua-t-il.

— Que voulez-vous dire ?

— Je suis un citadin, expliqua-t-il. La vie que l'on mène aux Keys… ce n'est pas la mienne. Ou plutôt, ce n'était pas la mienne. Mais les choses ont changé. J'ai changé.

Il se détourna, et regarda fixement l'océan. Elle fut frappée par l'immense douleur qu'elle lut sur son visage, et son cœur se serra. Pensait-il à sa femme qu'il avait perdue dans un accident ?

— C'est la vie que je veux maintenant, conclut-il calmement.

Elle ne voulait rien ressentir pour lui, mais l'expression de son regard lui donnait envie d'être de ceux qui savent prendre dans leurs bras et apporter du réconfort. En toute amitié.

— Vous croyez que l'on peut changer ?

Sa question la prit par surprise, tout comme l'expression de son regard, comme si sa réponse avait une réelle importance pour lui, ce qui, bien entendu, était impossible. Pourquoi s'en soucierait-il ?

— Je ne sais pas, répondit-elle avec honnêteté. Je suppose que cela dépend de l'envie que l'on en a.

Il se tut pendant un moment.

— Venez, reprit-il. Allons prendre des poissons.

Elle le suivit à l'intérieur d'un petit magasin. Il acheta un seau de poissons au comptoir et ils s'engagèrent sur l'embarcadère. Elle ressentit le malaise habituel qu'elle avait en marchant au-dessus de l'eau, mais réussit à le surmonter. L'océan faisait partie de Thunder Key, et elle ne se lassait pas de le regarder, mais elle n'allait jamais y nager. Elle avait appris à vivre avec cette angoisse qu'elle ne comprenait pas.

Il y avait quelques touristes, mais la plupart se pressaient dans les magasins qui louaient du matériel de plongée. L'air était salé, léger, frais. Elle regarda Roman, et ressentit le désir stupide de passer les doigts dans ses cheveux, comme si c'était parfaitement naturel, et de lui demander pourquoi il estimait nécessaire de changer de vie.

— Vous aviez des questions à me poser sur le bar, déclara-t-elle à la place.

Les affaires, les affaires, les affaires. Elle avait besoin de parler de quelque chose qui ne lui donnait pas envie de lui passer les bras autour du cou, de lui prendre la main, ou de rechercher d'où venait la tristesse que l'on devinait dans ses beaux yeux noirs.

— Pas vraiment des questions. Je voulais seulement vous assurer que rien ne va changer… au cas où vous vous feriez du souci pour ça. Je sais que c'est important pour Morrie.

Il se pencha par-dessus la rambarde, lança un poisson aux tarpons qui se trouvaient en dessous, puis la regarda de nouveau.

— Morrie a bien insisté sur le fait qu'il veut que vous soyez certaine que vous allez garder votre emploi. Il se préoccupe réellement de vous.

— Morrie est quelqu'un de bien.

Elle posa les bras sur la rambarde, et regarda les tarpons qui s'agglutinaient. L'eau scintillait sous le soleil.

— Il est comme un père pour moi. Mais si vous devenez le propriétaire du bar, c'est à vous de décider ce que vous voulez en faire.

Elle prononça ces mots avec une certaine nervosité, mais, depuis que Morrie avait mis le restaurant en vente, elle avait appris à vivre avec cette incertitude du futur. Elle n'avait pas de passé, elle ne pouvait savoir de quoi demain serait fait, et il ne lui restait plus qu'à vivre au jour le jour.

Et, même si Morrie se comportait comme un père pour

elle, elle n'était pas sa fille. Sa famille se trouvait au Nouveau-Mexique, et c'était là que Morrie voulait vivre.

— J'aime le Shark and Fin comme il est, déclara Roman. Je voulais seulement que vous le sachiez. Je ne vais pas vous demander de déménager, et je n'ai pas l'intention de changer le personnel.

— Vous allez devoir trouver un logement, lui fit-elle remarquer.

— Je suis très bien au White Seas pour le moment. Je verrai plus tard.

Apparemment, l'argent n'était pas un problème pour lui s'il pouvait se permettre de rester indéfiniment au White Seas. C'était l'un des hôtels les plus chers de l'archipel car il était situé dans une zone naturelle maintenant protégée, et jouissait d'un emplacement splendide.

Roman se baissa pour attraper une autre poignée de poissons qu'il lança aux tarpons. Les pélicans qui se trouvaient près de la jetée l'avaient remarqué, et un couple s'avançait vers eux.

Leah prit quelques poissons et un pélican vint les manger dans sa main. Roman nourrit l'autre, et la moitié du seau disparut en quelques minutes.

Elle se mit à rire lorsque le pélican lui mordilla les doigts avidement, et elle leva les yeux vers Roman. Il la regardait en souriant.

— J'aime vous voir rire, dit-il. Vous le faites trop rarement.

Cela la calma instantanément.

— Pourquoi voulez-vous acheter un bar dans les îles Keys ?

Bon sang, elle n'avait pas eu l'intention de lui demander ça. Il eut ce regard qui la déconcertait toujours.

— C'est ici que nous sommes venus en voyage de noces.

C'était la dernière chose qu'elle s'était attendue à entendre.

— Ici ? A Thunder Key ?

— Au White Seas. Il y a deux ans.

La douleur qu'elle lut dans ses yeux était presque insupportable. Elle dut faire un effort pour ne pas le toucher, pour refréner ce sentiment qui la poussait irrésistiblement vers lui.

S'il s'était marié seulement deux ans auparavant, il n'y avait pas longtemps que sa femme était morte. Et il était revenu là où ils avaient été heureux. Elle parvenait à peine à imaginer la douleur qu'il devait ressentir.

— J'aurais pensé que c'était le dernier endroit où vous voudriez être, déclara-t-elle.

Se terrer. C'était son réflexe lorsqu'elle avait mal. Mais Roman ne se cachait pas. Il était revenu ici, dans un endroit chargé de souvenirs.

— Je me sens vraiment trop bête ! J'essayais de vous rapprocher de Marian, et je pensais que vous vouliez sortir avec moi. Je n'avais pas la moindre idée que votre perte était si… récente. Ce doit être très difficile pour vous de vous retrouver là.

Il s'appuya contre le parapet.

— C'est le seul endroit où j'ai envie d'être.

Le vent se leva et emporta presque ses mots. Elle dut se rapprocher de lui pour l'entendre. Les notes boisées de son eau de toilette se mêlèrent à l'air salé.

— Je suis désolée, murmura-t-elle.

Que pouvait-on ressentir lorsque l'on perdait une personne tant aimée ? Elle se demanda si elle le saurait jamais… Si elle avait connu ces sentiments par le passé. C'était une des choses qui lui faisaient peur : penser qu'il y avait peut-être quelqu'un, quelque part, à qui elle manquait. C'était une des raisons pour lesquelles elle n'arrivait pas à sortir avec quiconque. Et si elle avait un mari ? Des enfants ? Elle ne savait même pas si elle était libre. Mais elle avait fini par se convaincre que, si elle avait une famille, elle le saurait… d'une certaine manière… N'est-ce pas ?

Mais la plupart du temps ces questions la terrifiaient tellement qu'elle évitait d'y penser.

— Je me suis comporté comme un sale type, poursuivit-il la prenant totalement par surprise.

Il tourna le regard vers elle, et elle se sentit transpercée par la douleur de ses yeux noirs.

— Je n'ai pas été un mari à la hauteur, et puis, ça a été trop tard : je l'ai perdue. Ne vous sentez pas désolée pour moi. Ce qui est arrivé est entièrement de ma faute.

Il se pencha pour prendre une autre poignée de poissons qu'il lança aux tarpons.

— Vous ne seriez pas un peu dur avec vous-même ? demanda-t-elle. Et vous dites que je me déprécie ! Je crois que j'ai trouvé pire que moi.

— Il faut savoir prendre la responsabilité de ses actes. Surtout lorsque l'on a eu tort.

— C'est admirable, mais tout de même ! Un couple se fait à deux. Vous ne pouvez pas être le seul à blâmer.

— Elle disait que si.

— Vous êtes prêt à reconnaître vos fautes, et rien que cela est déjà fort louable. Je ne vous vois vraiment pas comme un sale type.

C'était le moins qu'elle pouvait dire ! Elle sentait qu'elle l'appréciait de plus en plus. Et il ne fallait pas.

Vraiment pas.

Elle avait d'excellentes raisons pour ne s'attacher à personne, et le fait que Roman soit si beau et justement si attachant n'y changeait rien.

Elle avait besoin de replacer la conversation sur un terrain plus sûr.

— Morrie m'a demandé de vous donner toutes les informations dont vous auriez besoin. Si vous voulez que je vous montre les comptes aujourd'hui, il n'y a pas de problème. En son absence, c'est moi qui gère l'établissement, et je peux répondre à la plupart de vos questions.

— Bien !

Il lança quelques poissons, et tous deux restèrent un instant silencieux.

La jetée s'emplissait peu à peu de touristes, venus goûter la tranquillité relative de Thunder Key pour la journée.

— Vous faites encore de la plongée ? demanda Roman lorsque le seau fut vide.

« Encore » ? Son visage dut trahir sa perplexité car il expliqua :

— Il me semble que vous m'avez dit que vous aimiez la plongée.

— Non, non, pas du tout ! A vrai dire, j'ai la phobie de l'eau.

Il la regarda avec une expression étrange. Elle avait pleinement conscience de sa proximité, des personnes qui passaient près d'eux, du soleil qui caressait ses bras musclés et de son parfum qui l'attirait et la repoussait à la fois.

— Vous vivez sur une île qui fait trois kilomètres de large et vous avez peur de l'eau ?

— Eh oui ! Enfin, je peux regarder l'océan sans problème. Simplement… Je ne me baigne pas.

— Vous savez d'où vous vient cette phobie ?

Elle secoua la tête. Il ramassa le seau et ils se dirigèrent de nouveau vers le petit magasin.

— J'ai toujours cru qu'il fallait affronter ses peurs, reprit-il.

— Vous ne voudriez tout de même pas que je fasse une attaque de panique, répliqua-t-elle. Ce n'est pas beau à voir !

Il s'arrêta net.

— Vous avez des attaques de panique ?

Il avait l'air préoccupé, et une ride s'était creusée au milieu de son front.

— Je fais bonne impression à mon futur patron, n'est-ce pas ? Je me conduis bizarrement avec les hommes, j'ai peur de l'eau, j'ai des attaques de panique… Mais je vous jure que je suis une serveuse exemplaire !

Il pencha la tête et la dévisagea pendant un instant.

— Je ne pense pas que vous soyez bizarre, répondit-il. Je crois que vous êtes tout ce que Morrie affirme que vous êtes.

Mais qu'est-ce que Morrie avait bien pu lui dire, se demanda-t-elle.

Ils regagnèrent le magasin où il rendit le seau. Ils se lavèrent les mains et, lorsqu'ils sortirent, il lui tint la porte. De mieux en mieux ! Il était superbe, riche, agréable *et* poli. Il fallait qu'elle réussisse rapidement à lui trouver des défauts. Pour commencer, elle le connaissait à peine et elle n'avait aucune raison de lui faire confiance, se rappela-t-elle en sortant sous un soleil maintenant éclatant.

— Il faut que je retourne au bar, déclara-t-elle.

— Je pensais qu'ils n'avaient pas besoin de vous pendant un moment.

Il avait raison. Et zut !

— Je vous montrerai les livres de comptes.

Tout plutôt que de continuer à marcher à côté de lui.

— D'ailleurs, le soleil commence à taper fort, ajouta-t-elle, en essayant de trouver une bonne raison pour regagner le Shark and Fin. J'ai l'habitude, mais pas vous. Il faut faire attention : il est plus violent qu'on ne le croit. On reconnaît les touristes à leurs coups de soleil. Et, tant que j'y suis, n'allez pas nager lorsque la nuit est tombée : c'est le moment où les requins sont le plus actifs. Et les moustiques sont féroces, aussi. Et puis, il vous faudra de bonnes lunettes de soleil, celles qui protègent contre les ultraviolets...

Elle s'interrompit. Il la regardait avec une expression impénétrable, mais apparemment il arrivait à lire en elle. Et c'était une impression qu'elle détestait. Cela faisait tambouriner son cœur et lui donnait envie de courir toujours plus vite, jusqu'à ce qu'elle ne pense plus à rien.

— Je ne voulais pas vous gêner, lui dit-il. Ni prendre trop de votre temps. Nous pouvons rentrer.

Ces paroles ne firent qu'accroître son malaise. Elle avait l'impression de dire bêtise sur bêtise.

Elle sentit ses joues brûler.

— Je n'essayais pas de m'échapper, mentit-elle.

Elle se doutait fort bien qu'il ne la croyait pas, mais il eut le bon goût de ne pas le lui faire remarquer.

— Heureusement, dit-il. Parce que je vais rester ici.

C'était exactement ce dont elle avait peur.

4

Roman aurait voulu aller beaucoup plus vite, mais il sentait que Leah n'était pas prête.

Il était dans le bureau de Morrie, assis devant des livres de comptes, et faisait semblant de s'intéresser au profit généré par l'établissement. Mais la seule chose qui lui importait, c'était de savoir pourquoi Leah avait si peur, pas seulement de lui, mais de tout. *Elle avait même peur de l'eau.* Il n'en avait pas cru ses oreilles ! Elle adorait nager. C'était elle qui avait insisté pour qu'il prenne des leçons de plongée et passe son brevet avant qu'ils n'aillent à Thunder Key. Ils avaient exploré les récifs coralliens et les fonds marins ensemble, fait du bodysurf et joué comme des enfants dans les eaux calmes protégées par la barrière de corail. Elle avait réussi à lui faire faire ces choses-là, lui qui était d'ordinaire si sérieux.

Mais maintenant, c'était comme si elle avait peur de la vie. Elle se protégeait. Sa Leah n'avait jamais réagi ainsi.

Il lui faudrait aller doucement avec elle, et jamais il n'aurait rien fait d'aussi difficile. Son tempérament lui dictait d'aller de l'avant, de prendre le contrôle de la situation. C'était ce qu'on lui avait appris à faire. Mais ça n'avait jamais marché avec Leah.

Ils s'étaient promenés dans le bourg avant de retourner au bar. Il ressemblait à un petit village de Nouvelle-Angleterre, avec ses rues sinueuses bordées de palmiers et ses maisons de bois ornées des corniches ouvragées qui étaient la marque de l'architecture des Keys.

— Le Shark and Fin attire surtout une clientèle locale, lui

avait expliqué Leah. C'est une volonté de Morrie. Bien sûr, vous pourriez facilement augmenter le chiffre d'affaires si vous faisiez de la publicité.

— Je veux garder le Shark and Fin comme il est, avait-il répété. Si j'avais eu envie de gagner un million de dollars par an, je serais resté à New York.

Pour le reste, la conversation était demeurée exclusivement professionnelle.

Roman referma les livres de comptes. L'établissement était une affaire saine. Les factures étaient honorées à temps, et la main-d'œuvre était stable. Mais il ne voulait pas hâter les choses : pour le moment, il avait l'impression que Leah se sentait obligée d'assurer la transition pendant que Morrie essayait de vendre le bar, mais rien ne lui assurait qu'elle resterait ici ensuite.

Morrie n'était pas pressé, lui non plus. Il était clair qu'il voulait savoir ce que son acheteur potentiel allait faire de son établissement et du personnel... Surtout de Leah. Le vieil homme avait prudemment évité de donner à Roman des informations personnelles sur elle, mais il était manifeste qu'il l'estimait beaucoup, et il n'avait pas tari d'éloges : elle était intelligente, travailleuse, sûre... Et si Roman était heureux de savoir que quelqu'un de bon et bienveillant avait aidé Leah lorsqu'elle en avait eu besoin, il avait du mal à supporter que ce soit un étranger qui l'ait fait.

Pourquoi Leah n'était-elle pas venue vers lui ? Elle avait perdu la mémoire, et s'était pourtant retrouvée à Thunder Key. Pourquoi ?

Cela le rendait fou d'y penser. Au fond de lui, il avait envie de croire que les moments de bonheur qu'ils avaient passés ici l'y avaient inconsciemment attirée.

Mais elle ne se souvenait toujours pas de lui. Elle était revenue vers Thunder Key, pas vers lui.

Le téléphone sonna sur le bureau, mais il ne le décrocha pas. Il y avait également un appareil dans le bar, et il n'avait pas la moindre raison de penser que l'appel lui était destiné.

Puis Joey passa la tête par la porte et lui annonça que quelqu'un voulait lui parler.

— Salut, mon vieux.

— Mark.

Il aurait dû s'y attendre : puisqu'il avait refusé de répondre aux questions de ses parents et de sa sœur, ils avaient fait appel à son beau-frère pour essayer d'en savoir plus.

— Ainsi c'est donc vrai : tu vas acheter un bar dans les Keys ?

— Oui. C'est ça, répondit Roman mécaniquement. En quoi puis-je t'aider, Mark ? Je suis plutôt occupé, à vrai dire.

— Je prenais seulement de tes nouvelles. Tu comptes pour nous… Et nous nous faisons du souci pour toi.

— Je m'en rends bien compte, Mark, merci. Mais tu peux dire à tout le monde que je ne suis pas encore prêt pour la camisole de force. Je fais un investissement. C'est tout.

— J'espère que c'est uniquement ça, répondit Mark.

Il eut une seconde d'hésitation.

— Roman, les questions que tu me posais l'autre jour, sur l'amnésie…

Roman se raidit.

— Oui ?

— Pourquoi me demandais-tu cela ?

— Je n'ai pas le temps de parler, Mark.

— Roman, je sais que parfois, lorsque certaines personnes perdent un être cher, elles ont tendance à regarder chaque visage et à essayer d'y voir celui qui leur manque tant. Le corps de Leah n'a jamais été retrouvé et cela a été dur pour toi. Mais elle est morte. Il est impossible qu'elle ait survécu. Alors, si tu penses que tu vas la retrouver à Thunder Key, si tu entretiens l'espoir insensé qu'elle a survécu à l'accident et qu'elle est amnésique…

Roman ferma les yeux pour contenir son agacement. Il sentait le sang battre à ses oreilles.

— Cela ne sert à rien de te complaire dans ton chagrin, poursuivit Mark. Je suis désolé que cette fille soit décédée.

Nous sommes tous désolés ! Mais tu dois aller de l'avant maintenant. Je n'aime pas le dire, mais tu es mieux sans elle et…

Roman ne put en supporter plus.

— Je ne suis pas mieux sans elle ! Je ne veux pas vivre sans elle !

— Ce que tu dis est complètement fou, Roman. C'était l'effet qu'elle te faisait : elle te rendait fou. Tu n'étais plus tout à fait toi-même après ton mariage.

— Non. J'étais devenu moi-même, et c'était ça le problème.

— Le problème est que tu n'as pas épousé la femme qu'il te fallait. Et elle est morte. C'était tragique, mais c'est terminé. Tu as besoin d'aide, Roman. Tu as besoin…

— J'ai besoin de Leah ! Et je me fiche de ce que toi ou quiconque pouvez en penser. Je ne suis pas fou. Elle est ici, Mark. Elle est vivante !

Bon sang ! Il n'avait pas prévu de lui dire ça. Il avait envie de raccrocher le téléphone de colère, mais il ne pouvait pas laisser les choses en l'état.

— Je ne sais pas ce qui s'est passé la nuit où sa voiture a basculé de ce pont. Mais je vais tout faire pour le découvrir. Et je t'interdis de t'en mêler.

— Roman…

— Ne parle pas de ça à Gen ou à nos parents. Tu sais comment ils sont, et ce qu'ils pensent de Leah, de notre mariage. Ils n'ont pas besoin de savoir. Pas maintenant… Cela ne ferait que les inquiéter, et tu le sais. Et surtout, je te le répète, ne viens pas aux Keys. Ne me rappelle pas. Dis-leur que je vais bien… Parce que c'est la vérité, et que c'est tout ce qu'ils ont besoin de savoir.

Il respira profondément pour se calmer. Il fallait qu'il mette Mark de son côté.

— Mark, je sais que tu aimes Gen. Essaie d'imaginer ce que tu ressentirais si elle disparaissait et que tu la retrouvais. J'ai besoin de temps. Je compte sur toi pour me le donner.

Mark demeura un instant silencieux.

— D'accord. Je ne leur parlerai pas de Leah — si c'est vraiment d'elle qu'il s'agit. Tu as raison : cela ne ferait que les inquiéter. Mais fais attention. Et je pense vraiment ce que je dis…

Roman raccrocha le téléphone et alla droit vers la cuisine, attiré par l'odeur qui s'en dégageait et l'espoir d'y trouver Leah. Il fallait qu'il la revoie. Dire à quelqu'un qu'elle était vivante lui avait semblé si étrange ! Nul doute que Mark devait maintenant penser qu'il était cinglé. Chaque fois que Leah était hors de sa vue, il se disait qu'il avait imaginé toute cette histoire.

Pouvait-il faire confiance à Mark ? A la vérité, il n'en savait rien. Mais il ne pourrait pas supporter qu'un membre de sa famille s'interpose entre Leah et lui maintenant.

Joey était en train de servir un énorme bol de soupe aux coquillages.

— Leah a dit que vous pouviez vous servir, déclara-t-il. D'ailleurs, si vous voulez acheter le bar, il faudra bien que vous goûtiez ce que je fais.

— Et Leah, elle cuisine elle aussi ?

Leah était la pire cuisinière du monde, ce qu'il trouvait d'ailleurs étrangement charmant, tant elle était créative par ailleurs. La voir travailler dans un restaurant était pour le moins ironique.

— Non. Elle fait tout brûler !

Joey le regardait fixement.

— C'est vraiment le bar, ou c'est Leah qui vous intéresse ? poursuivit-il.

— Bon, pourquoi ne me diriez-vous pas franchement ce que vous avez en tête ? répliqua Roman sèchement.

— Nous manquons de personnel aujourd'hui, répondit Joey l'air dur. Une des serveuses est malade. Vous voulez aider ?

Roman comprit que le cuisinier le mettait à l'épreuve.

— D'accord.

A New York, il était assis derrière un bureau et dirigeait son monde. Aux Keys, il n'était qu'un type banal, même s'il allait peut-être devenir le nouveau patron de Joey. Il allait devoir faire ses preuves… Et il fut surpris de constater qu'il ne s'en offusquait pas. A dire vrai, il prenait plutôt cela comme un défi à relever.

— Où dois-je apporter ça ?

Il prit le bol de soupe. Joey en servit un second puis désigna un plan avec des tables numérotées, qui était fixé au mur.

— Table six, répondit-il en se retournant vers les fourneaux.

Roman poussa les portes battantes qui séparaient la cuisine du bar. Le téléphone sonnait derrière le comptoir. Leah finit de remplir une chope de bière, et décrocha.

— Shark and Fin.

Roman traversa la salle et posa les bols de soupe devant les deux hommes assis à la table six. Lorsqu'il revint vers le comptoir, Leah fronçait les sourcils d'un air irrité.

— Vous faites le service maintenant ? demanda-t-elle après avoir raccroché.

— Oui. Il faut que je connaisse toutes les facettes du métier. J'aime faire les choses à fond.

Elle retourna vers la tireuse à bière, et remplit une autre chope.

— Bien ! dit-elle en poussant un plateau vers lui.

Elle y déposa deux bières de plus.

— C'est pour la table près de la porte.

Et, pendant l'heure et demie qui suivit, Roman fit sans cesse des allées et venues entre la cuisine, le bar et les tables des consommateurs. Il remarqua que Leah avait un très bon contact avec la clientèle, qui allait du pêcheur en marinière au touriste en short. Elle avait souvent aux lèvres ce sourire qui le faisait craquer, mais qui ne lui était jamais destiné. Dès qu'il croisait son regard, il voyait un éclair de peur le traverser et son visage se fermer.

Quant à lui, chaque fois qu'il la regardait, son cœur bondissait. Il brûlait de l'envie de la prendre dans ses bras et de l'embrasser. La regarder, être si près d'elle et ne pas pouvoir la toucher étaient une véritable torture.

Le restaurant commença à se vider après le rush de midi, et Joey eut la témérité de lui demander de faire la plonge. Roman avait la certitude que le cuisinier le testait. Il l'accepta comme un défi de plus, et chargea et déchargea chaque assiette du lave-vaisselle comme si cette activité allait lui permettre de faire une fortune à Wall Street.

Lorsqu'il eut presque terminé, il avait les mains rougies par l'eau chaude. Il n'avait plus vu Leah depuis trop longtemps. Il était comme un drogué en manque, mais n'avait pas la moindre intention de se soigner.

Soudain, il entendit la porte battante s'ouvrir.

— Attention ! s'écria-t-il lorsque Leah manqua de le bousculer en entrant dans la cuisine exiguë, portant un plateau chargé de chopes de bière.

La sonnerie du téléphone retentit dans le bar redevenu calme.

— Waouh, et maintenant, vous faites la vaisselle ! Vous prenez vraiment les choses à cœur.

— Morrie m'a recommandé de mettre la main à la pâte, expliqua Roman.

Leah restait immobile, le plateau au bout des bras, avec l'air de quelqu'un qui rêve de tourner les talons et de s'enfuir, et il voulait éviter cela à tout prix.

Il se demanda ce qu'il pouvait bien lui dire pour la faire rester.

— Alors, lança-t-il gaiement, à quelle heure les clients commencent-ils à arriver d'habitude ?

— Leah ! cria Joey en poussant les portes battantes.

Leah fit un pas de côté pour le laisser passer, mais elle trébucha, et les chopes sur le plateau s'entrechoquèrent.

Roman eut tout juste le temps de se retourner et de la rattraper alors qu'elle perdait l'équilibre et tombait droit dans ses bras. Il n'aurait pas pu la tenir plus étroitement s'il l'avait voulu.

Il avait réussi à lui éviter la chute, mais pas d'être aspergée par la bière que contenaient encore certaines chopes avant qu'elles ne se brisent au sol. Leah se retint en l'agrippant, elle aussi. Pendant seulement une seconde, il croisa ses yeux verts et elle fut dans ses bras. Son cœur s'emballa. Il n'arrivait plus à penser. Il se contentait de réagir de façon primaire et l'attira contre lui, fermant les yeux, respirant son odeur.

— Oh ! Mon Dieu ! Je suis désolé !

La voix de Joey brisa le sortilège.

Leah se dégagea des bras de Roman.

Le sentiment de solitude qu'il ressentit soudain le surprit. Pendant un instant, il avait serré Leah contre lui. Il ne savait pas à quel point ce serait merveilleux… et terrible.

Parce que, maintenant, elle ne voulait même plus le regarder. C'était comme s'il était l'incarnation du démon.

— Je vais bien. Je suis un peu mouillée, c'est tout.

Elle eut un petit rire forcé.

— Quel bazar ! ajouta-t-elle.

— Je m'en occupe, dit Roman. Allez vous changer.

Trempée de bière, elle alla chercher un balai et une pelle.

— Leah, le téléphone est pour toi, annonça Joey.

Roman lui prit le balai des mains.

— Laissez-moi faire.

— Merci, répondit-elle en évitant toujours de le regarder. C'est qui ? demanda-t-elle à Joey.

— Je ne sais pas. Quelqu'un qui veut te parler, répondit Joey avec un haussement d'épaules.

Tandis qu'elle disparaissait derrière les portes battantes, Roman finit de nettoyer le sol, puis la rejoignit dans le bar. Elle était debout derrière le comptoir, et regardait fixement le téléphone.

— Tout va bien ? lui demanda-t-il.

Elle hocha la tête.

— Oui.

Elle lui jeta un rapide coup d'œil, puis croisa les bras devant sa chemise humide, maintenant plaquée sur sa poitrine.

— Il faut que j'aille me changer. Je ne voudrais pas que les clients croient que nous organisons un concours de T-shirts mouillés.

— Attendez.

Elle se mordit la lèvre en se retournant.

— Je suis désolé que vous soyez dans cet état, reprit-il. Je n'ai pas réussi à rattraper le plateau.

— Ce n'est pas votre faute. Merci d'avoir nettoyé tout ça.

Il hésita.

— Je vais essayer de trouver quelques restes dans la cuisine, et nous pourrions déjeuner ensemble dans le bureau de Morrie. Qu'en dites-vous ? J'ai quelques questions à vous poser.

Il n'avait aucune question, mais il en inventerait bien s'il le fallait.

— Je vous promets que je ne mords pas.

Elle rit, et cette fois, elle croisa son regard.

— D'accord. Merci.

Il y avait du progrès, songea Roman, même si c'était très lent. Il devait se satisfaire de ce qu'il avait. Pour le moment.

Leah monta les escaliers en courant. Elle se sentait vidée, étrange. Elle ne savait pas si c'était parce qu'elle était littéralement tombée dans les bras de Roman ou parce que cela faisait maintenant deux fois que quelqu'un téléphonait pour lui raccrocher au nez.

Cet événement la mettait très mal à l'aise. Deux fois. La première, elle s'était dit que ça devait être un mauvais numéro. Cela arrivait régulièrement sans qu'il y ait des raisons de s'inquiéter. Mais la deuxième quelqu'un avait demandé à lui parler puis avait raccroché. Ce n'était probablement rien, mais ça la tracassait tout de même. Tout ce qui n'était pas habituel l'inquiétait.

A commencer par Roman.

Mais comment aurait-elle pu refuser le déjeuner ? C'était une proposition tout à fait anodine. Il voulait acheter le bar. Il n'y avait pas la moindre raison de penser qu'il n'était pas sérieux.

Morrie allait se renseigner sur lui. Elle se demandait s'il avait déjà quelques informations.

Une fois dans son studio, elle ferma la porte et ôta sa chemise mouillée. L'air était chaud, mais pourtant elle frissonna. Elle se passa rapidement un gant humide sur la peau pour en ôter l'odeur de la bière. Puis elle prit un T-shirt dans un tiroir et l'enfila. Il était rose fuchsia, comme ses ongles. Dessus était écrit : 13

Elle aimait ce numéro. Elle ne savait pas pourquoi, comme d'habitude. Mais elle avait été attirée par ce vêtement dès qu'elle l'avait aperçu dans un magasin du Village des contrebandiers.

Tout comme elle était attirée par Roman.

Mais quelque chose en lui la troublait, et elle n'arrivait pas à déterminer si c'était parce qu'il lui plaisait, ou parce qu'il lui rappelait des choses profondément enfouies dans sa mémoire.

Elle décrocha son téléphone et se lova sur le canapé.

— Bonjour, Morrie, dit-elle lorsqu'il décrocha.

— Comment vas-tu ?

— Bien.

Le simple fait d'entendre la voix de Morrie la calma. Il lui manquait. Elle aimait sa présence solide dans sa vie. Mais il fallait qu'elle s'habitue à ce qu'il ne soit pas là. Si le bar était vendu, il irait vivre au Nouveau-Mexique. Elle ne pouvait pas éternellement dépendre de lui.

— Je voulais seulement te donner les dernières nouvelles.

Elle voulait surtout entendre sa voix rassurante.

Elle lui raconta son tour en ville avec Roman, et comment il les avait aidés au bar.

— Nous allons retourner dans ton bureau pour parler des comptes. Je voulais savoir si nous pourrions t'appeler, au cas où il aurait des questions auxquelles je ne pourrais pas répondre.

— Je serai là, dit Morrie. J'ai passé quelques coups de fil à New York. Les Bradshaw sont connus là-bas. Roman Bradshaw est un des héritiers de la famille, qui est riche à millions. Ils possèdent entre autres une compagnie de courtage qui opère à Wall Street : Bradshaw Securities. Il est plein aux as. Apparemment, sa femme est morte il y a peu de temps et il a pris un congé.

La main de Leah se serra sur le combiné. Elle ne savait pas si elle était soulagée, ou encore plus inquiète. Roman n'avait pas menti. Cela voulait dire qu'il allait vraiment acheter le Shark and Fin, et qu'il allait faire partie de sa vie, à moins qu'elle ne parte... Et cela, elle ne le voulait pas. Elle était chez elle aux Keys.

« Allons, Leah, reprends-toi ! C'est un homme comme les autres. »

Un homme sexy, beau à tomber, qui avait les yeux les plus tristes qu'elle ait jamais vus... et le plus beau sourire. Tout cela à la fois.

Morrie promit qu'il resterait joignable si elle avait des questions à lui poser, et elle le quitta avant de se lever. Il était temps de redescendre au bureau.

Elle lança un regard rapide au miroir de la salle de bains, puis saisit une brosse pour se coiffer et commença à prendre un tube de rouge à lèvres avant de s'immobiliser.

Pourquoi faisait-elle cela ? Ce n'était pas un rendez-vous galant.

Elle descendit retrouver Roman qui l'attendait dans le bureau de Morrie. Il avait déposé deux assiettes avec du poisson et des frites sur le bureau. Des serviettes. Une bouteille de bière pour chacun. Il avait même apporté du ketchup et de la sauce tartare.

— Merci, dit-elle en s'asseyant.

Il avait trouvé une chaise pliante quelque part et lui avait laissé la chaise de bureau usée mais confortable de Morrie. Elle avait beau faire des efforts, elle n'était pas à l'aise. Pas avec Roman Bradshaw assis à côté d'elle, avec ses yeux noirs comme l'océan sous la lune et son sourire si craquant.

— Bon appétit, dit-il en voyant qu'elle n'avait pas encore commencé à manger.

Elle trempa un morceau de poisson dans la sauce tartare, puis dans le ketchup, comme elle avait l'habitude de le faire. Lorsqu'elle leva les yeux, Roman l'observait. Son regard était bienveillant, bien qu'un peu trop intense, constata-t-elle. Il était aussi appréciateur sans être insistant. L'expression de ses yeux était étonnamment sérieuse, comme si ce n'était pas elle, mais son âme qu'il voyait, songea-t-elle.

— Si vous continuez à me regarder comme ça, je ne vais

jamais pouvoir manger ! s'exclama-t-elle. Et j'ai faim. Alors, arrêtez.

Il cligna des yeux, comme s'il sortait d'un rêve.

— Je suis désolé. Je me demandais seulement…

— Quoi ? demanda-t-elle avant d'entamer son poisson.

Le poisson frit de Joey était le meilleur de Thunder Key. C'était pour cela que les habitants de l'île venaient ici.

— Je me demandais seulement si vous étiez d'ici, demanda-t-il.

— J'habite ici du plus loin que je puisse me souvenir, répondit-elle.

Et c'était vrai : elle détestait mentir. Si Roman Bradshaw ne pensait pas déjà qu'elle était folle, il le ferait lorsqu'il découvrirait qu'elle avait perdu la mémoire… Et qu'elle ne faisait rien pour la retrouver tellement l'idée la terrifiait chaque fois qu'elle y pensait.

Elle était vraiment dérangée… Et elle n'aimait pas partager cette certitude avec les autres.

— Et vous ? demanda-t-elle pour renverser les rôles.

— Je suis né à Manhattan.

Il prit une gorgée de bière et reposa la bouteille.

— J'y ai toujours vécu. Ma famille possède une compagnie financière.

Il avait dit cela comme si ce n'était pas important, alors qu'elle savait maintenant à quoi s'en tenir après sa conversation avec Morrie. « La famille Bradshaw, qui est riche à millions », c'était ce que Morrie avait dit. « Il est plein aux as. »

Même lorsque Roman Bradshaw était en jean et en T-shirt, cela se voyait. Il avait trop d'aisance et de prestance.

Il attaqua son assiette.

— Et que pensent-ils du fait que vous soyez parti ?

— Ils ne sont pas contents, répondit-il entre deux bouchées.

— Vous allez peut-être changer d'avis, retourner là-bas…

Elle trouvait étrange qu'il ait pu laisser toute sa vie derrière lui… Surtout quand, contrairement à elle, il pouvait s'en souvenir.

— Je ne crois pas.

Il la regarda de nouveau droit dans les yeux.

— Mon ancienne vie... J'étais un autre homme... Je ne veux même pas me souvenir de ce type-là. Il ne pensait qu'à son travail et à l'argent. Il ne savait pas où était l'important.

Bon sang ! Ça devenait de nouveau personnel... Donc dangereux, pensa-t-elle.

Il trempa un morceau de poisson frit dans son ketchup.

— Ma femme, elle voulait que je lève le pied. Que je décompresse... Que je regarde autour de moi... Je ne l'ai pas écoutée.

Il prit un morceau de poisson.

Eh bien, si elle pensait qu'il était en train de la courtiser, cette conversation lui montrait clairement que ce n'était pas le cas. Il n'essayait vraiment pas de l'impressionner. Pas quand il ne cessait de lui dire à quel point il s'était mal conduit. Mais en fait elle était impressionnée. Roman avait une façon de se regarder en face qu'elle lui enviait.

Elle était bien trop effrayée pour le faire elle-même.

— Il est difficile de perdre quelqu'un que l'on aime, dit-elle doucement.

Il était évident qu'il portait le poids de la culpabilité.

— Cela vous est déjà arrivé ? demanda-t-il.

Sa voix était calme, mais il la regardait comme s'il pouvait voir en elle.

Elle prit une gorgée de bière.

— Non, finit-elle par répondre.

Elle vit une ombre traverser son regard et choisit ses mots avec soin.

— Je... J'imaginais seulement ce que l'on doit ressentir, je suppose.

Il détourna les yeux.

— Vous avez de la chance.

— Vous pensez beaucoup à votre femme.

Ce n'était pas une question. Il était clair qu'elle lui occupait constamment l'esprit.

— Tout le temps.

Il ne la regardait toujours pas.

— J'ai d'abord cru que c'était une chose que l'on surmontait. Mais non.

Soudain il planta son regard dans le sien et la douleur qu'elle y vit faillit lui briser le cœur.

— On ne s'habitue jamais. Surtout lorsque vous avez mal agi. Mais on peut changer. Et c'est ce que je suis déterminé à faire. J'ai beaucoup appris sur moi, sur elle, sur ce qui compte vraiment dans la vie. Et je ne sais absolument pas pourquoi je vous dis tout ça. Nous nous connaissons à peine et vous n'avez certainement pas la moindre envie de l'entendre.

— Non, ça ne me gêne pas.

Avait-elle vraiment prononcé ces mots ? Pourtant, elle ne pouvait pas supporter de l'entendre parler si durement de lui-même, et elle sentait confusément qu'il ne parlait pas à tout le monde de sa femme.

— Il y a quelque chose de très réconfortant aux Keys, reprit-elle. Le soleil, le sable, l'océan, la liberté. Pas de chaussures, de passé, de problèmes.

Il la regardait étrangement, mais il ne lui demanda pas ce qu'elle voulait dire. Elle en fut soulagée.

— Il ne fait jamais froid ici, poursuivit-elle pour masquer son trouble. C'est pour cela que l'on dit que c'est le paradis. Même lorsqu'il pleut à Miami, il fait soleil ici. S'il n'y avait pas les ouragans, les Keys seraient parfaites.

Il valait mieux parler du temps. C'était plus sûr.

Roman sembla saisir l'allusion. Il ouvrit les livres de comptes de Morrie et lui posa quelques questions. Elle était certaine que les comptes du Shark et Fin étaient un jeu d'enfant comparés aux affaires qu'il avait l'habitude de gérer, mais Roman aimait faire les choses à fond, ainsi qu'il le lui avait dit. Il passa tout au crible.

C'était effrayant.

Le téléphone sonna, et elle décrocha.

— Bonjour, Shark and Fin.

Il y eut un silence au bout de la ligne, puis :

— Je sais qui tu es. Je sais ce que tu as fait.

Elle ne sentit même pas que le combiné lui tombait des mains.

5

Roman vit le visage de Leah se décomposer. Le combiné du téléphone tomba à terre avec un bruit sourd, et pendant une seconde Roman pensa qu'elle allait s'évanouir. Mais ce fut pire encore.

Il n'avait jamais vu quelqu'un avoir une attaque de panique auparavant.

— Leah, que se passe-t-il ?

Il lui prit la main. Ses doigts étaient glacés, elle tremblait, et pourtant, il vit la sueur perler à son front.

Elle retira brusquement sa main, et se tint l'estomac.

— Mon Dieu, je me sens mal, murmura-t-elle.

Puis elle pressa la main sur sa bouche et se leva d'un bond, faisant tomber la chaise de Morrie contre le mur.

Elle se précipita hors de la pièce, l'air hagard. Roman courut à sa suite. Il aurait voulu retourner dans le bureau, découvrir qui était au téléphone, ce qui se passait, mais il ne pouvait pas laisser Leah seule.

Il la suivit jusqu'à son studio et la trouva penchée sur son lavabo.

— Sortez ! s'écria-t-elle sans ménagement.

— Pas question.

Il ne voyait pas son visage. Elle ne voulait pas le regarder. Elle avait encore la main sur la bouche et elle restait là, tremblante. Il aurait voulu aller vers elle, la prendre dans ses bras, mais il savait qu'elle le repousserait. Il ne pouvait rien faire pour l'aider, et il détestait cela.

— Qui était au téléphone ?

— Personne. Je ne sais pas.

— Alors, que…

— Je vous répète que je ne sais pas.

Leah sentait sa tête tourner. Cette voix était-elle le fruit de son imagination ? Mon Dieu, les deux appels précédents l'avaient déjà mise mal à l'aise, et peut-être avait-elle cru entendre quelqu'un parler, prononcer les mots qui hantaient ses cauchemars… Et maintenant, elle était dans sa salle de bains, avec Roman Bradshaw, et elle n'arrivait pas à se maîtriser.

Tous ses nerfs frémissaient. Des frissons la parcouraient. Son cœur battait la chamade. Elle n'arrivait plus à réfléchir. Elle avait peur de… de mourir. Un sentiment d'horreur l'assaillait. Ces attaques de panique la terrifiaient, et cela la mettait en fureur de voir qu'elle ne pouvait pas les contrôler.

— Je vais bien, déclara-t-elle.

Dieu merci, elle n'avait pas vomi. C'était au moins ça.

— Laissez-moi.

Je vous en prie.

— Non, non, vous n'êtes pas en état de rester seule. Je ne sais pas ce qui s'est passé, mais je refuse de partir.

Sa voix était si réconfortante ! S'il la prenait dans ses bras là, maintenant, elle poserait sa tête sur son épaule et se mettrait à pleurer. Mais… c'était impossible. Elle cligna les yeux plusieurs fois, rapidement.

Respire. Respire.

— Ne vous inquiétez pas, c'est juste un petit malaise, murmura-t-elle.

— Je peux faire quelque chose pour vous ?

Elle secoua la tête.

— Je pense que ça ira maintenant, dit-elle au bout d'un long moment. Je me sens mieux. Ouf !

Elle essaya de rire. Voilà pour cette attaque : elle l'avait vaincue. Pour l'instant.

Il l'aida à se redresser. Elle avait l'impression d'avoir les jambes en coton.

— Venez.

Roman la guida jusqu'au canapé. Puis il alla vers la kitchenette et lui servit un verre d'eau.

— Buvez ça.

Elle en prit une gorgée. Elle avait du mal à avaler : ces attaques de panique lui donnaient toujours l'impression d'étouffer.

— Cela vous arrive depuis quand ? demanda-t-il.

— Un moment.

Elle reposa le verre. Sa main ne tremblait presque plus.

— C'est un peu embarrassant. En fait, non : c'est très embarrassant.

Il s'assit à côté d'elle. Pas assez près pour que leurs épaules se frôlent, mais presque. Elle évita son regard perçant, et garda les yeux obstinément baissés. Il avait de longues jambes, songea-t-elle.

— Merci… d'être ici, reprit-elle. Soyez rassuré, m'aider quand j'ai des crises d'angoisse ne fera pas partie de vos attributions.

Elle essaya un petit rire, mais il ressembla plutôt à un sanglot. Elle se mordit la lèvre et déglutit en essayant d'avaler la boule qu'elle sentait dans sa gorge.

Elle fut surprise de sentir la chaleur de ses doigts sur son menton : il lui relevait le visage pour l'obliger à le regarder.

— Hé, ne soyez pas embarrassée. Je me fais seulement du souci pour vous. Que s'est-il passé tout à l'heure ?

Il la regardait, le front plissé. Il ne la touchait plus, mais il était toujours près d'elle. Beaucoup trop près.

Elle se recroquevilla un peu plus sur le canapé, et secoua la tête.

— Rien. C'est juste… une de ces stupides attaques de panique. Je me mets une idée en tête, et puis, tout d'un coup, chaque fois que le téléphone sonne, je ne me contrôle plus. A deux reprises, on m'a raccroché au nez, et maintenant le téléphone me fait peur.

— Quelqu'un appelle et raccroche ? Aujourd'hui seulement, ou c'est déjà arrivé ?

— Aujourd'hui seulement. C'était probablement une erreur.

— Tout à l'heure, Joey a dit que quelqu'un voulait vous parler, remarqua-t-il. On a raccroché là aussi ?

— La ligne a certainement été coupée.

— Et d'habitude, qu'est-ce qui provoque ces attaques de panique ?

Il semblait véritablement intéressé, mais elle trouvait cette discussion étrange.

— N'importe quoi, répondit-elle en haussant les épaules. Il n'y a aucune logique là-dedans, alors si vous essayez de trouver une explication rationnelle, vous pouvez renoncer.

Elle avait lu quelques ouvrages sur ce sujet dans la petite bibliothèque de Thunder Key. Il y avait quelque chose dans son subconscient, dans sa mémoire. Quelque chose de noir et d'effrayant qui lui revenait par bribes, surtout dans des cauchemars.

Mais elle ne voulait pas savoir ce que c'était.

— Je n'ai vraiment pas envie d'en parler, lui dit-elle.

— Vous devriez peut-être pourtant le faire, insista-t-il avec douceur.

— Il faut vraiment être masochiste pour vouloir entendre parler de mes problèmes, le taquina-t-elle, essayant d'alléger la conversation.

Mais les yeux noirs de Roman demeurèrent sérieux.

— Je sais seulement que refuser de parler d'une chose ne la fait pas disparaître pour autant, c'est tout, déclara-t-il. C'est ce que j'ai essayé de faire lorsque ma femme est morte. Mettre ma douleur de côté. J'avais peur d'y faire face.

Il se leva, et, s'arrêtant devant la fenêtre, il écarta les rideaux et regarda l'océan.

— Comment est-elle morte ? demanda doucement Leah. Vous avez parlé d'un accident.

— C'était un accident de voiture.

Il restait immobile.

— Sa voiture a plongé dans un cours d'eau.

Il parlait à voix basse, péniblement.

— La police a pensé… Ils m'ont dit qu'elle s'était noyée.

Je n'arrive même pas à imaginer ce qu'elle a dû endurer cette nuit-là. Ça a dû être terrifiant.

Sans réfléchir, Leah se leva et s'approcha de lui. Il avait l'air si seul ainsi, lorsque sa silhouette se découpait sur ce paysage vibrant de lumière.

— C'était irréel… On l'a cherchée pendant des jours. On n'a pas retrouvé sa voiture tout de suite.

Oh mon Dieu ! Comment Roman avait-il pu supporter une telle douleur ?

— Je n'arrivais pas à croire que c'était vrai. J'étais certain qu'ils allaient la retrouver, vivante. Je voulais continuer à espérer. Puis… J'ai dû me rendre à l'évidence.

— Ils ont retrouvé son corps ?

Des jours entiers. Des jours à attendre qu'ils retrouvent le corps de Leah, qu'ils le sortent de l'eau.

Il se retourna, et soutint longuement son regard. Il resta silencieux pendant un moment terrible.

— Non.

Les larmes perlèrent aux yeux de Leah. Roman dut faire appel à toute sa volonté pour ne pas la prendre dans ses bras et lui dire : « Mais maintenant, je t'ai retrouvée. »

— Jamais, de ma vie, je n'ai eu autant de mal à accepter quelque chose, poursuivit-il. Qu'on ne la retrouve pas… que je n'aie pas été avec elle… que je n'aie pas agi autrement…

— Roman, murmura-t-elle.

Puis elle posa la main sur la sienne, et entrecroisa leurs doigts.

— Si vous aviez été avec elle, vous seriez peut-être mort, vous aussi.

Il y avait pensé. Souvent. Et chaque fois il avait regretté de ne pas avoir été dans la voiture, et de ne pas avoir basculé dans le vide avec Leah.

Jusqu'à ce qu'il retourne à Thunder Key.

— Il n'y a rien de plus dur à supporter que le remords, déclara-t-il.

Elle le regarda avec compassion, les yeux encore humides

de larmes. Il lui était si difficile de ne pas la prendre dans ses bras !

Au lieu de quoi, il lui serra la main.

— Chaque jour est précieux, dit-il. C'est peut-être le dernier qui nous reste à vivre.

Il secoua la tête.

— On dirait une citation de carte postale, ironisa-t-il.

Elle lui serra doucement la main.

— En fait, je vous admire. Votre femme avait de la chance de vous avoir, que vous en ayez conscience ou non.

Avoir cette conversation avec Leah était totalement irréel. Cela lui faisait mal de la poursuivre. Il y avait trop de choses que, malgré son impatience, il ne pouvait lui dire…

Doucement, doucement, doucement… C'était si difficile !

Le téléphone sonna. Elle sursauta, puis leva les yeux vers lui et détourna le regard aussitôt.

— Vous voulez que…

— Non.

Elle traversa la pièce, et saisit le combiné.

— Morrie ?

Elle eut l'air soulagée.

— Oui. Tout va bien.

La conversation se poursuivit. Roman se sentit bêtement jaloux de cet homme dont la seule voix avait le don de réconforter Leah.

Elle raccrocha.

— Bien, puisque vous m'admirez, dit-il alors qu'elle s'approchait, que diriez-vous d'une petite promenade sur la plage ? Cela vous fera du bien de ne pas entendre le téléphone sonner pendant un moment, et il n'y a pas beaucoup de clients au bar pour le moment.

Il la voulait tout à lui.

Elle hésita, et il poursuivit :

— Nous allons prendre une heure de congé, qu'en dites-vous ?

C'était une chose que Leah avait l'habitude de faire auparavant : lui demander de faire comme si, pendant un moment, ils étaient en vacances.

Elle sourit, un peu nerveusement, mais elle sourit tout de même.

— D'accord. Je serai contente de sortir un peu du bar, de toute façon. Vous avez raison, je n'ai vraiment pas envie d'entendre la sonnerie du téléphone.

Ils descendirent l'escalier, et furent happés par la chaleur. La plage devant le Shark and Fin était tranquille, et l'océan étale. Ils enlevèrent leurs chaussures au bout de la terrasse de bois.

La sensation du sable chaud et granuleux sous la plante de ses pieds ravissait Roman. Il avait envie de prendre la main de Leah, mais il se retint. Ils s'approchèrent de la mer. Un bateau passait au loin.

Il remarqua qu'elle gardait le regard obstinément fixé sur la mer alors qu'ils avançaient. A quoi pensait-elle ? Il aurait payé cher pour le savoir.

— Eh bien, vive les vacances, même pour une heure ! s'exclama-t-il.

Elle le regarda, et il vit ses yeux briller dans le soleil. Elle éclata de rire.

Il ne s'était jamais senti plus gâté par la vie. Ils marchèrent un moment, en bavardant calmement. Rien de personnel. Il y avait un vieux phare tout près, et elle le fit entrer à l'intérieur. De là, ils pouvaient voir, par-delà le sommet des arbres, les toits de la ville, et les lignes sinueuses de ses rues.

— Ce n'est pas le phare d'origine, expliqua-t-elle. Le premier a été emporté par une tornade. Plusieurs personnes qui s'y étaient réfugiées sont mortes.

Elle avait l'air très sérieuse, et regardait fixement l'océan.

— Quand je pense qu'ils ont été pris au piège…

Roman la regarda. Leah avait été enfermée dans sa voiture, dans cette rivière. S'en souvenait-elle ? Elle avait évoqué sa peur de l'eau. Mais lorsqu'il lui avait parlé du décès de sa femme dans un accident de voiture — par noyade — elle n'avait pas semblé ressentir autre chose que de la compassion.

— Parfois, je rêve que je suis sous l'eau et que je ne peux

pas m'échapper, déclara-t-elle doucement, si doucement qu'il dut se pencher pour l'entendre.

Il attendit…

Mais elle secoua la tête.

— Allons-y.

Si elle avait des souvenirs, elle n'allait pas les partager avec lui.

Ils descendirent du phare et retournèrent vers le Shark and Fin. Il faisait chaud, mais une petite brise venait de l'océan.

— Vous avez des enfants ? demanda-t-elle soudain, comme si elle venait tout juste d'envisager cette possibilité.

— Non. Je n'ai pas d'enfants. Ma femme en voulait. Tout de suite. J'ai dit non, bien sûr.

— Pourquoi « bien sûr ? »

Il lui lança un coup d'œil.

— Je veux dire, à part le fait que vous étiez — comme vous le répétez sans cesse — un sale type, dit-elle doucement, l'air taquin.

— Je pensais que je ne ferais pas un bon père, répondit-il. C'était la vraie raison. Je lui ai raconté des tas de mensonges : que je n'étais pas encore prêt, que je voulais faire carrière avant, que j'avais un projet de vie, et que les enfants n'y avaient pas de place avant que je n'aie atteint certains objectifs…

— Et ce n'était pas vrai ?

Ils s'étaient arrêtés tout près de la mer. Il lui prit la main et la fit s'asseoir sur le sable compact.

— C'était un tas de bêtises, répondit-il doucement. J'aurais adoré avoir des enfants. Elle serait… Elle aurait été une maman extraordinaire.

— Pardonnez-moi si ce que je dis vous choque, mais je suis certaine qu'elle n'était pas parfaite, affirma Leah en le considérant avec douceur.

— Elle était un peu têtue, mais c'était plutôt touchant. Elle essayait toujours de me faire faire des choses folles.

— Je parie qu'elle pensait elle aussi que vous étiez touchant. Vous êtes quelqu'un de bien, Roman Bradshaw.

Il aima la façon dont son regard s'illumina. Il lui tenait la main et, un instant, il sentit cette proximité.

Mais elle ne le connaissait pas, pas vraiment. Elle l'avait complètement effacé de son esprit.

— Eh bien, c'est parce que vous voyez là Roman Bradshaw version 2.0, lui fit-il remarquer. Elle a été considérablement améliorée !

Ce sourire en coin qui le faisait chavirer apparut alors sur les lèvres de Leah. Sourirait-elle encore lorsqu'elle saurait la vérité ? Comment pourrait-il la convaincre qu'il avait changé alors qu'il était en train de lui mentir, ne serait-ce que par omission ? Mais avait-il le choix ?

Plus il passait du temps avec elle, plus il lui devenait difficile de taire la vérité… Et plus elle serait en colère lorsqu'elle finirait par l'apprendre.

— Et pourquoi pensiez-vous que vous ne seriez pas un bon père ?

Il lui lâcha la main. Il n'avait pas l'habitude de parler de lui et il lui était difficile de partager ses sentiments… Surtout avec Leah, parce qu'il lui fallait choisir ses mots avec soin. Lentement, il traça un trait dans le sable humide devant lui. L'eau clapotait doucement en venant mourir sur le sable, tout près d'eux.

— Je voulais être différent de mon père mais… je ne voyais pas trop comment faire, je suppose, admit-il. Ma famille est… distante… très réservée. Nous sommes ensemble presque tout le temps puisque tout le monde travaille à l'agence, et pourtant, je ne les connais pas du tout, chacun garde ses émotions pour soi. Nous ne parlons qu'affaires… Et ma femme n'était pas comme ça.

— Elle était comment ? Parlez-moi d'elle.

Elle avait l'air triste, et il lui fallut une seconde pour se rendre compte qu'elle avait mal pour lui.

— Elle était insouciante. Elle n'aimait pas prévoir. Elle faisait les choses au moment où elles lui venaient à esprit. Elle me rendait fou parce que j'avais besoin d'organiser, de prévoir, pour tout…

C'était la Leah qu'elle était lorsque ses yeux verts n'étaient pas assombris par la peur.

— J'aime sentir que je maîtrise les choses et elle me donnait l'impression de ne rien contrôler.

C'était encore l'effet qu'elle avait sur lui : il ne savait toujours pas comment s'y prendre avec elle.

Il se pencha en avant, et plongea les doigts dans l'eau mousseuse. Il se rassit, lui prit la main, la retourna et posa le bout humide de ses doigts dans sa paume.

Elle soutint son regard, et ne s'éloigna pas.

— C'est l'océan, déclara-t-il doucement.

Elle secoua la tête.

Il se força à retirer la main.

— Vous avez peur ?

— Non. Oui. Je ne sais pas.

Elle avait l'air étrangement troublée maintenant, et il n'avait qu'une envie : l'enlacer et lui dire que tout allait bien se passer. Mais il n'en était pas certain lui-même. Le futur était encore une page blanche.

— Il est temps de rentrer, reprit-elle.

Elle se leva, brossa l'arrière de son pantalon, puis s'immobilisa : quelque chose sur la plage avait attiré son attention.

Roman se retourna, suivant son regard.

— Oh ! regardez ! Elle ne va pas bien ! s'écria-t-elle avant de se mettre à courir.

Roman la rejoignit alors qu'elle s'agenouillait sur le sable humide près de la mer. Elle regardait d'un air préoccupé la tortue qui boitait devant elle, et ce fut alors seulement que Roman comprit ce qui gênait l'animal : un filin métallique était entortillé autour de sa nageoire avant.

Il regarda Leah, et ne fut pas surpris de voir un éclair de colère dans son regard. Cela lui ressemblait bien d'avoir immédiatement de la compassion pour n'importe quelle créature. Ce qui le surprit fut le serrement de poitrine qu'il ressentit. Puis il comprit pourquoi. Ça, c'était *sa* Leah. Elle avait changé par de nombreux aspects, mais il fut frappé de sentir que cette réaction était exactement celle qu'il attendait d'elle. Il savait qu'elle voudrait faire quelque chose, qu'elle voudrait sauver l'animal. C'était sa Leah.

— Pourquoi a-t-elle un signe ? demanda-t-il en voyant une petite bande rouge sur l'une des nageoires arrière de la tortue.

— Ça veut dire qu'elle a déjà été soignée à l'hôpital des tortues.

Leah tendit la main et toucha le dos de l'animal, qui s'immobilisa.

— Et elle a besoin d'y retourner ! J'espère que je vais réussir à la porter.

— Nous allons y arriver, déclara-t-il d'un ton décidé.

Leah leva les yeux vers lui, l'air étonné.

— Où est l'hôpital des tortues ? poursuivit-il.

— A Orchid Key.

Elle avait l'air méfiant, comme si elle n'attendait pas son aide — ou n'en voulait pas. Elle semblait chercher quelque chose dans son visage. Quoi ? Il n'en avait pas la moindre idée.

— Allons-y.

Roman prit la tortue par les côtés. En la soulevant, il frôla le bras de Leah qui s'écarta en sursautant. Il en laissa presque tomber l'animal.

Il regarda alors Leah, et aperçut le bref éclair de frayeur dans ses yeux. Mon Dieu, avait-elle encore peur de lui ? Puis l'expression s'évanouit, pour faire place à une inquiétude qui concernait uniquement la tortue. Tout cela s'était passé si vite qu'il n'était pas certain d'avoir bien vu. Mais il se sentait blessé.

Il voulait qu'elle ait confiance en lui. Mais cela allait prendre du temps...

Ils arrivèrent enfin au Shark and Fin. Leah désigna de la tête un vieux camion garé sur le parking.

— C'est celui de Morrie. Il m'a laissé les clés au cas où j'en aurais besoin. Attendez-moi là. Je reviens tout de suite.

Elle courut à l'intérieur, laissant Roman maintenir la tortue sur le trottoir. C'était, songea-t-il amusé, un épisode tout à fait caractéristique de Leah. A un moment, vous étiez en train de vous promener tranquillement sur la plage, et l'instant d'après, vous étiez sur le chemin de l'hôpital des tortues.

Il ne se rendit pas compte qu'il souriait jusqu'à ce qu'elle ressorte du bar avec les clés.

Elle s'arrêta net.

— Quoi ? demanda-t-il en voyant son expression déconcertée.

Elle secoua la tête.

— Je ne sais pas. C'est seulement… que vous me regardez bizarrement. En souriant comme…

Elle semblait ne pas savoir quoi dire. Evitant son regard, elle se baissa vers la tortue, et commença à lui parler doucement :

— Ne t'en fais pas, ma grande, ça va aller.

Elle courut vers le camion, ouvrit la portière du passager, puis revint pour aider Roman à porter la tortue sur le siège.

Roman grimpa à l'intérieur, et Leah prit le volant. Le moteur toussota puis vrombit. Elle avait du sable sur ses vêtements, et il se rendit compte seulement alors que lui aussi. Et aucun d'eux n'avait pensé à remettre ses chaussures.

Pendant le trajet, Leah parla doucement, sans discontinuer comme pour calmer la tortue. Et de manière incroyable cela sembla marcher. Enfin, pour la tortue. Roman, lui, avait l'impression que quelque chose frémissait en lui, et il avait peur de lui donner un nom car il savait que c'était l'espoir. Il ne pouvait s'empêcher de regarder Leah alors qu'elle conduisait, captivé par son charme naturel et son énergie. C'était comme s'il retrouvait celle qu'il connaissait.

Il avait l'impression qu'il aurait pu passer sa vie à la contempler ainsi, et il fut désolé lorsqu'ils arrivèrent à Orchid Key.

— J'imagine que vous êtes déjà venue ici, dit-il lorsqu'elle s'engagea dans une allée de gravier située dans la mangrove, pour s'arrêter devant ce qui ressemblait à un vieux motel.

— J'ai déjà trouvé un nid de tortue, lui expliqua-t-elle. Leur mère avait probablement été blessée par un bateau. Elle avait été rejetée sur la plage près du bar, et elle était en très mauvais état. J'avais entendu parler de l'hôpital des tortues et je les ai appelés. Ils sont venus et ont pris les bébés. Ils ont essayé de sauver la mère, mais ils n'ont rien pu faire. Attendez-moi là.

Elle sauta hors du camion, et revint quelques instants plus

tard avec un homme vêtu d'un short et d'un T-shirt portant l'inscription : « Sauvez les tortues ».

Roman s'écarta pendant que l'homme examinait l'animal. Puis ce dernier lui demanda de l'aider à le porter à l'intérieur. C'était effectivement, il s'en rendit compte lorsqu'ils entrèrent dans le petit hall, un ancien motel.

— L'endroit est tenu entièrement par des bénévoles, lui expliqua Leah lorsqu'ils eurent confié la tortue à l'un d'entre eux. Venez, je vais vous montrer.

Elle parlait rapidement alors qu'ils marchaient, lui montrant les bassins où les tortues étaient gardées, et les pièces où elles recevaient des soins, certaines même étant opérées. Il ne la quittait pas des yeux.

— Quelques-unes des tortues vivent maintenant ici parce qu'elles sont en trop mauvais état pour être relâchées, poursuivit-elle. Mais lorsque c'est possible, on les remet dans l'océan après les avoir marquées. C'est pour ça qu'on sait que celle-ci a déjà été soignée ici.

Elle s'interrompit soudain. Ils étaient à l'extérieur, près d'une ancienne piscine remplie d'eau de mer destinée aux tortues. Dans le soleil, son regard animé et brillant sembla se voiler.

— Que se passe-t-il ? Vous n'arrêtez pas…

— Quoi ?

— De me regarder !

Elle avait l'air en colère.

— C'est seulement… que je ne vous avais jamais vue si enthousiaste.

Enfin, pas depuis longtemps, ajouta-t-il intérieurement.

— Je parie que vous faites partie des bénévoles, lança-t-il.

Elle haussa les épaules.

— J'aide parfois.

Il voyait qu'elle se renfermait, comme si elle avait trop révélé d'elle-même.

— Nous devrions retourner au bar, déclara-t-elle soudain. Je n'avais pas prévu d'être absente aussi longtemps.

Avant qu'ils ne partent, un des bénévoles leur annonça qu'ils devraient probablement amputer la nageoire blessée. Leah resta silencieuse sur le chemin du retour. Lorsqu'ils arrivèrent au Shark and Fin, Roman alla récupérer leurs chaussures pendant qu'elle entrait à l'intérieur du bar.

Lorsqu'il la rejoignit, Joe était en train d'essuyer le comptoir.

— Oh ! dit-il en s'adressant à Leah, j'ai failli oublier : quelqu'un a appelé. Il voulait te parler.

— C'était qui ?

Elle se pencha pour enfiler ses chaussures.

— Je ne sais pas. Il n'a pas laissé de nom.

Roman n'aima pas l'expression qui traversa les yeux de Leah. Tout l'enthousiasme qu'il y avait vu lorsqu'elle lui avait fait visiter l'hôpital des tortues avait disparu.

— La prochaine fois, laissez-moi prendre l'appel, dit-il à Joey.

Il n'arrêtait pas de penser à Mark maintenant. Téléphonerait-il pour demander Leah, afin de vérifier si c'était elle ? « Je ne leur parlerai pas de Leah — si c'est vraiment d'elle qu'il s'agit. »

Leah lui lança un regard noir. Bon sang, elle était toujours aussi indépendante qu'avant !

— Je prendrai l'appel moi-même, merci, déclara-t-elle. Vous ne possédez pas encore le bar.

— Il se passe quelque chose que je ne sais pas ? demanda Joey.

— Elle a eu plusieurs appels anonymes.

— C'étaient des faux numéros, ou alors la ligne a été coupée. Rien de grave, intervint Leah.

Joey regarda Roman.

— Hum…

Le cuisinier ne semblait pas convaincu.

— Shanna a téléphoné, elle aussi, ajouta-t-il. Elle sera là ce soir. Elle se sent mieux.

Roman comprit qu'il devait s'agir de la serveuse qui n'était pas venue à midi.

— Bien ! s'exclama Leah.

Puis elle s'adressa à Joey.

— Je vais monter une seconde, puis je viendrai t'aider à préparer le repas de ce soir.

— Nous organisons un buffet sur la terrasse, expliqua Joey à Roman. Les clients se servent eux-mêmes. Je fais griller du requin, du thon, ce que j'ai trouvé dans les derniers arrivages. Prix unique.

Leah était partie maintenant. Joey regarda Roman en plissant les yeux.

— Si le téléphone sonne, dit-il, c'est moi qui répondrai.

Protecteur.

Roman comprenait Joey. Il était tracassé par ces appels lui aussi. Et également par le fait que — comme Morrie — Joey semblât avoir toute la confiance de Leah.

Et lui, avait-il fait quelques progrès en ce sens aujourd'hui ? Il se dirigea vers le bureau de Morrie et composa le numéro du portable de Mark.

— Tu as appelé ici ? dit-il quand son beau-frère eut décroché.

— Pardon ?

— Tu as appelé ici ? Tu as demandé à parler à Leah ?

— Tu m'as dit de ne pas le faire. Bien sûr que non.

Mark paraissait blessé.

Soudain un fracas retentit à l'étage, et le cœur de Roman fit un bond dans sa poitrine. Raccrochant le téléphone, il se précipita vers l'escalier.

6

Leah entendit à peine la lampe qu'elle venait de heurter s'écraser sur le sol.

Quelqu'un était entré dans son studio.

Ce fut un ensemble de détails qui firent monter en elle un frisson d'angoisse : le tiroir qu'elle avait laissé légèrement ouvert était refermé ; les rideaux étaient maintenant tirés ; le plateau de perles était posé sur le sol, pas sur la table basse ; les revues qui se trouvaient sur le plan de travail de la kitchenette étaient arrangées en une pile trop régulière.

Tout était un peu étrange, un peu inhabituel... Dans l'après-midi, le bar était très tranquille, souvent vide, et la porte arrière n'était jamais verrouillée. Entre leur promenade sur la plage et le trajet jusqu'à Orchid Key, ils s'étaient absentés pendant deux ou trois heures.

Mais pourquoi quelqu'un se serait-il introduit dans son appartement ? Que pouvait-il y chercher ? Elle avait le tournis.

Elle avait reculé si brusquement qu'elle avait renversé la lampe posée sur la table, près de la porte, et il y avait du verre partout. Elle avait peur, elle se sentait seule, et elle regrettait amèrement que Morrie ne soit pas là en ce moment.

Soudain, elle sentit des mains se poser sur ses épaules. Elle sursauta, et poussa un petit cri.

— Leah, c'est moi.

Roman.

— Ça va ? La porte était ouverte, et j'ai entendu du bruit...

— Oui, ça va.

Non, ça n'allait pas, pas du tout. Roman la fit pivoter et

elle se retrouva nez à nez avec lui, si près qu'elle aurait juré entendre battre son cœur. Il avait un regard à la fois bienveillant et inquiet. Et soudain, elle se sentit complètement stupide.

— J'ai fait tomber une lampe.

Elle avala sa salive avec peine. Son cœur battait toujours la chamade. Mon Dieu, que devait-il penser d'elle ? Elle était un cas désespéré : c'était la deuxième fois qu'elle cassait quelque chose aujourd'hui. Elle se retourna, et regarda la pièce.

Ainsi, baignée par la lumière du jour qui filtrait à travers les rideaux, l'endroit semblait un havre de paix. Ou alors étaient-ce les bras de Roman qui lui donnaient ce sentiment de sécurité ?

Elle se dégagea.

— Je suis vraiment maladroite, c'est tout.

— Vous êtes sûre que c'est tout ?

Non, ce n'était pas tout. Il y avait bien autre chose. Mais n'avait-elle pas rêvé ?

Etait-elle en train de devenir folle ? Tout cela n'avait aucun sens. Elle s'était habituée à ne pas se souvenir du passé, à n'en rien savoir, mais maintenant une angoisse nouvelle montait en elle. Peut-être perdait-elle vraiment la tête. Quelqu'un était-il venu dans son appartement, ou était-elle paranoïaque ? Avait-elle vraiment entendu au téléphone ces mêmes mots qui hantaient ses cauchemars, ou avait-elle tout imaginé ?

Ces questions la rendaient malade, et la mettaient en colère.

— Je vais nettoyer tout ça, et je descends, bredouilla-t-elle.

Elle avait besoin que Roman la laisse seule pour qu'elle puisse se reprendre, réfléchir un peu.

Il y avait un balai et une pelle dans le petit placard de la kitchenette. Elle alla les prendre, et commença à rassembler les morceaux de verre brisé.

— Laissez-moi faire, proposa Roman.

— Non, non. Je ne veux pas que vous ayez à nettoyer toutes mes bêtises.

Roman se mit à genoux, lui aussi, et lui prit la pelle des mains. Il avait des doigts chauds, réconfortants. Ils étaient maintenant un peu dorés par le soleil.

— Laissez-moi vous aider, dit-il doucement. Ce n'est pas un crime de laisser quelqu'un faire quelque chose pour vous, vous savez.

Elle avala de nouveau péniblement sa salive, et leva les yeux vers lui. Il était très près, et elle fut frappée par la vulnérabilité qu'elle lisait dans son regard maintenant. Elle eut la sensation étrange qu'il serait blessé si elle refusait… et elle ne voulait pas faire du mal à cet homme.

Elle oublia tout — les appels téléphoniques, la sensation diffuse que quelqu'un s'était introduit chez elle — alors qu'elle plongeait, comme au ralenti, dans son regard.

Il lui caressa la joue avec son pouce. C'était un geste empli de douceur, de bienveillance, et de gravité. Elle n'arrivait plus à bouger, à parler, à rien faire. Son regard extraordinaire la transportait ailleurs, très loin, en un lieu qui lui était familier et étranger à la fois.

Elle ferma les yeux, submergée par la violence de ses émotions. Elle pouvait presque le sentir se pencher en avant, et presser sa bouche contre la sienne. Ses lèvres seraient chaudes, exigeantes, extraordinaires… Et il la ferait se sentir en sécurité, vivante, entière.

Elle avait tant envie de l'embrasser ! Elle savait déjà ce que serait le contact de ses lèvres, et elle voulait en goûter la caresse. Elle le voulait tout entier. C'était complètement fou ! Elle revint brusquement à la réalité, ouvrant les yeux et faisant un bond en arrière.

Elle perdit l'équilibre, et posa les mains par terre pour se retenir.

Une douleur vive lui transperça la paume. Elle retomba sur les fesses et leva la main. Un filet de sang coulait le long de ses doigts : elle s'était blessée sur un éclat de verre. Elle regardait sa main sans bouger, sous le coup d'émotions et de sentiments qu'elle n'arrivait pas à démêler. C'était trop pour elle à la fois. Elle avait la tête qui tournait.

— Oh ! mon Dieu, Leah !

Roman l'attrapa, et l'aida à se mettre debout sans qu'elle comprenne vraiment ce qui arrivait. Il l'entraîna vers la petite cuisine, alluma la lumière au-dessus de l'évier, et examina sa main.

— Je pense que je peux enlever le verre, déclara-t-il. On dirait qu'il n'y a qu'un seul morceau. Il faudra faire une compresse pour arrêter le saignement, et aller à l'hôpital. Vous avez besoin de points.

— Il y a une petite clinique en ville, près de la bibliothèque.

Elle avait du mal à réfléchir.

— Bon sang, je n'arrive pas à croire que je me suis fait ça !

— C'est une clinique pour humains, pas pour les tortues, j'espère ? lui demanda Roman d'un air taquin. Bon, regardez ailleurs, je vais enlever le bout de verre.

Elle ferma les yeux pour ne pas voir. Elle savait qu'il essayait simplement de la distraire, mais elle répondit tout de même :

— Non, ce n'est pas pour les tortues.

Elle ressentit un bref élancement, puis une pression. Elle ouvrit les yeux et vit Roman qui appuyait de l'essuie-tout sur sa paume. De sa main libre, il en prit d'autres feuilles, et commença à lui faire un bandage.

— Comment allez-vous ?

— Très bien, mentit-elle.

Elle était livide, et Roman priait pour qu'elle ne s'évanouisse pas. Elle n'avait jamais aimé la vue du sang.

Il l'entoura de son bras, et elle ne résista pas. Sans la lâcher, il prit les clés du camion de Morrie.

— Gardez votre bras en l'air. Ça va aider le saignement à s'arrêter.

Déjà, le pansement improvisé se teintait de rouge.

— Continuez à appuyer, rappela-t-il en lui plaçant l'autre main sur le bandage de fortune, là où le sang transperçait.

— Je vais bien, dit-elle. Je pense que je peux conduire.

Il ne répondit pas. Ils descendirent les escaliers et entrèrent dans le bar.

— Tout va bien ? Que s'est-il passé ? demanda Joey en sortant de la cuisine.

Les yeux du cuisinier s'écarquillèrent lorsqu'il aperçut le bandage.

— Un petit accident, répondit Leah. Je me suis enfoncé un morceau de verre dans la main.

Elle avait les yeux pleins de larmes qui ne coulaient pas, et avait bien plus mal qu'elle ne voulait le laisser paraître.

— Je l'emmène à la clinique, expliqua Roman.

Il la guida rapidement au-dehors, craignant que, s'il laissait à Joey le temps de réfléchir, ce dernier n'insiste pour accompagner Leah chez le médecin.

Le réservoir était presque vide après leur aller-retour à Orchid Key. Roman ouvrit la portière du passager pour Leah, puis il contourna le petit camion et s'installa au volant. Le vinyle du siège était chaud.

— J'espère que nous aurons assez d'essence.

— Ce n'est pas loin, répondit Leah. Mon Dieu, je me sens complètement stupide ! J'ai l'impression d'être un boulet. Je peux conduire, vous savez, répéta-t-elle. Je peux me débrouiller.

— Ce n'est pas nécessaire. Je suis là.

Il fit marche arrière, et sortit du parking. S'engageant sur le chemin, il passa le pont en dos d'âne, tourna sur la grand-route, et se dirigea vers la ville.

— C'est juste après la bibliothèque. Là, dit-elle en désignant un petit bâtiment situé à l'angle d'un pâté de maisons.

Il s'arrêta à un passage piéton pour laisser des touristes traverser, et jeta un coup d'œil à Leah. Elle était encore très pâle. Elle avait fermé les yeux et ses cils semblaient un peu humides, mais elle ne pleurait pas. Non, pas Leah.

Elle lui avait dit une fois qu'elle avait appris à ne jamais verser de larmes devant les autres. Venant d'elle, cette déclaration était plutôt surprenante. Elle était si ouverte, si libre, si spontanée. Mais il y avait des choses qu'elle ne lui avait jamais dites. Des choses sur son passé, son enfance. Il savait seulement qu'elle était orpheline. Chaque fois qu'ils avaient abordé ce sujet, le regard de Leah s'était empli de tristesse et de douleur. Elle ne souhaitait pas en parler, et il n'avait pas insisté. Elle voulait vivre dans le présent.

Maintenant, il désirait tout connaître d'elle. Absolument

tout. Mais aujourd'hui, même si elle avait eu l'intention de lui raconter son enfance, elle n'aurait pas pu le faire.

L'ironie de la situation lui tordait le cœur.

— Vous avez le droit de pleurer si vous avez mal, dit-il doucement.

Elle ouvrit les yeux. Il eut le cœur saisi par leur éclat.

— Non, je ne veux pas pleurer.

Sa voix était à peine plus qu'un murmure.

— C'est une marque de faiblesse, ça met les gens en colère et…

Elle cligna les yeux et détourna le regard.

— Je ne sais pas ce que je raconte.

Elle était si près, sur la banquette du camion. Il brûlait de l'envie de l'attirer contre lui pour l'embrasser. Et il aurait voulu qu'elle lui dise pourquoi elle ne voulait surtout pas pleurer. D'où lui venait cette idée étrange que cela mettait les gens en colère ?

Il avait eu autrefois l'occasion de le savoir, et ne l'avait pas saisie. La culpabilité qu'il en ressentait pesait lourdement sur lui.

Il traversa la rue pour s'engager dans le petit parking de la clinique.

— Allons-y, dit-il.

Il descendit du camion, et alla ouvrir la portière de Leah.

La petite salle d'attente de la clinique était fort heureusement vide.

Roman s'approcha de la femme assise à la réception.

— Cette personne s'est coupé la main avec un morceau de verre, et a certainement besoin de quelques points.

— Je vais prévenir le médecin.

La réceptionniste demanda son nom à Leah, le nota, puis disparut à l'arrière. Une infirmière vint l'appeler quelques minutes plus tard.

— Vous voulez que je vienne avec vous ? demanda Roman.

— Non merci, ça ira.

Leah suivit l'infirmière, et la porte de la salle de consultation se referma derrière elle.

Elle détourna le regard lorsque l'infirmière défit le bandage de fortune, et elle dut faire appel à toute son énergie pour ne pas pleurer lorsque la jeune femme nettoya et examina la blessure. L'infirmière lui expliqua qu'elle devait s'assurer qu'il ne restait aucun éclat de verre dans la plaie.

Tout ce que Leah comprit, c'est que cela faisait horriblement mal.

Ce ne fut pas mieux pour les points. Le médecin sutura la longue coupure de sa main alors qu'elle serrait les paupières et essayait de se persuader qu'elle était quelque part ailleurs, n'importe où… Elle cherchait en esprit une image évoquant la sécurité, pour pouvoir se protéger de la douleur.

Elle était sur un chemin pavé devant un petit bungalow, aux volets bleus typiques des Bahamas. Mais elle n'avait d'yeux que pour l'homme à côté d'elle. Il lui tenait la main, et ce seul contact faisait naître en elle un sentiment de plénitude extraordinaire.

« Tu sens cette odeur ? C'est celle des quenettiers. C'est délicieux, tu ne trouves pas ? » murmura-t-elle.

« *Tu* es délicieuse », lui répondit-il.

Il taquina ses lèvres, sa bouche pour l'embrasser si passionnément qu'il la toucha au plus profond de son âme. Le parfum de la végétation et de l'homme se mêlèrent en une senteur étourdissante. Elle sentit son sexe dur contre elle.

« J'ai envie de toi », murmura-t-elle contre sa bouche, et il la prit dans ses bras, la porta dans le bungalow, lui enleva ses vêtements l'un après l'autre. Et elle savait qu'elle l'aimait, de tout son cœur, qu'elle était liée à lui à jamais. Il était tout pour elle. Il avait fait la lumière sur toutes les ombres de sa vie.

Lorsqu'elle fut nue, elle ne fut pas satisfaite : il fallait qu'il le soit lui aussi. Elle lui ôta son jean et son T-shirt. Mais il ne lui suffisait pas de le regarder… Elle le caressa et l'attira sur elle, en les faisant tomber tous les deux sur le grand lit.

Puis elle sentit ses doigts chauds fouiller son sexe, en une caresse intime et tendre. Elle trembla lorsqu'il la pénétra profondément…

— C'est fini.

Leah ouvrit les yeux, choquée. Le médecin tapota son bras valide.

— Tout ira bien, la rassura-t-il. Cela devrait se cicatriser sans problème.

Il lui donna quelques indications sur les soins à apporter à la blessure, et la façon de faire le pansement.

— Je vais vous prescrire des antalgiques et des antibiotiques. Il faudra que vous reveniez dans une semaine pour que j'enlève les points.

Il se mit à griffonner sur un bloc-notes tandis qu'une douleur froide envahissait Leah. Mais elle ne venait pas de sa main. La lumière crue de la salle de soins l'éblouissait, et elle avait une sensation d'oppression. Oh ! mon Dieu, où était-elle partie en rêve ? Tout semblait si réel !

— Voilà, dit le médecin en lui tendant la prescription.

Elle sortit de la salle de soins. Roman se leva. Il avait l'air dangereusement sexy, et inquiet. Un ventilateur brassait mollement l'air de la salle d'attente, mais il ne servait pas à grand-chose pendant les chaudes journées des Keys. A la réception, Leah se rendit compte avec un sursaut qu'elle n'avait pas apporté son porte-monnaie.

— Je n'ai pas d'argent, dit-elle embarrassée.

— Ce n'est pas un problème, déclara Roman en sortant son portefeuille. Vous allez bien ?

— Oui. On m'a simplement fait quelques points.

Elle se sentit gauche et mal à l'aise lorsqu'elle croisa brièvement son regard. Elle ressentait de manière persistante cette sensation d'étrangeté causée par son rêve. C'était une illusion, un simple moyen d'échapper à la douleur, mais il lui avait semblé si réel… Sauf que l'homme de son rêve n'avait pas de visage.

Roman paya la note, et ils sortirent. L'air du dehors chassa la brume de son esprit, ne laissant que la brûlure de la plaie.

— Je vous rembourserai, dit-elle en essayant de se concentrer sur autre chose que la douleur.

— C'est un peu ma faute, alors, n'y pensez plus. Si vous avez perdu l'équilibre c'est parce que je vous ai fait peur.

— Vous n'y êtes pour rien, répliqua-t-elle. Et ce n'est pas grand-chose. Il m'est arrivé bien pire, et je suis toujours là.

Elle se mordit la lèvre : elle ne savait pas d'où ces paroles étaient venues, mais elle avait la certitude que c'était vrai. Elle avait eu des fractures, des brûlures, des coupures. Elle regarda l'intérieur de son bras, et considéra des cicatrices presque imperceptibles : c'étaient des brûlures de cigarettes, et cette certitude soudaine l'ébranla.

Roman lui ouvrit la portière du camion puis s'installa au volant. Elle porta alors la main à son front et passa ses doigts tremblants à la racine de ses cheveux. Elle y sentit une autre fine cicatrice. Elle l'avait déjà remarquée auparavant, mais soudain elle ressentit une douleur en la touchant. Elle retira sa main dans un sursaut, comme si elle s'était brûlée.

Roman ne démarra pas. Il resta assis, la considérant d'un air sombre. Puis il tendit le bras, et toucha la cicatrice à son tour.

— Que vous est-il arrivé ? demanda-t-il. Comment vous êtes-vous fait ça ?

Un frisson la parcourut. Elle s'entendit répondre, mais elle eut l'impression que c'était quelqu'un d'autre qui parlait. Pas elle.

— J'avais quinze ans. Le père de ma famille d'accueil m'a battue parce que je lui avais désobéi. J'avais caché du fard à paupières et du rouge à lèvres dans mon cartable. Il était venu me chercher plus tôt que d'habitude et m'avait vue maquillée. Il m'a dit que j'avais l'air d'une prostituée. Quand nous sommes entrés la maison, il m'a suivie et m'a frappée par-derrière si fort que je suis tombée contre la porte du réfrigérateur. Je me suis ouvert le front.

Les mots étaient sortis, et elle ne savait absolument pas d'où ils venaient. Comment avait-elle soudain eu connaissance de cette histoire ?

Son passé était une zone sombre, dangereuse. C'était un trou noir qui pouvait l'aspirer et l'emporter là où elle ne voulait pas aller.

Mais les souvenirs commençaient tout de même à refluer. Et elle était terrifiée.

— Oh ! mon Dieu, Leah !

Les yeux de Roman brillaient dans l'ombre de la cabine du camion. Il avait l'air dur, implacable, dangereux…

— Je ne savais pas !

Elle sentait son cœur tambouriner douloureusement dans sa poitrine, et elle tremblait de tous ses membres maintenant. Elle se sentait sale sans savoir pourquoi.

— Je voudrais pouvoir faire payer tout ça à cet homme, marmonna Roman.

Sa voix rauque était emplie d'amertume. En cet instant, il semblait tout à fait capable de violence.

— Vous ne pouvez pas. Il est mort.

Oh ! mon Dieu, pourquoi avait-elle si peur ? Elle tremblait plus que jamais. Un souvenir sombre voulait remonter à la surface. Elle le repoussa de toutes ses forces.

Du sang, des cris…

Les larmes qu'elle ne voulait pas verser coulèrent sur ses joues. Elle attrapa la poignée de la portière. Elle n'avait qu'une envie : courir, aussi loin que possible du passé.

7

Roman arrêta Leah avant qu'elle ne réussisse à ouvrir la portière.

Il voyait bien qu'elle faisait son possible pour ne pas pleurer devant lui. Elle préférait manifestement se précipiter au-dehors que d'être prise en flagrant délit de faiblesse.

Il la retenait et ne voulait plus la lâcher. Mais que faisait-il donc ? Chaque fois qu'il la touchait, les choses ne faisaient qu'empirer.

Combien de temps réussirait-il à cacher les sentiments qu'il avait pour elle ? Surtout quand elle s'ouvrait soudainement à lui comme elle venait de le faire.

— J'ai besoin d'être seule, dit-elle en le repoussant.

Elle se passa la main sur le visage, essuyant une joue puis l'autre pour en sécher les larmes. Elle semblait si renfermée, si froide, si rigide… Bon sang !

— J'aimerais que vous me rameniez au bar. Vous en avez fait plus que je n'en attendais. Je vous remercie sincèrement et…

— Je ne pense pas que vous ayez besoin d'être seule.

Il avait envie de l'embrasser, de chasser toute la douleur qu'il y avait en elle. C'était impossible… Mais il n'allait certainement pas la laisser seule.

— Vous ne savez pas ce dont j'ai besoin !

Elle avait raison. Et maintenant, il regrettait amèrement de ne pas avoir demandé autrefois à Leah de lui parler de sa famille, de son enfance, et de l'avoir laissée souffrir en silence. Elle n'avait rien voulu dire, et il n'avait pas insisté.

Ne rien révéler de soi, de ses émotions : c'était ce que prônait l'éducation Bradshaw.

— Je sais ce que c'est de garder ses sentiments pour soi, dit-il. Cela ne les fait pas disparaître pour autant.

— Oh si, on y arrive !

Il eut l'impression pendant quelques secondes qu'elle allait en dire plus, mais elle se contenta de regarder fixement devant elle, le visage stoïque.

— Pas complètement, répliqua-t-il. On ne peut pas les faire taire complètement.

Elle haussa les épaules.

— Assez pour que ça fasse illusion. C'est l'apparence qui compte. Morrie le répète souvent.

Il croisa son regard. Elle avait les yeux rouges et humides, mais semblait s'être ressaisie. Ses émotions étaient soigneusement cachées dans un endroit secret qu'elle ne lui avait jamais ouvert.

— Vous m'avez dit qu'il était comme un père pour vous.

— Morrie est le seul père que j'aie jamais connu.

Les parents naturels de Leah étaient morts lorsqu'elle était très jeune, et elle avait grandi dans une série de familles d'accueil. C'était tout ce que savait Roman.

— Comment avez-vous rencontré Morrie ?

Il n'avait toujours pas démarré. Les fenêtres du camion étaient baissées, et les piétons passaient sur le trottoir. Mais, à l'intérieur du véhicule, Leah et lui étaient comme dans un monde à part.

— Sur la plage.

Elle regardait par la fenêtre les touristes portant les vêtements colorés des Caraïbes. Le froissement des feuilles des palmiers se mêlait au vrombissement des moteurs et au bourdonnement des voix. Mais tout semblait lointain.

— Je venais tout juste… d'arriver aux Keys, et il m'a proposé un travail, un endroit pour vivre. Il a été extraordinairement gentil et généreux. J'étais seule, sans ressources, et il m'a permis de prendre le nouveau départ dont j'avais besoin.

— Comment êtes-vous arrivée là ?

Il avait envie de savoir tout ce qui lui était arrivé au cours des dix-huit derniers mois, surtout la nuit où elle avait disparu.

Mais sa réponse ne l'aida pas.

— En bus.

Ce fut tout.

— Pourquoi êtes-vous venue ici ?

Elle tourna les yeux vers lui.

— Certaines choses sont simplement… évidentes. Vous comprenez ce que je veux dire ? On ne se demande même pas pourquoi c'est ainsi.

Roman sentit son cœur se serrer. Ce *pourquoi* était justement ce qui le hantait. Il soutint son regard pendant un long moment.

Il y avait encore une trace de larme sur la joue de Leah, et lentement, très lentement, il leva la main et l'essuya.

— Vous êtes heureuse ici, Leah ?

Il se demanda si elle pouvait lire dans ses yeux tous les sentiments violents qui l'agitaient en ce moment. Tout ce qu'il savait, c'était qu'il n'arrivait pas à détacher son regard d'elle : son parfum était si suave, sa peau si douce sous ses doigts… Elle était merveilleuse !

— Oui, dit-elle finalement. Je suis plus heureuse que je ne l'ai jamais été.

Il eut l'impression de mourir… Cela seul pouvait causer une telle douleur. Oui, il aurait dû s'arrêter avant, quand elle avait expliqué que venir aux Keys lui avait semblé… évident.

Elle se souvenait du père de la famille d'accueil qui l'avait brutalisée, mais pas de lui. *Je suis plus heureuse que je ne l'ai jamais été.*

Il laissa tomber la main, et s'enfonça dans son siège. Faisant appel à toute sa volonté, il dit d'une voix neutre :

— Je vais vous raccompagner. Après, j'irai chercher les médicaments. Dites-moi seulement où je peux trouver une pharmacie.

Il tourna la clé dans le contact, et démarra.

*
* *

Leah avait très mal à la main, mais elle voulait travailler. Il n'était pas question qu'elle reste dans son studio à redouter que ne retentisse la sonnerie du téléphone, pendant que Joey et les autres serveuses auraient à faire son travail en plus du leur. Elle pouvait encore remplir les chopes de bière, même si elle était un peu plus lente qu'à l'accoutumée. Elle passa la soirée à expliquer à tous les clients qui le lui demandèrent pourquoi elle avait un bandage à la main.

Elle répondait à leurs questions de manière évasive, en essayant de ne pas penser à tout ce qui la tracassait. A un moment, elle remarqua un homme assis au fond du bar. Elle aurait juré qu'il l'avait prise en photo. Les touristes prenaient parfois quelques clichés tant le bar, avec ses couleurs vives, était caractéristique des Keys. Mais l'homme n'avait pas l'allure d'un vacancier. Et elle avait eu la nette impression que l'objectif était braqué sur elle.

Son imagination lui jouait des tours en ce moment, songea-t-elle en tentant de chasser le sentiment de malaise que l'homme faisait naître en elle.

Il portait un coupe-vent. Il en sortit un téléphone et passa plusieurs appels tout en la regardant. A un moment, elle aperçut un objet sombre dans la ceinture de son jean, une forme qui rappelait celle d'un pistolet. Son sang se glaça. Aussitôt elle le signala à Joey, qui alla demander à l'homme s'il portait une arme sur lui.

Le client quitta les lieux sans répondre et le malaise qu'il avait suscité en elle persista toute la soirée.

Peut-être s'était-elle trompée… Peut-être n'était-ce pas une arme qu'elle avait vue… Peut-être avait-il pris une photo du bar comme les autres touristes…

Mais elle fut soulagée lorsqu'il fut parti.

La journée avait été étrange, déstabilisante, et elle ne savait toujours pas quoi penser de tout cela : les appels téléphoniques, cet homme inquiétant dans le bar… et Roman Bradshaw. Il était à la fois doux et profond, et terriblement dérangeant. A chaque instant, elle avait eu la sensation qu'elle pourrait très facilement tomber amoureuse de cet homme, qui ne devait pas devenir plus que son ami.

C'était mauvais. Très mauvais.

Mais malgré tout son cœur se mettait à battre plus vite chaque fois qu'elle le voyait. Pire encore, il touchait quelque chose en elle, et faisait remonter les souvenirs à sa mémoire.

— Je vais monter, lança-t-elle à la cantonade lorsque tous les clients furent partis.

Shanna et Joey venaient tout juste de finir le ménage. Les autres serveuses étaient déjà parties.

— Je vais fermer à clé, annonça Joey.

— Comment va votre main ? demanda Roman.

— Bien. Merci encore.

Une fois chez elle, elle se déshabilla, et enfila un pyjama. Le petit appartement était tranquille, et elle se sentait épuisée et agitée à la fois.

Elle savait ce qui n'allait pas : elle avait peur de s'endormir, peur de ce dont elle pourrait se souvenir, ou de ce à quoi elle pourrait rêver. Bien trop souvent, elle faisait des cauchemars.

Elle s'assit au milieu du canapé-lit, et suivit lentement du doigt les marques légères sur son bras. Elle savait qu'il s'agissait de brûlures de cigarette. Qui les lui avait faites ? Le beau-père dont elle s'était souvenue, ou un autre ? Dans combien de foyers différents avait-elle vécu, et pourquoi ? Pourquoi son esprit refoulait-il les souvenirs qui cherchaient à remonter ? Avait-elle eu une enfance terrible ?

Ou était-ce autre chose ?

Je sais qui tu es. Je sais ce que tu as fait.

Mais qu'avait-elle fait ? Qui était-elle ?

Ne crois pas que tu peux détruire ma vie.

La vie de qui avait-elle été en position de détruire ?

Le fait de se souvenir pouvait-il être pire que le poids qu'elle supportait maintenant ? Elle éteignit la lumière, et ferma les yeux. Elle n'avait pas pris les antalgiques. Elle avait commencé à ouvrir la boîte, mais n'avait pu se résoudre à les avaler. C'était une de ces détestations instinctives, comme les chats et les petits pois. Elle n'aimait pas les antalgiques.

Le sommeil ne vint pas facilement. Une question tournait sans cesse dans son esprit : et si se souvenir était encore pire ?

Elle se mit à rêvasser pendant un long moment, revivant la journée. La promenade sur la jetée avec Roman… Son déjeuner avec lui… La plage, et la visite du phare… Le trajet jusqu'à l'hôpital des tortues…

Le sommeil, lourd et sombre, eut finalement raison d'elle.

Elle était dans le phare, prise au piège. Les bourrasques de vents et les vagues prenaient les murs d'assaut. Le ciment et les pierres crissèrent et l'eau commença à envahir la pièce. Elle étouffait.

Puis elle fut dans une voiture, au milieu d'une rivière. Elle donnait des coups sur la fenêtre fermée, prise de panique. Ses mains étaient agrippées à la poignée de la portière et poussaient, poussaient, poussaient…

Elle était prise au piège. Elle allait se noyer. Puis la porte s'ouvrit soudain — mais ce n'était pas celle d'une voiture : c'était celle d'une maison maintenant.

Un homme était étendu par terre. Il était mort, et une mare de sang se formait autour de son corps flasque. Elle sentit un objet froid et lourd dans sa main. Elle baissa les yeux et vit une arme.

Leah se réveilla dans un sursaut, le souffle court. Elle passa quelques secondes terribles avant de comprendre que l'obscurité qui l'entourait était celle de son studio envahi par la nuit.

Elle retomba sur ses draps moites. Elle n'arrivait pas à calmer ses tremblements.

Roman se réveilla tôt. La lumière orangée dessinant l'horizon filtrait à travers les persiennes. Il se fit un café avec la petite machine à sa disposition dans le bungalow, en avala une tasse, et mit ses chaussures de course.

Leah était sur la terrasse arrière du bar lorsqu'il arriva. Elle refermait la porte avec une clé attachée à un élastique, qu'elle mit à son poignet. Il fut content de constater qu'elle prenait des précautions.

D'ailleurs, il était content de la voir, tout simplement. Chaque jour, lorsqu'il se réveillait, il remerciait le ciel que Leah soit en vie, à Thunder Key. Même si elle ne voulait pas de lui lorsqu'elle saurait tout, il apprendrait à le supporter. Le simple fait de savoir qu'elle était vivante était suffisant... enfin presque.

Il gardait constamment à l'esprit l'idée qu'elle ne voudrait peut-être plus de lui lorsqu'elle saurait qui il était.

Mais il n'allait pas abandonner la partie pour autant ! Et il allait faire en sorte que rien d'autre ne lui arrive.

Ces coups de fil l'inquiétaient. Plus il y pensait, plus les circonstances étranges qui avaient entouré sa disparition dix-huit mois plus tôt lui revenaient à l'esprit.

Et si tout était lié ? Depuis que cette idée lui était venue à l'esprit, il n'arrivait plus à s'en débarrasser.

— Bonjour !

Elle eut l'air surprise.

— Oh ! Roman. Bonjour.

Elle remarqua ses chaussures.

— J'allais justement courir.

— Vous permettez que je vous accompagne ?

La proposition ne sembla pas l'enchanter, mais elle ne protesta pas. Elle semblait épuisée. Ses yeux étaient cernés et son visage blafard.

— Comment va votre main ? lui demanda-t-il lorsqu'ils commencèrent à courir.

Il savait qu'elle avait l'habitude de longer la mer jusqu'à la ville. Elle s'arrêtait au Cuban Café avant de revenir au Shark and Fin.

— Beaucoup mieux.

— Plus de coups de fil bizarres ? Plus d'accidents ?

— Non. Je suis désolée de ce qui s'est passé hier. Je suis certaine que je vous ai fait très mauvaise impression. J'ai cassé tout ce que j'ai eu à portée de main, fait une attaque de panique, et même pleuré !

Elle avait l'air embarrassée et en colère contre elle-même.

— C'était la pire journée de ma vie ! Mais aujourd'hui, tout va mieux.

Elle accéléra.

— Vous n'êtes pas obligé de me suivre…

Bon sang, elle essayait de le semer. Et elle s'était renfermée comme une huître. Impossible de savoir ce qu'elle ressentait ou pensait.

Pour couronner le tout, elle avait l'air à bout.

— Je peux aller plus vite, dit-il en adoptant la même allure qu'elle.

Elle lui jeta un regard de côté, tout en continuant à courir.

— Vous savez, ces coups de fils étaient certainement un problème technique, reprit-elle. Ça arrive parfois aux Keys.

— Peut-être.

Qui essayait-elle de convaincre : lui, ou elle-même ?

— Je n'ai pas besoin d'un garde du corps.

— Je n'y pensais même pas, répliqua-t-il en restant à sa hauteur.

Elle s'arrêta si brusquement que Roman glissa sur le sable en se retournant. Les poings sur les hanches, elle le considérait avec colère.

— Alors, pourquoi êtes-vous ici ? demanda-t-elle d'un ton sec. J'aime courir seule.

— Je ne crois pas que ça soit sûr.

— Voilà enfin la vérité !

— Vous avez eu des appels téléphoniques étranges. Et vous ne savez pas si ce sont des problèmes techniques ou non.

Elle détourna le regard, et considéra l'océan.

— Ce n'est pas New York ici, lui répondit-elle sèchement. C'est Thunder Key, une petite île tranquille.

— Vous savez pourquoi quelqu'un pourrait vous en vouloir ?

Il attendit, mais elle ne répondit pas.

— S'il se passe quelque chose, quelque chose qui vous fait peur — n'importe quoi — vous devez me le dire.

Un oiseau effleura la surface de l'eau, et attrapa un poisson dans les vagues bleutées. La brise faisait voleter les cheveux de Leah.

— Je ne suis absolument pas obligée de le faire, répliqua-t-elle d'un air têtu.

— Je ne veux pas qu'il vous arrive quoi que ce soit, Leah. Je ne veux pas qu'on vous fasse du mal.

Il lut la confusion dans son regard.

— Pourquoi ? demanda-t-elle soudain. Pourquoi réagissez-vous ainsi ?

— Je ne supporte pas l'idée que vous soyez en danger. Je ne veux pas qu'il vous arrive autre chose. Ni maintenant, ni jamais.

— Autre chose ?

Il lui faisait peur, il s'en rendait bien compte. Et il se sentait perdu, aussi perdu qu'elle-même semblait l'être.

— Je vous connais ? interrogea-t-elle encore une fois. Quand je vous regarde…

Elle laissa sa phrase en suspens, presque incapable de poursuivre. Il entendit à peine la suite.

— J'ai l'impression que je vous connais. Et cela me donne envie de…

— De quoi ? dit-il en lui attrapant les bras. Cela vous donne envie de quoi ?

— Lâchez-moi ! cria-t-elle en essayant de se dégager.

Ce fut alors seulement qu'il remarqua l'homme caché sous le couvert des arbres, dans la mangrove qui longeait la plage. Le soleil se réfléchit sur l'objectif d'un appareil photo pointé sur eux.

Puis Roman aperçut l'arme glissée dans la ceinture de son jean.

Leah vit son regard se durcir alors qu'il fixait quelque chose par-dessus son épaule. Elle s'immobilisa, tourna la tête, et eut juste le temps d'apercevoir l'homme avant qu'il ne s'enfonce plus profondément dans la forêt et disparaisse.

Roman aurait voulu se lancer à sa poursuite, mais il savait qu'il n'arriverait jamais à le rattraper. Il avait de l'avance, et la forêt était épaisse.

Et surtout il ne voulait pas laisser Leah seule.

— Il était dans le bar hier soir, déclara Leah.

Elle se retourna vers Roman.

— Il a pris des photos. Il m'a semblé que c'étaient des photos de moi.

— Pourquoi ? demanda Roman, qui sentit son estomac se tordre.

Il continuait à la tenir fermement.

— Je ne sais pas, murmura-t-elle en frissonnant, malgré la brise tiède du matin.

Elle avait l'air tellement épuisée qu'il avait l'impression qu'elle allait s'effondrer sur place.

— J'ai cru qu'il avait une arme, et lorsque Joe est allé lui parler, il est parti…

Elle laissa passer quelques secondes de silence avant d'ajouter :

— Il s'est passé une autre chose étrange hier. Lorsque je suis remontée chez moi en rentrant de l'hôpital des tortues, j'ai eu l'impression que quelqu'un était entré dans mon appartement…

— Vous ne m'avez rien dit ! Vous m'avez seulement parlé des appels téléphoniques.

— Je n'étais sûre de rien, chuchota-t-elle d'une voix qui déchira le cœur de Roman. Je me suis dit que je devais être un peu paranoïaque, que j'avais tout imaginé.

Il avait du mal à supporter de la voir aussi désorientée et apeurée, et ne voulait plus la laisser courir le moindre risque. Pas lorsqu'il était en mesure de l'aider.

Même si cela devait compromettre ses chances de regagner un jour son amour.

Mais il ne pouvait pas penser à cela maintenant. La vie de Leah était peut-être en danger. Quelqu'un la suivait, l'appelait, l'observait, la photographiait… Quelqu'un qui avait une arme.

Tout cela avait peut-être un lien avec le passé. Le passé dont elle ne se souvenait pas… Sa disparition étrange.

Il n'y avait plus de temps à perdre : il fallait qu'il sache la vérité.

Il chercha son regard et déclara, en priant pour qu'elle ne le haïsse pas à la fin de cette journée :

— Je veux que vous veniez à mon hôtel. Et là, il faudra que je vous parle.

Les paroles de Roman et l'expression de son visage firent monter un sentiment d'angoisse en Leah. Malgré sa fatigue elle n'eut soudain plus qu'une envie : courir. Roman lui fit rebrousser chemin jusqu'au bar. Puis ils traversèrent le petit pont, et prirent le chemin longeant la mangrove pour se rendre de l'autre côté de l'île.

Ils sortirent du couvert des arbres, sous la chaleur réconfortante du soleil. Leah avait déjà vu l'hôtel White Seas de loin, mais elle ne s'en était jamais approchée. Le bâtiment principal n'avait rien de remarquable, mais Roman le contourna pour la conduire vers les bungalows individuels qui abritaient les suites.

Ils avaient été construits dans le style des Bahamas, avec les traditionnels volets bleus. Roman la prit par la main pour la mener le long d'un petit chemin pavé. L'air était chargé du parfum des lataniers, des cerisiers des Barbades et des quenettiers.

Tout se mit à tourner autour d'elle.

« Tu sens cette odeur ? C'est celle des quenettiers. C'est délicieux, tu ne trouves pas ? » murmura-t-elle.

« Tu es délicieuse », lui répondit-il.

Il taquina ses lèvres, sa bouche pour l'embrasser...

Oh ! mon Dieu ! Elle s'arrêta brusquement et faillit tomber lorsque Roman, qui lui tenait toujours la main, continua à avancer.

— Leah...

Ses yeux noirs lui transperçaient l'âme.

— Je suis déjà venue ici, murmura-t-elle d'une voix rauque.

Elle sentit la peur, épaisse, froide, se répandre dans ses veines.

— Oui, lui dit-il.

— Je vous connais ? lui redemanda-t-elle.

Son cœur tambourinait dans sa poitrine. Elle eut l'impression qu'il ne lui répondrait jamais.

— Oui.

Elle retira brusquement sa main. Elle ne réfléchissait pas. Elle était seulement capable de ressentir et réagir. Elle s'enfuit en courant vers la plage.

Une peur panique la submergeait, lui ôtant tout contrôle d'elle-même. Elle trébuchait, mais continuait à avancer.

— Non ! Leah !

Il courait derrière elle… Et elle était bien incapable de le distancer. Surtout quand elle était dans cet état.

Mais elle ne pouvait s'empêcher d'essayer de lui échapper.

— Leah ! cria-t-il de nouveau, en la rattrapant.

Ils tombèrent ensemble sur le sable. Roman fit de son mieux pour amortir la chute et encaisser le choc, la tenant dans ses bras, forts, protecteurs.

Non, ils ne la protégeaient pas. Cet homme était dangereux. Il lui avait menti. Elle lui avait déjà demandé si elle la connaissait, et il avait répondu non. Et maintenant…

— Laissez-moi partir !

— Non, Leah.

Elle se débattait sans succès tant il la serrait fermement dans ses bras.

— Je ne peux pas te laisser.

— Pourquoi ? Qui êtes-vous ?

Dans leur corps-à-corps sur le sable, il ne lui faisait aucun mal mais il refusait obstinément de la lâcher et elle pouvait sentir leurs deux cœurs battre à un rythme infernal.

Il la fixa longuement et elle fut frappée par l'expression sauvage de ses yeux noirs. Il semblait aussi désorienté qu'elle en ce moment.

Une terreur froide et un étrange espoir s'affrontaient en elle et l'enveloppaient d'un sentiment d'irréalité tel qu'elle avait l'impression de rêver. De faire un cauchemar, plutôt.

— Je suis ton mari.

8

— C'est de la folie !

Leah le regardait, les yeux ronds, sous le choc.

— Non.

Roman ne voulait plus la lâcher de peur qu'elle ne disparaisse, qu'elle ne s'évapore sous ses yeux. Comme dans ses rêves.

— Tu t'appelles Leah. Leah Bradshaw. Tu es ma femme.

— Votre femme est morte.

Il soutint le regard torturé de Leah pendant un long moment. Il devait la convaincre que ce n'était pas un rêve, qu'il disait la vérité, qu'il n'était pas fou. Et pourtant, jamais il n'avait été si angoissé. Il était malade de peur.

— Je *croyais* que ma femme était morte. Mais tu es vivante, Leah. Tu es vivante. Je t'ai retrouvée.

— Non, murmura-t-elle d'une voix rauque.

Elle essaya de se dégager de son étreinte.

— Non !

— Leah, arrête ! Ecoute-moi.

Il continua à la tenir fermement, et elle détourna la tête.

— Je te dis la vérité.

— Non !

— Si. Regarde-moi, Leah ! Nous étions mariés. Nous le sommes encore. Tu ne t'appelles pas Leah Wells et tu le sais. Leah Wells n'existe pas. Je ne sais pas ce qui s'est passé la nuit où tu as eu un accident, mais je te jure que je te dis la vérité !

Elle se tourna vers lui. Son regard était perdu, apeuré, et cependant il y aperçut une étincelle, lointaine et fragile, mais présente. Leah l'écoutait.

Il expliqua, tout en faisant des efforts surhumains pour ne pas aller trop vite, afin qu'elle puisse comprendre.

— J'ai perdu ma femme dans un accident de voiture. Sa voiture est tombée d'un pont, dans une rivière. Jamais on n'a retrouvé son corps… Jamais on ne *t'a* retrouvée. Ils m'ont dit que tu étais morte, noyée, emportée par le courant. Mais lorsque je suis arrivé à Thunder Key… tu étais là. C'est là que nous avions passé notre lune de miel, au White Seas. Tu sais que tu es déjà venue ici, non ?

Il sentait les tremblements de son corps. Ses yeux verts, brillants, troublés, le transperçaient. Que pouvait-il dire ? Que pouvait-il faire ? Il n'avait qu'une envie : écraser ses lèvres sur celles de Leah, et l'embrasser jusqu'à ce qu'il lui devienne impossible de ne plus se souvenir de lui. Il voulait faire reconnaître à son corps ce que son esprit avait refoulé.

Elle était si près de lui… Un souffle le séparait de ses lèvres… Il sentait son cœur battre.

— Tu sais que tu es déjà venue ici, répéta-t-il. Au fond de toi, tu le sais. Et tu sais que tu me connais. Tu as dit que tu le sentais quand tu me regardais. Nous étions amants, Leah. Mari et femme. Nous vivions ensemble. Je t'ai donné le bracelet que tu portes pendant notre voyage de noces, ici, au White Seas. Je ne suis pas fou. Il faut que tu me croies !

Elle ne se débattait plus maintenant, mais le regardait fixement. Elle était sa femme, et au fond d'elle-même elle le savait. Il n'allait pas abandonner.

— Je ne sais plus que croire, murmura-t-elle, d'une voix rauque.

— Si, tu le sais très bien. Tu sais que je te dis la vérité. Tu sens le lien qui nous unit.

Il vit l'expression de son regard changer, et il ne put s'empêcher d'aller chercher ce qu'il désirait depuis si longtemps. Il prit possession de sa bouche, et elle répondit immédiatement à son baiser. Il goûta ses lèvres, sa langue, et retrouva tout de suite toutes les sensations familières. Il se sentit vivant comme il ne l'avait jamais été au cours de ces dix-huit horribles mois. Et heureux. Pendant un moment extraordinaire, il fut heureux.

Mon Dieu ! Elle l'embrassait en retour, et rien dans sa vie n'avait jamais été plus doux ni plus angoissant.

Le désir s'empara de lui. Mais, avec le peu de lucidité qui lui restait, il la sentit se raidir, et poser la main sur son torse pour le repousser.

— Non, non ! murmura-t-elle contre lui.

Elle se dégagea et se mit debout.

— Leah, attends ! cria-t-il en se relevant.

Elle se tourna vers lui. Sa silhouette fragile se découpait sur la mer. Elle le regardait d'un air terrifié.

Elle ne pouvait pas savoir le mal qu'elle lui faisait. Il voulait la toucher, l'embrasser de nouveau, la serrer dans ses bras. Il voulait tout ce qu'il ne pouvait avoir.

— Viens avec moi, dit-il, la voix cassée. Il faut que nous parlions, Leah.

Même le soleil sur son visage ne le réchauffait plus… Elle semblait si effrayée !

— Je ne peux pas. J'ai besoin de temps.

— Nous n'avons pas de temps ! Je ne sais pas ce qui s'est passé le jour où ta voiture a basculé de ce pont, Leah, mais ces appels téléphoniques, cet homme qui te regardait, qui prenait des photos… Cela pourrait avoir un lien avec le passé, avec la nuit où tu as disparu.

— C'était un accident. Le fait que la voiture tombe dans la rivière était un accident. Tu l'as dit toi-même.

Mais même lorsqu'elle prononça ces mots, il put déceler le doute et la peur dans sa voix.

— Je peux t'emmener voir des médecins qui seront à même de t'aider. Viens à New York avec moi.

Ses yeux verts lancèrent des étincelles.

— Non !

— Bien. Alors, nous n'irons pas à New York. Il y a des médecins à Miami.

— Non.

Il eut vaguement conscience que d'autres gens étaient arrivés sur la plage maintenant. Des gens de l'hôtel… qui les regardaient. Ils commençaient à attirer l'attention.

— Pourquoi pas ?

— Je ne sais plus à qui faire confiance, qui croire.

— Fais-moi confiance. Crois-moi.

— Tu m'as menti !

Roman porta la main à sa poche arrière, et en sortit son portefeuille. Il l'ouvrit, et prit l'unique photo qu'il contenait.

Il la tendit à Leah.

La petite photo lui coupa le souffle. On y voyait un homme en costume, Roman, et une femme, qui levait vers lui des yeux brillants. Elle était vêtue d'une robe de mariée. Bien que cette femme fût pour elle une étrangère, Leah sut sans l'ombre d'un doute que c'était elle.

Elle avait été son épouse. Elle avait été à côté de lui en robe de mariée, lui avait juré fidélité.

Elle était Leah Bradshaw.

Il lui disait la vérité sur ce point, au moins. Tout ce temps, il l'avait pleurée, et elle était en vie, ici, à Thunder Key !

Les choses qu'il lui avait racontées à propos de sa femme au cours des derniers jours lui revinrent à l'esprit. Elle était donc cette étrangère dont il avait parlé. Cela lui semblait impossible. Et pourtant, c'était elle qui était là, sur cette photo. Au fond d'elle, elle avait senti qu'elle le connaissait déjà.

Elle savait que tout ce qu'il lui disait était vrai... Et c'était ce qui lui faisait le plus peur !

— Tu es peut-être en danger, Leah. J'aimerais que tu partes d'ici. Si tu ne veux pas entendre parler de New York, nous irons ailleurs, jusqu'à ce que nous soyons certains que tu es en sécurité.

— Ma vie est ici.

Non. C'était tout ce qu'elle arrivait à penser. *Non.* C'était sa maison, et les dix-huit mois qui venaient de s'écouler étaient ses seuls souvenirs.

— Je refuse de partir.

Comment pouvait-elle aller où que ce soit avec cet étranger ? Tout son monde s'effondrait. Thunder Key était la seule chose à laquelle elle pouvait se raccrocher.

— Alors, reste ici avec moi, au White Seas, proposa-t-il.

— Non, répliqua Leah immédiatement, presque violemment. Je ne quitterai pas mon studio.

La douleur et le chagrin envahirent Roman. Elle était sa femme, et elle avait peur d'être avec lui. Cela lui faisait un mal de chien, mais il devait y faire face.

— Ton appartement n'est plus sûr, dit-il sombrement. Ecoute…

Il arriva à peine à croire ce qu'il s'entendit dire ensuite.

— J'ai perdu l'esprit, c'est vrai : je t'ai embrassée. Mais tu es ma *femme* ! Nous nous sommes embrassés des milliers de fois, Leah ! Je veux seulement te savoir en sécurité. Il ne faut pas que tu aies peur de moi. Je te donne ma parole : ce qui vient de se passer, ce baiser… Ça ne se reproduira plus.

Elle ne dit rien. Elle ne le croyait pas, ne lui faisait toujours pas confiance.

— Leah, je te jure que la seule fois où je t'ai menti, c'est lorsque je t'ai dit que nous ne nous connaissions pas. Il faut que nous découvrions ce qui se passe, qui te surveille, et pourquoi. Tu n'es pas en sécurité dans ton studio.

— Alors, j'irai chez Marian, suggéra-t-elle. Ou chez Shanna, ou chez Viv.

Il ne savait pas qui était Viv, mais il l'interrompit :

— Et tu les mettrais en danger ?

Elle écarquilla les yeux. Il se rendit compte qu'elle n'avait pas pensé à cela.

— Alors, tu pourrais rester dans le bar, dit-elle. Il y a un lit dans le bureau de Morrie.

— Il faut que je sois avec toi, Leah, pas dans une autre pièce, à un autre étage. Je ne veux pas que tu restes seule jusqu'à ce que nous sachions ce qui se passe. Au bar, il y a beaucoup d'allées et venues. C'est isolé. L'hôtel est plus sûr.

— Tu n'en sais rien.

Mais il y avait une lueur de doute dans son regard, ainsi que de la peur. Peur de lui ? D'elle-même ? Elle avait répondu à son baiser, qu'elle le reconnaisse ou non. Ils avaient vécu tous les deux une explosion de désir violente, presque irrésistible.

Etait-ce la véritable raison pour laquelle elle ne voulait pas rester avec lui ?

— Tu sais aussi bien que moi que le studio n'est pas sûr, reprit-il. Quelqu'un y est déjà entré, et ce n'est peut-être pas terminé. L'hôtel est surveillé en permanence. C'est la meilleure solution, Leah, et tu en as conscience.

Dans ses yeux, il lut le combat qui se jouait en elle. Elle avait l'air exténuée, fragile, et il ne voulait rien plus que la prendre dans ses bras et la protéger pour toujours.

Lentement, elle prit une inspiration, et redressa ses minces épaules.

— D'accord, déclara-t-elle. Je vais rester avec toi. Pour le moment.

Le bungalow était décoré dans ce que l'hôtel appelait le style cubain : coloré, élégant, et chaleureux. Ils passèrent devant le grand lit partiellement caché par la moustiquaire, qui rappela à Roman qu'ils avaient autrefois vécu ensemble ici, fait l'amour…

« N'y pense pas. »

— Tu as dit que nous avions passé notre lune de miel au White Seas.

La voix de Leah semblait tendue, étrange. Il pouvait sentir sa colère et sa douleur.

Son estomac se serra.

— Nous sommes restés ici une semaine. Tu as dû te souvenir de quelque chose quand nous sommes arrivés devant le bungalow.

— Je me suis souvenue des quenettiers. De leur odeur.

Elle regarda la mer par la porte-fenêtre, puis se retourna vers lui.

— Je répondrai à toutes tes questions, promit-il. Il y a certainement des choses que tu veux savoir… Sur toi, sur nous.

Un long moment s'écoula. Elle n'était peut-être pas prête, et il était peut-être un imbécile d'espérer qu'elle le serait un jour… Mais il ne pouvait s'en empêcher.

— Combien de temps avons-nous été mariés ? finit-elle par demander.

— Six mois.

— Nous habitions à New York ?

— Oui. A Manhattan. Nous avons... Nous avions un appartement sur Central Park. Tu dessinais des vêtements. Tu travaillais dans une agence de design.

Elle passa devant lui et se dirigea vers le séjour.

— Je savais que j'aimais créer...

Elle s'arrêta devant la porte-fenêtre et se retourna vers lui.

— Je me rappelle certains détails étranges sans savoir pourquoi. Je sais que je suis une cuisinière épouvantable. Je sais que j'aime les chats, mais que j'y suis allergique.

Elle se souvenait de ces petites choses, de ces détails étranges comme elle les appelait, mais elle ne se souvenait pas de lui.

Il essaya de ne pas montrer sa douleur.

— J'ai été très étonné de voir que tu gérais un bar-restaurant ! Tu essayais toujours de cuisiner, mais tu brûlais tout. Tu pensais à autre chose, et tu oubliais le repas. Alors, tu rapportais des plats préparés.

— Tu as dit que tu avais beaucoup de regrets concernant votre mariage.

Votre mariage. Comme si ce n'était pas le sien aussi !

— Oui.

Son cœur battait lourdement, douloureusement.

— Tout ce que je t'ai dit sur notre mariage était vrai.

Elle tira une chaise et s'assit à la table. Elle y posa la photo qu'il lui avait donnée, croisa ses mains sur ses genoux et le regarda droit dans les yeux. Elle semblait effrayée, prête à craquer.

— Parle-moi de moi, dit-elle.

Il s'assit en face d'elle.

— Tu t'appelles Leah Bradshaw. Ton nom de jeune fille est Conner. Tu as vingt-sept ans. Tu es née le 13 avril. Nous nous sommes mariés le 13 août. Tu aimes le nombre 13. Tu disais qu'il te portait chance.

Il vit une lueur s'allumer dans ses yeux, puis s'éteindre.

— Leah Conner.

Elle répéta le nom comme s'il lui semblait étrange.

— Où nous sommes-nous rencontrés ?

— Dans Central Park. Tu courais souvent. Moi aussi. Après, tu t'asseyais sur un banc et tu regardais passer les calèches. Tu aimais voir les fleurs dans la crinière des chevaux. Tu adorais rester là, à les regarder. Un jour, je me suis assis à côté de toi, et nous avons commencé à parler. Nous nous sommes mariés six semaines plus tard.

Il était tombé fou amoureux d'elle dès qu'il l'avait rencontrée.

— Nous avons eu un grand mariage ?

Elle regardait la photo devant elle comme si elle essayait de lire dans l'esprit de la femme qu'elle y voyait, la femme qu'elle avait été.

— Non. Juste ma famille et quelques amis qui travaillaient avec toi. Ton témoin était Nikki Bates. Tu habitais avec elle avant notre mariage. Vous partagiez un petit appartement à Chelsea.

Il attendit en vain une lueur de reconnaissance lorsqu'il prononça le nom de son amie.

— Et ma famille ?

— Tu m'as dit que tu n'avais pas de famille… Que tes parents étaient morts quand tu étais enfant. Tu as été élevée dans plusieurs familles d'accueil.

Elle resta silencieuse.

Il avait tellement envie de la toucher, mais il savait qu'elle ne voulait pas de contact physique avec lui. A vrai dire, il n'aurait pas pu le supporter, non plus : il n'aurait pas pu résister.

— Et avant New York, demanda-t-elle, j'habitais où ?

— Tu m'as dit que tu venais d'une petite ville de Virginie, au bord de la mer.

— J'ai d'autres photos ?

— Elles sont à New York.

Elle resta de nouveau silencieuse, en regardant fixement le cliché qu'elle tenait.

— Finissons-en, dit-elle soudain. Il faut découvrir ce qui se passe.

Finissons-en.

Bon. Ils allaient en finir.

— Alors, il faut commencer par la nuit où ta voiture a basculé dans la rivière, répondit-il en essayant de ne pas montrer à quel point elle venait de le blesser. Ça veut dire qu'il faut que tu voies un médecin, que tu le veuilles ou non, Leah. Je veux dire, si tu veux en finir.

Il vit son visage se contracter, mais elle ne protesta pas.

— Et il va falloir prévenir la police. Quelqu'un est rentré chez toi par effraction.

Elle avait l'air si fragile, mais il savait qu'elle était forte, qu'elle l'avait toujours été.

— Je ne me souviens pas de grand-chose à propos de cette nuit…, commença-t-elle. Je me souviens de l'eau. Je ne savais pas…

Elle plissa le front, et une expression de désespoir passa fugitivement sur son visage.

— Tu m'as dit que ta femme…

— Toi.

Elle sembla avaler sa salive avec difficulté.

— Tu m'as dit qu'elle avait eu un accident de voiture… Qu'elle était tombée dans une rivière.

Elle parlait comme si l'accident était arrivé à quelqu'un d'autre, pas à elle.

— Ta voiture a basculé par-dessus un pont, expliqua-t-il.

— Pourquoi ? Il y a eu un carambolage ?

Il comprit que, malgré sa réticence, elle voulait désespérément avoir des informations. Elle avait passé dix-huit mois emprisonnée dans le mystère. Il aurait aimé avoir plus de réponses pour elle.

— Aucun autre véhicule n'a été impliqué, d'après ce que j'en sais. Il n'y a eu aucun témoin. Il était tard, il faisait mauvais, et il y avait une très mauvaise visibilité cette nuit-là. Le lendemain, quelqu'un a signalé que la barrière de sécurité était écrasée, et ils ont trouvé ta voiture dans la rivière. Aucune trace de toi. Ils ont fini par me convaincre que tu avais été emportée par le courant… que tu étais morte.

Elle ne répondit rien, et il ressentit encore le besoin terrible de la toucher. Mais cela aurait été une erreur.

— J'allais où ?

« Tu allais me quitter. Tu avais des formulaires de divorce. »

— Je ne sais pas où tu allais... Dis-moi quel est ton premier souvenir net et précis.

— Je courais. Je courais au bord de l'autoroute. J'étais trempée, mais il pleuvait. Je ne crois pas que je me souvenais avoir été dans la rivière. Mais plus tard...

— Que s'est-il passé plus tard ?

— J'ai commencé à avoir des cauchemars.

Il voulait en savoir plus sur ses cauchemars, mais elle se mit à frissonner. Elle avait les mains posées sur la table maintenant, et elle crispait tellement les doigts de sa main non bandée que ses jointures blanchissaient.

— Tu m'as dit que tu étais venue à Thunder Key en bus, suggéra-t-il.

— Pas tout le chemin. J'ai été prise en stop par un routier.

Elle avait fait de l'auto-stop. Il eut soudain conscience de tous les dangers qu'elle avait courus : elle s'était dégagée comme elle l'avait pu de la carcasse de la voiture, en état d'amnésie, et était montée dans un camion avec un étranger.

Il fallait qu'il réfléchisse, qu'il reste concentré.

— Tu t'es souvenue de ton nom, et de Thunder Key, reprit-il.

— J'ai su que je m'appelais Leah à cause du bracelet. C'est tout. Je ne me rappelais pas mon nom de famille.

— D'où vient Wells ?

— D'un panneau indicateur. Quant à Thunder Key... Je savais seulement que c'était là que je voulais aller.

Elle se frotta les tempes comme si elle avait mal à la tête.

— Cette nuit... C'était comme un cauchemar. Juste un autre cauchemar. Quelquefois, j'ai du mal à démêler le rêve de la réalité. Je me souviens de la pluie, et d'avoir eu très peur.

— Je sais que c'est difficile, Leah, mais il faut que tu me parles de tes cauchemars. Peut-être qu'ensemble, nous pouvons en tirer quelque chose.

— Tu crois que je n'ai jamais essayé ? répliqua-t-elle, et

sa voix se brisa. Au début, je ne pouvais pas m'empêcher d'essayer de les comprendre, parce qu'ils revenaient si souvent !

Elle s'arrêta, reprit son souffle. Il entendait la tension dans sa voix.

— Puis j'ai appris à les refouler. Je n'avais pas le choix : il fallait que je contrôle ces attaques de panique, et le seul moyen était d'arrêter de se souvenir.

Elle se leva brusquement et alla vers la fenêtre. Instinctivement il se mit debout, avec le désir d'aller auprès d'elle, de la prendre dans ses bras et de la réconforter. Mais il se contint et s'arrêta au milieu de la pièce, regardant sa silhouette qui se détachait sur le paysage.

— Tu te rends compte que tu as peut-être tort, totalement tort, à propos de tout ? demanda-t-elle, si doucement qu'il l'entendit à peine.

Elle se retourna.

— Surtout en ce qui me concerne, poursuivit-elle.

Roman sentit des fourmillements lui parcourir la peau tandis qu'elle continuait :

— Tu ne t'es jamais dit que je n'étais peut-être pas en danger ? Que si quelqu'un a fouillé mon appartement, me suit et me photographie, ce n'est peut-être pas parce qu'*il me veut* du mal, mais parce que *j'ai fait* du mal ?

— Tu plaisantes ! répliqua-t-il immédiatement, ne comprenant toujours pas où elle voulait en venir. Tu donnais à manger aux chiens abandonnés, tu étais bénévole dans une soupe populaire, et tu n'arrêtais pas d'envoyer de l'argent pour les enfants du tiers-monde ! Un jour, tu m'as dit que nous pouvions nous permettre d'aider tout un village, et c'est ce que nous avons fait. Tu t'es même inscrite sur le fichier des donneurs de moelle osseuse au cas où tu puisses sauver une vie !

Il ne put résister plus longtemps. S'avançant vers elle, il la prit par les bras.

— La femme que je connaissais n'aurait jamais fait de mal à quiconque !

Elle tourna vers lui son regard torturé.

— Alors, peut-être que tu auras aussi peur que moi de la vérité…, murmura-t-elle. Parce que, si j'en crois mes rêves, j'ai tué quelqu'un.

9

Roman secoua la tête en regardant Leah d'un air incrédule.

— C'est de la folie ! chuchota-t-il.

— C'est ce que je ne cesse de me répéter, murmura-t-elle en détournant le regard. Je pense que j'ai fait quelque chose de mal, Roman, quelque chose de terrible. Si tu veux fouiller le passé, alors il vaudrait mieux que tu sois prêt à cette éventualité. Dans mes rêves, je suis à côté du cadavre d'un homme… Et je tiens une arme.

Roman ne la croyait pas, c'était manifeste, songea Leah. Elle ne savait pas comment réussir à le convaincre.

— C'est impossible, répliqua-t-il.

— Pourquoi ? J'allais bien quelque part cette nuit-là. Pourquoi mon mari ne savait-il pas où, ni ce que j'allais y faire ? lui fit-elle remarquer. Je devais avoir des secrets.

— Pas ce genre de secrets. La femme que je connaissais n'aurait pas fait de mal à une mouche.

— Dans mes cauchemars, j'entends une voix. Et hier, lorsque j'ai décroché le téléphone dans le bureau de Morrie, c'est la même voix que j'ai entendue.

Il gardait les yeux fixés sur elle.

— C'est pour ça que tu as lâché le combiné et que tu as eu cette crise de panique.

Maintenant encore, elle avait l'impression d'étouffer. Elle se força à respirer calmement.

— Dis-moi ce que tu as entendu, poursuivit-il.

— Quelqu'un disait : « Je sais qui tu es. Je sais ce que tu as fait. »

— Ça ne veut pas dire que tu as tué quelqu'un !

Elle poussa un soupir amer et s'éloigna de lui.

— Tu voulais découvrir la vérité, eh bien, vas-y !

Il s'approcha d'elle, franchissant l'espace qu'elle cherchait désespérément à installer entre eux. Le vaste bungalow sembla se rétrécir autour d'elle.

— Ça fait beaucoup de questions sans réponses, remarqua-t-il d'un air sombre. Mais tu ne peux pas continuer à vivre ainsi, en te disant que tu as peut-être commis un meurtre. Il faut découvrir la vérité.

Leah avala péniblement sa salive. Roman semblait croire que, s'ils enquêtaient sur son passé, elle serait innocentée. Et elle comprit soudain, avec la clarté de l'évidence, qu'elle ne voulait pas décevoir cet homme. Mais elle avait pourtant l'horrible certitude que c'était ce qui allait se passer…

Il s'éloigna, prit le combiné posé sur la table de nuit, et composa un numéro. Elle s'assit de nouveau, ses jambes refusant soudain de la porter.

— Mark, demanda-t-il d'un ton sec, très direct.

C'était comme si elle entrevoyait celui qu'il pouvait être dans sa vie professionnelle à New York : Roman, l'homme d'affaires. La sensation était vaguement familière et la troubla.

— J'ai besoin de ton aide, poursuivit-il. Tu pourrais me recommander un médecin à Miami ? Un psychiatre ?

Il tournait maintenant le dos à Leah.

— Je ne peux pas en parler. Et encore une fois, je t'en prie, ne dis rien à Gen ni à quiconque. Je compte sur toi, Mark.

Mark. Ce prénom ne disait rien à Leah.

Roman raccrocha.

— Qui est Mark ? demanda-t-elle.

— Mon beau-frère. Il est médecin. Il a épousé ma sœur, Gen. Genevieve.

Elle se rappela soudain avec un choc ce que Morrie lui avait raconté sur la famille Bradshaw. Comment avait-elle pu s'y faire une place ?

— Ils savent… Sur moi… que tu m'as retrouvée ?

— Mark est au courant, mais il pense que j'ai perdu l'esprit.

Il parlait d'une voix sèche.

— Il pense probablement que le psychiatre devrait être pour moi. Toute ma famille est convaincue que je suis devenu fou depuis que j'ai quitté New York.

— Ça ne te contrarie pas ?

Il eut un bref sourire qui lui rappela à quel point il pouvait être dangereusement sexy.

— Je ne me soucie plus de l'opinion des autres, Leah.

Il s'approcha d'elle dans la douce lumière du bungalow. Et elle sentit les battements de son cœur s'accélérer.

— Mark va me rappeler pour me donner des coordonnées, c'est tout ce qui compte. Je veux être certain que tu voies quelqu'un de compétent.

Leah resta assise pendant un long moment, complètement abasourdie. C'était comme si tout son monde avait été détruit. Elle ne savait plus quoi penser, quoi faire. Elle avait trop de choses à digérer.

Elle avait besoin de se ressaisir, et elle ne pouvait pas le faire ici.

— Il faut que j'aille travailler, annonça-t-elle après un long moment.

Elle voulait surtout ne plus être seule avec Roman.

— Il va bientôt falloir ouvrir le bar. Ce n'est pas parce que je vais habiter ici que je ne dois pas travailler. J'ai besoin de m'occuper l'esprit.

L'acquiescement de Roman lui procura un immense soulagement. La discussion était close pour le moment. Mais lorsque la journée serait finie, il lui faudrait revenir dans ce bungalow où elle serait seule avec cet homme qu'elle ne connaissait pas, mais qu'elle désirait de tout son être.

Et ensuite, que se passerait-il ?

De retour au Shark and Fin, Roman appela la police de Thunder Key pour s'entendre dire que s'introduire dans un lieu par effraction ne constituait pas une urgence s'il n'y avait pas eu de vol, mais qu'ils allaient envoyer un agent dès que possible. Malheureusement, ce ne serait pas avant le lendemain.

Si Roman avait eu son interlocutrice en face de lui, il l'aurait volontiers étranglée.

— Mais j'ai l'impression que quelqu'un la surveille, l'épie en permanence, insista-t-il.

— Presque tous nos policiers ont été réquisitionnés pour faire une fouille à Coral Key, expliqua la femme. Nous ne pouvons nous occuper que des urgences pour le moment.

Il s'assit au bureau de Morrie. *Je sais qui tu es. Je sais ce que tu as fait.*

Il n'arrivait pas à croire que Leah ait pu tuer quelqu'un. Mais elle, pourtant, en était convaincue.

« Que sais-tu de cette fille ? » lui avaient fait remarquer ses parents lorsqu'il leur avait annoncé son mariage inopiné. « Elle n'est pas des nôtres. Elle n'est pas assez bien pour toi. »

Ils n'avaient cessé de le mettre en garde. Walter et Barbara Bradshaw avaient de grands projets pour leur fils unique. Ils avaient même secrètement espéré une carrière politique. Leah, avec ses origines modestes et son tempérament d'artiste, ne correspondait pas à l'image qu'ils s'étaient faite de la femme de leur fils. Ils avaient même évoqué l'idée de faire des recherches sur le passé de Leah, et Roman avait dû s'y opposer formellement.

Il décrocha le téléphone et composa le numéro de Bradshaw Securities.

— Je voudrais parler à Walter Bradshaw, demanda-t-il à la secrétaire. Dites-lui que c'est de la part de Roman.

Son père prit la communication quelques instants plus tard.

— Roman, où es-tu ?

— Toujours à Thunder Key. Ecoute, poursuivit Roman avant que son père ne puisse commencer à énumérer toutes les raisons pour lesquelles il devait rentrer à New York, je voudrais savoir si tu avais fait faire des recherches sur Leah.

— Pardon ?

— Lorsque nous nous sommes mariés... Tu voulais enquêter sur Leah.

— Tu y as mis ton veto, tu t'en souviens, non ?

— Et ça t'a arrêté ? demanda Roman.

Il y eut un silence dans l'appareil.

— Ecoute, j'ai une réunion.

— Ça t'a arrêté ?

Il sentait la tension à l'autre bout de la ligne de téléphone.

— Si tu as trouvé quelque chose sur Leah, n'importe quoi, il faut que tu me le dises !

— Elle est morte. Ça n'a plus d'importance.

Au moins, maintenant, il savait que Mark avait respecté sa promesse, et n'avait pas parlé de Leah à sa famille.

— Si, c'est important. J'ai besoin de le savoir.

— Nous avons fait faire des recherches… Et nous n'avons rien trouvé.

Roman eut soudain l'impression que l'air lui manquait. Il aurait dû savoir, tout ce temps, que ses parents n'avaient pas abandonné leur idée, malgré les assurances qu'ils lui avaient données du contraire. Mais, ironiquement, c'était exactement ce qu'il voulait entendre.

— Roman, que se passe-t-il ? Nous nous faisons du souci pour toi !

— Je vais bien. Arrêtez de vous inquiéter.

Roman prit congé et raccrocha le téléphone, commençant à passer en revue diverses possibilités. Leah était convaincue que son passé recelait quelque chose de terrible… Mais peut-être ses rêves n'étaient-ils rien de plus que d'horribles cauchemars, dus, entre autres, aux crimes épouvantables dont les informations se faisaient l'écho chaque jour.

L'idée ne le fit pas se sentir mieux : quoi qu'il en soit, Leah était en danger.

Leah rangea quelques affaires dans un petit sac. Roman l'attendait à la porte et elle sentait sur elle le poids de son regard. Elle ne pouvait s'empêcher de remarquer la manière dont son jean et son T-shirt épousaient ses larges épaules et ses hanches minces.

Ils sortirent dans la nuit étoilée et montèrent dans la voiture de location de Roman. Après avoir déposé son sac dans le coffre, il démarra, alluma les feux, et s'engagea sur la route étroite conduisant à l'hôtel.

Ayant baissé un petit peu sa vitre, Leah s'enfonça dans son siège et inspira l'air frais de la nuit, en essayant de ne pas remarquer à quel point elle se sentait étrangement à l'aise à côté de Roman.

— Tout cela est peut-être totalement inutile, déclara-t-elle. Nous n'avons pas revu cet homme. Sa présence n'a peut-être aucun rapport avec mon passé… Et le coup de fil d'hier était peut-être une mauvaise plaisanterie.

Elle essayait de se convaincre, mais frissonna malgré la tiédeur de la nuit.

— J'ai eu peur chaque fois que le téléphone sonnait hier, poursuivit-elle. Peut-être que je n'ai pas entendu ces mots. Peut-être…

Elle détourna la tête et plongea le regard dans les ombres de la nuit.

— Peut-être que je les ai imaginés.

— Il faut en être certain, répondit Roman en s'arrêtant à un stop.

Il tendit la main et lui prit le menton avec douceur, la forçant à tourner la tête vers lui. La douce chaleur de ses doigts apaisa Leah.

En cet instant, dans la pénombre de la voiture, ils auraient pu être les seuls êtres humains sur la planète.

— Je sais que tu as peur, reprit-il, mais tu n'as rien à craindre de moi.

Il y eut une longue pause durant laquelle il ne la quitta pas des yeux.

— Tu as peur de moi, Leah ?

La réponse à sa question lui était inaccessible, perdue dans ses souvenirs oubliés et sa confusion présente. Elle ne savait que dire.

— Je déteste que tu joues au baby-sitter, réussit-elle enfin à articuler, évitant ainsi de répondre directement.

Il la regarda pendant un long moment, et quelque chose dans son regard la fit tressaillir au plus profond d'elle-même.

— Crois-moi, répliqua-t-il, je n'éprouve pas pour toi les sentiments d'un baby-sitter.

Elle crut voir fugitivement dans son regard les mêmes émotions qui se mêlaient en elle : la douleur, la solitude, le désir...

Il reporta son attention sur la route et elle s'enveloppa dans ses bras.

— La salle de bains est là, déclara-t-il avec un geste de la main lorsqu'ils entrèrent dans le bungalow du White Seas. Fais comme chez toi.

Elle referma la porte, heureuse d'être seule. La pièce était luxueuse, avec une baignoire en marbre et une immense douche séparée. Avaient-ils partagé cette douche, cette baignoire, lors de leur lune de miel ?

Ils avaient été mariés. Il avait souffert lorsqu'il l'avait cru morte. Mais que ressentait-il pour elle maintenant ? Il ne lui avait pas dit qu'il l'aimait, et à part cet unique baiser, il l'avait à peine touchée.

Elle repoussa ces pensées, posa son sac sur le sol de la salle de bains et fit couler l'eau dans le lavabo. Qu'avait-elle fait ? Où se rendait-elle cette nuit où elle avait disparu ? Elle s'aspergea le visage d'eau froide. Toutes ces questions la hantaient. Elle voulait les faire taire, mais elles lui revenaient sans cesse à l'esprit.

Sa main blessée la brûla légèrement sous le bandage, et elle se souvint qu'elle devait prendre ses antibiotiques. Elle n'avait pas touché aux antalgiques.

Elle avait apporté un pyjama — un pantalon et un haut boutonné en tissu léger. Mais même avec ces vêtements si sages elle avait honte de sortir de la salle de bains. La situation était indéniablement intime et étrange.

Roman était assis à la table du bungalow, avec à la main

un verre contenant un liquide jaune pâle. Ses longues jambes étaient étendues devant lui.

— Un peu de vin ? proposa-t-il.

Elle acquiesça, toujours sur le pas de la porte de la salle de bains. Le bungalow était plongé dans l'ombre, et seule une lampe éclairait la grande pièce d'un long rai de lumière.

Roman avait déjà posé un autre verre sur la table, et il lui versa du vin. Dans le silence du bungalow, le bruit du liquide qui coulait emplit l'espace. Elle s'assit en face de lui, tendit la main, et leurs doigts se frôlèrent lorsqu'il lui donna le verre. Elle sentit son parfum, inquiétant et réconfortant à la fois.

Une vague de désir se propagea en elle. Sa vie était peut-être en danger, et pourtant elle avait une conscience aiguë de cet homme. *Tu sens le lien qui nous unit ?* Oui, bien sûr elle le sentait.

Et c'était presque insupportable.

Roman prit une autre gorgée de vin, en la fixant du regard. Elle sentait son cœur battre sauvagement dans sa poitrine. Comment allait-elle réussir à passer la nuit dans la même chambre que lui, alors que tout son corps ressentait déjà si douloureusement cette simple proximité ?

Il fallait qu'elle empêche les choses d'aller trop loin, sinon, elle ne savait pas comment elle allait parvenir à garder les idées claires. Le lit, derrière elle, l'attirait dangereusement, presque comme si, doté d'une vie propre, il l'appelait.

Quelqu'un frappa à la porte, et Leah sursauta, renversant quelques gouttes de vin sur la surface vernie de la table. Elle prit une serviette en papier et les essuya.

— C'est le room service, expliqua Roman. J'ai commandé le dîner. Je sais que tu n'as rien mangé de la journée.

— Je suis un peu nerveuse. Je te jure que d'habitude je ne suis pas si maladroite.

— Je le sais.

Le regard de Roman la faisait se sentir encore plus nerveuse. Oui, il le savait. Il savait encore mieux qu'elle qui elle était, n'est-ce pas ?

Il se dirigea vers la porte. Un homme portant un uniforme entra avec un plateau chargé de plats.

— Posez-le sur la table.

Lorsque Roman eut raccompagné le serveur et refermé la porte à clé, il expliqua :

— Je suis désolé. Je n'ai pas attendu que tu aies fini de te doucher pour commander, mais je me suis dit que tu devais avoir faim. J'ai choisi tes plats préférés.

Leah avala péniblement sa salive. Il savait ce qu'elle préférait.

Pour se donner une contenance, elle prit une autre gorgée de vin.

Il souleva les cloches qui recouvraient les assiettes et découvrit des brochettes de crevettes avec des légumes cuits à la vapeur et du riz. L'odeur appétissante qui s'en éleva lui mit immédiatement l'eau à la bouche. Il avait raison : elle n'avait rien avalé de la journée, tant elle avait la gorge nouée.

C'était toujours le cas, mais elle avait faim et manger valait mieux que de rester ici à se demander quel sujet de conversation elle pouvait bien aborder avec un étranger, qui avait été son amant.

Elle prit une fourchette, fit glisser une crevette le long de la brochette, et la porta à sa bouche.

— Nous allons commencer par passer en revue tes journées à Thunder Key, commença Roman.

— Je ne pense pas que quiconque à Thunder Key ait envie de me faire du mal, répliqua-t-elle automatiquement.

— Rien ne nous permet de l'affirmer. Même s'il semblerait que ce qui se passe ait un lien avec ton passé, nous pouvons nous tromper. Il faut que nous mettions hors de cause tous les habitants de l'île, qu'il s'agisse d'étrangers ou d'amis.

— Tu n'es pas policier.

Il eut l'air agacé.

— Pour le moment, nous n'avons pas reçu grande aide de la police ! Je sais que cela peut paraître exagéré, poursuivit-il, mais je veux une liste de toutes les personnes que tu as rencontrées depuis que tu es ici.

Roman prit des notes sous sa dictée. Elle avait peu d'amis

proches : Joey, Viv, Marin, Morrie. Elle connaissait beaucoup d'habitants de la petite île, cependant, grâce à son travail au Shark and Fin.

— Tu cours tous les matins, ajouta-t-il. Une fois par semaine tu tiens une permanence dans la boutique du Village des contrebandiers. Tu vas au Cuban Café, à la bibliothèque, à l'épicerie… J'oublie quelque chose ? Tu vas également dans d'autres îles ?

Leah avala sa salive.

— Comment sais-tu tout cela ? Tu m'as espionnée ?

— Je n'arrivais pas à croire que c'était toi, admit-il. Je t'ai regardée pendant des jours avant d'oser te parler. J'avais peur…

Il demeura un instant silencieux.

— J'avais peur que tu disparaisses, comme dans mes rêves.

Il avait rêvé d'elle. Il avait rêvé qu'il la perdait. C'était horrible et elle ne savait pas quoi dire. Elle savait seulement qu'ils souffraient tous les deux.

Elle répondit à sa question :

— Je vais parfois dans un atelier de tissus de Key West.

Elle le lui nomma.

— Que sais-tu de Morrie ?

Leah hésita. Morrie avait fait preuve de tant de gentillesse à son égard qu'elle avait quelques réticences à évoquer son passé de criminel.

— Il faut que je sache la vérité, Leah.

— Morrie a fait de la prison, admit-elle à contrecœur. Mais il a été formidable avec moi.

— De la prison pour quoi ?

— Je ne connais pas les détails. C'est de l'histoire ancienne. Il essaie de renouer avec sa famille maintenant. C'est pour ça qu'il veut vendre le Shark and Fin : pour aller au Nouveau-Mexique.

— Et les autres employés du bar ? Il y a quelqu'un qui pourrait t'en vouloir ?

— Je ne pense pas. J'ai renvoyé une fille juste après le départ de Morrie. Elle était absente une fois sur deux. Morrie avait été d'une patience angélique avec elle et m'avait autorisée à la licencier si les problèmes persistaient. Il m'a été très difficile de le faire, mais il nous fallait quelqu'un de fiable. Aucune des personnes que j'ai rencontrées à Thunder Key n'a dit ou fait quelque chose qui puisse me laisser penser que je les connaissais dans le passé, à part…

Roman la regarda dans les yeux en demandant :

— A part qui ?

— A part toi, dit-elle doucement.

Une sensation bizarre lui chatouilla l'estomac, et elle baissa le regard vers son assiette.

— Je suis heureux de l'entendre, Leah.

Sa voix rauque était emplie de bonté, de tendresse, et cela faillit faire plier sa volonté de résister à son attirance. Elle leva les yeux, et regarda, captivée, ses lèvres prononcer son nom.

— Je veux que tu te souviennes de moi.

— Il ne faut surtout pas que j'oublie que tu t'es mal conduit avec moi, ironisa-t-elle, cherchant à mettre de la distance entre eux.

Elle vit une ombre passer dans son regard. Si durs que les derniers mois aient été pour elle, ils n'avaient pas dû être faciles pour lui non plus.

— Je suis désolée, reprit-elle. Tu ne méritais pas cela.

Maintenant, elle se sentait mal. Il ne lui posa plus de questions. Ils finirent leur repas puis allèrent se brosser les dents chacun à leur tour, une routine étrangement intime avec un homme qui était un inconnu pour elle. Lorsqu'elle sortit de la salle de bains, elle vit que Roman avait mis en marche le home cinéma du bungalow. Il avait éteint la lumière, et seule la lueur de l'écran éclairait la pièce. Leah s'assit sur le sol au pied du lit, là où Roman avait empilé des oreillers.

Elle replia ses jambes et les entoura de ses bras, s'adossant aux coussins. Roman zappa sur quelques chaînes, et finit par s'arrêter sur un vieux film en noir et blanc. Il s'assit à côté d'elle sur le sol, laissant entre eux deux une distance respectable, mais trop petite au goût de Leah.

Elle se rendit compte qu'il la regardait, au lieu de fixer

l'écran. Elle tourna les yeux vers lui, irrésistiblement attirée par son regard si intense.

— Tu te souviens que tu aimais ce genre de film ? demanda-t-il.

Elle cligna des yeux.

— Tu es sérieux ? Les extraterrestres ont l'air d'être emballés dans du papier alu, et on jurerait que c'est un enfant de cinq ans qui a imaginé les effets spéciaux. Es-tu en train de me dire que j'avais des goûts cinématographiques extrêmement douteux ?

Roman éclata de rire, creusant les deux fossettes qui faisaient battre le cœur de Leah plus vite.

— Tu aimais les vieux films, surtout ceux de science-fiction, lui dit-il. Plus ils étaient mauvais, plus tu étais contente. Et tu voulais toujours que je les regarde avec toi…

— Peut-être était-ce ma façon de te punir d'être un poison, repartit-elle d'un ton ironique, pour éviter que la conversation ne devienne trop sérieuse.

— Les vieux films te faisaient rire. Tu aimais rire.

La façon dont il prononça ces mots, d'un ton si tendre, si romantique, lui coupa presque le souffle. Il lui était de plus en plus difficile de penser à lui comme à un étranger, comme quelqu'un à qui elle n'osait pas encore accorder toute sa confiance.

— Je détestais ces films, poursuivit-il avec douceur.

— Alors pourquoi les regardais-tu avec moi ?

Il resta silencieux un moment. La lumière de l'écran éclairait ses traits sculptés d'une lumière vacillante.

— J'aimais te regarder rire.

Elle se sentit fondre et elle sut qu'elle n'arriverait pas à contrôler le cours des choses si la conversation continuait ainsi.

— Je suis fatiguée, déclara-t-elle soudain. J'ai à peine dormi la nuit dernière. Je crois que je ferais mieux d'aller au lit.

Il la regarda.

— D'accord, Leah.

Il prit la télécommande et éteignit la télévision. Lorsque ses yeux se furent accommodés à l'obscurité, elle se rendit compte que Roman se dirigeait vers un canapé dans un coin. Il avait pris quelques coussins sur le sol.

— Non !

Prise de panique à l'idée de se coucher dans ce lit, elle fut presque tentée de lui dire de remettre le film, mais ce n'était pas une bonne idée non plus.

— Laisse-moi le canapé. C'est ta chambre.

— Tu as besoin d'une bonne nuit de sommeil, rétorqua-t-il.

Elle n'avait d'autre choix que se glisser dans ce lit immense, entouré de rideaux, presque certaine qu'elle allait mettre une éternité à s'endormir. Elle ferma les yeux et essaya de ne pas remarquer que les draps propres et frais étaient légèrement imprégnés de cette odeur musquée, masculine qui était indéniablement celle de Roman.

Mais son corps, lui, le ressentait presque douloureusement et, dans le silence, elle aurait presque juré qu'elle entendait battre le cœur de Roman. Elle ne sut pas combien de temps elle mit à s'endormir. Elle sut seulement qu'à un moment elle dériva vers un endroit qui lui était aussi familier qu'étranger.

Elle dansait dans un appartement, riait, tombait sur les genoux d'un homme qui grogna et l'embrassa, lui plaquant le dos contre le canapé. Il se mit à califourchon sur elle, lui suça le lobe de l'oreille, lui embrassa le cou, la cajola, la caressa. Ils arrachèrent leurs vêtements, poussés par la passion et le désir.

Elle leva les yeux vers l'homme sans visage qu'elle avait embrassé si souvent dans ses rêves, et ses traits s'éclaircirent, et devinrent enfin nets pour la première fois. C'était Roman qu'elle tenait, Roman qu'elle embrassait.

Puis Roman disparut, et un homme en blouse blanche surgit. Elle était sur un trottoir, cernée d'immeubles, et elle courait, elle courait, et chaque fois qu'elle regardait en arrière, l'homme en blouse blanche était là. Terrifiée, elle trébucha sur une fissure du trottoir, et tomba. Le seul bruit qu'elle entendit fut le martèlement du pas de son poursuivant, toujours plus proche.

Leah se redressa dans son lit. La pièce était plongée dans l'ombre. Elle ne sut pas combien de temps s'écoula avant qu'elle ne se rendît compte qu'elle hurlait.

10

— Leah !

Roman essaya de maîtriser les gestes frénétiques de Leah en lui plaquant les bras sur l'oreiller. Elle le frappa encore une fois au visage avant qu'il ne réussisse à la retenir. Si demain il n'avait pas un magnifique cocard, il pourrait s'estimer heureux !

Mais maintenant elle lui donnait des coups de pied, et se débattait sous le mince drap. La couverture était déjà tombée à terre.

Il la lâcha d'une main pour immobiliser son visage, qu'elle tournait frénétiquement de part et d'autre.

— Leah, c'est moi, Roman ! N'aie pas peur. Tu n'es pas seule. Tu es en sécurité. Tu es avec moi.

Il voyait ses yeux emplis d'épouvante briller dans l'ombre. Un long moment s'écoula. Il bougea un peu pour relâcher sa pression et s'asseoir à côté d'elle, mais elle dut penser qu'il allait la laisser car elle lui agrippa les épaules et l'attira vers elle. Elle s'accrochait désespérément à lui.

— Je voulais seulement…,, commença-t-il d'une voix rauque.

Il prit une inspiration, essayant de retrouver le contrôle de lui-même.

— Je reste là près de toi.

Il s'allongea à côté d'elle. A travers la faible épaisseur du drap, il sentait le moindre de ses frémissements, le moindre de ses mouvements. Sa peau était chaude et moite, mais elle frissonnait dans ses bras.

La tenir ainsi contre lui était une torture à peine supportable, et il se rendit compte qu'il tremblait tout autant qu'elle.

Il l'attira plus près, et il sentit ses épaules, ses cheveux, son visage contre lui.

— Tu étais dans mon rêve, dit-elle soudain.

— Je suis là maintenant, répondit-il. Et personne ne te fera plus jamais mal.

— Je veux que ces cauchemars s'arrêtent ! Je ne peux plus les supporter.

Jamais il ne s'était senti aussi désarmé de sa vie. Il aurait tant voulu pouvoir lui dire qu'il allait les faire disparaître, qu'il allait la tenir longtemps, longtemps, pour les dissiper à jamais.

Mais c'était impossible et ils le savaient tous les deux. Alors il se contenta de la serrer dans ses bras sans rien dire. Il sentait l'humidité de ses larmes sur ses épaules. Son parfum lui emplissait la tête, comme une douce torture.

Et dire qu'il avait déjà trouvé difficile de dormir si près d'elle !

— Tu étais la seule chose agréable de mon rêve, murmura-t-elle d'une voix éteinte.

Mon Dieu ! Cela lui faisait mal de la voir ainsi. Elle leva le visage vers lui, et il vit ses doux yeux briller de chagrin et de désespoir. Il ne savait pas quoi dire, quoi faire. Puis elle prononça des mots que, sans doute, songea-t-il, elle n'aurait jamais pu dire si elle n'avait été dans un tel état de détresse, enveloppée par les ombres de la nuit.

— Ne me laisse pas seule.

La douleur qu'il y avait dans sa voix le prit à la gorge.

— Non, je ne te laisserai pas, lui promit-il.

Elle bougea légèrement pour lui glisser les bras autour du cou. Il sentit ses muscles se raidir de désir. Il était uni à cette femme adorée, perdue et miraculeusement retrouvée, comme il n'avait jamais été lié à personne. Elle était la seule personne avec laquelle il se sentait vivant, la seule qui l'ait fait sortir du monde froid et stérile des affaires. Mais elle était une autre aujourd'hui, elle n'était plus ce rayon de soleil qui avait éclairé sa vie autrefois. Elle avait ses secrets, il avait le sien, et s'il avait un brin de jugeote, il ferait attention. Il sortirait de ce lit avant qu'il ne fasse quelque chose qu'ils regretteraient peut-être tous les deux dans la lumière du jour.

Mais il ne possédait pas assez de sagesse ce soir.

— Je vais rester avec toi toute la nuit, murmura-t-il… Si c'est ce que tu veux.

Il lui caressa la joue, et elle se laissa aller, fermant les yeux.

— Je veux…, dit-elle, puis elle s'arrêta.

— Que veux-tu, Leah ?

Elle ouvrit les yeux et il aurait juré pouvoir y lire cette même conscience qu'ils étaient unis l'un à l'autre à jamais. C'était un lien intuitif, subliminal qui allait au-delà des souvenirs… C'était dans le contact de leurs peaux, de leurs mains, de leurs regards.

— Je veux savoir ce que c'était d'être ta femme, chuchota-t-elle doucement.

Ses mots déferlèrent sur le cœur de Roman comme un raz de marée de bonheur.

— Pour une nuit seulement. Même si c'est tout ce que nous avons, reprit-elle. Je veux la seule bonne chose à laquelle j'ai rêvé… Le rêve que j'ai fait de toi.

Il avait l'impression de se noyer dans ses paroles.

— Et à quoi as-tu rêvé ?

Leurs visages n'étaient qu'à quelques centimètres. Il sentait le cœur de Leah battre aussi violemment que le sien.

— J'ai rêvé que nous faisions l'amour.

Roman ne trouva aucun mot pour lui répondre. Elle était tout ce qu'il voulait, et elle s'offrait à lui. Des sentiments violents — la culpabilité, le désir, la douleur — se mêlèrent, et menacèrent de lui faire perdre tout contrôle de lui-même.

— Il faut que je sache qu'une chose dans mon esprit, dans mon cœur, est vraie, et que c'est quelque chose de beau, reprit-elle. Fais-moi l'amour. Montre-moi que c'est vrai.

— Leah, commença-t-il, bouleversé. Bien sûr que c'est vrai !

Mon Dieu, c'était tout ce qu'il avait rêvé de l'entendre dire, mais c'était si dangereux ! Ce qui lui restait de raison lui soufflait qu'il n'était pas trop tard pour mettre un terme à tout cela. Il ne pourrait supporter que demain, lorsqu'elle se réveillerait, elle regrette ce qu'elle lui avait dit ce soir.

Elle s'accrochait à lui, et il ne savait pas si elle s'agrippait à un rêve ou à un homme. Mais il était trop tard. Beaucoup trop tard pour tout arrêter…

Demain était si loin de ce lit noyé dans l'ombre.

Il était de nouveau avec sa femme… Pour une nuit. Et même si ce qu'elle recherchait était un rêve, un réconfort pour sa douleur et sa peur, c'était lui qu'elle tenait dans ses bras. Et il était incapable de lui résister.

Alors, il l'embrassa avec toute la passion qui était en lui depuis dix-huit mois. Elle lui rendit son baiser, et il goûta la saveur salée de ses larmes sur ses lèvres. Il lui embrassa le visage, le cou, tout en promenant ses mains sur son corps, et pendant tout ce temps elle le tenait serré contre elle. Il ne pouvait se rassasier d'elle, et aurait voulu que cette nuit ne finisse jamais.

— Je veux me souvenir de toi, murmura-t-elle contre ses lèvres. Aide-moi…

Son cœur se gonfla et les larmes picotèrent ses yeux. Il l'embrassa avec une fougue renouvelée alors que ses mains refaisaient connaissance avec son corps. Puis elle poussa un doux gémissement et il ne sut qu'il ne pourrait plus se contrôler longtemps. Tout ce qui existait était le corps mince qu'il serrait dans ses bras. Il n'avait plus de passé, de futur, seulement Leah, ici et maintenant, dans ses bras.

Elle lui caressait farouchement le dos et semblait elle aussi emportée par la passion. Brûlant d'un désir qu'il ne parvenait plus à maîtriser, il la coucha sur les oreillers et défit lentement, un à un, les boutons de son haut de pyjama.

Si cette nuit était la seule qu'ils devaient passer ensemble, il allait la faire durer.

Le haut s'ouvrit, révélant ses seins, petits, parfaits dans la pénombre.

— Tu te souviens de ça ? demanda-t-il d'une voix étouffée en prenant un téton entre ses lèvres avec douceur.

— Et de ça ? poursuivit-il en suçant l'autre, dur dans sa bouche.

Elle répondit par un grognement et enfonça ses doigts dans ses cheveux. Puis il se rendit compte qu'elle tirait sur son T-shirt. Il s'assit, et l'enleva. Elle tendit la main vers lui et la posa sur son torse, comme si elle voulait sentir les battements de son cœur.

Il prit alors le temps de la regarder dans l'ombre. Les rayons de la lune traversaient les voiles de la moustiquaire, et baignaient sa poitrine soyeuse d'une lumière fantomatique. Mais c'étaient les yeux de Leah, emplis d'ombres et de désir, qui l'attiraient. Il sentit le sang battre à ses tempes, et l'émotion l'envahir devant cette intimité qui lui était si familière, et si nouvelle en même temps. Trop nouvelle pour des mots.

Il était plus simple de lui montrer combien leur amour pouvait être beau et réel. Et c'est ce qu'il fit, en capturant sa bouche encore et encore avec une douce fureur. Puis il traça une ligne de baisers le long de son ventre. Mais ce n'était pas assez pour elle, et elle se dégagea des draps et tira sur son bas de pyjama. Il le lui ôta complètement, ne lui laissant que sa culotte de satin.

— Leah…

Il respirait bruyamment.

— Leah…

Si elle l'arrêtait maintenant, il en mourrait.

— Caresse-moi. Caresse-moi et n'arrête pas, murmura-t-elle.

Et il n'entendit plus le murmure de l'homme plus sage, qui se serait éloigné de ce lit bien plus tôt. Il n'y avait aucune chance pour qu'il regrette cette nuit-là. Elle le suppliait de continuer, et rien n'aurait pu l'arrêter maintenant.

Il glissa la main sous son slip, et ses doigts tremblants atteignirent son sexe chaud et humide. Lentement, il voulait faire cela lentement, savourer le moindre instant… Il était perdu.

Dans ses rêves, jamais cela n'avait été si bon. Leah sentait tout son corps trembler alors que les doigts de Roman s'aventuraient entre ses cuisses. C'était de la folie : elle s'en rendait compte de manière très confuse. Mais c'était une folie délicieuse, dont elle avait besoin de la même manière qu'elle avait besoin de respirer.

Le désir qu'elle ressentait pour lui était presque douloureux. Elle cherchait les souvenirs en touchant, en caressant son dos, son torse, ses épaules dures et solides…

Puis, alors que les doigts de Roman glissaient plus profondément en elle, ce fut une autre sorte de folie qui s'empara d'elle. Elle n'eut plus qu'une envie : se laisser emporter par cette sensation primitive. Elle voulait se libérer — ne serait-ce qu'une nuit — de la peur, de la douleur et de l'angoisse. Et les lèvres, les mains, le corps chaud de Roman étaient sa bouée de sauvetage. Elle reconnaissait confusément sa façon tendre de faire l'amour et s'y perdait. Il devait y avoir plus dans leur mariage que cette passion, mais pour le moment, cela seul comptait.

Maladroitement, elle défit les boutons de son caleçon. Il la regarda avec une lueur sauvage dans les yeux, un désir si violent qu'elle se sentit fondre. Il l'embrassa avec une lenteur pleine de passion, puis s'éloigna pour ôter son caleçon. Son corps nu était dur et magnifique. Elle aperçut dans la pénombre les contours de ses muscles, et sa peau caressée par les rayons de la lune. Tout en lui était viril, et elle se sentait femme sous son regard.

— Je veux que tu te souviennes de moi, dit-il en s'allongeant contre elle.

Il lui enleva prestement son slip et prit possession de sa bouche en un baiser dans lequel il mit toute son âme.

Elle ne savait plus où elle était, et cela n'avait aucune importance. Elle était dans ses bras. C'était tout ce qui comptait.

Elle avait une conscience aiguë de sa main qui se glissait entre eux, caressait sa poitrine de manière possessive, puis s'aventurait plus bas, vers l'endroit où elle brûlait de le sentir.

— Leah…

Ses doigts se glissèrent de nouveau en elle. Elle était déjà prête et chaude, et humide pour lui.

— Souviens-toi de moi, Leah.

Il la caressa de ses doigts, et elle gémit contre sa bouche. Il l'embrassa de nouveau, tout en s'aventurant plus profondément en elle, lui enflammant tout le corps. Elle ne pouvait se rassasier de lui, de cet étranger qui était son mari et qui, alors qu'elle le tenait dans ses bras, lui donnait le sentiment d'être enfin réconciliée avec elle-même. Elle explorait son corps magnifique de ses doigts tremblants, lui caressant le dos, les fesses, jusqu'à ce qu'elle arrive à son sexe dur et chaud qui lui disait combien il avait envie d'elle. Elle l'enlaça entre ses jambes et le guida en elle, ne pouvant plus se satisfaire d'autre chose. Il colla sa bouche contre la sienne alors qu'il la chevauchait sauvagement et qu'elle s'agrippait à lui de toutes ses forces. Chaque respiration maintenant était un gémissement, un cri, chaque poussée les emportait tous les deux plus haut. Elle le sentit trembler et jouir en elle, et le plaisir l'emporta, allumant un feu d'artifice de plaisir dans tout son corps.

— Oh ! Roman, murmura-t-elle en se cramponnant à ses épaules.

— Leah, ma chérie, marmonna-t-il.

Elle eut vaguement conscience qu'il retombait sur elle puis roulait sur le côté.

Il respirait bruyamment, et l'odeur de son corps la réconforta et la choqua par sa familiarité.

Elle se sentait si bien dans ses bras.

Il fut le premier à bouger, lui piquetant le visage et le cou de légers baisers. Alors elle ne pensa plus à rien. Elle se lova dans le creux de son épaule réconfortante, et lorsqu'elle rêva, ce fut seulement de lui.

La lumière de l'aube filtrait à travers les volets de la terrasse, et allumait une lueur rosée dans le bungalow. Leah ouvrit les yeux, et demeura hébétée pendant quelques instants. Elle n'était pas seule.

Elle était dans le bungalow de Roman. Le lit de Roman.

Il était étendu, un bras reposant en travers de son corps.

Une petite tache légèrement rouge marquait le dessous d'un de ses yeux. Les événements de la journée précédente — et de la nuit — lui revinrent soudain à l'esprit, et elle se souvint de ce qui l'avait amenée ici.

Oh ! mon Dieu ! Elle avait fait l'amour avec Roman. Dans le cocon irréel que seule la nuit pouvait tisser, elle avait cédé à ce qu'elle rêvait de faire depuis qu'elle avait posé les yeux sur lui le premier jour dans le bar. Le danger, la peur, tout avait été oublié, balayé.

Le cauchemar de la nuit lui revenait par bribes, et se mêlait aux souvenirs de sa nuit d'amour avec cet étranger.

Elle se souvenait de Roman la tenant, la réconfortant, lui faisant l'amour… En regardant son si beau visage, elle se rappela avec un petit choc qu'elle l'avait frappé. C'était elle qui lui avait fait ce bleu sous l'œil. Pourtant, il avait été si tendre avec elle… Mais aussi sauvage et dominateur, lorsqu'il lui avait fait l'amour. Qui était donc son mari ? Dur et tendre à la fois, ouvert et pourtant énigmatique.

Protecteur et dangereux.

Alors qu'elle le regardait, il ouvrit les yeux et la fixa pendant un long moment. Le souvenir de leur nuit d'amour se lisait dans la lueur de son regard.

— Bonjour, Leah, dit-il enfin.

Et cela lui sembla si juste, si familier que la nostalgie d'un passé perdu naquit en elle.

— Ton œil, dit-elle, incapable de faire face aux émotions qui l'agitaient. Je suis désolée.

— Je ne suis désolé pour rien de ce qui s'est passé cette nuit, Leah.

Ils se regardèrent un long moment.

— Pour toi, je suis ta femme, commença-t-elle. Pour moi, tu es…

— Un étranger, lança-t-il.

Elle ne savait pas quoi dire.

— Je suis un grand garçon, Leah, reprit tranquillement Roman. Je n'attends rien de toi. La nuit dernière… était la nuit dernière.

Il leva la main et lui toucha brièvement la joue.

— Ne me dis pas que tu es désolée. Laisse les choses comme elles sont : nous en avions envie tous les deux. Nous en avions besoin.

— Les choses sont si compliquées…

Sa voix semblait triste à ses propres oreilles. Elle aurait tant voulu lui dire : « Je ne sais même pas qui tu es, et déjà je ne veux pas te perdre. » Mais elle ne le pouvait pas. Elle n'osait pas.

— Seulement si nous voulons qu'elles le soient, répondit-il, les yeux fermés.

Les feuilles des palmiers bruissaient dans la brise matinale. Elle s'assit dans le lit, cherchant à attraper le drap de ses doigts froids et engourdis malgré la chaleur.

— Il y avait quelque chose de nouveau dans mes rêves la nuit dernière, déclara-t-elle.

Il lui était plus facile de parler de ses cauchemars que de ce qu'elle ressentait après ce qui s'était passé entre eux cette nuit.

Elle vit son regard s'aiguiser. Il était là, étendu, mal rasé, incroyablement beau, en train de la regarder. Combien de fois l'avait-elle vu ainsi ?

« Concentre-toi. » Il était si difficile de réfléchir alors qu'elle était dans ce lit avec lui, à se souvenir du contact de ses mains sur sa peau, de la façon dont elles éveillaient son corps pour…

Pour des choses auxquelles elle ferait mieux de ne pas penser. Pas pour le moment.

— J'étais dans une ville, reprit-elle prudemment, rassemblant ses pensées. Il y avait des immeubles très hauts, de longues rues.

— New York ?

— Je ne sais pas.

Elle hésita, essayant de rassembler plus de détails.

— Quelqu'un me poursuivait, et je suis tombée.

— Qui te poursuivait ?

— La seule chose dont je me souviens, c'est qu'il portait une blouse blanche avec une sorte de badge dessus… Comme un médecin, ou quelqu'un qui travaille dans un laboratoire…

Elle se mordit la lèvre, tirant le drap sur elle pour qu'il ne puisse pas voir son corps. Hier soir, dans l'ombre, c'était différent. Mais dans la lumière pâle du matin elle se sentait mal à l'aise. Elle vit une ombre traverser son regard. Il avait remarqué son geste. Cela le blessait-il que la femme qu'il connaissait si bien se sente gênée d'être nue devant lui ?

— Si j'ai vraiment fait quelque chose de mal dans le passé, poursuivit-elle, j'ai peut-être été envoyée chez des médecins, été dans des hôpitaux, je ne sais pas.

Elle frissonna en ajoutant :

— Peut-être que c'est la raison pour laquelle j'ai peur de voir un médecin maintenant.

— Mais je ne vois pas pourquoi un médecin t'aurait poursuivie dans la rue, lui fit remarquer Roman.

— C'était un cauchemar. J'ai pu mélanger des choses. Il y a quelques mois, j'ai rêvé que j'apportais des assiettes de coquillages à des clients. Lorsque je me suis réveillée, je me suis souvenue que j'avais oublié de passer une commande que j'étais censée faire chez un de nos fournisseurs. Les rêves ne sont pas à prendre au pied de la lettre. J'ai peur des hommes en blouse blanche. Ça ne doit pas être bon.

Elle essaya de rire comme si elle pouvait prendre les choses à la légère, mais le bruit qu'elle émit ressembla plus à un hoquet étranglé.

— Hé, dit-il, nous ne savons absolument rien pour le moment ! Ne l'oublie pas.

Elle ne s'en souvenait que trop bien.

Puis il sortit du lit et elle se rendit compte qu'il était nu, lui aussi. Elle contempla ses fesses musclées, et sentit une onde de désir et de peur lui parcourir le ventre. Elle le regarda qui traversait la pièce. Il n'essayait absolument pas de se couvrir… Et elle n'essayait pas de détourner les yeux, ce qui la choqua elle-même.

Si ce matin elle avait envie de cacher son corps, hier soir, elle avait répondu sexuellement à Roman sans la moindre retenue. Elle aimait faire l'amour avec cet homme. C'était une révélation dangereuse. C'était de la pure folie de constater

qu'elle ne voulait qu'une chose : qu'il revienne vers le lit…
et vers elle.

Elle n'avait qu'une envie : rester toute la journée au White
Seas et faire l'amour avec son étranger de mari, malgré toutes
les raisons pour lesquelles il ne le fallait pas.

Arrivé à la porte de la salle de bains, Roman se retourna
et la surprit à le regarder.

11

A travers les fenêtres du Shark and Fin, on pouvait voir les vagues se balancer paresseusement. Une bande d'un gris bleuté soulignait l'horizon. Un orage se formait sur l'Atlantique, et atténuait la lumière du matin. Roman regarda Leah aller et venir dans le bar. Elle avait l'air sombre et pensif alors qu'elle préparait l'endroit pour accueillir les clients.

Les derniers jours avaient été épuisants pour elle, et visiblement elle n'allait pas bien aujourd'hui. Lui non plus. Il se sentait perturbé, troublé. Mais c'était pour elle qu'il se faisait du souci : elle subissait une telle pression actuellement ! Ces cauchemars et ces attaques de panique devaient être comme un nœud coulant qui se resserrait autour de sa gorge.

Il était encore tôt, et les autres membres du personnel n'étaient pas encore arrivés.

— Tu veux vraiment acheter le bar ? lui demanda soudain Leah, ou c'était un moyen de te rapprocher de moi ?

— Je veux vraiment l'acheter, répondit Roman, lui-même étonné de constater que c'était la vérité.

Il avait décidé d'acquérir l'établissement dans le seul but de passer du temps avec elle, mais au cours de ces derniers jours il avait compris que le Shark and Fin correspondait tout à fait à la manière dont il voulait vivre désormais. Et il voulait que Leah soit à ses côtés.

— Tu disais toujours que nous pourrions être heureux aux Keys, que nous pourrions y acheter un restaurant, poursuivit-il. Tu avais raison.

— Tu ne dois pas faire ça à cause de moi.

— Je ne veux plus vivre comme avant. Cette vie à New York, c'était celle d'un autre.

Elle le considéra d'un air tendu, épuisé. Le croyait-elle ? Elle lui avait totalement abandonné son corps la nuit dernière, mais ce matin elle était distante, mystérieuse, et cherchait visiblement à se protéger.

— Leah, tu devrais prendre un jour de congé.

Elle posa un shaker derrière le comptoir et le regarda.

— Pardon ?

— Tu es fatiguée et tu as le droit de l'être. Tu vas finir par tomber malade si tu t'en demandes trop.

— Morrie…

— Morrie te dirait de prendre ta journée s'il est aussi bienveillant que tu le dis.

— Je ne peux pas laisser tomber Joey.

— Appelle un extra.

Elle ne trouva plus d'excuses et il n'avait pas l'intention d'abandonner la partie. Le téléphone sonna, la faisant tressaillir. Roman s'avança pour décrocher, mais elle le devança.

— Shark and Fin.

Elle était toujours aussi indépendante ! Mais il était clair qu'elle était vraiment à bout, songea-t-il.

— Je suis désolée, Viv. Je sais que cela fait deux jours que je ne suis pas venue. Je vais bien. Je suis seulement… très occupée.

Leah resta silencieuse un instant.

— Je m'en doutais, dit-elle alors.

Roman la vit se retourner et regarder la mer qui ondoyait.

— Je n'ai pas écouté les nouvelles aujourd'hui. J'allais justement allumer la télévision du bar. Merci.

— Qu'y a-t-il ? demanda Roman lorsqu'elle raccrocha.

— Une tempête tropicale se prépare, dit-elle. Il va peut-être falloir évacuer l'île dans quelques jours si elle continue sur la même trajectoire. Ça fait partie de la vie dans les Keys.

Roman imaginait les ralentissements qu'il devait y avoir sur l'unique route menant à Miami.

— Je parie que ça fait un beau bazar !

— Si ça se transforme en ouragan, nous serons alertés à l'avance. D'habitude, la tempête diminue en intensité, ou passe à côté.

Il songea à l'histoire qu'elle lui avait racontée : comment des habitants des Keys étaient morts dans ce phare. Il sentit un instinct protecteur s'emparer de lui et il eut envie de l'emmener ailleurs sur-le-champ. Mais elle avait raison, l'ouragan passerait certainement à côté. Il fallait attendre et voir. Ce n'était qu'un élément de plus qu'il était incapable de contrôler.

Il n'avait pas plus de prise sur l'ouragan que sur ce qui arrivait à Leah. Il pouvait seulement l'accompagner jusqu'au bout de ce que le sort leur réserverait, tout en la protégeant de son mieux.

Mais il détestait ce sentiment d'impuissance…

Il y avait un écran derrière le bar, et Leah prit la télécommande pour allumer la chaîne météorologique.

Roman décrocha le téléphone et composa le numéro de l'hôpital où travaillait Mark, tout en écoutant le présentateur.

« Une nouvelle série d'orages est en train de se former sur l'Atlantique. Leur développement est pour le moment ralenti par des vents dans les couches supérieures de l'atmosphère, mais ces tempêtes peuvent augmenter en intensité au cours des quarante-huit à soixante-douze prochaines heures. »

Leah s'accouda au bar, concentrée sur l'écran. Roman réussit à passer le barrage de deux standardistes et d'une infirmière avant d'aboutir dans le service où Mark faisait ses consultations.

La voix du présentateur poursuivait :

« Des avions de reconnaissance sont actuellement en route pour prendre des mesures et nos informations seront régulièrement mises à jour… »

— Salut, mon vieux ! s'exclama Mark. Comment ça va aux Keys ? Le soleil, le sable, le farniente… Dis, tu es sûr que tu n'es pas en train de nous faire la crise de la trentaine ?

Roman se sentit agacé par le ton moqueur de Mark. Son beau-frère savait très bien qu'il n'était pas ici en vacances, et qu'il était avec Leah. Mais Mark ne voulait pas le croire. Il préférait penser que Roman était cinglé.

— Tu as trouvé le nom d'un psychiatre ?

— Je suis désolé de ne pas avoir pu te rappeler hier, mais il y a des gens qui travaillent ici, répliqua Mark d'un ton sec. Ecoute, je sais que tu crois avoir retrouvé Leah, mais c'est impossible, Roman. Elle est morte. Et si elle ne l'était pas, que ferait-elle aux Keys ? Pourquoi ne serait-elle pas revenue à New York ? Sois prudent, Roman. Plus prudent que la première fois.

Roman savait ce à quoi Mark faisait allusion. Il parlait de leur mariage, de la rapidité avec laquelle il s'était décidé. Mark n'avait pas plus accepté Leah que le reste de la famille. Pour couronner le tout, il avait été le médecin de Nikki Bates, l'amie de Leah morte d'une overdose de médicaments. Leah le tenait pour responsable de ce décès, ce qui n'avait fait qu'envenimer les choses entre Roman et le reste de sa famille.

— J'ai seulement besoin d'un nom, Mark. Ou si c'est trop te demander, j'en trouverai un dans l'annuaire. Mais j'aurais aimé être certain qu'il s'agit d'un bon psychiatre. Alors, si ça ne t'ennuie pas…

— Que sais-tu sur cette fille ? demanda Mark.

Roman sentit la colère monter en lui. *Cette fille.*

Leah le regardait maintenant, et il lisait clairement son trouble dans ses yeux.

— Soit tu me donnes un nom, soit je raccroche.

— Bon, répondit Mark, c'est ton affaire. Kent Thompson. C'est le meilleur psychiatre de Miami.

Mark lui dicta le numéro de téléphone, et Roman le nota.

— Gen se fait du souci pour toi.

— Dis-lui que c'est inutile. Je vais bien. Tu lui as parlé de tout cela ?

— Non. Tu m'as demandé de ne pas le faire.

— Merci pour le nom, Mark.

Et il raccrocha avant que son beau-frère ne puisse lui poser une autre question.

— Il t'a conseillé un psychiatre ? demanda Leah.

Roman acquiesça. Il n'avait pas envie de parler de cette conversation. Leah prit le bout de papier avec le numéro, et il remarqua que sa main tremblait légèrement.

— Je ne suis pas prête, murmura-t-elle.

Roman hocha la tête.

— Garde-le pour le moment.

C'était une chose qu'il ne pouvait pas hâter. Seule Leah était en mesure de savoir si c'était le moment ou non.

Quelqu'un frappa à la porte du bar. Roman traversa la pièce et tira le verrou. Derrière lui, Leah éteignit la télévision.

— Je suis le lieutenant Striker, de la police de Thunder Key. Vous êtes monsieur Bradshaw ?

Roman serra la main du lieutenant.

— Merci d'être venu.

Striker était un petit homme trapu, dont le regard sérieux et direct inspirait la confiance.

— Voici Leah… Wells.

Bon sang, il avait failli dire Leah Bradshaw, mais pour le moment — et jusqu'à ce qu'ils en sachent plus sur l'homme qui suivait Leah — il était préférable de s'en tenir à l'identité sous laquelle elle était connue à Thunder Key.

Même si Roman n'aimait pas cela.

Leah s'avança et serra la main du policier.

Tous trois s'installèrent à une table. Roman sortit le calepin sur lequel il avait pris des notes la veille au soir.

— Vous nous avez dit que l'appartement de Mme Wells avait probablement été visité, commença le policier, et que quelqu'un la surveillait, la photographiait.

— J'ai remarqué cet homme il y a deux jours, dans le bar, intervint Leah, qui ne voulait pas laisser les deux hommes parler d'elle comme si elle n'était pas là. Tout d'abord, j'ai pensé qu'il prenait des photos de l'endroit, comme beaucoup de touristes. Puis, j'ai compris que c'était sur moi qu'il braquait l'objectif. Mais je n'y ai pas fait très attention, ajouta-t-elle en haussant les épaules.

— Et puis…, s'enquit Striker.

— Il a passé plusieurs appels téléphoniques, et j'ai cru voir un pistolet sous sa veste. Lorsque Joey — le cuisinier — est allé lui demander s'il avait une arme, il est parti.

— Un peu plus tôt dans la journée, Leah a eu l'impression que quelqu'un s'était introduit dans son appartement dit Roman.

— Rien n'a été volé, à ce qu'il me semble, reprit Leah. Je ne peux pas affirmer que quelqu'un est entré chez moi, mais j'en ai vraiment le sentiment. Plusieurs objets n'étaient plus à la même place. Tout était… étrange.

— Je vais prendre des empreintes, déclara Striker.

Il lui posa encore quelques questions. Qui était allé dans son appartement ? A quoi ressemblait cet homme ? Roman promit de lui faire une photocopie de ses notes. Il s'agissait de la liste des amis de Leah et des personnes qu'elle avait l'habitude de fréquenter.

— Nous avons revu cet homme hier matin, conclut Roman. Sur la plage. Il regardait Leah, et prenait encore des photos. Et je suis certain d'avoir vu une arme. Nous savons qu'il l'observe, et qu'il a vraisemblablement fouillé son appartement. Ce que nous ignorons, c'est qui il est, et pourquoi il agit ainsi.

— J'ai de quoi prendre des empreintes dans ma voiture, dit le policier. Je reviens dans un instant.

Lorsque Striker en eut terminé dans le studio de Leah, il les salua et s'en alla, promettant de revenir plus tard pour prendre les empreintes des autres membres du personnel pour les différencier de celles de Roman et Leah.

— Pour les éliminer des suspects, indiqua-t-il.

— Zut alors ! s'écria Leah lorsqu'il fut parti. Maintenant, tous mes amis se trouvent mêlés à mes problèmes.

A ce moment, Joey entra par la porte arrière.

— Il faut que j'explique pourquoi le lieutenant Striker va revenir, dit soudain Leah. A Joey et aux autres.

— Expliquer quoi ? demanda Joey en s'approchant du bar.

Leah lui fournit une version abrégée de l'histoire, omettant volontairement un détail sans importance : que Roman et elle étaient mariés.

— Ça ne me plaît pas du tout, soupira-t-elle. Je suis désolée.

— Ne t'en fais pas, la rassura Joey en la regardant d'un air préoccupé.

Elle avait l'air plus mal que jamais.

— Je veux seulement que tout cela cesse ! J'en ai assez de passer mon temps à regarder par-dessus mon épaule, à me demander s'il y a quelqu'un qui m'observe !

Elle ferma les yeux un instant.

— C'est de la folie.

Roman lui prit la main. Elle leva vers lui un regard tourmenté.

— Il faut que tu te reposes un peu, dit-il, que tu arrêtes un peu de travailler.

— Je suis d'accord, intervint Joey. Prends ta journée, Leah. J'appellerai quelques extra si j'ai du mal à m'en sortir.

Le regard que le cuisinier lui lança avait perdu de sa méfiance. Au moins Joey commençait-il à lui faire confiance, songea Roman.

Quant à Leah…

— D'accord, céda-t-elle après un long moment.

Peut-être — peut-être seulement — commençait-elle à le croire après tout.

— Tu veux rire ! s'exclama Leah lorsqu'ils arrivèrent à destination, après avoir emprunté la route sur pilotis qui traversait quelques îles.

Roman lui prit la main et ils passèrent devant les topiaires en forme de dauphins et de sirènes qui bordaient l'allée menant au parc océanique des Keys. Des grappes d'enfants accompagnés de leurs parents envahirent l'endroit lorsque les grilles s'ouvrirent pour la journée.

Roman semblait heureux de vivre l'instant, et Leah eut soudain peur. Il y avait tant de pensées, de craintes qui s'agitaient en elle qu'elle ne voyait pas comment elle pourrait les oublier, ne serait-ce que quelques heures.

— Tu es certain que tu travailles dans la finance à New York ? demanda-t-elle, étonnée par l'activité que Roman avait choisie pour la journée.

Mais cela n'avait pas été la seule surprise, puisque Roman avait commencé par s'arrêter à un stand au bord de la route pour acheter des glaces.

— Une journée qui commence avec un tel petit déjeuner ne peut pas être mauvaise ! avait-il déclaré en lui tendant un cornet empli de deux boules de glace au chocolat.

Elle avait passé la langue sur la crème glacée, et il avait longuement regardé ses lèvres avant de redémarrer, ce qui lui avait provoqué des picotements dans tout le corps.

Ils avaient roulé vitres grandes ouvertes pendant tout le trajet. Il faisait délicieusement bon. L'orage qui se préparait sur l'Atlantique avait fait baisser la température, aujourd'hui printanière. Ils avaient même fait un petit détour pour aller voir les cerfs sur l'île de No Name Key, où les petits animaux se laissaient admirer alors qu'ils mangeaient des fleurs de bougainvillier sur les bas-côtés de la route.

— Tu imagines un courtier de Wall Street ici ? demanda Roman, regardant autour de lui de manière théâtrale alors qu'ils faisaient la queue pour rentrer dans le parc. Je suis un homme libre, qui va bientôt posséder un bar dans les Keys. Je ne porte même pas de montre, ajouta-t-il en désignant son poignet d'un coup de menton. Je n'ai pas de téléphone portable, pas d'ordinateur. J'ai pris une glace pour le petit déjeuner et je mangerai des nachos à midi.

— Et pour le dîner ?

Leah sentit son estomac se serrer lorsqu'elle lut dans ses yeux noirs, dangereux qu'elle était au menu. Mon Dieu !

Il ne cilla pas en payant une somme astronomique pour leurs tickets d'entrée.

— C'est bondé, remarqua-t-il. Les touristes ne s'en vont donc pas quand une tempête se prépare ?

— Pas tout de suite. Ils attendent d'être certains qu'elle va vraiment passer ici, dit Leah. Tu as une idée de ce que coûtent des vacances dans les Keys ?

Elle avait du mal à se souvenir que l'argent n'était pas un problème pour Roman Bradshaw. Si elle avait su qu'il projetait d'aller au parc océanographique, elle aurait pris une revue locale et y aurait cherché des coupons de réduction. Les brochures pour touristes comprenaient souvent des remises pour les attractions de l'île.

Il ne se comportait peut-être pas comme un financier new-yorkais, mais il n'en était pas moins indécemment riche. Elle n'arrivait toujours pas à imaginer comment elle avait pu s'accoutumer à son style de vie.

— Hey !

Il se pencha pour déposer un léger baiser sur sa bouche, et son regard redevint sérieux lorsqu'il remarqua son moment d'hésitation.

— Viens, allons nous amuser ! Si tu es fatiguée, nous trouverons un endroit pour nous asseoir, ou nous rentrerons. D'accord ?

— D'accord.

Elle se rendit compte qu'elle se sentait déjà mieux. C'était certainement parce que, chaque fois qu'il posait les yeux sur elle, elle se sentait revivre et reprendre confiance.

Mais elle avait si peur d'espérer.

Il ne lui laissa plus le temps de réfléchir pendant les heures qui suivirent. Le parc océanographique était bâti sur le site de plusieurs carrières abandonnées, et abritait maintenant un lagon d'eau de mer où s'ébattaient toutes sortes d'animaux, des dauphins aux otaries. Lorsqu'ils se furent promenés au milieu des requins, des tortues et des bassins de raies, ils décidèrent d'aller voir un spectacle de dauphins. Ils s'assirent au premier rang, et Roman entoura de son bras les épaules de Leah. Ils rirent comme des enfants quand un mammifère farceur les éclaboussa en plongeant juste devant eux.

Pour le spectacle d'otaries, Roman mit Leah au défi de se joindre aux enfants qui serraient les petits animaux dans leurs bras et les embrassaient, et il prit quelques photos d'elle avec l'appareil jetable qu'il avait acheté dans un des magasins du parc.

— Je peux vous prendre tous les deux en photo, proposa une femme souriante qui venait tout juste de faire des clichés de trois petites filles qui gloussaient.

Roman lui tendit immédiatement l'appareil. Il mit le bras autour de la taille de Leah et attira sa tête toute mouillée contre son large torse. Leah se força à sourire en repoussant l'idée que tout cela n'était qu'une façade.

Ils n'étaient pas réellement deux amoureux venus passer une journée magique dans le parc. Ils étaient deux étrangers, séparés par le temps et le destin, et quelque chose d'autre, de sombre et de secret.

Ils se séchèrent en déjeunant dans un café du parc.

— Alors, parle-moi du nouveau Roman Bradshaw, dit Leah en s'efforçant de prendre un ton dégagé pour aborder ce sujet sérieux. Pourquoi es-tu venu à Thunder Key ?

Roman la regarda un long moment. Il repoussa l'assiette qu'il avait presque terminée.

— Lorsque je t'ai perdue, j'ai essayé de retourner travailler, mais tout était... vide. Autrefois, faire prospérer l'entreprise que ma famille avait fondée était tout pour moi. Ou alors, je le croyais. J'ai grandi là-dedans.

— Ça te manque ?

Il secoua la tête.

— Pas du tout.

— Mais pourquoi es-tu venu ici ? Pourquoi Thunder Key ?

Retourner là où ils avaient passé leur voyage de noces n'avait pas dû être facile pour lui, songea-t-elle.

— C'est comme si tu avais voulu te faire du mal, poursuivit Leah.

— Ça a été terrible, admit-il.

Leah sentit son cœur se serrer. Il était sincère avec elle, et cela non plus n'était pas facile, étant donné les bases fragiles sur lesquelles reposait leur relation en ce moment.

— Mais je savais qu'il fallait que je guérisse, que je fasse la paix, et que j'avance.

Etait-ce ce qui allait arriver ? Roman allait guérir, faire la paix avec le passé, et avancer dès que les problèmes seraient réglés ? « Laisse les choses comme elles sont : nous en avions envie tous les deux. Nous en avions besoin. » C'était ce qu'il avait déclaré ce matin après leur nuit d'amour.

Leah se mordit la lèvre, et le regarda un moment.

— Tu n'arrêtes pas de me répéter que tu t'es mal conduit, dit-elle enfin.

La protégeait-il, l'aidait-il pour expier ses fautes, ou avait-il encore de l'affection pour elle, de l'amour ? Même s'il affirmait ne pas croire qu'elle ait pu faire quelque chose de mal, il était clair qu'il était sur la retenue. Elle ne savait pas quoi penser, et le pire était qu'elle sentait qu'il lui serait si facile de tomber amoureuse de lui… de nouveau.

— Je t'ai aimée parce que tu étais différente, Leah, répondit-il simplement. Différente de tout ce que j'avais connu jusqu'alors. Tu étais ouverte, enjouée, bienveillante. Il n'y avait rien de rigide ou de froid en toi. Ma famille… Si je te dis qu'ils sont hautains et sévères, je suis bien en deçà de la vérité.

Plus Leah entendait Roman parler de ses parents, plus elle redoutait d'avoir à les rencontrer un jour.

— Ils ne sont pas méchants, ajouta-t-il rapidement. Mais ils sont très conservateurs, traditionnels, attachés à des règles qui n'avaient aucune importance pour toi. Tu n'arrêtais pas de me surprendre. Tes priorités me semblaient parfois très étranges… Et, à cause de cela, nous nous disputions souvent.

— A propos de quoi ? demanda-t-elle avec curiosité.

— Surtout à propos de la façon dont nous devions occuper notre temps. Tu voulais constamment m'emmener quelque part, me faire oublier le travail, et je résistais toujours.

— C'est toi qui m'as empêchée de travailler aujourd'hui, lui fit-elle remarquer.

Les yeux plissés de Roman se mirent à briller, et elle se rendit compte qu'elle avait vu son sourire dans son regard avant même que ses lèvres ne s'accordent à leur expression amusée.

— Chacun son tour, répliqua-t-il.

— Pourquoi me racontes-tu tout cela ? demanda-t-elle. Je ne m'en souviens pas. Pourquoi veux-tu tellement que je sache que tu t'es mal conduit ?

Il soutint son regard pendant quelques secondes.

— On ne peut pas avancer sans faire face au passé, Leah, déclara-t-il tranquillement. Cela vaut pour nous deux.

Elle prit une gorgée de sa boisson. Il y avait tant de choses concernant leur mariage qu'elle n'arrivait pas encore à saisir.

— Alors, que faisais-tu à New York ? Je veux dire, lorsque tu ne travaillais pas ?

— Je courais. Nous avions ça en commun. Mais je ne savais pas vraiment me détendre : même lorsque je courais, je voulais être efficace. Jusqu'à ce que je commence à courir avec toi.

— Ah ?

Elle attendit la suite avec intérêt.

— Tu me rendais fou. Tu t'arrêtais pour respirer les fleurs, littéralement.

Il sourit encore, et elle sentit une vague de chaleur monter en elle. Il était craquant !

— Tu me faisais faire des tas de choses que je n'avais pas envie de faire.

— Comme quoi ? A part sentir les fleurs ?

L'idée de ce grand gaillard en train de respirer le parfum des fleurs l'amusait beaucoup.

— Visiter des musées, monter dans des manèges, aller au cirque, tu voulais toujours me faire faire des trucs étranges ! Et si je refusais, tu prétextais toujours qu'il y avait quelque chose à célébrer pour me convaincre.

— Et tu le faisais ? demanda-t-elle.

Une ombre passa dans son regard.

— Parfois.

Elle sentit une ombre passer sur elle aussi.

— Je ne sors presque jamais, lui dit-elle. Le bar est mon espace de sécurité. C'est là où je me sens bien.

Jusqu'à maintenant. Mais aujourd'hui elle ne se sentait en sûreté nulle part. Pas même ici, sur une autre île, dans un parc bondé d'enfants. Elle avait constamment le réflexe de regarder autour d'elle, pour voir si un homme mystérieux avec un appareil photo et une arme n'était pas en train de l'épier.

— Et ta famille ? Que pensait-elle de moi ? demanda-t-elle soudain.

Elle en avait une vague idée, d'après tout ce qu'il avait dit.

— Ils n'approuvaient pas notre mariage.

Elle hocha la tête.

— C'est bien ce que j'imaginais.

Ils n'allaient pas davantage l'accepter maintenant, très certainement.

Roman avait manifestement eu le courage de l'épouser malgré leur opposition, mais cela ne rendait pas les choses plus faciles pour autant. Et maintenant, non seulement il avait épousé une femme qui ne leur plaisait pas, mais il était avec elle aux Keys. Il était impossible de savoir comment tout cela allait se terminer.

Il avait raison de ne pas lui faire de promesses pour le futur, et elle ferait mieux d'être très prudente.

Après le déjeuner, ils s'arrêtèrent à quelques stands sur l'allée centrale. Roman insista pour passer un long moment à essayer de pêcher assez de canards pour lui faire gagner un dauphin en peluche.

— Les dauphins portent chance, expliqua-t-il lorsqu'il eut enfin réussi à rassembler le nombre de canards nécessaires.

Il avait l'air d'un petit garçon et elle se dit soudain qu'il n'avait pas dû avoir une enfance très joyeuse dans la famille qu'il décrivait.

Puis il l'avait rencontrée et elle avait apporté de l'insouciance dans sa vie. Maintenant, c'était ce qu'il faisait pour elle. Chacun son tour, avait-il dit. Il avait souvent répété qu'il était un sale type, mais la vérité était qu'il était tendre — dangereusement, irrésistiblement tendre — et qu'elle était en grand danger d'avoir le cœur brisé… car, encore une fois, tout cela n'était qu'une façade.

Ils montèrent dans la grande roue. De là, ils admirèrent la longue chaîne des îles qui s'étiraient vers l'horizon d'un bleu orageux, et Leah eut l'impression qu'ils étaient seuls au monde en cet instant, juste elle et Roman, au sommet du monde. Au-dessus de l'orage et de tout ce que le futur pourrait leur réserver.

Puis ils durent redescendre sur terre.

Avant de partir, ils s'arrêtèrent à une machine qui, pour un dollar, prédisait le futur. Roman inséra des pièces de vingt-cinq cents dans l'appareil, et Leah retint son souffle en retirant le bout de papier.

— Acceptez la prochaine proposition que l'on vous fera, et vous ne le regretterez pas, lut-elle.

Elle regarda Roman, et vit une étincelle briller dans ses yeux.

— Suis-je en danger ? demanda-t-elle un peu troublée.

Il aurait pu lui proposer n'importe quoi, et elle l'aurait fait de toute façon, message ou non.

— Qui sait ? répondit Roman d'un ton taquin.

Les nuages cachèrent le soleil, et l'air se fit plus lourd. Un petit orchestre jouait de la musique au milieu du parc, sous un kiosque.

— J'ai senti une goutte sur mon nez, dit Leah en levant le visage vers le ciel.

— C'est parfait pour danser sous la pluie.

— Nous allons être trempés ! Regarde, tout le monde se met à l'abri.

— Rappelle-toi : tu dois accepter la prochaine proposition, s'écria Roman en la prenant dans ses bras.

Et soudain, elle se moqua complètement de la pluie.

Elle avait pleinement conscience de lui. La sensation de son corps plaqué contre le sien était merveilleuse. Ses épaules larges, fortes, lui apportaient sécurité et réconfort. Ils bougeaient à peine, et se contentaient de se balancer au rythme de la musique langoureuse.

La pluie se mit à tomber plus fort.

— Je t'ai dit que nous allions être trempés, remarqua-t-elle en levant le visage vers lui.

Mais elle ne pensait pas à la pluie. Elle songeait à la nuit extraordinaire qu'ils avaient passée ensemble. Même maintenant, elle n'avait qu'une envie : refaire l'amour avec lui. C'était comme si le corps, l'odeur, le goût de Roman faisaient partie d'elle. Et depuis longtemps.

— Leah ?

Elle avala sa salive.

— Oui ?

— Tu vas bien ?

« Non. Je suis morte de peur à l'idée de tomber amoureuse de toi ! »

— Je suis fatiguée, répondit-elle.

— Nous allons rentrer, dit-il.

Elle se sentit fondre lorsqu'il leva la main pour lui caresser le menton, et repousser une mèche de cheveux humides collée sur sa joue. Elle noua ses bras autour de sa nuque et il se pencha, capturant sa bouche pour l'embrasser. Elle sentait son sexe en érection contre elle.

Puis les cieux se déversèrent.

Il mit fin à leur baiser et, pendant un moment lourd de sensualité, il la considéra d'un regard impénétrable. La pluie ruisselait sur son visage, et il lui fallut quelques secondes pour qu'elle se rende compte qu'ils étaient tous les deux trempés jusqu'aux os.

— Cours ! s'écria-t-il.

En poussant un petit cri, elle s'élança à sa suite pour traverser le parc.

Ils se précipitèrent dans la voiture et se mirent en route aussitôt. Leah alluma la radio. Une douce musique se mêla au crépitement de la pluie au-dehors.

Elle se laissa aller contre l'appui-tête, et se rendit soudain compte qu'elle était fatiguée.

— Leah…

Elle sentit quelqu'un qui lui touchait l'épaule, et cligna des yeux.

— Tu t'es endormie. Je suis désolé de te réveiller, mais il faut descendre de voiture maintenant.

Elle regarda autour d'elle : ils étaient devant le bâtiment principal du White Seas.

— Il faudra que j'aille au Shark and Fin, dit-elle machinalement.

Elle n'arrivait plus à se souvenir de la dernière fois qu'elle avait manqué une journée de travail entière.

— Je dois vérifier que tout va bien.

Les chasseurs de l'hôtel apparurent comme par magie pour aller garer leur voiture. Roman et Leah pénétrèrent dans le complexe, et suivirent le chemin tortueux qui menait à leur suite, environnés des senteurs des quenettiers.

Ils entrèrent dans le petit bungalow. Un courant d'air fit voler les rideaux de la porte-fenêtre.

Une ombre se précipita au-dehors.

12

— Appelle le gardien ! s'écria Roman en passant devant Leah.

Elle tenta de le retenir.

— Non !

Dans cette fraction de seconde où il croisa son regard empli de panique, tous les doutes qu'il avait sur leur relation s'évanouirent. Elle avait peur — peur pour lui — et cela le bouleversa. Mais il n'avait pas le temps d'y penser : il fallait qu'il agisse, tout de suite. La silhouette avait déjà disparu.

Il laissa Leah derrière lui, et se lança à la poursuite de l'ombre à travers le jardin. Il fallait qu'il mette un terme à tout ceci.

Alors qu'il s'engouffrait dans la nuit sous une pluie battante, Roman vit l'homme tourner derrière le bungalow d'à côté. Il se dirigeait vers la plage, et vers le couvert d'une petite forêt située à proximité. Roman sentait sa poitrine brûler, mais il n'était pas question qu'il ralentisse. Il continua à courir derrière l'homme, en priant pour que le gardien de l'hôtel ne soit pas trop loin derrière eux. Si l'inconnu atteignait les arbres, il se perdrait dans l'épaisse végétation tropicale.

Dieu merci, Roman avait l'habitude de courir. L'autre homme était déjà essoufflé, mais rien ne l'arrêtait et il parvint à pénétrer dans la forêt. Heureusement il trébucha sur une racine et Roman se précipita sur lui. Ils tombèrent sur le sol avec un bruit sourd. Le souffle coupé, Roman vit un objet tomber de la main de l'homme, et heurter un tronc d'arbre. Une arme.

Son sang ne fit qu'un tour. Il n'avait pas l'habitude de traquer des criminels à Wall Street, mais il sut tout de suite que pour Leah il était prêt à tout. Lorsque l'homme tenta de se remettre debout, Roman l'attrapa par le col et lui écrasa son poing sur la mâchoire. L'individu fut juste assez étourdi pour que Roman ait le temps de plonger sur l'arme et de s'en saisir.

Sans la moindre hésitation, il appuya le pistolet sous le menton de l'homme. Dans la pénombre, il reconnut l'inconnu qui photographiait Leah sur la plage… L'homme qui la surveillait. Et maintenant il s'était introduit dans leur bungalow. Pourquoi ?

— A votre place, je ne bougerais pas, le menaça-t-il.

L'homme poussa un juron. Des bruits de voix s'élevèrent au loin. Le personnel de l'hôtel enfin. La pluie tombait à travers les branches. Les yeux de l'homme brillaient dans la nuit.

— Qui êtes-vous ? demanda Roman.

Il sentait le sang battre à ses oreilles.

— Je ne vous dirai rien.

L'homme semblait reprendre ses esprits après avoir été étourdi par le coup qu'il avait reçu. Mais, sous la menace du pistolet, il demeurait immobile, essayant de reprendre haleine.

— Si vous préférez, vous le direz à la police. Les vigiles de l'hôtel arrivent.

L'homme poussa un autre juron.

— Je suis détective privé, dit-il d'une voix légèrement tremblante. J'ai une licence. Je peux vous la montrer, si vous me laissez prendre mon portefeuille.

Certainement pas ! songea Roman.

— Où est-il ?

— Dans la poche intérieure de ma veste.

Roman laissa le pistolet contre le menton de l'homme et, de sa main libre, ouvrit sa veste. Il y trouva un portefeuille. La licence de détective privé était dans la première pochette plastique. Il la prit et essaya de lire le nom dans l'obscurité. Norman Robertson. Etat de Floride. Son père lui avait déjà menti lorsqu'il lui avait promis de ne pas demander une enquête sur Leah avant leur mariage. Apparemment, il lui avait encore menti hier au téléphone. Roman sentait son cœur tambouriner et la colère monter en lui.

— J'ai un permis pour cette arme, déclara Robertson.

— Vous n'avez pas de permis pour entrer dans un lieu par effraction, rétorqua Roman en laissant tomber le portefeuille.

Il glissa la licence dans la poche arrière de son jean.

— Vous n'en avez pas non plus pour suivre ma femme, poursuivit-il d'un ton glacial. Qui vous a embauché ? Mais vous préférez peut-être attendre et expliquer tout ça à la police ?

— Je suis certain que vous n'avez pas la moindre envie que la police s'en mêle, Bradshaw, siffla l'homme. Votre *femme* cracha-t-il, vit ici sous une fausse identité. Je n'avais pas l'intention de lui faire le moindre mal. Je cherche seulement des informations.

Roman sentit son cœur se glacer.

— Que savez-vous sur ma femme ?

— Bien plus que vous.

Roman lança l'arme sur le côté et attrapa l'homme à la gorge.

— Parle !

— Demandez à votre famille si vous voulez savoir. C'est pour eux que je travaille, pas pour vous. Et si vous n'avez pas envie que toute l'île apprenne ce qu'ils savent déjà sur votre femme, vous feriez mieux de me laisser partir avant que les vigiles n'arrivent ici.

L'homme regarda Roman dans les yeux.

— Personne n'essaie de faire du mal à votre femme, Bradshaw. C'est elle la coupable.

Roman eut l'impression qu'une poigne de fer lui serrait le cœur. « Personne n'essaie de faire du mal à votre femme. C'est elle la coupable. » C'était impossible. Totalement impossible ! Il n'arrivait pas à croire que Leah ait fait quelque chose de mal.

Les voix se rapprochèrent. « Si vous ne voulez pas que toute l'île apprenne… »

— C'est ma famille qui vous a embauché ? reprit Roman d'un ton sec. Je peux vous assurer que maintenant, votre enquête est terminée. Vous allez quitter Thunder Key. Et si je vous revois près de Leah, je ne réponds absolument de rien. Vous comprenez ?

— Parfait. Ils avaient oublié de me dire que vous étiez complètement cinglé.

Roman lâcha l'homme, et enleva les balles de l'arme avant de la laisser tomber près de lui.

— Fichez le camp.

Il fallait qu'il découvre ce que ses parents savaient sur Leah. Et il devait la protéger. Même si pour cela il fallait qu'il laisse partir cette ordure.

L'homme se mit péniblement debout. Il ramassa son pistolet et son portefeuille.

— Où est ma licence ?

— Dans ma poche. Estimez-vous heureux de ne pas l'avoir définitivement perdue pour effraction. Et maintenant, partez.

L'homme hésita pendant une ou deux secondes, puis s'enfonça dans l'enchevêtrement de branches et de lianes. Roman sortit sur la plage et faillit bousculer deux vigiles en uniforme. Il était à l'hôtel depuis assez longtemps pour que les gardiens le reconnaissent.

— On nous a prévenus que quelqu'un s'était introduit dans une suite, expliqua un des vigiles en haletant.

— Il y avait quelqu'un dans mon bungalow quand je suis arrivé, répondit Roman. Je suis parti à sa poursuite, mais j'ai perdu sa trace dans les bois.

Le gardien parla dans un talkie-walkie, puis fit un signe de tête à son compagnon.

— Nous allons essayer de le trouver.

L'autre vigile pénétra dans la forêt.

— Ça fait longtemps qu'il est parti, déclara Roman. Je ne sais pas s'il a eu le temps de dérober quelque chose, et il vaudrait mieux retourner voir dans le bungalow. Mais je pense qu'il a été interrompu avant d'avoir eu le temps de prendre quoi que ce soit.

Il valait mieux les laisser croire que c'était une tentative de cambriolage. Il voulait éviter à tout prix que l'on pose des questions sur Leah.

— Monsieur, nous sommes très attachés à la sécurité de nos clients. Nous avons des caméras de sécurité, et nous allons regarder les enregistrements. Cela peut nous aider à le coincer. Le bungalow était fermé à clé ?

— Oui.

Il fallait qu'il aille aider Leah. Tout cela lui était égal.

— Je dois retourner voir ma…

Femme. Il avait failli dire ma femme, mais il s'arrêta à temps.

« Si vous ne voulez pas que toute l'île apprenne… » Pour le moment, et jusqu'à ce qu'il sache ce que recelait vraiment le passé de Leah, il était préférable de ne pas révéler son identité. Il n'arrivait pas à le croire, mais manifestement le détective privé avait découvert quelque chose. Et ses parents savaient ce dont il s'agissait. Il fallait qu'il l'apprenne également.

Puis il ferait ce qu'il avait à faire, quoi que ce soit.

Il sentit sa poitrine se serrer à cette pensée, mais il savait sans l'ombre d'un doute qu'il ferait tout ce qui était en son pouvoir pour protéger Leah. Mais si cela lui était absolument impossible ? Si elle avait fait quelque chose de tellement terrible que…

Il ne devait pas penser à cela.

— Il faut que je retourne dans mon bungalow. J'ai une… amie.

— Un membre du personnel est avec elle, monsieur, répondit le vigile. La police est en route. Nous aurons besoin que vous fassiez une déposition lorsqu'ils arriveront.

Roman acquiesça.

— Bien.

Le gardien parla de nouveau dans son talkie-walkie. Son compagnon sortit du couvert des arbres.

— Je n'ai vu personne.

Dieu merci. Roman traversa la plage en courant. Le bungalow… Leah… La prendre dans ses bras lui était aussi nécessaire que respirer.

Toutes les lumières étaient allumées dans la suite. Leah était debout devant la porte-fenêtre.

Elle accourut vers lui, et il la prit dans ses bras.

— J'étais si inquiète, murmura-t-elle d'une voix tremblante.

Roman l'attira dans le bungalow, dans la lumière. Elle

semblait encore sous le choc, mais elle souriait de soulagement. Mon Dieu, il ne voulait rien dire qui fasse disparaître ce sourire ! Il remarqua une employée de l'hôtel qui attendait près de la porte.

— J'ai eu si peur, chuchota Leah. Ne fais plus jamais ça ! Il aurait pu te tuer. Si quelque chose t'était arrivé…

— Chut. Ne t'inquiète pas. Je vais bien.

Il n'allait pas bien, et elle non plus, mais il ne savait pas comment lui dire ce qu'il avait appris. Il ne *voulait pas* lui en parler.

La sonnerie du téléphone retentit dans le bungalow. Leah sursauta.

Roman décrocha.

— Monsieur Bradshaw ? Un policier vient d'arriver. Quelqu'un est en train de le conduire à votre bungalow.

Roman remercia le réceptionniste et raccrocha.

— Il va falloir que nous fassions une déposition, expliqua-t-il à Leah. Ça ne devrait pas être long.

Surtout qu'il allait mentir de manière éhontée.

— Ta joue, dit soudain Leah, levant la main pour la toucher doucement. Tu t'es coupé.

Roman ne l'avait même pas senti.

— Ça a dû arriver quand je poursuivais l'homme entre les arbres.

Les yeux de Leah s'assombrirent un instant, alors que la peur s'emparait de nouveau d'elle. La peur qu'elle éprouvait pour lui.

— Je vais bien, lui dit-il de nouveau.

Elle n'avait aucune raison d'avoir peur pour lui. Cela au moins était vrai. C'était elle qui avait peut-être des ennuis. Il y avait quelque chose de terrible dans son passé, et il ne trouverait la paix que lorsqu'il saurait ce que c'était.

Quelqu'un frappa à la porte. L'employée de l'hôtel l'ouvrit, et un homme portant l'uniforme de la police de Thunder Key entra. La femme referma la porte en partant.

Le policier serra la main de Roman et ils s'assirent à la table. Roman expliqua brièvement qu'ils avaient déjà appelé la police pour signaler que quelqu'un suivait Leah, et qu'elle recevait des coups de téléphone étranges. Il passa tout le reste sous silence. Le policier prit des empreintes sur les fenêtres et la porte du bungalow.

Lorsqu'il eut terminé, il leur dit :

— Je vais prendre les enregistrements des caméras de sécurité. Je vous tiens au courant si j'ai du nouveau. Et si vous vous rendez compte que quelque chose a été dérobé, appelez-moi au poste.

— Merci.

Roman l'escorta à la porte. Puis il se retourna vers Leah. Elle était debout près du lit, pâle et l'air épuisé.

— Ce n'est rien, dit-il. N'y pense plus.

Il sentit le découragement l'envahir tout à coup avec une telle violence qu'il en eut la nausée. Il n'avait pas la moindre idée de ce qui attendait Leah. Elle semblait si naïve, si belle et si fragile !

Elle leva vers lui des yeux pleins d'inquiétude et de tourment.

— Quelque chose ne va pas, déclara-t-elle.

Il sentit son cœur se serrer.

— Il y a quelque chose que tu ne me dis pas.

Il la fit s'asseoir sur le lit, la prit dans ses bras, lui caressa les cheveux, le dos, ses bras si doux…

— Roman !

Il recula assez pour voir son visage.

— L'homme qui te suivait s'appelle Norman Robertson, dit-il. C'est un détective privé qui travaille pour ma famille. Je n'ai pas dit à la police que je l'avais attrapé parce que… Je ne voulais pas qu'ils me posent des questions… A propos de toi.

Il sortit la licence du détective de sa poche, et la lui montra.

— Mon Dieu ! souffla-t-elle.

Elle avait de nouveau l'air épouvanté.

— L'important, c'est que cet homme qui t'observait, te photographiait, ne va pas te faire de mal. Tu n'as rien à craindre de lui.

Elle était peut-être en danger, mais c'était celui d'être jugée pour meurtre, pas celui d'être épiée par un fou. Pourtant, il ne voulait rien lui dire pour le moment. Il ne savait rien, et tout ce qu'il pourrait ajouter ne ferait que la déstabiliser davantage. Il allait découvrir la vérité tout seul, et ensuite il lui prouverait que rien ne pourrait les séparer.

Et il priait pour que ce soit vrai.

— Tu n'as plus de souci à te faire à son sujet : son enquête est terminée.

— Tu en es certain ?

— Je vais m'en assurer.

Il avait envie d'appeler ses parents immédiatement, mais son père lui avait déjà menti hier. Il fallait qu'il leur parle face à face.

— Il va falloir que j'aille à New York, lui dit-il. Demain. Je reviendrai le soir même si je peux, ou le lendemain au plus tard.

— Pourquoi ?

Son expression lui donnait le sentiment qu'elle voulait s'accrocher à lui, mais elle gardait une posture rigide.

— Il faut que je parle à ma famille, expliqua-t-il. Il est temps qu'ils comprennent qu'ils ne doivent pas intervenir dans ce qui se passe ici entre nous. Et peut-être que je pourrai obtenir quelques informations pour toi. Je dois savoir ce que ce détective a découvert. Il n'a rien voulu me dire. Mais ma famille le fera. Je ne leur laisserai pas le choix.

Il essaya de calmer sa colère. Ce n'était pas le moment de la laisser éclater. Il s'occuperait de ses parents lorsqu'il serait à New York. Pour l'instant, Leah avait besoin de lui.

— Je ne peux pas y aller avec toi. Je ne suis pas prête, dit-elle d'une voix tremblante.

— Je le sais.

Il ne voulait pas la laisser le lendemain, mais il n'avait pas le choix. Il fallait qu'il découvre la vérité.

— Je ne serai pas absent plus d'une nuit, lui promit-il.

Ils restèrent silencieux un moment. La raideur des épaules de Leah trahissait sa tension, et Roman la prit dans ses bras pour tenter de l'apaiser. Il pria pour ne pas découvrir un secret terrible à New York, car une seule évidence s'imposait à son esprit : après dix-huit mois, les sentiments qu'il avait pour elle étaient plus forts que jamais, et il ne pourrait supporter de la perdre de nouveau. Malheureusement, il craignait de n'avoir aucun contrôle sur la situation.

Mais il ne voulait pas qu'elle perde espoir.

— Tu ne dois plus avoir peur, Leah. Quoi que tu aies fait par le passé, nous réglerons ça ensemble.

— Ne me fais pas de promesses, répliqua-t-elle d'une voix douce.

Ses paroles lui tordirent le cœur. Que pouvait-il lui répondre sans mentir ? Alors, simplement, il s'allongea sur le lit et la prit dans ses bras. Les vêtements de Leah étaient encore un peu humides, mais sa peau était chaude, et elle était tout ce dont il avait besoin en ce moment. Elle était prête à s'offrir à lui, et il la désirait tant que tout son corps lui faisait mal.

— Tu m'as tellement manqué, murmura-t-il contre ses lèvres.

Il voulait que cette nuit ne se termine jamais. Il voulait que tout soit possible. Il l'attira contre lui et l'embrassa tendrement, en y mettant toute son âme.

Leah sentit sa tête tourner. Lorsqu'il glissa la main sous son chemisier, la sensation qu'elle éprouva au contact de ses doigts contre sa peau lui parut au-delà des mots. Elle ne voulait penser à rien, seulement se laisser aller au contact de ses mains, de sa bouche sur son corps.

Il lui ôta son chemisier, puis, d'un mouvement preste, il quitta sa chemise, et caressa le soutien-gorge presque transparent qu'elle portait. Il passa le doigt sur la dentelle, l'interrogeant du regard, lui demandant la permission de continuer. Elle dégrafa la fermeture, et l'enleva.

Comme s'il ne pouvait pas résister une seconde de plus, il prit ses seins entre ses paumes, enfouit son visage contre elle, et l'embrassa, la respira, tandis qu'elle cherchait frénétiquement la fermeture de son jean.

Elle avait tellement envie de lui ! La fermeture lui résista et elle insista, les doigts tremblant de désir.

— J'ai besoin de toi maintenant, murmura-t-elle alors qu'il passait la langue sur un téton durci.

Il leva la tête et elle se perdit un instant dans ses yeux.

Elle baissa son slip sur ses hanches, et il l'aida à le faire descendre le long de ses cuisses pour l'enlever. Elle s'attaqua de nouveau à la fermeture du jean de Roman et ils se retrouvèrent enfin tous les deux nus dans le grand lit entouré de voiles.

Leah caressa son torse doux et musclé, fermant les yeux pour mieux savourer l'ivresse de sentir sa peau chaude sous ses doigts. Il était si solide, si sûr pour elle dans ce monde où elle se sentait en danger depuis longtemps. Tout son univers se réduisait à lui, ici et maintenant.

Quand il recommença à l'embrasser, à caresser chaque parcelle de son corps, elle sentit l'extase la gagner. Tout était tendre, simple et naturel. Elle prit son sexe chaud et dur dans ses mains, preuve de son excitation décuplée. Il redoubla de caresses auxquelles elle répondit immédiatement. Elle sentait que son sexe était chaud et humide, prêt à le recevoir. Elle souleva les hanches et l'encouragea, mais il voulait prendre son temps.

— Nous avons toute la nuit, dit-il contre ses lèvres.

Puis sa bouche descendit plus bas, toujours plus bas, jusqu'à ce qu'elle sente sa langue caresser son clitoris. Il le tourmenta jusqu'à ce qu'elle soit dévorée par la passion.

— Je t'en prie Roman, maintenant !

Puis elle fut incapable de parler. Si c'était une torture, c'était la plus merveilleuse qu'elle ait jamais connue. Un tourbillon d'émotions et de sensations la submergea. Il lui ôta toutes ses inhibitions, la laissant seulement gouvernée par la passion et ses caresses toujours plus audacieuses. C'était primitif et réel, comme rien d'autre ne l'avait été au cours de ces dix-huit derniers mois.

Ses mains étaient partout. Sa bouche était partout.

— Oui, oui...

Elle pouvait seulement murmurer ce mot alors qu'elle sentait la langue de Roman s'aventurer plus profondément. Puis tout son corps se mit à trembler.

Elle s'arc-bouta, et retomba sur le lit, complètement brisée et étourdie. Lentement, très lentement, il se souleva au-dessus d'elle. Elle saisit son sexe à pleines mains, et la réaction instinctive de Roman la fit trembler violemment. La chaleur qui l'avait emportée juste auparavant augmenta encore en intensité.

Avec une lenteur insupportable, il se pencha sur elle. Elle agrippa ses fesses, et le guida alors qu'il la pénétrait. Les muscles de ses bras puissants se raidirent et une lueur sauvage brilla dans ses yeux. Pourtant, il était à peine entré en elle, et son sexe commençait tout juste à se frayer un chemin dans son intimité.

Lentement, très lentement, il glissa plus profondément, en continuant à soutenir son regard. Il lui prit les lèvres dans sa bouche en avalant son gémissement de plaisir alors qu'il s'enfonçait complètement en elle. Leah s'accorda au rythme intolérablement langoureux qu'il dictait, tout en l'embrassant de toute son âme.

Puis il accéléra, et elle interrompit brusquement leur baiser pour jeter la tête en arrière. Le cri qu'elle s'entendit pousser était presque inhumain, puis elle fut assourdie par le battement du sang à ses oreilles. Elle eut la sensation que des étincelles jaillissaient et explosaient dans tout son corps. Elle ouvrit alors les yeux et il jouit en la dévorant du regard, prononçant son nom avant de se laisser retomber sur elle.

Elle sentait les battements de son cœur accordés aux siens, sa respiration contre sa joue, ses bras étroitement serrés autour d'elle. Puis il s'allongea près d'elle, et l'installa confortablement au creux de son épaule. Il n'y avait d'autre bruit que le battement de leurs cœurs, le crépitement des gouttes de pluie sur le toit du bungalow et le froissement plaintif des feuilles de palmier dans le vent.

Elle dormit sans rêver.

Le matin arriva, amenant avec lui l'appréhension du futur. Leah ouvrit les yeux, vit Roman à côté d'elle, entendit la pluie qui tombait toujours, et dut retenir les larmes qui lui picotaient les yeux.

Il allait partir à New York aujourd'hui. Il allait découvrir la vérité, quelle qu'elle fût.

Et ils ne partageraient peut-être plus jamais des moments comme ceux-là.

Mais elle savait que, quoi qu'il arrive, elle ne regretterait jamais les deux nuits qu'elle avait passées dans ses bras. Faire l'amour avec Roman avait été l'expérience la plus forte de sa vie. Il lui donnait le sentiment d'être chérie, il l'emportait avec sa bouche et ses mains ensorceleuses. Et elle savait que ce n'était pas seulement Thunder Key qui était sa maison. C'était Roman.

Lorsqu'il dormait, il avait l'air tellement paisible qu'elle n'avait aucune envie de le réveiller. Ses cheveux noirs étaient ébouriffés, son menton ombré d'une légère barbe. Il était dangereusement sexy sans rien faire pour cela. Son cœur fit un bond lorsqu'elle se souvint comment il avait soutenu son regard pendant qu'il atteignait le paroxysme de la passion. Alors qu'elle l'observait ainsi, il ouvrit les yeux et croisa son regard.

Il allait partir, et soudain, cela lui parut insupportable.

— Je vais me préparer pour te conduire à l'aéroport de Key West, déclara-t-elle, déterminée à atteindre la salle de bains avant de se mettre à pleurer.

— Pas encore.

Il la retint, et elle vit à quel point il était lui-même ému.

— Nous avons encore un peu de temps, murmura-t-il d'une voix sensuelle.

— Pas beaucoup.

— Assez.

Son regard torturé la déchirait, et elle ferma les yeux, incapable de supporter de voir à quel point il l'aimait. Leur relation ne reposait sur aucune base solide, et ils le savaient tous les deux.

Et si elle était recherchée pour un crime dont elle ne se souvenait pas ? Même s'il lui affirmait le contraire, ce qu'elle avait fait dans le passé pouvait entièrement changer ses sentiments pour elle.

Penser lui faisait trop de mal. Lorsqu'elle sentit sa bouche caresser ses lèvres, elle ravala un sanglot et l'attira vers elle. Il n'y eut rien de lent dans la façon dont ils firent l'amour alors : ce fut rapide et intense.

Lorsqu'ils redescendirent sur terre, Roman la serra contre lui comme s'il ne voulait plus jamais la lâcher.

Ils demeurèrent silencieux pendant le trajet jusqu'à Key West. Lorsqu'ils arrivèrent au petit aéroport, Roman ne descendit pas tout de suite de voiture.

— Il y a quelque chose que je dois te dire, commença-t-il d'une voix hésitante. J'aurais dû t'en parler avant. Tu as le droit de savoir.

Leah attendit, la gorge nouée. Ça n'augurait rien de bon.

Il la regarda dans les yeux.

— Lorsque la police a retrouvé ta voiture, il y avait des formulaires de divorce dans un attaché-case. Tu avais l'intention de me quitter.

La nausée la souleva.

— Pourquoi ?

Il secoua la tête.

— C'est une question à laquelle toi seule peux répondre, Leah.

Le Shark and Fin était presque vide. Le mauvais temps avait découragé même les clients habituels. Sur l'écran de télévision allumé au-dessus du comptoir, les messages d'alerte se succédaient, annonçant de probables inondations. La tempête tropicale — maintenant officiellement un ouragan — suivait toujours une trajectoire difficile à prévoir, et il était toujours impossible de savoir si oui ou non elle allait frapper les Keys. Mais les vents prenaient de la vitesse et se dirigeaient vers les côtes, entraînant avec eux des pluies torrentielles.

Leah sentait ses épaules tendues par le stress, mais ce n'était pas à cause de l'orage. C'était l'idée de Roman, qui volait en ce moment vers Miami pour y prendre une correspondance pour New York. Elle était restée sur le tarmac noyé sous la pluie et avait regardé le petit avion décoller dans le ciel gris de plomb. L'avion avait immédiatement disparu dans les nuages. Même si Roman le voulait, elle n'était pas certaine qu'il pourrait tenir parole, et revenir ce soir ou demain matin. Si les conditions météorologiques empiraient, l'aéroport de Key West pourrait bien être momentanément fermé.

Il avait fait promettre à Leah que, si l'ouragan menaçait Thunder Key, elle se réfugierait sur le continent. Avant de quitter le White Seas, il avait réservé une chambre au Grand Palm Hotel de Miami pour les deux nuits suivantes.

— C'est au cas où on vous demande d'évacuer l'île, lui avait-il dit. La chambre est à nos deux noms. Je te retrouverai là-bas.

Il avait pensé à tout, mais elle savait bien qu'il ne pouvait pas prévoir ce qu'il découvrirait sur son passé à New York. Et, en ce qui concernait le divorce, elle était toujours sous le choc. Elle comprenait maintenant la retenue qu'elle avait remarquée chez lui. Il craignait qu'elle ne le quitte lorsqu'elle se souviendrait de tout. Et elle ne rêvait que d'une chose : lui dire que cela ne pouvait pas arriver. Mais qu'allait-il trouver à New York ?

Les heures s'écoulèrent lentement. Leah renvoya Shanna chez elle dans l'après-midi, et elle resta seule avec Joey pour tenir le bar. Il l'aida à mettre des planches devant les fenêtres avant de repartir chez lui en début de soirée.

— Impossible de savoir ce qui va se passer pendant la nuit, déclara-t-il. L'ouragan se dirige vers le sud. Garde ta radio allumée. Tu as des piles ?

— Tout ira bien.

Elle tourna la pancarte pour indiquer que le bar était fermé et verrouilla la porte. Il y avait un plein dans le camion de Morrie. Si elle devait partir dans la nuit, elle était prête. Elle prit la radio et se prépara à monter dans son appartement, où elle n'avait plus dormi depuis deux jours.

Le vent soufflait et la pluie frappait le toit. Elle était en train de monter l'escalier lorsqu'elle s'arrêta, comprenant soudain que les bruits qu'elle entendait n'étaient pas provoqués par l'orage.

Quelqu'un frappait à la porte du bar.

13

Jamais Roman n'avait vécu un jour aussi long. Il arriva à Miami juste à temps pour prendre l'avion de New York. Comme il avait acheté son billet à la dernière minute, il dut faire escale à Atlanta où il atterrit avec une demi-heure de retard. Cela lui laissait juste assez de temps pour passer un coup de fil.

Il n'avait pas la moindre intention de parler de Robertson à ses parents au téléphone, mais il devait s'assurer qu'ils étaient disponibles. Bien entendu, si le détective les avait contactés, ils ne seraient pas surpris par son arrivée.

— M. Bradshaw a pris sa journée, répondit Rita, la secrétaire de son père, de sa voix lisse.

Walter Bradshaw ne prenait jamais de vacances.

— Il est malade ?

Et Roman se dit que si c'était le cas, c'était vraiment sérieux pour qu'il ne vienne pas travailler. Malgré la colère qu'il ressentait envers ses parents, cette pensée le troubla.

— Je ne sais pas, répondit Rita.

— Gen est là ? demanda-t-il.

— Elle est également absente.

Roman raccrocha et appela chez ses parents. Ce fut Barbara Bradshaw qui répondit.

— Roman !

Sa voix distinguée sonnait étrangement.

— Où es-tu ?

— A l'aéroport d'Atlanta. Je suis sur le chemin de New York.

— Dieu merci !

— Papa va bien ?

— Ton père ? Oui, bien sûr. Je suis si heureuse que tu reviennes à la maison ! Nous avons besoin de toi. C'est Roman, l'entendit-il souffler à quelqu'un.

Des gens passèrent près de lui dans le terminal de l'aéroport, couvrant de leurs voix les mots que sa mère prononça ensuite.

— Pardon ?

— Gen t'a appelé ?

— Non. Pourquoi l'aurait-elle fait ?

Il se demanda si ses parents avaient convaincu Gen de jouer les médiateurs auprès de lui, après le fiasco de l'affaire du détective privé. Cela ne l'aurait pas surpris.

Sa mère répondit quelque chose, mais la voix d'une hôtesse annonçant l'embarquement immédiat pour le vol de Roman couvrit de nouveau ses paroles.

— Je dois prendre mon avion, déclara-t-il. J'arrive dans quelques heures. Il faut que je vous parle, à toi et papa. Il faut que vous soyez là tous les deux. Je n'aurai pas beaucoup de temps. Je rentre ce soir à Thunder Key.

Il raccrocha, et se dirigea vers la porte d'embarquement.

La résidence des Bradshaw était située près de Madison, dans un quartier huppé de Manhattan. Les rues y étaient bordées d'une double rangée d'arbres, et tout y respirait l'opulence. Le hall en marbre de l'immeuble était aussi froid que les immenses appartements qu'il abritait. Roman avait grandi dans l'étage supérieur, d'où l'on jouissait d'une magnifique vue sur toute la ville, qui bruissait constamment d'activité.

Thunder Key et sa nonchalance lui manquaient. Et Leah.

Sa mère lui ouvrit. Comme toujours, elle était coiffée et habillée avec soin. Même pour rester chez elle, elle était vêtue d'un tailleur et était discrètement maquillée. Elle était toujours prête à recevoir, ou à sortir faire les magasins.

— Roman, on dirait que tu t'es battu ! s'exclama Barbara en le prenant brièvement dans ses bras avant de lever une main vers l'égratignure de sa joue.

Il se battait pour son avenir avec Leah. Mais ce n'était pas ce que sa mère voulait dire.

— Ce n'est rien, dit-il en passant devant elle. Il faut que nous parlions.

— Roman…

Le ton de sa voix l'arrêta. Il y avait une profonde émotion dans la façon dont sa mère avait prononcé son nom, et cela le surprit. Elle montrait rarement ses sentiments. Roman n'avait jamais vu ses parents se disputer. Lui, au contraire, avait eu des discussions acharnées, parfois féroces avec Leah, et chacune d'elle s'était terminée par des étreintes encore plus passionnées. Cela faisait partie de ce qui l'avait effrayé — ces sentiments qui s'exprimaient librement — il lui avait fallu longtemps pour s'en rendre compte. Là, alors qu'il revenait dans l'appartement austère de ses parents, cela lui sembla plus évident que jamais.

Pourquoi n'avait-il pas dit à Leah qu'il l'aimait avant de quitter Thunder Key ? Mais il connaissait la réponse : il avait eu peur. Il l'avait déjà perdue une fois, et lorsqu'il l'avait retrouvée, il s'était protégé contre l'éventualité de la perdre de nouveau. Il avait gardé ses émotions sous contrôle. Il avait fait la même bêtise que d'habitude… Et la vie était trop courte pour laisser la peur décider de tout.

Mais ce n'était pas le moment de penser à cela. L'expression du visage de sa mère l'inquiéta. Elle avait presque l'air paniqué, et il se rendit compte qu'elle était très pâle, sous son maquillage parfait.

— Gen a besoin de toi, lui dit-elle. Je suis heureuse que tu sois là.

Barbara porta une main tremblante à ses lèvres, mais n'ajouta rien. Roman s'approcha d'elle et posa les mains sur ses bras frêles.

— Que se passe-t-il ?

— Dieu merci, tu as retrouvé la raison et tu es rentré à New York, fiston !

Roman pivota. Walter Bradshaw, vêtu comme à l'ordinaire d'un costume et d'une cravate, se dirigeait vers eux.

— Je vais repartir tout de suite, répondit sèchement Roman. Je ne suis venu ici que pour vous dire d'arrêter de vous mêler de ma vie, vous et votre détective privé.

— Quel détective privé ? demanda Barbara.

Roman se retourna vers elle.

— Celui que vous avez engagé pour suivre Leah, et enquêter sur son passé.

Il se retourna vers son père.

— Maintenant, je veux la vérité. Je veux savoir ce que vous avez découvert sur Leah.

— C'est terminé, mon fils, répondit Walter. Ça ne sert à rien.

— J'ai besoin de le savoir, répliqua Roman en se préparant à entendre le pire.

Son père secoua la tête.

— Tu n'as pas voulu m'écouter, dit-il d'un ton véhément. Nous t'avions bien dit qu'il y avait quelque chose d'étrange chez cette fille ! Elle est arrivée à New York comme si elle n'avait pas de passé. Tout le monde a un passé, fiston. Elle aurait causé ta perte !

— Qu'avez-vous trouvé sur Leah ?

— Elle a été impliquée dans un meurtre quand elle avait dix-sept ans, intervint Barbara. Les circonstances demeurent peu claires, et elle n'a jamais été officiellement inculpée. Mais ensuite elle a passé quelques mois dans un centre de redressement.

— D'après ce que nous en savons, ajouta son père après quelques secondes lourdes de tension, tu as épousé une criminelle.

Roman eut l'impression qu'on venait de le frapper à l'estomac.

— Vous pensez réellement que Leah aurait pu tuer quelqu'un ?

L'expression du visage de ses parents suffit à lui répondre.

— Elle savait que vous étiez au courant ?

Etait-ce pour cela qu'elle l'avait quitté cette nuit-là, il y avait dix-huit mois ? Essayait-elle de l'épargner ? Ses parents l'avaient-ils convaincue qu'elle allait ruiner sa vie, la future carrière politique dont il n'avait jamais voulu ? Tant de questions lui torturaient l'esprit !

Qui était cet homme en blouse blanche devant lequel Leah fuyait dans ses cauchemars ? Faisait-il partie du personnel du centre ? Roman avait l'impression désagréable que les pièces du puzzle s'assemblaient mal. Quelque chose continuait à le tracasser.

— Tout cela n'a pas d'importance, intervint Walter. Elle est morte.

— Vous savez bien qu'elle n'est pas morte ! l'interrompit Roman d'une voix rauque, en sentant son sang bouillir dans ses veines.

Il fallait qu'ils arrêtent de lui mentir.

— Je suis sûr que Robertson vous a déjà dit qu'elle était en vie, si Mark ne l'a pas fait.

— Quoi ?

Barbara semblait sur le point de s'évanouir.

— Cette fille est vivante ?

Roman fusilla sa mère du regard.

— *Cette fille* est ma femme.

Il se retourna vers Walter.

— Tu as envoyé Robertson là-bas...

— Qui ? demanda Walter.

— Norman Robertson. Détective privé à Miami, lâcha sèchement Roman.

Il sortit la licence du détective de sa poche et la lança à Walter.

— Ne me mens plus ! Tu m'as fait suivre à Thunder Key. Je veux que tu me dises la vérité maintenant.

Le visage de Walter s'empourpra.

— Je ne t'ai jamais fait suivre à Thunder Key !

— Leah est vivante ? répéta Barbara.

— Elle a perdu la mémoire après l'accident, et elle est allée dans le seul endroit qui lui évoquait quelque chose : là où nous avions fait notre voyage de noces.

Roman regarda de nouveau son père.

— Il y a de nombreuses choses à régler, mais j'espère...

Il sentit sa poitrine se serrer.

— J'espère que nous pourrons revivre ensemble.

Ces mots lui venaient du cœur. Il avait mal, et il n'avait qu'un seul souhait : en finir avec cette confrontation et retourner auprès de Leah. C'était à elle qu'il voulait dire ceci, pas à ses parents.

Il prit une profonde inspiration.

— Ce que vous me dites de son passé ne m'intéresse pas. Cela n'a aucune importance pour moi. Si elle veut bien de moi, je veux reconstruire ce que nous avions, notre mariage. Et si vous voulez continuer à me voir, ajouta-t-il sèchement, vous ne devez pas vous en mêler.

— Je ne connais pas ce Robertson, et je n'ai envoyé personne à Thunder Key, déclara Walter.

Il tenait la licence d'une main tremblante.

— J'ai demandé à quelqu'un d'enquêter sur Leah juste après votre mariage, c'est vrai, et je l'ai reconnu. Mais ce n'était pas à ce Norman Robertson. Je n'ai jamais entendu parler de lui. Et je jure sur tout ce que j'ai de plus sacré que je n'ai jamais demandé à quiconque de te suivre à Thunder Key. Je ne savais pas que Leah était encore en vie.

Les paroles de son père restèrent en suspens dans l'air lourd. Roman regarda sa mère. Il remarqua de nouveau l'expression hagarde de son visage et fut saisi d'appréhension. Il pivota de nouveau vers son père, et comprit alors qu'il lui disait la vérité.

— Oh mon Dieu ! s'écria Roman d'une voix soudain cassée.

Les pensées se bousculaient dans son esprit.

— Si tu n'as pas envoyé Robertson à Thunder Key...

— Je te jure, mon fils, que ce n'était ni moi ni ta mère.

— Alors, qui l'a fait ?

L'homme avait dit qu'il avait été embauché par quelqu'un de la famille. Cela ne pouvait être que... Mark. Mais pourquoi Mark aurait-il engagé un détective privé ? Cela n'avait aucun sens.

— Je ne sais pas, répondit Walter.

— Il faut que j'appelle Leah !

Roman se précipita dans le salon, et s'arrêta net : sa sœur Gen était blottie sur le canapé, tenant son visage entre ses mains.

Elle leva la tête. Elle avait les yeux rouges et les joues humides.

— Roman...

Elle prononça son nom en tremblant.

— Il voulait seulement aider ses patients. Il a toujours dit que c'était pour cela qu'il était devenu médecin. Il prenait les choses trop à cœur, peut-être. C'est tout. Il soulageait ceux que les autres médecins ne voulaient pas aider.

— De quoi parles-tu ?

Roman n'avait qu'une envie : décrocher le téléphone et appeler Leah, mais le désarroi de Gen l'émouvait profondément. Bon sang, que se passait-il donc ici ?

— Où est Mark ? Il faut que je lui parle.

— Je croyais que tu savais, dit Walter en entrant dans le salon. Je pensais que c'était pour cela que tu étais revenu.

— Que je savais quoi ?

Roman ne comprenait plus rien.

— Quelqu'un va-t-il enfin me dire ce qui se passe ici ?

— Mark n'a plus le droit d'exercer, reprit Gen d'une voix paniquée. Il est accusé d'avoir prescrit des antalgiques de manière abusive.

— Quoi ?

Roman sentait sa tête tourner. Le mari de Gen avait un des cabinets les plus prestigieux de New York. Il soignait de nombreuses personnalités et des hommes politiques. Gen avait réussi là où Roman avait échoué : elle avait choisi le conjoint parfait, selon les critères Bradshaw.

— Qui a décidé ça ?

— Le procureur, répondit Walter.

Roman se retourna, et vit sa mère pleurer silencieusement. Maintenant, il comprenait pourquoi il avait ressenti cette atmosphère lourde dans l'appartement.

— Tous les journaux en parlent depuis ce matin, dit Barbara d'une voix tremblante. Tu n'as rien vu ?

Il avait regardé la chaîne météorologique, et ne s'était intéressé qu'à l'ouragan qui menaçait les Keys.

— Non.

Toujours sous le choc, il s'assit à côté de Gen. Sa sœur se jeta dans ses bras.

— Il a été accusé d'avoir escroqué l'assurance maladie en surfacturant ses consultations, sanglota Gen contre lui. Et on dit qu'il a touché des pots-de-vin de la part de laboratoires pharmaceutiques, pour prescrire des antalgiques à très haute dose. Certains de ses patients sont devenus dépendants, et il y a eu plusieurs décès par overdose. La police a fait une descente dans son cabinet, et même la secrétaire et l'infirmière sont en garde à vue.

— Où est Mark ?

Maintenant, il était aussi ébranlé qu'eux. Cela faisait dix ans que Gen et Mark étaient mariés. Marc avait été un beau-frère parfait. Roman avait toujours pu compter sur lui. Et maintenant, on le tenait responsable de la mort de plusieurs patients ? Comment cela pouvait-il être vrai ?

Gen leva le visage vers lui.

— Le journaliste a dit qu'il risquait la prison à vie s'il était pris. Et qu'il va devoir payer plusieurs millions de dommages et intérêts. Il a tout perdu : son cabinet, notre maison, notre argent… La police enquête depuis plus d'un an et demi, et je n'étais au courant de rien.

Roman sentit l'angoisse grandir. Il agrippa Gen par les épaules.

— Où est Mark ? répéta-t-il.

— Je ne sais pas ! Il est parti. Il a quitté la maison hier, et je ne l'ai pas revu depuis. Hier soir, il a appelé pour me dire qu'il allait revenir très tard du travail, mais quand je me suis réveillée ce matin, j'ai vu qu'il n'était pas rentré à la maison. Je n'arrête pas de téléphoner sur son portable, mais il ne répond pas.

Roman se sentit soudain mal.

— Leah était au courant de tout cela ?

— Quoi ? demanda Gen, l'air abasourdi.

— Tu sais ce qui a lancé toute cette affaire ?

— Quelqu'un est allé porter plainte après la mort d'un patient, geignit Gen.

Il y avait un journal sur la table basse. Pour la première fois, Roman se rendit compte que Mark faisait la une. Il se pencha et l'attrapa.

« Un médecin réputé de Manhattan recherché par la police » : c'était le titre qui s'étalait sur la première page. Roman parcourut l'article le cœur battant. Il lut la litanie des charges qui pesaient contre Mark, soupçonné entre autres d'avoir provoqué le décès de dix patients. Il ouvrit le journal, à la recherche de détails supplémentaires.

L'enquête avait commencé à la suite de la mort d'une patiente de Chelsea, Nicole Bates.

Nikki. L'ancienne colocataire de Leah, son témoin de mariage !

Roman sentit la peur lui broyer le cœur.

— Bon sang, où est Mark ? demanda-t-il encore, en priant pour se tromper.

— Roman ! s'écria Barbara lorsqu'il lança le journal à terre et se précipita sur le téléphone.

Il composa le numéro du Shark and Fin. Une voix l'informa que la ligne était coupée. La tempête… Bon sang ! Il alluma la télévision, et sélectionna la chaîne météorologique.

« La tempête menace toujours le sud de la Floride, et il est fort probable que les îles Keys soient évacuées d'ici ce soir si l'ouragan continue à suivre la même trajectoire. »

Roman éteignit la télévision, et décrocha de nouveau le téléphone.

— J'ai besoin d'un numéro à Miami. Norman Robertson.

Il fut automatiquement mis en contact avec le numéro qu'il demandait.

— Tu peux m'expliquer ce qu'il se passe, fiston ?

Roman ignora la question de son père.

Il entendit une voix à l'autre bout de la ligne.

— Robertson.

— Roman Bradshaw. Si vous avez vu les nouvelles, vous savez que mon beau-frère est sous le coup d'un mandat d'arrestation, annonça sèchement Roman. Donc, si vous avez travaillé pour lui, vous avez du souci à vous faire. Je veux que vous me disiez si Mark Davison est la personne qui vous a engagé pour me suivre à Thunder Key. Et je veux savoir si vous avez la moindre idée de l'endroit où il se trouve en ce moment.

Il y eut une seconde de silence à l'autre bout du fil. Puis Robertson se mit à parler, et Roman eut l'impression que son monde s'écroulait.

— Il était à Miami ce matin, c'est tout ce que je sais, répondit Robertson. Je l'ai appelé hier soir et il m'a donné rendez-vous au bar du Royal Cypress. Je n'étais pas au courant du mandat d'arrestation, je vous le jure, poursuivit-il.

Mais Roman était déjà en train de raccrocher.

Mark était à Miami ? Oh ! mon Dieu !

Il se retourna vers Gen. Elle avait le visage ravagé.

— Je sais que tu as envie de croire que Mark n'aurait jamais pu faire ça. Je n'ai pas envie de le croire moi-même, dit-il.

Il se dirigea vers Gen et la serra dans ses bras, tout en essayant de surmonter l'horrible angoisse qui le tenaillait. Tout cela pouvait très bien être en lien avec la disparition de Leah, un an et demi plus tôt.

— Mais si ces accusations sont vraies, il en rend peut-être Leah responsable, ajouta-t-il. Elle a posé beaucoup de questions après la mort de Nikki Bates. Peut-être trop de questions.

— Cette fille ne nous a apporté que des ennuis, commença Barbara.

Roman l'interrompit aussitôt.

— Si elle est allée voir la police après la mort de Nikki, c'était pour sauver d'autres vies.

Il les regarda tous.

— Nikki Bates était la meilleure amie de Leah. Elle a été dévastée lorsqu'elle est morte. Et si elle a compris qu'on prescrivait à Nikki des quantités anormales d'antalgiques…

Il se remémorait les derniers jours que Leah avait passés à Manhattan, son désarroi lorsqu'elle voyait les ordonnances de Nikki…

Leah avait-elle fait part de ses doutes à la police ? Et Mark l'avait-il appris d'une manière ou d'une autre ? Avait-il poussé sa voiture par-dessus la rambarde du pont cette nuit-là ? Ce même Mark qui l'avait soutenu aux heures les plus noires après la disparition de Leah ? Ce serait une telle trahison que pour le moment il n'arrivait pas vraiment à l'envisager.

— Mark savait que Leah était vivante, poursuivit Roman.

C'était sa faute. C'était *lui* qui l'avait révélé à Mark. La culpabilité qu'il ressentit alors fut à peine supportable.

— C'est Mark qui a engagé Robertson. Il est en Floride en ce moment, et il y est peut-être allé pour faire du mal à Leah. Je ne veux pas croire que… Quelqu'un a également passé des coups de fils anonymes, et ça ne peut être que Mark. Il est le seul qui savait que Leah était en vie. Vous l'aviez mis au courant de son passé ?

Les yeux de Gen s'écarquillèrent.

— Leah est vivante ?

— Oui, répondit lourdement Walter. Mark savait tout. Je lui avais demandé de parler à Leah, de lui dire que nous étions au courant de ce qu'elle avait fait, et que si elle t'aimait elle ne pouvait pas gâcher ta vie.

Il s'interrompit comme s'il ne savait plus quoi dire. l'air soudain vieux et malade.

Roman n'arrivait plus à ressentir la colère ni le sentiment de trahison : il avait trop peur. Et le temps était compté.

Il décrocha de nouveau le téléphone.

— J'ai besoin du numéro de l'hôtel Royal Cypress, à Miami.

De nouveau, il fut automatiquement mis en communication avec son correspondant.

— Je voudrais parler à un de vos clients, Mark Davison. C'est une urgence familiale.

Le réceptionniste vérifia sur son ordinateur.

— Je suis désolé, monsieur, mais il a déjà quitté l'hôtel.

— Vous savez s'il est allé à l'aéroport ?

— Je vais demander au concierge, répondit l'homme. Il le sait peut-être.

Le concierge décrocha quelques instants plus tard.

— M. Davison ? Oui, je me souviens qu'il est parti ce

matin. Il a demandé une carte, et des renseignements sur un itinéraire.

— Pour aller où ?

— A Thunder Key.

14

— Bonjour. Je suis Mark, le beau-frère de Roman. Il est ici ?

Mark. C'était l'homme auquel Roman avait parlé au téléphone. Celui qui lui avait donné le nom d'un psychiatre. Le mari de la sœur de Roman.

— Non, il n'est pas là, répondit Leah.

Elle se rendit soudain compte que l'homme était debout sous une pluie battante.

— Entrez. Vous allez être trempé.

Il l'était déjà malgré son imperméable à capuche. Elle ne voyait que des yeux gris briller dans un visage ruisselant. Les rafales de vent battaient son pantalon noir gorgé d'eau. Ses chaussures laissèrent de larges traces de boue sur le sol. C'était un homme grand, anguleux, mais avec une expression affable.

Pendant un long moment, ils restèrent ainsi debout dans le hall sombre, puis il déclara :

— Je sais que c'est étrange, mais j'ai l'impression que je devrais te serrer dans mes bras. Je fais partie de la famille, tu sais.

Il la regarda comme s'il hésitait et attendait sa permission. Mais l'attitude distante qu'elle avait adoptée depuis qu'elle était à Thunder Key la retint… ainsi que quelque chose de plus difficile à définir. Elle n'en avait pas envie.

— C'est bon de te revoir, Leah, reprit-il lorsqu'il vit qu'elle ne bougeait pas. C'est bien toi ! Je n'arrivais pas à croire Roman quand il m'a appris que tu étais encore vivante. Il fallait que je vienne voir par moi-même.

Elle ne savait pas quoi dire. La situation était étrange,

comme il l'avait remarqué lui-même. Elle repensait à tout ce que Roman lui avait raconté de ses relations tendues avec sa famille. Mais Mark semblait véritablement heureux de la voir.

— Roman n'est pas ici, répéta-t-elle. Je suis désolée. Il est parti à New York ce matin.

Que savait Mark des raisons qui avaient poussé Roman à faire ce voyage ? Elle ne savait pas trop ce qu'elle pouvait lui en révéler.

— Vous voulez boire quelque chose ?

— Merci.

Il la suivit dans le bar. Elle posa la radio sur le comptoir, et alluma les lumières au-dessus. Le reste de la pièce resta dans l'ombre à cause des planches fixées sur les fenêtres.

— Nous avons fermé à cause de la tempête, expliqua-t-elle.

— J'ai vu beaucoup de voitures sur la route, dit Mark en s'installant sur un tabouret du bar.

Il enleva son imperméable. La chemise qu'il portait dessous était humide, et il frissonna légèrement. Ses cheveux bruns étaient mouillés, collés sur son crâne.

— Il fait froid ici, dit Leah en mettant le chauffage. Alors, demanda-t-elle en se retournant, que voulez-vous boire ?

Pourquoi était-il là ? Elle ne savait pas comment se comporter. Elle se disait qu'elle allait devoir s'habituer à rencontrer des gens qui l'avaient connue dans le passé, et dont elle ne se souvenait pas… Mais elle aurait aimé que Roman soit avec elle.

— Une bière sera parfaite.

Mark lui dit la marque qu'il préférait. Elle ouvrit une bouteille et la lui tendit par-dessus le comptoir.

On entendait la pluie crépiter dehors, et les planches clouées aux fenêtres grincer.

— J'allais justement écouter le bulletin météo à la radio. La dernière fois, j'ai entendu que la tempête se dirigeait vers le sud et que les Keys allaient peut-être être évacuées. J'ai l'impression que beaucoup de personnes ont pris les devants.

Il la dévisagea de ses yeux gris pâle tout en buvant une gorgée de bière.

— Et toi, tu ne pars pas, Leah ?

— Je viens tout juste de fermer le bar. Les lignes téléphoniques ont été coupées il y a deux ou trois heures, mais j'écoute tous les bulletins à la radio.

— Alors tu es seule au Shark and Fin.

— J'ai renvoyé tous les membres du personnel chez eux pour qu'ils puissent protéger leur maison et se tenir prêts en cas d'évacuation.

— Pourquoi Roman est-il allé à New York ?

— Il avait besoin de voir ses parents.

Mark prit une autre gorgée de bière.

— Et il t'a laissée seule ?

— Il revient ce soir ou demain. Il a réservé une chambre au Grand Palm Hotel de Miami, au cas où les Keys seraient évacuées. Il me retrouvera là-bas.

— Ah… Toujours aussi organisé, n'est-ce pas ?

Quelque chose, peut-être une branche d'arbre, craqua dehors, et Leah sursauta. Elle porta une main tremblante à son visage, pour écarter une mèche de cheveux qui tombait sur sa joue. Les yeux pâles de Mark semblaient suivre tous ses mouvements.

Elle se sentit soudain seule dans cette grande salle avec cet homme qui faisait partie de sa famille, mais lui était totalement étranger. La pluie s'abattait sur le bâtiment. Elle alluma la radio, et chercha la station.

— J'étais en train de monter dans mon appartement pour préparer un sac avec quelques affaires.

On entendit la voix du journaliste sur fond de grésillements.

« La tempête est maintenant classée en ouragan de force 5 puisque les vents soufflent maintenant à deux cent cinquante kilomètres/heure. Contrairement aux prévisions selon lesquelles l'ouragan pourrait se diriger vers le nord et menacer la Géorgie et la Caroline du Sud, il poursuit finalement sa route vers le sud. Des inondations sont à craindre le long des rivages de la Floride, et les autorités viennent d'ordonner l'évacuation de toute la côte allant des îles Keys jusqu'à Jacksonville. »

Leah sentit un frisson d'inquiétude la parcourir. Elle regarda

Mark. Il était penché sur sa bière, et la dévisageait alors qu'ils écoutaient le bulletin météo.

« L'ouragan continue à prendre de la vitesse, les météorologistes s'attendent à ce qu'il touche les terres dans la matinée. Si vous attendiez l'avis d'évacuation pour partir, il est maintenant temps de le faire. »

— Ça veut dire qu'il faut que nous quittions l'île, expliqua Leah. En fait, je suis surprise que vous ayez pu venir jusqu'ici. Vous avez dû passer juste avant que la route ne soit fermée dans cette direction.

Il finit sa bière d'un trait.

— Cela fait quelques heures que je suis ici, Leah. J'étais à Miami ce matin pour un rendez-vous. J'ai loué une voiture là-bas, et je suis venu à Thunder Key.

— Ce n'est pas un bon moment pour visiter les Keys, remarqua-t-elle.

— Je ne suis pas venu pour visiter les Keys.

Il ne la quittait pas du regard et elle eut l'impression qu'il la touchait, même s'il était de l'autre côté du comptoir. C'était une sensation étrange, dérangeante. En fait, elle se rendit compte qu'elle avait peur. Certes, un ouragan se dirigeait droit sur les Keys, mais il y avait largement le temps d'évacuer. Pourtant, elle se sentait tendue et elle avait envie de se mettre en route immédiatement. Elle éteignit la radio.

— Il faut que nous partions.

Mark ne bougea pas. Il n'était pas d'ici. Peut-être ne comprenait-il pas…

— L'ouragan va arriver dans la matinée, et il menace les Keys, expliqua-t-elle.

— Je peux avoir une autre bière ? demanda-t-il.

Leah demeura un instant interloquée.

— Il faut que nous partions, répéta-t-elle. Vous n'avez peut-être pas l'habitude. Dans les Keys, quand on nous dit d'évacuer, on évacue.

— J'ai vu tout le monde quitter le Shark and Fin, tu sais. Tout le monde sauf toi, Leah. Ça fait plusieurs heures que je suis là. J'attendais que tu sois seule… En me demandant pourquoi Roman n'était pas là, et si tu avais retrouvé la mémoire… Tu as retrouvé la mémoire, Leah ? Tu souffres réellement d'amnésie, ou c'est une ruse pratique pour échapper à un passé compromettant ?

Leah avala sa salive péniblement alors que la panique s'emparait d'elle. De quoi parlait-il ? Il semblait soudain complètement fou.

Il fallait qu'elle réfléchisse calmement. Les clés étaient dans sa poche. Elle n'avait qu'à sortir et grimper dans le camion de Morrie. Pas de problème.

— Je suis réellement amnésique. Je ne me rappelle rien de ce qui s'est passé avant les dix-huit derniers mois.

Et s'il faisait partie de son passé, elle n'avait vraiment pas envie de s'en souvenir maintenant. Pas tant qu'il était assis ici à la regarder avec ces yeux gris bleu qui lui donnaient l'impression d'être un papillon épinglé à une planche.

— Ecoutez, je sais que la famille de Roman ne m'appréciait pas beaucoup…

— Je croyais que tu ne te souvenais de rien, Leah.

— Roman me l'a dit.

Elle sentait son cœur battre lourdement.

— Vous ne me croyez probablement pas, reprit-elle, et je le comprends fort bien !

Elle essaya un petit rire.

— Je ne le croirais pas moi-même ! Ecoutez, je n'attends rien de la famille de Roman. Honnêtement. Si vous pensez que je veux de l'argent, vous vous trompez. Et s'il y a quelque chose de terrible dans mon passé, alors c'est à Roman de décider s'il veut vivre avec ou s'il veut divorcer. Je ne lui demanderai rien.

Sa gorge se noua alors qu'elle prononçait ces mots. Elle était terrifiée à l'idée que Roman ne soit pas capable d'accepter son passé. Son « passé compromettant » ainsi que Mark venait de le qualifier. Toutes ses peurs étaient donc justifiées…

Elle essaya de prendre un ton désinvolte, comme si elle n'avait pas le cœur brisé, et elle poursuivit :

— Pour le moment, il faut que nous partions d'ici. Je vais aller en haut prendre quelques affaires. Alors, si ça ne vous dérange pas…

Sortez.

S'il voulait rester ici dans le bar pendant que l'ouragan fondait sur eux, libre à lui. Elle s'en moquait. Mais elle partait. Elle n'allait même pas prendre son sac. Les clés étaient dans sa poche. C'était tout ce dont elle avait besoin. Ça, et Roman. Elle espérait de tout son cœur que, lorsqu'elle arriverait au Grand Palm, il serait là. Et qu'il voudrait toujours d'elle.

Elle prit les clés derrière le comptoir.

— Je m'en vais.

Mark porta la main à son imperméable, en sortit quelque chose de sombre et de compact, et le pointa droit sur sa poitrine.

— Je ne crois pas.

Thunder Key était à deux heures de Miami un jour normal. Et ce n'était pas un jour normal. La route sur pilotis menant aux Keys était un enfer.

Roman composa le numéro du Grand Palm tout en continuant à conduire sa voiture de location. Il avait acheté un téléphone avec une carte prépayée dès qu'il avait atterri à Miami, juste avant que la fermeture de l'aéroport ne soit décrétée, à cause de la détérioration des conditions climatiques.

— Est-ce qu'une Mme Leah Wells ou Leah Bradshaw est arrivée ? demanda-t-il pour la troisième fois.

— Non monsieur. Pas encore.

Roman raccrocha et laissa tomber le téléphone sur le siège du passager, agrippant de nouveau le volant à deux mains. Leah n'était toujours pas au Grand Palm.

Et dans la journée Mark avait pris le chemin de Thunder Key.

Roman avait appelé son père plusieurs fois. Walter avait téléphoné au bureau du procureur pour lui annoncer que Mark était en Floride, mais avec un cyclone se dirigeant vers les côtes il y avait peu d'espoir que les autorités puissent faire quoi que ce soit ce soir. Les polices de Miami et des Keys étaient très occupées en ce moment. La seule chance que Roman avait eue aujourd'hui, c'était de pouvoir attraper un vol direct pour Miami une demi-heure après être arrivé à l'aéroport de La Guardia.

Malheureusement, il n'avait pas pu prendre de correspondance pour les Keys : tous les aéroports y étaient fermés. Et le trajet jusqu'à Thunder Key le tuait. Il aurait voulu déjà y être. Il voulait Leah dans ses bras maintenant.

Chaque nerf de son corps vibrait alors qu'il s'efforçait de garder le contrôle du véhicule dans la pluie et le vent. Dieu merci, la voie menant aux Keys était vide alors que l'opposée était envahie par les habitants et les touristes qui évacuaient les lieux.

Roman avait été arrêté au barrage de Key Largo où les forces de l'ordre interdisaient le passage aux véhicules tentant de rejoindre les Keys. Il avait perdu dix minutes à discuter avec le policier qui maintenait que seuls les véhicules d'urgence étaient autorisés à circuler dans cette direction. Puis il était remonté dans sa voiture et avait contourné le barrage.

Il avait fait tout ce qui était en son pouvoir pour retourner dans le sud de la Floride aujourd'hui. Personne n'allait l'empêcher d'aller rejoindre Thunder Key et Leah. Il priait seulement pour qu'il ne soit pas trop tard.

Leah baissa les yeux, médusée, vers l'arme de Mark. C'était irréel. Elle ne comprenait pas ce qui se passait. Pourquoi le beau-frère de Roman aurait-il voulu lui tirer dessus ? Cela n'avait aucun sens.

— Ecoutez, je ne sais pas ce que vous avez l'intention de faire avec cette chose, dit-elle prudemment, mais si vous avez tant envie d'une bière, c'est d'accord.

Il fallait qu'elle gagne du temps. La seule chose qu'elle avait à faire, c'était sortir du bar, aller jusqu'au camion de Morrie, et tout irait bien.

Elle se refusait à considérer l'éventualité qu'elle pourrait ne pas sortir vivante de ce bar. Elle avait une chance — une chance très mince, mais une chance tout de même — de recommencer sa vie avec Roman. Une chance que, quoi qu'elle ait fait, il l'aime encore. Une chance de lui dire à quel point elle l'aimait. Elle n'allait pas la laisser échapper.

Elle commença à lui resservir une autre bière.

— Fais attention, l'avertit Mark. Pas de geste stupide !

Lentement, elle ouvrit le réfrigérateur derrière le comptoir et en sortit une bouteille qu'elle décapsula et fit glisser sur le comptoir. Dessous, il y avait un tiroir avec des couteaux et toutes sortes d'ustensiles. Il s'y trouvait également un lourd mixer, des shakers, un presse-citron, des bouteilles d'alcool… N'importe quoi ferait l'affaire.

Mark prit la bouteille. Elle remarqua pour la première fois que la main qui tenait l'arme tremblait légèrement. Il avait l'air… d'avoir peur ?

— Je sais que la famille de Roman ne m'aime pas, mais vous allez un peu loin, vous ne trouvez pas ?

Elle faisait tout son possible pour garder sa voix ferme, calme.

Il prit une longue gorgée de bière, sans jamais la quitter des yeux.

— Cela n'a rien à voir avec les Bradshaw. C'est seulement entre toi et moi, Leah.

Toi et moi. Maintenant, il avait l'air effrayé *et* fou.

— Ecoutez, il va falloir que vous m'expliquiez cela. Je ne me souviens absolument de rien. Alors, s'il y a quelque chose que vous voulez que je fasse…

Elle s'interrompit en l'entendant éclater d'un rire qui résonna de manière sinistre dans le bar vide.

— Alors, tu es prête à faire tout ce que je te dis ? Tu n'étais pas si accommodante il y a dix-huit mois.

Il baissa la main et la posa sur le bar, sans lâcher le pistolet.

Elle essaya d'estimer le temps qu'il lui faudrait pour attraper un des objets sous le comptoir et lui en assener un coup sur la tête. Arriverait-elle à le faire avant qu'il ne lève l'arme et la pointe de nouveau vers sa poitrine ?

— Peut-être qu'il y a dix-huit mois je ne comprenais pas à quel point vous étiez sérieux, répondit-elle.

Il l'était maintenant.

Mortellement sérieux.

— Tu as fait une erreur, répliqua Mark.

— Certainement.

Quelle erreur avait-elle faite ?

— Il a fallu que tu t'en mêles.

— J'ai compris maintenant.

Pas de problème. Elle ferait tout ce qu'il dirait. Et sans discuter.

— C'est trop tard.

— Pourquoi ?

Elle fit un effort pour sembler uniquement curieuse, alors que la terreur la prenait à la gorge. Elle devait lutter pour ne pas regarder son arme.

— C'est toi qui as initié tout ça ! C'est à cause de toi. J'ai cru que tout était terminé quand ta voiture a basculé de ce pont, mais ils n'ont pas cessé d'enquêter depuis. Tout ça à cause de toi et de cette idiote de Nikki Bates.

Leah avala sa salive. *Nikki Bates* ? Un déclic se fit dans son esprit. Roman lui avait dit que Nikki Bates était son témoin de mariage. Qu'avait-elle à voir avec Mark ?

— Et pendant ce temps, poursuivit Mark avec colère, tu disparais ! Parfait. Tu fiches ma vie en l'air, et tu disparais ! Comme ça ! Tu deviens amnésique. Comme c'est commode ! Mais je sais qui tu es. Je sais ce que tu as fait.

Leah resta pétrifiée, incapable de parler.

— Tu préfères éviter de faire front, Leah, n'est-ce pas ? Mais moi, je ne peux plus fuir. Tu as bousillé ma vie, Leah.

— Je n'en avais pas l'intention.

Mon Dieu, qu'avait-elle fait ? Que lui avait-il pris de se mettre à dos ce beau-frère complètement cinglé !

Je sais qui tu es. Je sais ce que tu as fait.

Une nausée l'assaillit et elle sentit le sang se glacer dans ses veines.

— Tu n'aurais jamais dû réapparaître. Mais c'est peut-être mieux ainsi. Maintenant, je vais pouvoir te tuer une seconde fois.

Mark leva l'arme, et la pointa vers elle. Sa main tremblait.

— C'est fichu pour moi, mais je ne tomberai pas seul. Ne crois pas que tu vas t'en sortir comme ça. Ne crois pas que tu peux ruiner ma vie.

Des bribes de ses cauchemars se mêlaient dans son esprit. *Elle était sur un trottoir, entourée de hauts buildings, en train de courir, courir. L'homme en blouse blanche la poursuivait…*

Mark !

Ne crois pas que tu vas t'en sortir comme ça. Ne crois pas que tu peux ruiner ma vie.

L'attaque de panique arriva sans signe avant-coureur. Elle allait vomir, elle n'arrivait pas à réfléchir. Elle transpirait et frissonnait à la fois.

Elle ne pouvait plus respirer. Elle allait étouffer.

— Bon sang, qu'est-ce qu'il y a ?

La voix de Mark semblait très lointaine.

— J'ai une…

Elle lutta pour réussir à prononcer les mots.

— … attaque de panique.

Elle mit sa main devant la bouche, craignant de vomir.

Et confusément elle comprit que cet homme, qui avait peur et qui était au bord de la crise de nerfs — était encore plus déstabilisé qu'elle par cette crise, et que c'était sa chance. Elle cligna les yeux rapidement, plusieurs fois de suite, et prit des inspirations profondes. Elle ne pensait pas — elle en était incapable — et se contenta d'attraper le mixer si vite qu'il ne la vit pas.

Avec une force décuplée par la peur, elle souleva le lourd objet en acier et frappa violemment Mark à la tête. L'arme tomba, et elle entendit un grognement alors qu'il titubait en arrière.

Elle ne se vit pas ouvrir la porte, ne sentit pas la pluie ruisseler sur sa tête nue, l'eau éclabousser ses jambes, n'entendit même pas le rugissement du moteur. Elle se rendit seulement compte qu'elle était dans le camion de Morrie et qu'elle conduisait sur la route détrempée. *Respire, respire.* Des taches voletaient devant ses yeux. Elle allait s'évanouir si elle ne respirait pas.

Le véhicule glissa sur le revêtement mouillé alors qu'elle écrasait le frein. La pluie et le vent malmenèrent le petit camion lorsqu'il s'immobilisa. Ses mains tremblaient sur le volant. *Respire, respire.* Il fallait qu'elle continue à avancer. Elle devait partir de Thunder Key avant que Mark…

Elle aperçut des éclats de lumière dans son rétroviseur.

Elle se retourna, essayant de distinguer ce qui se passait au loin. Des phares. Un véhicule venait du Shark and Fin !

Désespérée, elle redémarra, et glissa sur la route inondée alors qu'elle accélérait. Mais la voiture que Mark avait louée, plus récente et plus puissante que le petit camion de Morrie, roulait plus vite. Le pont qui enjambait le lagon était juste devant, et au-delà, la route principale avec certainement beaucoup d'automobilistes, et peut-être même la police ou des véhicules de secours qui patrouillaient dans la tempête.

Elle poussa le camion à la limite, mais le moteur était vieux, et les vents violents le ralentissaient beaucoup. La terreur lui nouait la gorge alors que les phares dans le rétroviseur se rapprochaient, l'éblouissaient. Une autre nuit d'orage, un autre pont lui revinrent à la mémoire. Il allait la faire sortir de la route. Il allait la tuer… de nouveau !

Elle eut l'impression que sa tête allait éclater. Des pensées, des images se bousculaient. New York. Le cabinet de Mark. L'appartement de Nikki. Des dizaines de flacons emplis de gélules. Beaucoup plus de gélules que Nikki n'en avait besoin, à des doses beaucoup trop élevées. Leah avait fait des recherches, en avait parlé à son propre médecin puis à la police. Elle avait commencé à poser des questions. Et Mark l'avait découvert.

Je sais qui tu es. Je sais ce que tu as fait. Arrête de parler à la police. Je vais révéler à Roman tout ce que je sais sur ton passé. Divorce, et il ne l'apprendra jamais.

Leah fut étourdie par cette révélation. Il parlait du père de sa famille d'accueil. Elle le sut soudain, avec certitude. Celui qui l'avait poussée contre le réfrigérateur parce qu'elle s'était maquillée. Il y avait du sang partout, des cris. Mais ce n'était pas elle qui l'avait tué.

Tu veux ruiner la vie de Roman ?

Mark lui avait tendu des formulaires de divorce. C'était le père de Roman qui les avait fait faire. Elle n'avait plus qu'à les donner à Roman.

Mais elle n'avait pas envie de divorcer. Elle n'était pas prête à sacrifier son mariage. Elle se souvenait de Roman ! Et elle l'aimait. Mon Dieu, comme elle l'aimait. Mais elle ne voulait pas ruiner sa vie…

La voiture arriva à sa hauteur alors qu'elle atteignait le pont, et emboutit la porte du conducteur. Il y avait d'autres phares devant : une voiture venant de la route principale se dirigeait vers eux. Elle lutta pour maintenir le petit camion sur la route alors que la voiture de Mark le heurtait de nouveau. Le volant tourna dans ses mains et le véhicule passa par-dessus la rambarde. Elle hurla lorsqu'il bascula dans le lagon.

La voiture de Roman fonçait sur la petite route qui menait au Shark and Fin, bravant le vent et la pluie. Il faillit percuter une voiture qui sortait du pont en tanguant. Il donna un coup de volant et évita la collision de justesse au moment où un arbre déraciné par le vent s'abattait sur le pare-brise de l'autre voiture avec une violence redoutable.

Leah. Oh ! mon Dieu ! Etait-ce Leah ?

Il écrasa la pédale de frein et sa voiture se mit à déraper dangereusement, s'arrêtant juste avant le pont alors qu'une silhouette sortait de l'autre véhicule en chancelant.

Portant instinctivement la main à son téléphone portable, Roman composa le numéro d'urgence tout en se précipitant hors de son véhicule. Il tombait des trombes d'eau, et il fut immédiatement trempé. Le sifflement des rafales de vent couvrit la voix du standardiste qui lui répondit, mais Roman signala l'accident et pria pour qu'un miracle se produise. La silhouette avançait, chahutée par le vent, et elle était maintenant assez proche de lui pour qu'il puisse l'identifier. La peur l'étreignit.

— Mark ?

Une bourrasque emporta son cri.

La pluie et le sang coulaient sur le visage de son beau-frère. Il avait l'air hébété, et titubait dans le vent violent. Roman se rendit compte que Mark ne le regardait même pas. Il ne l'avait pas entendu, et reportait toute son attention de l'autre côté de la route. Sur le lagon. Roman se retourna, et ce fut alors le choc.

Le camion de Morrie. Leah.

La fureur le saisit alors qu'il se précipitait vers elle. Il ne voulait pas revivre ça. Il avait déjà perdu Leah une fois de cette manière — il ne pouvait pas la perdre de nouveau. Cette fois-ci, il était là.

Au passage, Roman se rua sur Mark, et le fit tomber à terre d'un coup de poing. Puis il poursuivit sa course, luttant contre les bourrasques. Il laissa son beau-frère derrière lui sur la route, sans se soucier de savoir s'il était blessé. Si Mark avait fait sortir Leah de la route — une fois de plus — il reviendrait pour le tuer.

Mais d'abord il devait trouver Leah. Il devait la serrer dans ses bras. Lui dire qu'il l'aimait.

Il se glissa dans la tranchée à côté du pont, et avança dans le lagon aux eaux épaisses et sombres. Il voyait le camion dont l'avant était étrangement planté dans l'eau boueuse. Mon Dieu, faites qu'elle soit en vie ! pria-t-il. Il scrutait désespérément l'intérieur de l'habitacle cabossé. Le vent et la pluie gênaient sa vision, mais lorsqu'il atteignait la portière du conducteur, il la vit enfin.

Des cheveux emmêlés, mouillés. Du sang. Elle était immobile…

Roman sentit une partie de lui-même mourir, mais la rage et la panique le poussèrent à agir. Ses doigts étaient froids et engourdis, et il lutta pour ouvrir la portière.

— Leah !

Elle leva la tête.

Il eut l'impression que son cœur allait exploser dans sa poitrine. Elle était vivante !

— Roman…

Sa voix fut emportée par l'orage, mais cela n'avait pas d'importance.

Doucement, il lui prit le visage entre ses mains. Malgré le froid et l'humidité, il était tiède. Un sentiment irréel de joie parfaite le submergea au milieu de l'ouragan déchaîné. Mais il fallait qu'il la sorte d'ici.

Il se redressa pour la regarder.

Elle avait une vilaine coupure sur l'arcade sourcilière, et il voyait qu'elle souffrait.

— Tu vas bien ?

Il cria pour couvrir le hurlement du vent et le ruissellement de la pluie. Elle hocha la tête, et il la prit dans ses bras pour la sortir du véhicule, mais elle résista.

— Il est armé ! Mark est armé ! s'écria-t-elle.

Bon sang ! Roman lâcha Leah, considérant qu'elle était plus en sécurité protégée par l'abri que lui offrait le camion. La joie de l'avoir retrouvée saine et sauve se transforma en une angoisse affreuse.

A travers le rideau de pluie, il distingua Mark qui avançait péniblement vers le lagon. Même à distance, il remarqua son regard hagard, vide. Du sang coulait de sa bouche et de son nez. Manifestement, il avait été sévèrement touché lorsque l'arbre s'était abattu sur sa voiture.

— Mark, tu es blessé ! N'aggrave pas les choses ! cria-t-il, se plaçant entre Leah et l'arme que Mark agitait.

— Elles ne peuvent pas être pires.

Mark continua à avancer en titubant, et entra dans le lagon.

— Elle a brisé ma vie. Tout est de sa faute. Elle est allée voir la police.

Il continuait à progresser d'un pas incertain.

— Elle a tué quelqu'un, lança-t-il d'une voix pâteuse, et elle ose aller parler de moi à la police ? J'essayais seulement d'aider mes patients.

— C'est toi que tu aidais ! répliqua Roman. Tu t'es mis dans ce pétrin tout seul.

Roman regardait Mark tout en réfléchissant désespérément

à la manière de s'en sortir. Il fallait qu'il le fasse parler jusqu'à ce qu'il trouve l'occasion de lui faire lâcher son arme. Mais il craignait que Mark ne tire avant.

Soudain, ce dernier s'affaissa sur les genoux. Sous les traînées sanguinolentes, son visage était livide, mais il continuait à agiter le pistolet comme un ivrogne.

— Ce n'est qu'une sale criminelle !

Sa voix se faisait plus faible, plus indistincte.

— Ecarte-toi, Roman. Si je dois d'abord tirer sur toi pour l'atteindre, je le ferai. Je ne vais pas tomber tout seul. Elle va tomber elle aussi.

— Tu es fini, Mark ! cria Roman. Tu peux nous tuer, ça ne changera rien. Tu rendras simplement les choses plus difficiles — pour toi, pour Gen. Tu aimes Gen, Mark. Je sais que tu l'aimes. Ne lui rends pas les choses plus pénibles en faisant quelque chose de fou maintenant.

— Je ne peux rien faire pour Gen, bredouilla Mark en se remettant debout. C'est fini. Ils savent tout. Je ne peux plus rien changer.

Mark restait immobile, et Roman le mesura du regard, attendant l'instant propice pour bondir sur lui. L'arme tremblait dans sa main, et il semblait à peine capable de viser.

— Ne fais pas cela à Gen, dit-il une dernière fois.

Alors Roman sentit, plus qu'il ne la vit, Leah passer devant lui.

— C'est moi qu'il veut.

Mark vacilla et la terreur chassa toute pensée dans l'esprit de Roman à l'instant où le coup de feu retentit.

15

Leah se sentait engourdie, inerte alors que l'infirmier finissait de suturer la coupure qu'elle s'était faite au-dessus de l'œil. Elle se trouvait à Orchid Key, dans un poste de secours installé dans l'église. La tempête continuait à faire rage au-dehors.

Tout était enfin terminé. L'appel désespéré de Roman aux services d'urgence avait été transféré aux forces de police proches de Thunder Key. Mais ils étaient arrivés trop tard...

Mark était mort. Il s'était suicidé. Le cauchemar ne faisait que commencer pour la famille de Roman. Les journalistes — venus pour couvrir les événements météorologiques — y avaient vu l'occasion de faire d'une pierre deux coups lorsqu'ils avaient découvert qu'un médecin renommé de Manhattan était en cavale en Floride. Les chaînes d'information en faisaient maintenant leurs gros titres : des prescriptions illégales aux pots-de-vin en passant par la tentative de meurtre et le suicide, tous les éléments étaient réunis pour des spectateurs assoiffés de sensationnel.

— Tout ira bien, déclara l'infirmier. La coupure suit la ligne du sourcil. On ne verra même pas la cicatrice.

Comme si elle se souciait de ça ! Le cauchemar ne faisait que commencer pour elle aussi.

Tout ira bien. Vraiment ? Roman avait parlé à ses parents et avait certainement appris ce passé peu glorieux dont elle voulait le protéger. Il savait maintenant qu'elle ne lui avait jamais dit qui elle était vraiment. Après son voyage à New York, il n'ignorait certainement plus rien d'elle. Sauf une chose — qu'elle avait retrouvé la mémoire au moment où Mark l'avait fait basculer dans le lagon. Toutes les pièces du puzzle s'étaient alors rassemblées, pour former une image terrible.

Roman avait été dévasté par le suicide de Mark, et pendant ces instants terribles où il avait tout tenté pour sauver son beau-frère avant l'arrivée des secours, ils n'avaient pas eu le temps de parler.

Elle ne savait même pas où il se trouvait maintenant. Ils avaient été séparés pendant que la police prenait la déposition de Roman et que les urgentistes essayaient de déterminer à quoi étaient dues les violentes douleurs qu'elle ressentait au thorax. Elle avait failli perdre connaissance lorsqu'ils l'avaient installée dans l'ambulance.

Elle avait trouvé refuge entre les solides murs en pierre de l'église, tout comme de nombreuses personnes. Il était près de minuit et le cyclone poursuivait sa course vers eux. Il n'était pas prévu qu'il frappe directement les Keys, mais la nuit serait tout de même très longue.

— Maintenant, ils ont fermé tous les ponts, annonça l'infirmier à Leah. Le vent et les vagues rendaient la circulation trop dangereuse. Il va falloir rester ici cette nuit.

Ils avaient dû couper la chemise de Leah pour envelopper ses côtes cassées dans un bandage qui immobilisait son thorax et son bras gauche. Un des infirmiers avait déniché une blouse d'hôpital qui se boutonnait devant et l'avait aidée à l'enfiler tant bien que mal.

Assistée par l'infirmer, Leah descendit prudemment de la table que les urgentistes avaient installée pour leur salle de consultation de fortune.

— Allez au fond de l'église à droite, et suivez le couloir. Vous trouverez un centre d'accueil. Ils devraient pouvoir vous donner une couverture, un coussin, de l'eau et à manger.

Leah n'avait pas faim, mais elle suivit péniblement le chemin indiqué. Devant l'église stationnaient plusieurs camions de chaînes de télévision dont les correspondants transmettaient des reportages en direct. A l'intérieur, les journalistes interviewaient les personnes réfugiées. S'ils apprenaient qui elle était, ils voudraient lui poser des questions sur Mark. Et elle ne voulait pas leur parler. Dieu merci, les urgentistes avaient été discrets. Pour les reporters, elle n'était qu'une victime de la tempête parmi d'autres.

Son cœur se serra lorsqu'elle entra dans le centre d'accueil. Elle regarda autour d'elle, pleine d'espoir… mais elle ne vit pas Roman dans la pièce bondée.

Quels étaient ses sentiments pour elle maintenant ? Même si elle n'avait pas voulu que les choses se terminent ainsi, son obstination après la mort de Nikki avait débouché sur une enquête sur les pratiques de Mark Davison. Elle était toujours bouleversée par ce que l'on avait découvert au cours des dix-huit derniers mois.

Jamais elle n'aurait supposé que ses doutes et les questions qu'elle se posait sur les médicaments que prenaient Nikki puissent avoir des conséquences aussi dramatiques. Elle avait mal pour son amie, morte trop tôt. Et elle avait mal pour Roman et sa famille.

Et surtout, elle avait mal tout simplement. Elle se sentait déchirée. Elle se souvenait de leur vie ensemble, du moindre détail. Leur rencontre et leur mariage quelques semaines plus tard, la difficulté à faire coïncider leurs styles de vie si différents. Il pensait qu'il s'était mal comporté avec elle, mais c'était elle qui avait gardé tant de secrets…

Roman lui donnerait-il une chance maintenant ? Pourrait-il lui pardonner d'avoir causé tant de peine à sa sœur ? Et surtout, pourrait-il lui pardonner de lui avoir caché son passé ?

Elle ne savait pas comment le retrouver, et pire, elle ne savait pas s'il voulait la revoir. La nuit s'annonçait interminable.

Le centre d'accueil était empli de familles. Des enfants étaient assis sur des chaises pliantes en métal devant de longues tables, en train de manger des cookies ou simplement d'agripper des ours en peluche. D'autres étaient installés sur des oreillers avec des livres ou des jeux vidéo à la main, pendant que leurs parents les surveillaient en sommeillant. Des volontaires leur donnaient à manger, à boire, et des couvertures. L'atmosphère tenait à la fois de la fin de soirée et de la veillée funéraire. Elle était entourée d'étrangers, et se sentait complètement seule.

Alors qu'elle traversait la pièce surpeuplée, elle entendit un journaliste faisant un reportage en direct :

— Davison a fui à Miami lorsque les autorités fédérales ont voulu l'arrêter. Au moins dix décès parmi ses patients ont été attribués à des prescriptions abusives de médicaments. Le médecin risquait la prison à vie et des amendes de plusieurs millions de dollars lorsqu'il s'est rendu aux Keys avec l'intention de tuer, ne faisant qu'ajouter au désordre auquel les autorités ont à faire face alors que l'ouragan se rapproche.

Intention de tuer ? Leah retourna dans l'église, pour s'éloigner autant que possible du correspondant et de son reportage à sensation qui ne ferait qu'ajouter à la détresse de Roman et de sa famille.

Puis la lourde porte d'entrée s'ouvrit.

Roman était debout dans l'église d'Orchid Key, trempé, épuisé, désespéré. Puis, enfin, il la vit.

Pendant un long moment, il se sentit incapable d'avancer. S'il y avait cent étrangers autour d'eux, il ne les remarqua pas. Il ne vit qu'elle. Elle avait l'air fatiguée, souffrante, à bout de force, mais elle était si belle !

Un journaliste commença à s'avancer vers Roman, suivi d'un cameraman portant un lourd équipement. Il avait déjà dû répondre aux questions des reporters devant l'église et il n'était pas d'humeur à poursuivre. Malheureusement, les visages de la famille Bradshaw avaient assez fait la une des journaux nationaux pour qu'il soit immédiatement reconnu.

— Je n'ai aucun commentaire à faire.

Il prit un air si fermé que le reporter battit en retraite.

Roman rejoignit Leah.

— Je croyais que je t'avais perdue… J'ai regardé autour de moi et ils t'avaient emmenée.

Elle portait une blouse d'hôpital, et il vit qu'un de ses bras était bandé contre son torse. Bon sang ! Pourquoi ne lui avait-on pas dit qu'elle était blessée !

— J'ai eu des côtes cassées dans l'accident. Ils m'ont mis

dans une ambulance si vite que je n'ai pas eu l'occasion de te voir.

Sa voix semblait timide.

— Tu vas bien ?

Il tendit les bras vers elle et les laissa retomber aussitôt, ne sachant s'il pouvait l'enlacer sans lui faire mal… Ne sachant si elle en avait envie.

— Oui, je vais bien, répondit-elle.

Sa voix lui sembla voilée.

Elle essayait d'être forte de nouveau. De ne pas pleurer.

— C'est ma faute. Je n'aurais jamais dû te laisser seule à Thunder Key ce matin. Je n'aurais jamais dû…

— Roman, non, murmura-t-elle. Tu ne pouvais pas savoir. Tu croyais que j'étais en sécurité. Je le pensais aussi.

— C'est moi qui lui avais dit que tu étais en vie. Il aurait pu te tuer !

— Mais il ne l'a pas fait.

Elle tendit sa main libre, et lui toucha le visage.

— Et tu ne savais pas. Tu ne pouvais pas savoir. Je suis tellement désolée ! A propos de Mark. Et de Gen.

Il lui prit la main, et la serra.

— Ça va être très dur pour elle, et pour mes parents, répondit-il. Mais personne ne t'en veut. Plus maintenant. Je viens tout juste de parler au téléphone avec mon père. La police est retournée chez eux cet après-midi, et ils sont certains que Mark savait parfaitement ce qu'il faisait. C'est vraiment un traumatisme pour ma famille. J'ai l'impression qu'ils subissent un peu le même choc que moi quand je t'ai perdue : ils se rendent compte que le pouvoir, l'argent — tout ce qu'ils croyaient être important — ne l'est pas vraiment… Mon Dieu, Leah, j'ai eu si peur quand j'ai regardé autour de moi et que j'ai vu que tu étais partie !

Il vit le visage de Leah se fermer.

— Je sais que c'est moi qui ai lancé toute cette affaire, dit-elle. Si je n'avais pas tant insisté après la mort de Nikki…

Elle s'arrêta, avala sa salive, et retira sa main de celle de Roman. Elle s'éloignait de lui, et cela le tuait.

— Et ce n'est pas tout. Il faut que je te parle de mon passé maintenant.

Il ouvrit la bouche pour dire quelque chose mais elle l'interrompit.

— Je me souviens de tout maintenant, Roman. Juste avant l'accident… Tout m'est revenu. Je n'ai même pas eu le temps d'y repenser, de vraiment comprendre. Je me sens…

Elle secoua la tête.

— Je ne me sens pas moi-même, tu comprends ? Je ne sais pas comment expliquer. C'est comme si je m'étais réveillée en étant une autre personne, et pourtant je suis la même.

Que voulait-elle donc dire ? Il avait soudain très peur.

— Leah…

Il tendit de nouveau la main vers elle.

— Non, murmura-t-elle d'une voix rauque. Je veux seulement que tu saches que je ne voulais pas divorcer. Je n'en ai jamais eu l'intention. Ce n'est pas moi qui ai fait faire ces papiers : jamais je n'aurais pu. C'est Mark qui me les a apportés et qui m'a annoncé que tes parents savaient tout sur mon passé. Il m'a dit que j'allais gâcher ta vie. Il voulait que j'arrête de parler de Nikki à la police et, lorsque j'ai refusé, il s'est mis en colère. J'ai eu peur… Ce soir-là, je voulais rentrer chez nous, mais Mark était devant notre immeuble. Il m'avait suivie. Il était hors de lui, et il me menaçait. Je n'arrivais pas à passer devant lui pour rentrer chez nous. Alors, j'ai couru vers ma voiture, et je me suis mise à rouler. J'allais devant moi sans réfléchir… Je me suis perdue. Je ne sais absolument pas comment je me suis retrouvée sur cette route cette nuit-là. Je ne m'enfuyais pas, je ne te quittais pas, j'essayais seulement d'échapper à Mark. La seule chose dont je me souviens ensuite, c'est qu'il a percuté ma voiture. Il m'a fait basculer dans le vide. Et alors…

Elle s'interrompit.

Et alors le cauchemar avait commencé, pour tous les deux.

Roman sentit son cœur déborder d'émotion.

— Leah…

— Il faut aussi que tu saches que je t'ai menti, poursuivit-elle sans lui laisser le temps de parler.

Elle semblait déterminée à tout lui dire, maintenant, d'un seul coup.

— Je n'ai jamais été la femme que tu pensais.

— Tu es bien plus que ça !

— Non. Je t'ai menti. J'ai caché mon passé.

— Ton père adoptif…

— Je ne l'ai pas tué.

Sa voix tremblait, et elle respira profondément.

— Je ne suis pas la seule à avoir été maltraitée. Il frappait sa femme, aussi. Et je n'ai pas voulu témoigner contre elle… Je n'étais pas une adolescente facile : j'avais vécu dans beaucoup de familles différentes. Mes parents sont morts quand j'avais cinq ans, et pendant longtemps, j'ai refusé de parler. J'étais très renfermée, et les familles d'accueil ne savaient pas quoi faire de moi. Je ne peux pas leur en vouloir. J'ai connu beaucoup de foyers différents, puis j'ai terminé chez les Henderson.

Elle s'arrêta, déglutit péniblement, et détourna la tête, comme si elle avait honte de croiser son regard. Puis, lentement, elle tourna son regard tourmenté vers lui.

— J'ai compris qu'elle allait faire ça. Je le savais. Et j'aurais pu le dire à quelqu'un, ou faire quelque chose… Mais je le haïssais, expliqua-t-elle d'une voix pâteuse. Et lorsque la police est arrivée, j'ai menti pour elle. Je leur ai dit que quelqu'un s'était introduit dans la maison. Ils ne nous ont pas crues, mais ils n'ont rien pu prouver. Je pense qu'ils ne savaient vraiment pas laquelle de nous deux était coupable. Ils m'ont envoyée en centre de redressement jusqu'à ma majorité. Dès que j'ai pu, je suis allée vivre à New York et j'ai fait semblant d'être quelqu'un d'autre. Quelqu'un d'insouciant et d'heureux, sans passé. Quand ta famille a découvert…

— Tu avais dix-sept ans, Leah.

Il avait tellement envie de la prendre dans ses bras, mais il craignait de lui faire mal.

— Je n'ai jamais pensé que tu aies pu tuer quelqu'un. Je savais que c'était impossible. Et quand tu dis que tu savais ce que ta mère adoptive allait faire… Comment aurais-tu pu l'en empêcher ?

— Je n'avais pas le droit de t'épouser, poursuivit-elle. Ta famille avait raison.

— Non !

— J'aurais dû te dire la vérité. J'aurais dû te faire confiance…

Les larmes trop longtemps refoulées roulèrent sur ses joues.

— Comment aurais-tu pu me faire confiance ? répliqua Roman. Je ne me faisais pas confiance moi-même.

Il lui prit le visage entre les mains, n'osant pas l'enlacer.

Le regard brillant de Leah le déchirait.

— Je n'avais pas confiance en ce que tu me faisais ressentir. C'étaient des émotions trop fortes, trop nouvelles pour moi. Mais tu étais tout ce dont je rêvais.

— Tu pensais que j'étais parfaite, murmura-t-elle en pleurant doucement, et j'en étais si loin !

— Non, protesta-t-il, je pensais que tu étais parfaite pour moi, et cela me faisait mourir de peur ! Je ne savais pas que l'on pouvait aimer quelqu'un autant, et j'étais certain que j'allais te perdre. Alors, je me suis protégé en continuant à accorder la priorité au travail, et je n'ai pas fait assez attention à toi.

Il lui caressa le visage, suivant la trace de ses larmes.

— Je t'aime, dit-il avec rudesse, et j'ai besoin de toi. Quand j'ai cru que je t'avais perdue, c'était comme si la nuit était tombée pour toujours. C'est un miracle que je t'aie retrouvée. Depuis que je suis revenu à Thunder Key et que je t'ai vue le premier jour dans le bar, j'ai su que c'était l'endroit où je voulais vivre. Ici, avec toi. Je rêve de notre vie ici, de l'homme que je pourrais devenir. Je rêve de nos petits-enfants construisant des châteaux de sable sur la plage dans trente ans. Et j'aime ce rêve.

Elle émit un petit bruit, moitié sanglot, moitié rire.

— J'aime ce rêve moi aussi.

L'espoir monta en lui, mais il fallait qu'il soit certain qu'elle comprenne ce à quoi elle s'engageait. Il avait changé certes, mais il était toujours un Bradshaw, et il était difficile de perdre les vieilles habitudes.

— Je ne serai jamais très facile à vivre, dit-il. J'ai toujours envie d'agir, d'entreprendre, et parfois, je perds le sens des priorités. Je vais acheter le Shark and Fin, et un jour, je me réveillerai et je me dirai que je dois le transformer en une chaîne de restaurants sur toute la Floride… et il faudra que tu me demandes de te rejoindre au lit et que tu me fasses l'amour jusqu'à ce que je demande grâce.

Maintenant, elle riait.

— Oh ! ça me fait mal, dit-elle en portant la main à la poitrine. Je ne peux pas rire !

Elle avait le visage éclatant, les yeux étincelants de joie, et il revit la Leah dont il se souvenait : libre, heureuse, et pleine d'espoir. Il la prit doucement dans ses bras, baissa la tête pour embrasser ses lèvres, et il sut qu'il n'y aurait plus de cauchemars.

Seulement les rêves les plus doux.

Epilogue

Il était minuit, et il n'y avait pas un bruit dans les couloirs de l'hôpital de Miami.

Roman entra dans la chambre 502. La lumière n'était pas allumée, et la pièce était uniquement éclairée par les rayons de la lune. Leah leva les yeux vers lui et lui adressa ce sourire qui le faisait toujours craquer. A son sein, un bébé aux cheveux bruns tétait.

— Bonjour, dit Roman doucement en entrant dans la chambre.

On entendait seulement les bruits de succion réguliers du nourrisson qui tétait la poitrine gonflée de sa femme.

— Ils lui ont donné un bain, dit Leah. Ils m'ont proposé de la prendre pour que je puisse dormir, mais je préférais qu'elle reste avec moi. Et avec toi. Mais tu es fatigué, non ? Si tu veux retourner à Thunder Key et dormir un peu…

— Pas question.

Roman ne voulait pas être ailleurs. Il s'assit sur le lit, regardant sa femme si belle et sa fille âgée de deux heures. Cela faisait dix mois que l'ouragan était passé sur les Keys. Le bar avait subi de gros dégâts, et ils avaient dû emménager dans une petite maison de Thunder Key, ce qui était parfait puisqu'ils avaient besoin d'une chambre d'enfant maintenant.

Ils avaient déjà reconstruit le Shark and Fin, tout comme ils avaient reconstruit leur mariage.

— Je viens tout juste de parler à mes parents. Ils ont essayé de m'appeler toute la nuit.

— Comment vont-ils ? demanda Leah d'un air tendu.

Même dix mois plus tard, elle avait toujours mal lorsqu'elle pensait au rôle qu'elle avait joué dans la tragédie qui avait frappé sa famille. Roman le voyait bien. Leah ressentait les peines des autres aussi profondément qu'elle ressentait les siennes. Et même si la famille de Roman ne lui avait jamais reproché le suicide de Mark, Leah regrettait toujours ce qui s'était passé, et le rôle qu'elle y avait joué.

Ce n'était pas que les parents de Roman l'aient complètement acceptée. Mais ils avaient compris que Mark était le seul responsable de ses actes. Et ils avaient admis que Leah serait la femme de Roman pour toujours. Roman leur avait clairement dit qu'ils n'avaient pas le choix. Et peut-être — peut-être seulement — ce nouveau bébé Bradshaw qui venait de naître allait-il changer les choses.

Sa mère lui avait semblé de nouveau elle-même lorsqu'il lui avait parlé au téléphone. Roman se doutait que demain matin elle allait faire une razzia dans tous les magasins de Madison Avenue. Elle brûlait d'impatience d'aller acheter des vêtements pour sa petite-fille.

— Je crois que nous allons recevoir beaucoup de colis de New York, dit-il à Leah. Quant à mon père, il m'a demandé de te dire de ne pas arrêter tout de suite. Il veut beaucoup de petits-enfants.

— Il espère que l'un d'entre eux prendra sa suite.

Roman haussa les épaules.

— Ça sera à eux de décider.

Il se pencha pour embrasser sa femme.

— Ils vont avoir une enfance bien différente de la nôtre : ils vont grandir à Thunder Key. Et ils choisiront leur propre vie.

Il avait choisi la sienne. Avec Leah. Et elle était plus douce que tout ce qu'il avait connu auparavant. Au cours de ces dix mois, Leah était sortie de sa coquille. Elle était de nouveau celle qu'il avait épousée : heureuse de vivre, amusante et merveilleuse. Mais, Dieu merci, il n'était plus le même Roman. Il était heureux, lui aussi.

— Tu les as invités à venir voir le bébé ? demanda Leah.

Roman acquiesça. Ils s'étaient rendus à New York eux aussi,

une fois. Ç'avait été un voyage difficile, mais lentement ses parents reprenaient le dessus, et apprenaient à connaître leur belle-fille. Ils avaient vu combien Roman était heureux avec elle, et ç'avait été un début.

— Ils vont venir dans quelques semaines, répondit-il.

— Et Gen ? Comment va-t-elle ?

Roman caressa les cheveux de soie de sa fille. Elle dormait, et une goutte de lait coulait au coin de ses lèvres. Leah referma sa blouse.

— Ça va aller, dit Roman. Le bébé grandit bien.

Gen avait découvert peu de temps après la mort de Mark qu'elle était enceinte.

— Elle dit qu'elle ne veut pas retourner travailler dans l'entreprise. Elle envisage d'aller vivre à la campagne et d'élever des chevaux.

— Des chevaux ? répéta Leah avec étonnement.

— Oui. Qui sait ? Gen a toujours dit qu'elle aimait les chevaux, mais mon père voulait qu'elle travaille avec lui. Maintenant, tout cela n'a plus d'importance…

— C'est bien pour elle, dit Leah en souriant, avant d'ajouter : et dommage pour ton père.

— Il a tout un tas de neveux et de nièces qui sont probablement ravis que Gen et moi ayons quitté l'entreprise. Maintenant, ils ont enfin une chance de pouvoir la diriger un jour, remarqua Roman.

Puis il se pencha pour l'embrasser de nouveau.

— Mais ils n'ont rien compris, murmura-t-il contre ses lèvres.

Il aimait sa femme, sa fille, sa vie.

— C'est nous qui avons de la chance !

Le 1er avril

Black Rose n°293

Dans l'ombre du mystère - Nora Roberts
Série *Le secret des diamants 2/3*

Quand il arrive chez Stella O'Leary, Jack ne s'attend pas à découvrir que la femme qu'il est censé envoyer en prison est une superbe rousse aux jambes interminables, pour laquelle il ressent aussitôt un désir fulgurant... Très vite, il acquiert la certitude que cette fille n'a vraiment rien de la meurtrière qu'on lui a décrite, et qu'ils ont été tous deux victimes d'un coup monté. Prêt à tout pour découvrir qui les a ainsi manipulés, Jack décide d'éclaircir le mystère qui entoure Stella...

Un rôle bien trop troublant - Debra Webb

Nous avons besoin de vous pour une mission relevant de la sécurité nationale. Si vous acceptez, vous vous ferez passer... pour ma femme.

Les yeux noirs que l'agent John Logan darde sur Erin tandis qu'il attend sa réponse la tétanisent. Bien sûr, elle va dire oui ; John ne lui a-t-il pas promis qu'en échange de sa collaboration, il la blanchirait des accusations de fraude dont elle est la victime ? Pourtant, elle est terrifiée. Car en plus de risquer sa vie, elle va devoir feindre d'être l'épouse de cet homme incroyablement séduisant et le côtoyer de jour... comme de nuit. Et, pour elle, c'est peut-être *là* que réside le véritable danger.

Black Rose n°294

Une mère prise au piège - Cassie Miles

Suspecte. Fiona tente de retenir la colère qui gronde en elle depuis que la police l'a accusée de complicité dans l'enlèvement de sa richissime voisine. Nicole est son amie, bon sang ! Parce qu'elle tient à prouver son innocence, mais aussi – et surtout – parce qu'elle veut préserver Abby, sa fille de quatre ans, des terribles rumeurs dont elle fait l'objet, Fiona décide de faire appel à Jesse Longbridge, un privé ayant déjà travaillé pour son défunt mari. Un homme dont elle redoute la présence chez elle. Car chaque fois qu'elle le regarde, elle sent vibrer au fond de son cœur des émotions refoulées depuis trop longtemps...

Seule face aux menaces - B.J. Daniels

Une propriété immense, dominée par une superbe demeure victorienne... Dulcie peine encore à croire que, désormais, tout cela lui appartient. Qui était Laura Beaumont ? Et pourquoi a-t-elle fait d'elle son unique héritière, alors qu'elles ne se connaissaient pas ? Des questions que Dulcie est venue élucider sur place, à Whitehorse. Visiblement, sa présence en ville n'est pas pour plaire ; en témoignent les menaces qu'elle a reçues sitôt arrivée et le silence dans lequel tous, ici, semblent s'être enfermés. Tous, sauf Russell Corbett, son plus proche voisin. Le plus troublant aussi. Et le seul à lui avoir proposé son aide...

Un dangereux témoignage - Lena Diaz

— Vous êtes prête ?

Alors que les évènements des derniers jours se bousculent dans sa tête, Jessica se sent gagnée par une étrange impression de vertige. Si elle est prête ? A quitter New York ? A changer d'identité et repartir de zéro ? A vivre dans la peur constante que Richard DeGaullo, le baron de la mafia contre lequel elle vient de témoigner, ne la retrouve et ne la supprime ? Non, elle n'est pas prête. Hélas, elle le sait, elle n'a pas le choix : elle devra suivre le marshal Ryan Jackson, l'homme magnétique qui a été assigné à sa protection, et lui confier sa vie.

— Je suis prête.

La mission de sa vie - Mallory Kane

La culpabilité. Deke vit avec depuis que Mindy, son ex-femme, a été enlevée par le dangereux criminel qu'il traque depuis des années. La culpabilité... ainsi que la peur au ventre qu'il arrive malheur à Mindy. Car comment se pardonnerait-il de n'avoir pas su protéger la seule femme qu'il ait vraiment aimée ? Mais, tandis qu'il s'efforce de remonter la piste de Mindy, Deke ignore encore qu'une nouvelle épreuve l'attend. Une épreuve qu'il n'a pas pu se préparer à affronter : Mindy n'est pas seule en danger ; avec elle, il y a un bébé ; celui qu'elle porte. Celui dont elle n'a jamais parlé à Deke — le leur.

Enigme à Conja Creek - Carla Cassidy

Il paraît qu'il a tué sa femme... Ces paroles, entendues dans un café sur la route de Conja Creek, résonnent dans la tête d'Amanda tandis qu'elle s'avance vers Sawyer Bennett. Se peut-il que cet homme, qui vient de l'engager pour tirer Mélanie, sa fille de huit ans, du mutisme dans lequel elle s'est réfugiée depuis la mort de sa mère, soit un meurtrier ? Amanda se refuse à y croire. Pourtant, elle le sait, elle devra se méfier de lui. Car elle s'apprête à le côtoyer de près dans l'atmosphère brûlante de ce coin de Louisiane isolé...

La rançon du passé - Merline Lovelace

Lorsque Nick Jensen, son patron, l'invite à passer la soirée avec lui, l'agent Mackenzie Blair hésite à accepter. Ne s'est-elle pas juré de ne plus jamais s'engager dans une relation amoureuse ? Pourtant, quand au cours du dîner, deux hommes manquent d'assassiner Nick, Mackenzie comprend qu'il est trop tard : elle est tombée amoureuse de lui... Résolue à découvrir qui en veut à son supérieur, elle décide d'enquêter sur Nick... et découvre que celui-ci a un passé trouble, et bien des secrets à cacher.

L'ange de la nuit - Jan Hambright

Une femme tout de blanc vêtue. Comme un ange au milieu des flammes... Chargé d'enquêter sur une série d'incendies survenus à Montgomery, en Alabama, Kade Decker n'en revient pas : la même jeune femme apparaît sur toutes les vidéos tournées sur les lieux du drame. A l'affût d'un indice, il repasse en boucle ces images qui le fascinent : qui est cette étrange beauté ? La criminelle qu'il recherche ? Persuadé en tout cas qu'il tient là une des clés de l'énigme, Kade décide de tout mettre en œuvre pour la retrouver...

Best-Sellers n°599 • historique
Le tourbillon des jours - Susan Wiggs

Londres, 1815

Rescapée d'un terrible incendie, Miranda a perdu la mémoire : pour tout souvenir du passé, il ne lui reste qu'un médaillon où est gravé son prénom. Perdue dans une Angleterre tout juste libérée de la menace napoléonienne, elle ne reconnaît ni le décor qui l'entoure, ni le visage des deux hommes qui prétendent tous deux être son fiancé. Auquel doit-elle faire confiance ? Et que signifient ces images fugitives et incompréhensibles qui surgissent parfois dans sa mémoire ? Résolue à comprendre ce qui lui est arrivé, et à retrouver son identité, Miranda se lance alors dans une quête éperdue qui va l'entraîner dans la plus folle – et inattendue – des aventures…

Best-Sellers n°600 • suspense
Un cri dans l'ombre - Heather Graham

Des corps en décomposition, cachés sous des branchages et de vieux emballages… Face à l'atrocité des clichés étalés devant elle, Kelsey O'Brien ne peut s'empêcher de pâlir. Des cadavres, elle en a pourtant vu des dizaines au cours de sa carrière d'agent fédéral. Mais la mise en scène sordide choisie par le tueur en série qui sévit depuis quelques mois à San Antonio fait naître en elle un puissant sentiment de dégoût et de révolte. Et puis, qui sont ces jeunes femmes qui ont été sauvagement assassinées, et dont personne n'a signalé la disparition ? Autant de questions qui obsèdent Kelsey et la poussent à accepter d'intégrer la célèbre équipe de l'inspecteur Jackson Crow, et de mettre à son service le don qu'elle a jusqu'ici toujours voulu garder secret : celui de communiquer avec les morts… Un don qui, elle le comprend bientôt, pourrait bien la rapprocher malgré elle de Logan Raintree, ce policier aussi introverti que taciturne avec lequel elle est obligée de collaborer…

Best-Sellers n°601 • suspense
Kidnappée - Brenda Novak

Un déchirement absolu, irréductible. C'est ce que ressent Zoé Duncan depuis que Samantha, sa fille adorée, a disparu. Déchirement, révolte aussi. Car elle refuse de croire un instant à une fugue, hypothèse que la police de Sacramento s'obstine pourtant à avancer. Certes, Sam traverse une crise d'adolescence difficile, mais elle ne serait jamais partie comme ça. Cela n'a pas le moindre sens.
Persuadée que quelque chose de grave est arrivé à sa fille, Zoé est prête à tout pour la retrouver. Même si elle doit pour cela perdre son nouveau fiancé, son travail, sa splendide maison de Rocklin. Même s'il lui faut revenir sur son passé douloureux et dévoiler ses secrets les plus intimes à Jonathan Stivers, le détective privé à la réputation hors du commun qu'elle a engagé. Jonathan, le seul homme qui a accepté de se lancer avec elle dans cette bataille éperdue pour sauver Sam – et où chaque minute qui passe joue contre eux.

Best-Sellers n°602 • thriller

La petite fille qui disparut deux fois - Andrea Kane

Il aurait suffi qu'elle tourne la tête… Elle aurait alors aperçu, dans une voiture, sa petite fille qui luttait pour échapper à son ravisseur. Mais Hope n'a rien vu de tout cela car elle ne pensait qu'à une chose : rentrer à la maison où, pensait-elle, l'attendait son petit ange.

La juge aux affaires familiales Hope Willis de White Plains n'a désormais plus qu'une raison de vivre : retrouver sa fille Krissy, cinq ans, qui vient d'être enlevée. Aussi, luttant contre le désespoir et refusant d'envisager le pire, elle décide de faire appel à la profileur Casey Woods et à son équipe peu conventionnelle de détectives, les Forensic Instincts – des enquêteurs privés réputés pour leur ténacité et leurs succès dans des affaires particulièrement délicates.

Très vite, alors que des secrets du passé refont surface, Hope comprend que le temps est compté et que le sort de Krissy se joue sans doute à très peu de choses. A un détail jusqu'alors passé inaperçu, au passé trouble de sa propre famille… Quoiqu'il en soit, elle va la retrouver, dût-elle pour cela tout perdre et affronter l'inconcevable.

Best-Sellers n°603 • roman

Rencontre à Seattle - Susan Andersen

Depuis qu'elle a croisé l'inspecteur Jason de Sanges, Poppy Calloway n'arrive pas à chasser cet homme de ses pensées. Il faut dire que dans le genre beau flic ténébreux et incorruptible, il est tout simplement irrésistible. Si bien que quelques mois plus tard, lorsqu'elle apprend qu'elle va devoir travailler avec lui à la réinsertion de jeunes de son quartier, elle sent un trouble intense l'envahir… avant de déchanter devant les manières glaciales de Jason. Loin d'être un héros chevaleresque, comme elle l'avait pensé, c'est un homme froid et cynique, dont le caractère est à l'exact opposé du sien ! Comment va-t-elle réussir à collaborer avec Jason, qui non seulement a le don de la mettre systématiquement hors d'elle, mais qui, en outre, semble pertinemment conscient de l'effet incroyable qu'il a sur elle ?

Best-Sellers n°604 • historique

La rose des Highlands - Juliette Miller

Ecosse, XIIIᵉ siècle

Roses est révoltée. Comment le seigneur Ogilvie a-t-il osé utiliser la force pour tenter d'abuser d'elle ? Elle qui travaille depuis toujours au château est désormais contrainte à la fuite. Une fuite dans la lande glaciale au cours de laquelle elle aurait sans doute péri, si un mystérieux highlander ne lui avait porté secours et donné refuge… dans la forteresse qui appartient au clan ennemi de celui des Ogilvie.

Dès le début, Wilkie MacKenzie, qui possède toute l'autorité et la noblesse d'un grand seigneur, se conduit comme tel avec elle. Pourtant, Roses sent que sa présence dérange les autres membres du clan. Pire, qu'elle représente un danger pour eux : n'est-il pas évident que le seigneur Ogilvie va vouloir la récupérer, par les armes s'il le faut ? Mais si elle se sent la force de faire face à cette hostilité, et à cette menace, Roses ne sait si elle pourra cacher les sentiments brûlants que lui inspire Wilkie, alors que celui-ci va bientôt devoir se choisir une épouse de son rang…

OFFRE DE BIENVENUE

2 romans Black Rose gratuits et 2 cadeaux surprise !

Vous êtes fan de la collection Black Rose ? Pour prolonger le plaisir, recevez gratuitement **2 romans Black Rose** (réunis en 1 volume) **et 2 cadeaux surprise !**

Une fois votre colis de bienvenue reçu, si vous souhaitez continuer à recevoir nos romans Black Rose, cela se fera automatiquement. Vous recevrez alors chaque mois 3 volumes doubles inédits de cette collection au prix avantageux de 6,98€ le volume (au lieu de 7,35€) auxquels viendront s'ajouter 2,99€* de participation aux frais d'envoi.

*5,00€ pour la Belgique

▶ **Vous n'avez aucune obligation d'achat et cette offre est sans engagement de durée !**

Les bonnes raisons de s'abonner :

- Aucun engagement de durée ni de minimum d'achat.

- Vos romans en avant-première.

- - 5% de réduction systématique sur vos romans.

- La livraison à domicile.

Et aussi des avantages exclusifs :

- Des cadeaux tout au long de l'année qui récompensent votre fidélité.

- Des réductions sur vos romans par le biais de nombreuses promotions.

- Des romans exclusivement réédités pour nos abonné(e)s notamment des sagas à succès.

- L'abonnement systématique à notre magazine d'actu ROMANCE.

- Des points cadeaux pouvant être échangés contre des livres ou des cadeaux.

Rejoignez-nous vite en complétant et en nous renvoyant le bulletin !

N° d'abonnée (si vous en avez un) ⎵⎵⎵⎵⎵⎵⎵⎵⎵⎵

    IZ4F09
    IZ4FB1

Mme ☐ Mlle ☐ Nom : .... Prénom : ....

Adresse : ....

CP : ⎵⎵⎵⎵⎵   Ville : ....

Pays : ....   Téléphone : ⎵⎵⎵⎵⎵⎵⎵⎵⎵⎵

E-mail : ....

Date de naissance : ....

☐ Oui, je souhaite être tenue informée par e-mail de l'actualité des éditions Harlequin.

☐ Oui, je souhaite bénéficier par e-mail des offres promotionnelles des partenaires des éditions Harlequin.

Renvoyez cette page à : Service Lectrices Harlequin – BP 20008 – 59718 Lille Cedex 9 - France

OFFRE DÉCOUVERTE !

2 ROMANS GRATUITS et 2 CADEAUX surprise !

Vous souhaitez découvrir nos collections ? Recevez gratuitement **2 romans et 2 cadeaux surprise !**

Une fois votre colis de bienvenue reçu, si vous souhaitez continuer à recevoir nos romans, cela se fera automatiquement. Vous recevrez alors chaque mois vos romans inédits en avant première.

Vous n'avez aucune obligation d'achat et cette offre est sans engagement de durée !

☞ COCHEZ la collection choisie et renvoyez cette page au
Service Lectrices Harlequin – BP 20008 – 59718 Lille Cedex 9 – France

- ❏ **AZUR** .... ZZ4F56/ZZ4FB2 .... 6 romans par mois 23,64€*
- ❏ **HORIZON** .... OZ4F52/OZ4FB2 .... 2 volumes doubles par mois 12,92€*
- ❏ **BLANCHE** .... BZ4F53/BZ4FB2 .... 3 volumes doubles par mois 19,38€*
- ❏ **LES HISTORIQUES** ...... HZ4F52/HZ4FB2 .... 2 romans par mois 13,12€*
- ❏ **BEST SELLERS** .... EZ4F54/EZ4FB2 .... 4 romans tous les deux mois 27,36€*
- ❏ **MAXI** .... CZ4F54/CZ4FB2 .... 4 volumes triples tous les deux mois 26,51€*
- ❏ **PRÉLUD'** .... AZ4F53/AZ4FB2 .... 3 romans par mois 17,82€*
- ❏ **PASSIONS** .... RZ4F53/RZ4FB2 .... 3 volumes doubles par mois 20,94€*
- ❏ **PASSIONS EXTRÊMES** .... GZ4F52/GZ4FB2 .... 2 volumes doubles tous les deux mois 13,96€*
- ❏ **BLACK ROSE** .... IZ4F53/IZ4FB2 .... 3 volumes doubles par mois 20,94€*

* +2,99€ de frais d'envoi pour la France / +5,00€ de frais d'envoi pour la Belgique

---

N° d'abonnée Harlequin (si vous en avez un) ❏❏❏❏❏❏❏❏

Mme ❏ Mlle ❏   Nom : _____

Prénom : _____   Adresse : _____

Code Postal : ❏❏❏❏❏   Ville : _____

Pays : _____   Tél. : ❏❏❏❏❏❏❏❏❏❏

E-mail : _____

Date de naissance : _____

❏ Oui, je souhaite recevoir par e-mail les offres promotionnelles des éditions Harlequin.
❏ Oui, je souhaite recevoir par e-mail les offres promotionnelles des partenaires des éditions Harlequin.

Date limite : 31 décembre 2014. Vous recevrez votre colis environ 20 jours après réception de ce bon. Offre soumise à acceptation et réservée aux personnes majeures, résidant en France métropolitaine et Belgique, dans la limite des stocks disponibles. Prix susceptibles de modification en cours d'année. Conformément à la loi Informatique et libertés du 6 janvier 1978, vous disposez d'un droit d'accès et de rectification aux données personnelles vous concernant. Par notre intermédiaire, vous pouvez être amenée à recevoir des propositions d'autres entreprises. Si vous ne le souhaitez pas, il vous suffit de nous écrire en nous indiquant vos nom, prénom et adresse à : Service Lectrices Harlequin BP 20008 59718 LILLE Cedex 9.

Harlequin® est une marque déposée du groupe Harlequin. Harlequin SA – 83/85, Bd Vincent Auriol – 75646 Paris cedex 13. SA au capital de 1 120 000€ – R.C. Paris. Siret 318671591 00069/APE5811Z